M.J. H

IMPLOSION

DeAGOSTINI

Prima edizione gennaio 2013
Seconda edizione marzo 2013

www.deagostini.it
redazione: corso della Vittoria 91, 28100 Novara

IMPLOSION

A mia madre, la mia fonte di ispirazione.
Al mio amore, la mia forza, il mio tutto.
A Billy, che se n'è andato... in un soffio.

Qualcuno sostiene che discendano dai Muraah,
potenti spiriti che in passato donavano magia alla Terra.

Altri li identificano con l'incarnazione del mito greco delle Chere,
creature dai denti aguzzi che si nutrivano del sangue dei morti.

Quando il passato è troppo doloroso da ricordare
e il mito troppo oscuro da svelare,
dall'ombra affiora un'imprevedibile realtà:
loro sono l'antica e potente Stirpe dei Kurann.

Prologo

Belgio. Due mesi prima

Il terzo squillo fu interrotto dalla voce fredda di John che da seimila chilometri di distanza rispose seccamente: «Mi auguro che sia davvero urgente! Ero nel bel mezzo di una riunione maledettamente importante».

«Questa volta ci siamo», fece lui di rimando con tono orgoglioso, alzandosi dalla sua poltrona in cuoio bulgaro.

«Era ora! A quando la spedizione?» domandò il governatore con impazienza.

«Prestissimo. Non è ancora pronto per la consegna ma...».

Lo interruppe bruscamente: «Porca troia! Qui mi stanno mettendo sotto pressione. Se ne fregano delle tue stronzate, vogliono i fatti».

«Calmati, il progetto funziona, ora ho le prove! Sono riuscito a testare il *TRW-killer.* Ne ho catturato uno John, uno in carne e ossa». Smise di parlare, in attesa della reazione dell'altro.

«E...?». Il governatore lo incalzò. «Devo tirarti fuori le parole con le pinze? Come hai fatto a prenderlo?».

Compiaciuto per il forte interesse che era riuscito a suscitare, rispose: «È crollato a terra mentre cercava di entrare nella struttura, stordito dalle onde del dispositivo all'ingresso. Ti farò avere il file-video completo, ma posso anticiparti che è stato un incontro molto... costruttivo».

«Hai sistemato ogni cosa come si deve?».

«Sì, tranquillo, non lo troveranno mai».

«Uhm, cos'altro devi dirmi?».

«I miei calcoli si sono rivelati esatti. L'alternanza di ultrasuoni e infrasuoni è a livelli quasi ottimali».

«Ok, ma quanto devo ancora aspettare per avere il *Trw-killer* fra le mani?».

«John, ormai ci siamo. Il suo cervello si è spappolato dopo due minuti esatti ma è ancora troppo, considerando con chi abbiamo a che fare. Sono certo che riuscirò a dimezzare i tempi, ma ho bisogno di altre due settimane, o anche meno se siamo fortunati».

«Fortuna un cazzo! Cerca di sbrigarti, me lo devi. Mi devi tutto quello che hai, non dimenticarlo». Il governatore riagganciò senza neppure salutarlo.

L'uomo buttò il cellulare sulla scrivania e indossò un camice bianco prima di uscire dal suo ufficio, all'oscuro del fatto che a milleduecento chilometri di distanza qualcuno che non avrebbe dovuto ascoltare quella conversazione era riuscito a infrangere il sistema di sicurezza installato dai servizi segreti americani per proteggere le linee private del governatore John F. Blackwell.

«Ce l'abbiamo! Abbiamo beccato il figlio di puttana che ha ucciso Arros».

Capitolo 1

L'incontro

Il freddo di quella mattina di ottobre svegliò Firenze con una carezza graffiante. Una folata di vento rapì le prime gocce di pioggia e le trascinò con sé, gelide e taglienti. Katherine si strinse nel cappotto e scese dall'autobus alla fermata della stazione centrale. Il freddo l'attendeva come un predatore. Tentò invano di sottrarsi alla sua prepotenza, avviandosi con passo deciso per le vie strette della città rinascimentale. Ancora duecento metri e sarebbe finalmente arrivata all'imponente palazzo settecentesco in cui si tenevano alcune lezioni del suo corso di laurea.

Guardò il cielo, sembrava una vecchia cupola di peltro, macchiato com'era da nuvole scure che si compenetravano in un'antica danza rituale. Il vento si fece più intenso, creando vortici di carta straccia e mozziconi di sigaretta raccolti dai marciapiedi. Il cielo tuonò con forza, la sua voce potente ruggì dall'alto, annunciando l'arrivo del temporale. Katherine sapeva che da lì a poco si sarebbe scatenato l'inferno; quello che non poteva immaginare era che quel giorno a scatenarsi sarebbe stato anche il destino, per cambiare definitivamente la sua vita.

Le vie lastricate di Firenze, ogni giorno più consumate dal tempo, le erano familiari. Infilò le mani nelle tasche per tentare di proteggerle dal freddo pungente, piuttosto insolito per la seconda metà di ottobre. Chiunque avrebbe sicuramente notato la sua figura longilinea che superava il metro e settanta, i suoi capelli castani raccolti in un morbido chignon da cui spuntavano alcune ciocche ribelli, il viso delicato e fine nei lineamenti. Quello che colpiva di più erano i suoi occhi, scintillanti, di un blu intenso. Lo sguardo intelligente e curioso non permetteva di svelare nulla di sé. Il suo profondo appariva insondabile.

Chi fosse riuscito ad andare oltre sarebbe rimasto affascinato da una determinazione e una forza interiore prodigiose, una maturità decisamente superiore all'età. Diciannove anni rappresentano un periodo di transizione. Per molti. Non per Katherine. Un avvenimento su tutti aveva segnato il cuore della bellissima ragazza dagli occhi blu notte. A soli quindici anni aveva perso il fratello Thomas, nato cinque anni prima di lei, a causa di un incidente, *uno stupido incidente*. Uscito per andare a scuola in bici, non era più tornato. Due giorni dopo Katherine piangeva su una bara bianca, simbolo di una vita interrotta troppo presto.

Alcune gocce cominciarono a cadere dall'alto, come se un cielo premuroso volesse piangere al suo posto, nella certezza che lei non avrebbe mai potuto farlo in mezzo alla gente. Riserbo e dignità erano due tratti molto marcati nell'arcobaleno multisfaccettato delle peculiarità caratteriali di Katherine.

Le folate di vento e pioggia, sempre più violente, la costrinsero ad aumentare il passo. Voleva raggiungere al più presto il riparo confortante dell'ateneo.

Katherine Evans frequentava il secondo anno della Facoltà di Lettere e Filosofia e aveva scelto di integrare il piano di studi con alcuni corsi extracurricolari, in particolare quello a cui era diretta: Storia dell'Arte. Teneva tra le mani un taccuino da disegno che non aveva ancora usato, se non per abbozzare oggetti senza alcuna importanza. Lei, che amava così tanto l'arte senza però possedere il talento per crearla, riteneva dissacrante anche il solo tentativo di abbozzare paesaggi o esseri viventi. Per fortuna, il corso di Storia dell'Arte prevedeva solo un esame teorico. Tuttavia non ci voleva talento per apprezzare i capolavori che incontrava ogni giorno nella culla del Rinascimento.

Entrò nell'atrio della facoltà dove la stava aspettando Elena, un'amica dal giorno in cui Katherine arrivò in Italia, quasi cinque anni prima.

Dopo la morte di Thomas i suoi genitori decisero di cambiare parecchie cose. New York teneva vivo un dolore insopportabile, portando in superficie troppi ricordi, gli stessi che la tormentavano come schegge di vetro aguzze ogni volta che il pensiero correva ai momenti drammatici della perdita di Thomas. Poi arrivò la decisione di trasferirsi in Italia. Suo padre, neurochirurgo presso il New York University Medical Center, aveva accettato un'importante offerta per il posto di primario in una clinica italiana. Anche dopo l'arrivo a Firenze, il dolore di Katherine non si era attenuato, ma cercava di convincere se stessa del contrario.

Entrarono nell'aula già piena e andarono a sedersi in seconda fila, vicino alla finestra.

«Ti vedo un po' giù, che succede?» domandò Elena.

Katherine scosse la testa tentando di allontanare un pensiero non gradito. «Scusami Ele, non ho dormito bene stanotte».

«I soliti sogni?» le chiese.

Erano più incubi che altro, ma Katherine preferì non affrontare l'argomento. Annuì piano e sorrise per rassicurarla, poi si tolse il cappotto e lo appoggiò sulla sedia accanto. Tirò le maniche del maglione di cachemire, lasciando scoperte solo le punta delle dita.

Il mormorio dell'aula era un suono familiare e ipnotico. Era al caldo, al riparo dal temporale che stava infuriando sulla città.

«La vuoi una notizia fresca fresca? Ho sentito dire che oggi ci verrà presentato un nuovo assistente», la informò Elena.

«Non poteva occuparsi di qualche altro corso? Speriamo che intervenga raramente, a me la Carrisi piace un casino».

Tirando fuori il blocco di appunti dalla borsa, Katherine avvertì una forte sensazione di malessere. Era come se l'aria le mancasse del tutto. Cominciò a sudare freddo, il cuore batteva in modo irregolare. Si portò una mano al petto.

«Kate, va tutto bene?».

«Sì, solo un po' di agitazione».

«Hai preso le medicine?».

«Come sempre».

«Vuoi che chiami tuo padre?» le domandò preoccupata.

Dopo aver inspirato a fondo, rispose: «Non serve, sto già meglio. Grazie Ele».

Katherine soffriva di una rara patologia diagnosticata da suo padre anni prima, quando era ancora una bambina: una forma di atassia che degenerando avrebbe potuto comportare la progressiva perdita della coordinazione muscolare. Non avrebbe dovuto accusare malesseri, non se avesse continuato a prendere regolarmente il farmaco che suo padre le aveva prescritto. Aveva più volte cercato di convincerlo a prendere in considerazione anche la medicina alternativa, ma lui si era sempre opposto in modo deciso. Le pillole che prendeva dovevano essere piuttosto forti, perché non di rado le provocavano un leggero senso di vertigine, a volte persino annebbiandole la vista per alcuni secondi.

Katherine cercò di liberare la mente e si appoggiò allo schienale della sedia, provando a rilassarsi.

«Buongiorno signori», esordì Alba Carrisi, docente in Storia dell'Arte, entrando in aula in compagnia di un giovane. «Ho il piacere di presentarvi Armand Castelli, esperto d'arte antica e contemporanea, nonché mio assistente fino al termine del corso».

Armand era il perfetto tipo mediterraneo: capelli scuri, occhi color ebano, tratti perfettamente armoniosi. Ventiquattro anni e oltre un metro e ottanta di pura, sfolgorante bellezza.

Katherine si fermò a fissarlo, non tanto per l'indiscutibile avvenenza, ma piuttosto per l'aspetto così diverso da quello abituale di un docente.

Indossava scarpe in camoscio marrone scuro, un paio di jeans e una maglia color sabbia a collo alto. I capelli di media lunghezza, un po' ribelli. Un look decisamente insolito per una cattedra universitaria. La Carrisi continuò con le presentazioni e gli elogi di quel ragazzo che lei reputava uno studente esemplare, oltre che un pittore di talento già molto quotato.

Katherine era perplessa, non riusciva proprio a immaginarselo davanti a una tela, alle prese con i colori. Armand Castelli. Memorizzato. Avrebbe fatto una ricerca su internet per scoprire qualcosa in più su di lui.

Era ancora un po' frastornata per il malessere di poco prima e riusciva a cogliere solo alcune parole della Carrisi. Armand stava partecipando a uno stage, era questo il motivo per cui si trovava lì. Stava facendo un master e presto avrebbe tenuto una mostra in una galleria d'arte di Firenze. Tutte informazioni che in quel momento la sua mente acquisiva in modo meccanico. Il suo inconscio le selezionava come importanti, e le memorizzava.

Qualche minuto dopo, l'intervento di Armand la colpì inaspettatamente. Quel tipo avrebbe potuto fare l'incantatore di serpenti, bisognava guardarsi da lui. La sua voce profonda, roca e sensuale, giovane ma potente, la fece sussultare.

Ascoltandolo mentre illustrava il programma, Katherine si levò piccole perle di sudore dalla fronte. Stava poco bene, era indiscutibile. Lui la guardò per un istante, distolse lo sguardo per un attimo e poi tornò a fissarla. Si sentì come attraversare da un pezzo di roccia appuntito. Era freddo, imperturbabile, distaccato.

Katherine arrossì, si prese la mano sinistra con la destra e la strinse forte per impedirsi di compiere inavvertitamente qualche gesto che avrebbe potuto attirare l'attenzione. Come un bruciore, l'inquietudine saliva vorticando, facendola vacillare. Prese dalla borsa una bottiglietta d'acqua e ne bevve un sorso, imponendo alle sue mani di non tremare. Si appoggiò allo schienale, cercando di respirare profondamente per tranquillizzarsi. La sua mente, una centrifuga di pensieri sparsi, frammenti di ricordi e idee sul futuro: la prossima lezione di Greco, Thomas, il fine settimana con gli amici, Alessio – il suo fidanzato – al quale avrebbe trovato il modo e il coraggio di dire che ormai era finita, e infine la sua festa di compleanno. Tra qualche settimana avrebbe compiuto vent'anni, ma non aveva alcuna voglia di festeggiare.

Sbatté velocemente le palpebre, per cancellare le immagini deformate e confuse che invadevano la sua mente. Si guardò intorno, per fortuna nessuno la stava osservando. A eccezione del nuovo assistente che la trafiggeva con lo sguardo. Di nuovo.

Prese la penna e iniziò a scrivere le uniche parole che era riuscita ad ascoltare. Il suo comportamento era inspiegabile ai suoi stessi occhi. Avrebbe voluto scappare dall'aula, magari approfittando del momento in cui era uscita la Carrisi, ma non voleva rischiare di interrompere l'assistente che già sembrava cogliere ogni occasione per guardarla con severità.

Il suo istinto le diceva che c'era qualcosa che non andava. Si piegò verso la borsa per prendere il cellulare. Voleva vedere se fosse arrivato qualche messaggio o qualcuno avesse provato a contattarla. Fece per accenderlo quando avvertì un profumo a lei sconosciuto. Alzò gli occhi e vide la figura statuaria dell'assistente, proprio lì accanto a lei.

«Come stavo dicendo, il Barocco ha rappresentato un periodo di grande progresso e non soltanto sul piano artistico, ma anche...». Armand continuò, allontanandosi.

Avrebbe preferito trovarsi sepolta viva, piuttosto che fare quella pessima figura. Alla fine dell'ora avrebbe trovato il modo di scusarsi. Se solo avesse avuto il coraggio di farlo.

Si concentrò per apparire interessata e attenta, con un dispendio di energie così elevato che prima ancora della fine della lezione era esausta.

Nonostante si sforzasse di guardare altrove, i suoi occhi tornavano immancabilmente su di lui. Si concentrò sui movimenti di Armand: vigorosi, fluidi, eleganti. Era affascinata dai tratti decisi che il ragazzo segnava sulla lavagna luminosa. In pochi secondi aveva abbozzato un capolavoro.

Pochi minuti prima della fine della lezione entrò in aula una delle segretarie della facoltà. Armand concluse abilmente la frase, scambiò alcune parole con la donna e subito dopo annunciò agli studenti che la lezione era terminata.

Katherine tirò un sospiro di sollievo. Raccolse i pochi oggetti sparsi sul banco e raggiunse Elena, che nel frattempo l'aveva preceduta in fondo all'anfiteatro.

Armand alzò gli occhi verso il gruppo di studenti e con aria seria disse: «Avrei bisogno di parlare con la signorina Evans».

Katherine rimase immobile per un attimo, nel più totale imbarazzo. Poi si diresse verso la cattedra, con passo incerto. Nel frattempo gli altri si allontanavano dall'aula, inclusa Elena, che con un gesto le fece capire che l'avrebbe aspettata fuori.

«Sono Katherine Evans», disse abbassando gli occhi.

Non le diede neppure il tempo di terminare la frase. Le sue parole la colpirono come lastre di ghiaccio in pieno viso: «Sua madre ha chiamato in segreteria poco fa. Le chiede di tornare subito a casa. Sebastian Della Rocca ha avuto un incidente».

Katherine si appoggiò alla cattedra, visibilmente scossa.

«Mio Dio, e per caso ha detto come sta ora?».

«È morto, mi spiace».

Era incredula, per la notizia e per il modo in cui le era stata data. «Lei ne è sicuro?».

«Sì». Il tono di Armand era freddo, completamente distaccato. Il suo sguardo impassibile.

Un turbinio di emozioni e paure si impossessò della mente di Katherine. «Mi scusi, credo di aver bisogno di un po' d'aria».

Gli occhi di Armand fissarono quelli della segretaria, ancora ferma vicino alla porta a tre metri di distanza da loro, e prima che lei potesse replicare qualsiasi cosa le ordinò: «Non stia lì, porti un bicchiere d'acqua e un po' di zucchero».

«Sì, subito». La donna minuta uscì chiudendo la porta.

A Katherine sembrava che tutta l'aula avesse preso a girarle intorno. Il padre di Alessio non poteva essere morto. Non riusciva a crederlo.

Armand la invitò a sedersi sulla sedia del docente, poi aprì le due finestre più vicine.

«Va meglio?». Il tono di voce era meno duro ma il suo atteggiamento austero, quasi regale, la metteva in soggezione.

«Non so. Io... Oddio. Devo andare. Mi aspettano». Si afferrò al bordo della cattedra, poi fece leva su un braccio per alzarsi.

Lasciando perdere ogni formalità, Armand le posò una mano su una spalla, stringendola appena per cercare di tranquillizzarla. Anche la sua voce ora aveva un tono diverso. «Non credo che lei possa andar via da sola. Ho la macchina qui sotto, mi permetta di accompagnarla». Lo sguardo d'ebano la stava fissando.

«La ringrazio, ma non vorrei disturbare».

La segretaria tornò in aula, con un bicchiere di plastica. Glielo porse e lei cercò di bere, ma non riuscì a buttar giù più di un sorso di quel liquido dolciastro.

«La ringrazio».

«Prego cara, figurati».

Appena fu nuovamente in grado di parlare, Katherine si rivolse nuovamente a lui: «Davvero, prendo un taxi».

«Non se ne parla nemmeno». Poi, rivolgendosi alla segretaria, Armand continuò: «La prego, informi subito la professoressa Carrisi dell'imprevisto».

La donna uscì dall'aula in fretta, per raggiungere la docente.

«Devo chiamare mia madre... e Alessio». Pensando a voce alta, compose il numero di sua madre.

Grace rispose dopo il primo squillo. «Tesoro, è successa una cosa terribile».

«Allora è vero. Come sta Ale? E sua madre?».

«Katherine, ascoltami, le cose sono più gravi del previsto».

«Come, più gravi? Sebastian è morto. Cosa ci può essere di più grave?».

Un breve silenzio, poi sua madre le rivolse una domanda che di certo non si aspettava. «E tu... come fai a saperlo?».

«Mamma, come sarebbe a dire *come faccio*? L'hai detto tu in segreteria».

«Ma cosa stai dicendo, Kate? Ti assicuro che io non ho mai detto niente del genere alla segretaria!». Grace era determinata.

«Mamma, me l'hanno appena comunicato».

«Tesoro, è impossibile! Quando ho telefonato per avvertirti dell'incidente, non sapevo della morte di Sebastian. È una cosa che mi hanno detto solo *dopo* aver chiamato in facoltà».

Katherine strinse forte il cellulare e bisbigliò: «Va bene mamma, arrivo».

Premette il tasto per chiudere la comunicazione e alzò lentamente il viso per guardare negli occhi, perplessa e confusa, l'assistente dal fascino magnetico.

Capitolo 2

L'interrogativo

Katherine lasciò quasi cadere il cellulare sulla cattedra, e dalle sue labbra sfuggì quella che sembrava essere un'accusa, più che un'affermazione. «Mia madre ha saputo della morte di Sebastian Della Rocca solo dopo aver chiamato in segreteria».

«Sono veramente desolato. Probabilmente l'impiegata, sentendo parlare di un grave incidente, è saltata a conclusioni affrettate e le ha riferite in modo veramente irresponsabile. Una leggerezza del genere non è tollerabile, me ne occuperò io stesso». L'assistente non mostrava alcuna emozione, né rammarico.

Lei non ebbe la voglia né la forza per controbattere. «Sì, dev'essere andata così». In realtà non era per niente convinta. «Ora devo proprio andare».

«La accompagno».

Katherine avrebbe voluto declinare l'invito, ma di fronte all'espressione decisa di Armand cambiò idea. Uscì dall'aula praticamente sotto shock. In una mano teneva il cappotto, nell'altra la borsa. Elena l'attendeva nel corridoio.

«Kate, cosa...?».

«Il padre di Ale ha avuto un incidente». Katherine teneva gli occhi bassi, cercando con tutte le forze di non mettersi a piangere in pubblico.

«Oh mio Dio! È all'ospedale? Come sta?».

«Non ce l'ha fatta», parlò lentamente, senza riuscire a nascondere il tremore nella voce.

«E Ale? Lo hai sentito?».

«Non ho ancora avuto il coraggio di chiamarlo».

«Vado a prendere la macchina e ti accompagno a casa. Tu aspettami qui».

Armand le raggiunse. In una mano teneva il blocco da disegno di Katherine. Si rivolse a Elena con tono fermo. «La accompagno io, ho la macchina qui sotto».

Katherine non disse nulla, le parole erano bloccate in gola e la irritavano come briciole di pane secco.

«Ok, allora ti chiamo più tardi». Elena la abbracciò e lei riuscì solo ad annuire.

Armand le passò accanto facendole un semplice cenno. «Katherine, andiamo?».

Uno vicino all'altro percorsero un lungo corridoio scarsamente illuminato che portava all'uscita. Scesero le scale e attraversarono il cortile lastricato mentre la pioggia cadeva senza tregua.

«Mi spiace non avere un ombrello». L'assistente si scusò con gentilezza, prima di avvicinarsi a una lussuosa Mercedes SLR.

Come tutti gli artisti, aveva ecceduto in qualcosa e, come tutti i ragazzi, quel qualcosa era l'automobile. Armand aprì la portiera ad ala di gabbiano dalla parte del passeggero per farla accomodare. Katherine provò un leggero disagio nel trovarsi così vicina a lui in uno spazio così limitato. Un attimo dopo sfrecciavano a velocità sostenuta per le strade di Firenze.

Le poche parole scambiate a inizio tragitto non l'avevano tranquillizzata come forse avrebbe voluto. Tra una ventina di minuti sarebbe arrivata a casa dei Della Rocca ed era preoccupata, non sapeva come affrontare la situazione.

Ricordava perfettamente gli attimi di incredulità che avevano preceduto il tuffo nell'abisso del dolore il giorno in cui era morto suo fratello Thomas. In quei momenti qualcuno aveva provato a consolarla, ma non c'era riuscito. Ora toccava a lei cercare di essere d'aiuto, ma sapeva che sarebbe stata una battaglia persa in partenza.

Era in auto con lui da meno di cinque minuti, ma Armand già non vedeva l'ora di arrivare a destinazione per farla scendere, e non certo perché la sua presenza gli desse fastidio. Anzi, semmai era il contrario, ed era proprio quello il problema. Qualche volta gli era capitato di trovarsi da solo in compagnia di un'umana e non aveva provato alcuna emozione. Quella ragazza invece lo turbava. Non era così che aveva programmato l'incontro con lei. Katherine Evans doveva essere un elemento da gestire con facilità, ma aveva capito che non sarebbe stato così sin dal momento in cui l'aveva guardata negli occhi per la prima volta.

A pochi centimetri da lei, avvertiva a intervalli regolari il suo profumo, voluttuoso e avvolgente. La pioggia le aveva bagnato i capelli, intensificando l'odore fresco della pelle. Avrebbe voluto sfiorarla. Solo per un attimo. Ma non poteva, doveva mantenere le distanze. I suoi piani prevedevano solo una conoscenza superficiale, null'altro.

Cercò di concentrarsi sulla guida, ma non riuscì a distrarsi. A ogni respiro percepiva il suo profumo. Cambiò strategia e scelse di parlarle.

«Katherine, vorrei poter dire qualcosa per farla stare meglio, ma è davvero difficile trovare le parole giuste in momenti come questo».

Lei alzò lo sguardo e riuscì solo a dire: «La ringrazio».

L'intensità di quegli occhi blu stava incrinando la corazza delle certezze di Armand. Contrariato per il tono premuroso che aveva usato rivolgendosi a lei, tornò sui suoi passi e decise di mantenere le distanze optando definitivamente per un comportamento distaccato. D'ora in poi con lei sarebbe stato soltanto cortese, niente di più. Ma solo qualche minuto più tardi, accorgendosi che il silenzio si traduceva in una rinnovata attenzione al suo profumo, senza volerlo le parlò di nuovo. «Era un suo parente stretto?».

Come risposta si aspettava un monosillabo, era evidente come lei non avesse voglia di fare conversazione. Invece lo stupì. «È un carissimo amico di famiglia. Ma è anche il padre del mio ragazzo... del mio ex ragazzo, per la precisione». Inspirò a lungo. Prima ancora di concluderla era già pentita di aver pronunciato quell'ultima frase.

Nell'intimo di Armand quelle parole avevano stranamente suscitato il suo compiacimento. Una voce lontana, forse quella del buon senso, lo ammonì: non erano affari suoi.

Vide Katherine portare al petto la mano sinistra, stava soffrendo e non solo per la morte di Sebastian Della Rocca, avrebbe potuto giurarlo. Percepiva in lei un dolore molto più profondo e ancora così vivo. Avrebbe voluto conoscere l'origine di quella sofferenza. Avrebbe voluto sfiorarla, di nuovo, ne sentiva quasi il bisogno, ma non poteva commettere un simile errore. Cosa gli stava accadendo? Doveva smetterla di pensare a lei e limitarsi ad accompagnarla all'indirizzo che gli aveva indicato. Punto.

Schiacciò l'acceleratore con più forza e non disse altro per il resto del percorso. Quel viaggio era durato meno di mezz'ora, ma a lui era parso interminabile. E brevissimo.

Arrivati a casa Della Rocca, Armand accostò di fronte al cancello. Ringraziandolo, Katherine scese dall'auto. Fu sollevata nel vedere un uomo in fondo al vialetto, le stava venendo incontro. Sarebbe stato davvero imbarazzante se ad attenderla, anziché suo padre, fosse stato Alessio.

La Mercedes di Armand ripartì immediatamente, anticipando l'ingresso di Katherine nel giardino della villa. *Che tipo particolare*, pensò prima di correre tra le braccia di suo padre.

«Chi era?».

«Il nuovo assistente di Storia dell'Arte».

«Perché eri in macchina con lui? Come si chiama?».

«Papà! Non credo sia il momento per farmi il terzo grado».

«Non hai risposto alle mie domande».

«Non ricordo il suo nome. Si è offerto di accompagnarmi dopo la telefonata della mamma in segreteria». Katherine voleva interrompere sul nascere una possibile discussione. «Com'è successo?» domandò a suo padre.

«Sebastian era appena arrivato alla centrale di Prato. Non si conoscono ancora le cause dell'esplosione, ma sappiamo che oltre a lui c'è un'altra vittima. Il guardiano all'ingresso ha confermato di averlo visto entrare nell'edificio insieme al caporeparto».

«Oh Dio. Papà, tu stai bene?».

Robert e Sebastian erano amici fraterni da lunga data, ben prima che gli Evans si trasferissero in Italia.

Robert la strinse al petto, ma non rispose alla domanda.

«Alessio e Donata dove sono?».

«In soggiorno».

«Ok, vado». Era arrivato il momento che la preoccupava di più. Si avviò verso la villa dei Della Rocca, concentrandosi per riuscire a mettere insieme un discorso che potesse avere un senso.

Con il cuore in gola, fece il suo ingresso nel soggiorno. I due erano seduti sul divano. Donata aveva i capelli raccolti, indossava un vestito scuro e come un automa stava sorseggiando del caffè amaro da una tazza fumante. Alessio aveva lo sguardo perso nel vuoto, fissava il pavimento senza vederlo, il viso teso per la rabbia e il dolore.

L'arrivo di Grace, sua madre, la sollevò: con lei vicino sarebbe stato tutto più semplice.

«Kate, tesoro, sei arrivata».

«Ciao, mamma».

Al suono della sua voce Donata alzò gli occhi bagnati di lacrime e le sorrise.

Senza dire nulla, Katherine andò verso di lei e la abbracciò.

Alessio appariva quasi distaccato. Non aveva pianto, ma i suoi grandi occhi marroni erano lucidi. «Non mi hai chiamato».

«Ho cercato di arrivare il prima possibile».

«Facciamo due passi?».

Alessio prese Katherine per mano, stringendola più del dovuto, ma lei accettò quella stranezza senza protestare.

Una volta fuori, l'abbracciò con trasporto prima di guardarla negli occhi.

«So che vuoi lasciarmi, ma non puoi farlo. Non ora».

«Ale, io...».

Aprendo il palmo della mano di fronte al suo viso, la zittì in modo brusco. Non era mai stato così prepotente con lei.

«Pensi che non abbia capito i tuoi messaggi in codice? Sono settimane che mi vuoi mollare».

«Ale, non mi sembra il momento».

«Dobbiamo parlare di questa cosa, adesso. Non puoi lasciarmi ora, è un momento troppo delicato per me, per mia madre e anche per i tuoi. In una circostanza come questa non sarebbero contenti di scoprire che la loro dolce figlioletta è in realtà un mostro di egoismo. Non te lo perdonerebbero».

«Infatti io non volevo interrom...».

«Bene. Allora mi ero sbagliato. Meglio così».

Per la prima volta nella sua vita, Katherine non era riuscita a dire quello che pensava. Era una ragazza schietta e non si lasciava mai sfuggire l'occasione di esprimere il suo pensiero, ma quella volta era diverso. Alessio era molto provato e non poteva fare altro che assecondarlo, anche se le sue parole l'avevano profondamente ferita.

Tornata finalmente a casa, Katherine riempì la grande vasca ad angolo. Aveva bisogno di calmarsi un po' per allentare la tensione. Si lasciò avvolgere dalle bollicine dell'idromassaggio e chiuse gli occhi. Pian piano sentiva i nervi rilassarsi, tanto che lo squillo del cellulare la fece trasalire. Restò a parlare con Elena per alcuni minuti, finché l'acqua non diventò tiepida. Poi posò il telefonino sul davanzale, uscì dall'acqua e si avvolse in un grande asciugamano di spugna bianco. Il morbido tessuto le accarezzò il corpo, regalandole una sensazione piacevole. Era il primo momento della giornata in cui si sentiva tranquilla.

Entrò in camera, sistemò alcune cose sulla scrivania e accese il computer per ascoltare un po' di musica. Prese il cellulare per inviare un messaggio ad Alessio, ma la batteria era completamente scarica ed era troppo tardi per chiamarlo a casa. Tirando fuori i libri dalla borsa si accorse di aver dimenticato il blocco da disegno in facoltà. Anzi, no, l'ultima volta lo aveva visto nelle mani del nuovo assistente. Le venne in mente quel volto perfetto e decise di andare su Google a cercare un po' di informazioni sul misterioso ragazzo dagli occhi color ebano, sguardo intenso e profumo irresistibile. Si fermò, sorpresa dai pensieri che stavano germogliando nella sua mente, poi si decise a digitare *Armand Castelli* nel motore di ricerca.

Trovò decine di risultati, alcuni dei quali portavano a profili con tanto di foto su diversi social network. Altri link facevano riferimento a persone che abitavano all'altro capo del mondo, ma nessuna di quelle pagine portava al ragazzo che avrebbe tenuto il corso di Storia dell'Arte per tutto il semestre. Essere anonimi nell'era dei computer è praticamente impossibile, in barba alla privacy di cui tutti parlano. Perfino lei, che aveva scelto di non pubblicare alcun profilo, era citata in un paio di articoli che riguardavano suo padre, famoso e pluri-premiato ricercatore neurochirurgo.

Su Armand non riuscì a trovare nulla e pensò di aver capito male il nome. Chiunque stesse preparando una mostra personale, in una delle più note gallerie d'arte di Firenze, avrebbe avuto tutto l'interesse a far parlare di sé. I misteri su quel ragazzo cominciavano a essere un po' troppi...

Capitolo 3

L'impensabile

Katherine stava facendo colazione insieme a Elena al bar della facoltà. Erano trascorse due settimane dal giorno del terribile incidente di Sebastian Della Rocca.

«Come sta Alessio?» chiese Elena con ostentata noncuranza.

«Ha reagito piuttosto bene, almeno all'apparenza».

«Intendevo dopo aver capito che tra voi è finita».

«Sembra aver completamente rimosso il problema. Si comporta come se nulla fosse. In realtà mi sento un po' in colpa, continua a riempirmi di attenzioni e...».

La interruppe una voce gentile e profonda. «Buongiorno Elena, Katherine».

Lei si girò lentamente. Era ancora più bello di come lo ricordava. «Non ho ancora avuto modo di ringraziarla».

Armand rivolse un sorriso di cortesia a Elena, poi fissò Katherine. «Niente *lei*, ti prego». Fece una breve pausa, prima di aggiungere. «Come vanno le cose? L'ultima volta che ti ho vista eri sconvolta».

«Va decisamente meglio, ti ringrazio. Sei molto gentile a chiedermelo».

Il suo sorriso, quasi impercettibile, lo rendeva ancor più affascinante e misterioso. Katherine deglutì quando lui le porse il blocco da disegno e alcuni fogli A4 accuratamente rilegati.

«La scorsa settimana non ti ho vista a lezione, e così ho pensato di portarti i miei appunti».

Imbarazzo totale. «Ti ringrazio davvero, anche per il blocco da disegno che ormai avevo dato per perso».

«Ero sicuro che ti avrebbe fatto piacere riaverlo. Ora devo scappare, ci vediamo in classe».

Le ragazze lo guardarono andarsene con passo deciso. Lui si girò per un attimo, giusto il tempo di fissare Katherine negli occhi. «Non li lascerai in giro come hai fatto con il tuo blocco da disegno, vero?».

Prima ancora che lei potesse rispondere qualcosa, Armand si era già allontanato con il sorriso sulle labbra.

«Wow! Ma è un figo pazzesco! E se gli chiedo di sposarmi?».

«E dai, Elena!» Provò un lieve disappunto, ma preferì non chiedersi il perché.

Elena non parve neppure accorgersene e proseguì: «Ma lo hai visto?».

«Certo che l'ho visto, ma ti ricordo che è il nostro prof».

«Ma quale prof? È l'assistente della Carrisi, sta facendo il master. Quindi è praticamente un nostro collega, solo un po' più grande».

Katherine la guardò negli occhi con aria rassegnata e scosse la testa, sorridendo.

Il bip del cellulare catturò la sua attenzione. Prese il telefonino dalla borsa e lesse il messaggio, poi lo fece vedere a Elena: *Ciao piccola, ci vediamo stasera da me alle 9? Ale.*

«Cos'è quella faccia? Hai idea di quante ragazze vorrebbero essere al tuo posto, me inclusa?».

«E perché mai?».

«Hai un ragazzo super e lo vuoi lasciare. Se non bastasse, quel figo di Armand Castelli ti punta».

«Che cavolo stai dicendo, Ele?».

«Ma per favore... Si è preso perfino la briga di venire qui a portarti i suoi appunti. Sveglia, ragazza!» Elena rincarò la dose dello sfottò con una bella pacca sulla spalla.

«Sei insopportabile, lo sai, vero?».

Elena fece l'occhiolino. «Certo che lo so, lo sanno tutti!».

Durante l'ora di lezione tenuta da Armand, Katherine ebbe modo di osservare ogni suo gesto. Quando riusciva a distogliere lo sguardo da lui, si concentrava sulle inflessioni della sua voce: ferma, profonda, virile. Si sentiva innegabilmente attratta e desiderò più volte che lui la guardasse. Non le sarebbe certo dispiaciuto scoprire che le convinzioni di Elena erano fondate.

Armand tenne una lezione esemplare, con la professionalità di un docente esperto. Non la guardò mai per più di qualche secondo e Katherine si convinse che per lui era solo una delle tante studentesse.

Quel pensiero fastidioso la seguì per il resto della giornata. *Perché diavolo continuava a pensare a quel tipo?*

Intorno alle nove di sera, dopo la cena insieme ai suoi genitori, Katherine prese la sua Mini per raggiungere Alessio.

Arrivata alla villa dei Della Rocca suonò il campanello come faceva sempre. Proprio mentre era ferma in attesa che si aprisse il pesante cancello in ferro battuto, con la coda dell'occhio le parve di scorgere sulla sua sinistra il movimento veloce di un'ombra. Dopo qualche secondo di perplessità si tranquillizzò, convincendosi che il movimento fosse stato solo frutto della sua immaginazione. Ma il fenomeno si ripeté un attimo dopo, mentre ripartiva per entrare nel vialetto di accesso alla villa, e questa volta la cosa fu molto più evidente. L'ombra era più vicina e aveva una forma quasi umana. Avrebbe mai potuto essere un passante? No, era fuori discussione a quell'ora e in quella zona.

La villa dei Della Rocca era sulla strada principale, ma piuttosto isolata. Un ladro? Anche questa ipotesi era da scartare: l'ombra si era mossa troppo in fretta per essere un uomo a piedi, eppure era proprio ciò che le sembrava di aver visto. Il cuore pulsava forte mentre percorreva il vialetto che separava il cancello dal grande portone di ingresso. Parcheggiò la macchina in fretta, decisa a raccontare tutto ad Alessio e a sua madre. L'imponente portone di legno si aprì dopo pochi secondi. Meno male.

«Ciao, Ale».

Alessio la abbracciò, stringendola forte. «Ciao, piccola. Avevo proprio bisogno di vederti».

«Sono qui. Perché ti sento così teso?». Si staccò da lui con garbo, mantenendo il contatto con il suo braccio.

«È meglio che sia io a dirtelo, tanto domani sarà su tutti i giornali».

«Dirmi cosa?».

«Dai, vieni in soggiorno, c'è anche mia madre».

Donata Della Rocca era seduta al grande tavolo al centro del salone. «Kate, sono contenta tu sia qui».

«È appena andato via il capo della Squadra Omicidi. Era insieme all'ispettore Neri, incaricato delle indagini», si affrettò a dire Alessio, mentre prendeva la mano di Katherine.

«Come mai sono venuti qui?» chiese lei perplessa.

Le rispose Donata. «Ci ha portato i risultati dell'autopsia di Sebastian».

«Immaginavo fosse impossibile farla considerato che...». Katherine interruppe di colpo la frase, rendendosi conto di aver già parlato troppo.

Sapevano bene che il terribile incidente aveva carbonizzato il corpo. Quella mattina, Sebastian si era recato al nuovo impianto, una centrale di ultima generazione, per testare la funzionalità di un congegno appena brevettato ma questo, proprio durante la fase di avvio, era esploso provocando un violentissimo incendio. L'istantaneo propagarsi delle fiamme non aveva lasciato scampo ai due uomini. Sebastian e il capo reparto erano stati inghiottiti dal fuoco prima ancora di poter invocare aiuto. Trattandosi di un'operazione che richiedeva la massima riservatezza, Sebastian aveva insistito affinché nessun altro fosse presente quella mattina, e così fu preclusa ogni possibilità di intervento in loro soccorso. Tutto era accaduto mentre Katherine era in facoltà. Il suo malessere non era riconducibile a quella disgrazia. Non si era trattato di una forma di empatia, ma solo di pura coincidenza. Il giorno in cui Thomas era morto, lei non aveva infatti avvertito nulla di insolito. Maledizione. Se solo avesse avuto un minimo presentimento, avrebbe sicuramente impedito a suo fratello di prendere la bici.

Donata interruppe i suoi pensieri, rispondendole con voce triste. «Invece sembra proprio che siano riusciti a effettuare l'esame autoptico, ma avrei preferito non l'avessero fatto». La donna continuava ad aprire e chiudere nervosamente il bracciale del suo Cartier d'oro bianco.

«Mamma, invece è importante sapere. L'ispettore aveva ragione a dubitare dell'incidente».

«Perché, cosa hanno scoperto?».

Katherine era stupita. Le parole di Alessio contenevano già la risposta alla sua domanda, ma aveva bisogno di una conferma.

«È stato un duplice omicidio, Kate. L'ispettore Neri sta indagando a fondo sulle dinamiche, soprattutto perché non sa spiegarsi come mai nel referto del medico legale si parli di una ferita profonda all'altezza del cuore, in entrambi i casi e nello stesso punto del torace. Non possono essersi feriti accidentalmente tutti e due e in modo pressoché identico, per cui l'ispettore ha concluso che l'esplosione è stata solo una messa in scena per eliminare le prove dei due omicidi e sviare le indagini».

«Oh mio Dio! E chi può aver fatto una cosa del genere?». Katherine si era seduta, veramente sconvolta.

«Qui entra in ballo la cosa più strana che io abbia mai sentito», disse la madre di Alessio alzandosi dal divano. «Scusatemi, ma adesso io vado nella mia stanza, ho bisogno di staccare un po' la spina, non ce la farei a sentire di nuovo i particolari di questa storia. Ho appena chiamato tuo padre al telefono e li ho raccontati anche a lui. Mi ha detto di farti sapere che stava partendo per incontrare alcuni suoi amici della CIA. Vuole chiedere loro di avviare un'indagine parallela per accertare lo stato delle cose. Secondo lui si è trattato soltanto di un maledetto incidente».

Tipico di mio padre, vuole risolvere ogni cosa nel giro di qualche minuto, pensò Katherine.

«Se c'è qualcosa che posso fare per lei, Donata...».

«Grazie Kate, la tua famiglia mi è sempre vicina. Anche tua madre voleva venire qui stasera, ma le ho detto che mi farebbe bene un po' di riposo». La donna dai capelli ramati si allontanò, cupa.

«Ale, mi vuoi dire che altro c'è?».

«Erano completamente dissanguati».

Capitolo 4

Il dissanguamento

Katherine rimase di sasso. Nei suoi occhi blu si leggevano incredulità e sbigottimento.

«Stai forse dicendo che li hanno accoltellati al cuore e poi li hanno lasciati morire dissanguati?».

Se lo sguardo di Alessio la turbava, le parole che pronunciò subito dopo la fecero addirittura rabbrividire.

«I loro corpi erano completamente privi di linfa, vuoti come due fusti di canna rinsecchita. E lì attorno non c'era nemmeno una goccia di sangue. Questo cosa ti dice?».

«Li hanno uccisi da qualche altra parte e poi li hanno portati sul luogo dell'esplosione?».

«Ma dai, sei molto intelligente Kate, nessuno riuscirebbe a causare una ferita che provochi il totale svuotamento del corpo. A meno che quel qualcuno non riuscisse a tirare fuori il sangue fino all'ultima goccia, come se usasse una cannuccia».

«Stai scherzando, vero? Come... vampiri o qualcosa del genere?».

«Scherzare? Stiamo parlando dell'omicidio di mio padre».

«Scusami, è che suona così incredibile». Si morse il labbro inferiore. Quella storia la stava sconvolgendo.

«Lo so. Giuro che se prendo anche uno solo di quei bastardi, qualsiasi cosa sia, lo uccido con le mie mani!».

Katherine si avvicinò ad Alessio e si accorse che stava tremando, aveva i pugni stretti e le palpebre socchiuse. Sembrava un vulcano pronto a esplodere.

«Sono certa che alla fine li troveranno e li faranno marcire dietro le sbarre».

«Non voglio che se ne stiano belli comodi in una cella. Non dovranno mai più vedere la luce del sole». Alessio aveva tutte le ragioni per essere fuori di sé.

Il ritorno a casa fu segnato dai pensieri più inquietanti. Le sembrava tutto impossibile, ma doveva pur esserci una spiegazione logica. Le venne in mente la strana ombra che l'aveva spaventata al suo arrivo alla villa. Non aveva detto nulla ad Alessio, ma forse era stato un bene dimenticarsene, con tutti i pensieri che avevano i Della Rocca ci mancava solo lei a rincarare la dose con ombre, fantasmi e chissà cos'altro. E se quell'ombra fosse stata... qualcosa di non umano? Assurdo, meglio scacciare subito quel pensiero. Parcheggiò la sua Mini al solito posto e si avviò verso il portone di casa.

Appena varcata la soglia si accorse che sua madre era ancora sveglia, seduta sul divano, immobile, con la testa appoggiata allo schienale imbottito. Aveva gli occhi socchiusi, persi nelle nebbie dei tempi. La sua mente era sicuramente altrove, a dar vita a chissà quali ricordi sepolti.

«Mamma, tutto bene?».

Grace si ricompose, alzò la testa e aprì lentamente gli occhi color smeraldo. «Ciao, tesoro. Ti stavo aspettando. Tuo padre, appena ha saputo del referto dell'autopsia di Sebastian, è uscito di corsa».

«Sì, Donata me l'ha detto».

«Robert era molto affezionato a Sebastian. Non si dà pace per la sua morte così improvvisa».

«Dov'è andato di preciso?».

«Credo che non lo sappia nemmeno lui con certezza. So che ha preso un aereo per il Belgio, per incontrare un amico che lavora alla CIA. Mi ha detto che chiamerà appena avrà qualche notizia».

«È terribile. Sebastian assassinato. Non riesco ancora a crederci. Chi poteva avercela con lui fino al punto di fargli una cosa del genere?». Non sapeva se sua madre fosse al corrente del dissanguamento dei due corpi, ma non aveva alcuna intenzione di parlarne in quel momento.

«Tuo padre è convinto che l'ipotesi dell'omicidio sia infondata, staremo a vedere che cosa riuscirà a scoprire la polizia. Come sta Alessio? E Donata? L'ho sentita per telefono, era davvero scossa. Poverina, ricordo bene come ci si sente».

Katherine si sedette vicino alla madre e la abbracciò con dolcezza. La donna dai grandi occhi verdi la strinse a sé e le accarezzò i capelli. «Riusciranno a superare questo momento. Staremo loro vicini, chi meglio di noi può capirli?».

Grace non si riferiva solo al tragico incidente che aveva spezzato la vita a Thomas, fratello maggiore di Katherine, ma anche e soprattutto a Erik, suo primo marito e padre biologico di Thomas. Katherine non sapeva molto del vero padre di suo fratello. Si chiamava Erik Coleman e aveva trentun anni quando scomparve. Non aveva mai fatto troppe domande a sua madre per non riaprire ferite ormai rimarginate. Le sue fonti erano state giornali, vecchie foto e soprattutto suo padre, Robert.

Anni prima, Erik e Robert si erano conosciuti sul posto di lavoro ed erano diventati amici. Un giorno, il corpo di Erik fu rinvenuto non lontano dall'ospedale in cui prestavano servizio. Era stato ucciso con due coltellate, la seconda delle quali aveva leso gli organi vitali. Lo avevano trovato qualche ora dopo l'omicidio, senza portafogli, né giubbotto. Uno psicopatico aveva confessato l'omicidio ed era stato rinchiuso in un manicomio criminale.

Morto Erik, Robert era rimasto vicino a Grace e al piccolo Thomas, quando suo fratello aveva solo otto mesi. Tre anni dopo si era dichiarato, le aveva chiesto di sposarlo, Grace aveva accettato e di lì a poco era nata lei. Era più o meno tutto quello che Katherine sapeva.

«Domani andrò a trovare Donata».

«Va bene mamma, ora però andiamo a letto. Anche tu hai bisogno di riposare. Ti preparo un po' di latte caldo e arrivo».

«Sei proprio un tesoro».

«Ti voglio bene, mamma».

«Anch'io piccolina».

Katherine andò in cucina con passo lento e stanco. Aprire il frigorifero, prendere la bottiglia e un bricco, accendere i fornelli, erano tutti movimenti meccanici che non richiedevano grande attenzione. Per fortuna. La sua mente era altrove, in cerca di certezze e di un po' di tranquillità. Nelle ultime settimane aveva più volte avuto l'impressione che la terra sotto i suoi piedi potesse in qualche modo tremare. La notizia dell'assassinio di Sebastian Della Rocca, e del modo in cui sembrava essere stato ucciso, le provocava un senso di oscura inquietudine.

Si soffermò a guardare fuori dalla finestra per qualche istante. La notte era limpida e avvolgente nel tenero abbraccio dell'universo. Prese una tazza grande, versò il latte caldo e lo portò alla madre prima di ritirarsi nella sua stanza.

La serata trascorse lenta. Seduta alla scrivania di mogano, aprì la borsa e tirò fuori i libri di testo e gli appunti che le aveva prestato Armand. Osservò con attenzione la bella calligrafia dell'assistente: era stile e armonia, come se ogni singola lettera fosse una piccola opera d'arte. Decise di fotocopiare le pagine, avrebbe conservato con cura la scrittura di Armand. Brutta, anzi pessima idea quella di perdere la testa per uno come lui.

Capitolo 5

Brividi

Il pomeriggio seguente, dopo le lezioni, Katherine cercò Armand per restituirgli gli appunti. Guardando gli orari dei docenti, scoprì che la professoressa Carrisi non aveva lezione il giovedì, quindi era molto probabile che nemmeno lui fosse in facoltà. Per accertarsene, bussò alla porta della segreteria.

«Buongiorno, chiedo scusa. Avrei bisogno di parlare con Armand Castelli, l'assistente della professoressa Carrisi».

«Temo che non lo vedrà prima della prossima settimana», le rispose una donna di mezza età.

«La ringrazio, mi scusi ancora». Katherine annuì, rassegnata, fissando il vuoto per un attimo.

La sua esitazione indusse la segretaria ad aggiungere: «Posso recapitargli un messaggio, se è urgente».

«È davvero gentile, la ringrazio, ma non c'è nulla di urgente. Dovrei solo restituirgli degli appunti».

«Se vuole, può lasciarli qui. Glieli faremo avere noi».

Avrebbe potuto posare i fogli sul bancone e andarsene, ma le sembrava un comportamento poco delicato nei confronti di Armand. In realtà, anche se non voleva ammetterlo, non voleva perdersi l'occasione di incontrarlo di nuovo.

«Tutto sommato, preferirei consegnarli io. Sa, dovrei fare qualche domanda». Era una bugia bella e buona. Non aveva proprio nulla da chiedergli.

«Certo, capisco». La segretaria sorrise con una punta di malizia. Da quando Armand aveva cominciato a tenere il corso di Storia dell'Arte, quella ragazza non era certo la prima a chiedere di lui, con una scusa o con l'altra. Osservando il viso imbarazzato di Katherine, la donna provò un'istintiva simpatia nei suoi confronti e così, iniziando a digitare sulla tastiera con apparente noncuranza, scelse di darle una mano. «Probabilmente lo troverà nel suo studio. Immagino stia mettendo a punto gli ultimi dettagli per la mostra di sabato».

«Grazie, lei è davvero gentile. Comunque credo che aspetterò la prossima settimana, anche perché non saprei dove trovare il suo studio».

«Ha presente via Ghibellina? Non si può sbagliare, il suo studio è vicino al Teatro Verdi. C'è anche una galleria d'arte proprio di fronte. Ma io non gliel'ho mai detto, eh?» disse la donna sorridendole.

La mente di Katherine stava già percorrendo le vie di Firenze nella direzione indicata.

«Sa, per una questione di privacy», si giustificò la segretaria.

«Grazie davvero, le devo un caffè».

«E una brioche?».

«Minimo due». Rivolgendole un sorriso complice, uscì dalla segreteria.

Dopo un nanosecondo di esitazione, Katherine finì per fare ciò che aveva già deciso prima ancora di uscire dalla segreteria: passare dallo studio di Armand. In fondo era lì vicino. Poi avrebbe preso il pullman per tornare a casa; avrebbe avuto tutto il tempo, erano solo le quattro del pomeriggio.

Le viuzze lastricate della città vecchia, quelle stesse che Leonardo e Michelangelo avevano percorso secoli prima, brulicavano di giovani e anziani, turisti e perditempo. Iniziò a camminare con passo deciso facendosi strada tra la gente sugli stretti marciapiedi. Le piaceva respirare l'aria fredda e sentire l'eco dei suoi passi sulle pietre smussate dal passaggio di milioni di impronte e infiniti respiri.

Trovò lo studio senza alcuna difficoltà, proprio di fronte a una delle tante gallerie d'arte di Firenze, come le aveva confidato la segretaria. Si avvicinò a una piccola vetrina, del tutto anonima, in cui erano esposti dei cartelloni pubblicitari. Era buio all'interno, ma riusciva a intravedere una debole luce che filtrava da un lato. Spinse la porta e sentì il tipico rumore della serratura che cede sotto lo sforzo della mano. Avvertì subito una melodia. Una musica lenta, ipnotica, a basso volume.

Oltrepassò una vecchia scrivania di legno, due poltroncine in pelle e decine di tele sparse ovunque. Volti e corpi ai quali mancava solo la parola. Ricordavano la carnalità e l'intensità di Caravaggio, l'armonia e la sinuosità di Raffaello e la precisione di Michelangelo. Katherine non era certo un critico d'arte, ma di sicuro quelle opere sarebbero risultate magnifiche anche agli occhi di un profano.

«C'è nessuno?».

Fece ancora due passi, in attesa di una risposta che non arrivò. Spinta dalla curiosità o forse fatalmente attratta dalla melodia che riempiva ogni angolo, abbandonò quella piccola stanza semibuia per addentrarsi nel vano attiguo. Rimase immobile.

Lui era lì, proprio davanti a lei, di schiena, su una scaletta, intento a rifinire i particolari del più bel quadro che lei avesse mai visto. Il corpo perfetto di Armand, fasciato da un paio di jeans piuttosto aderenti e da una maglia nera attillata, con le maniche tirate su fino a metà del braccio, era il tassello mancante alla perfezione della sua tela.

Chino sull'immagine di una donna, velata appena dalle trasparenze di un tessuto leggerissimo dipinto magistralmente, stava rifinendo i riccioli che sfioravano il collo di quella figura femminile. La mano di Armand accarezzava dolcemente quella silhouette ultraterrena. Non la stava solo creando, la stava facendo sua, sempre di più, a ogni tocco di pennello.

La donna dai riccioli biondi faceva parte di una composizione pittorica larga più di tre metri e alta forse altrettanto. Era un dipinto maestoso, di una bellezza palpitante. Ogni movimento di Armand le pareva un passo di danza virile, sensuale, eccitante. Provò invidia per la figura che lui stava creando. Armand la guardava con un rapimento quasi estatico, tanto da suscitare in Katherine il desiderio di essere ai suoi occhi bella e seducente quanto lei.

Inspirò a fondo e le sue narici avvertirono un profumo irresistibile, intenso, maschile. La stessa fragranza di sandalo e bergamotto che accompagnava la presenza del giovane assistente. Fu piacevolmente tormentata da sensazioni a lei sconosciute. Le girava la testa. Avrebbe voluto fare ancora qualche passo e raggiungerlo. In quel momento il profilo di Armand le sembrò quello di un semidio sceso dall'Olimpo. Il suo viso era illuminato da deboli fasci di luce provenienti dal basso, dove erano sistemate alcune lampade. Sapeva che la cosa più ragionevole sarebbe stata quella di scappare via da lì, lontano da quel luogo, da quella situazione che la stava travolgendo. Si sentiva disorientata ed ebbe paura. Di se stessa. Delle sue emozioni. Il suo cuore non aveva mai pulsato in quel modo.

Il display dello stereo si oscurò per poi illuminarsi di nuovo, all'inizio del brano successivo. Armand si girò di scatto.

«Katherine». La fissò intensamente.

«Ciao, scusami davvero, forse non sarei dovuta entrare, volevo solo restituirti gli appunti». Un imbarazzo tremendo la fece quasi balbettare.

Armand scese i due gradini e posò la tavolozza dei colori. «Figurati, mi fa piacere che tu sia qui». Con gli occhi ancora fissi nei suoi, le sfiorò la guancia con il palmo della mano.

Katherine fu distratta da quel gesto e i fogli che aveva in mano caddero sul pavimento. «Che sbadata, scusami».

«Hai intenzione di continuare a scusarti per tutta la serata?». Accennando un sorriso, Armand si rivolse a lei in modo gentile, il tono della voce basso e seducente.

«No, certo che no».

Prima ancora che Katherine potesse abbassarsi per raccogliere i fogli, lui li aveva già tra le mani.

«Come hai fatto a trovarmi?».

«Ho chiesto in segreteria e...».

«Ti hanno dato l'indirizzo del mio studio. Domani chiamerò per...».

«No, ti prego!». Katherine intervenne quasi gridando. «È solo colpa mia, non rimproverare le segretarie».

«Rimproverarle? Ho tutt'altra intenzione: chiamerò in segreteria per ringraziarle, non viene mai nessuno a trovarmi in questo mio rifugio».

Il sorriso di Armand fu contagioso. Katherine cominciò a rilassarsi.

«Ti va un tè, un caffè o qualcos'altro?».

«Non vorrei disturbare».

«Ma dai, è un piacere, e faccio volentieri una pausa».

«D'accordo. Allora un tè andrà benissimo».

«Mettiti comoda, torno tra un attimo. Al bar qui vicino sono velocissimi».

Armand uscì e rientrò dopo un paio di minuti, con in mano due tazze di tè fumanti.

«Prego».

«Che buon profumo, grazie. Stavo guardando i tuoi quadri. Se me lo chiedessi, non saprei dire qual è il più bello».

«E se proprio tu dovessi sceglierne uno?»

Katherine sorrise.

«Cos'ho detto di divertente?». Armand non aveva distolto lo sguardo da lei neppure per un secondo, studiando ogni sua emozione.

«Spero che non sia tu a interrogarmi all'esame, perché vedo che non ti fermi a una prima risposta».

«Arguta. Complimenti».

«Comunque, se dovessi sceglierne uno, opterei per quello a cui stavi lavorando».

«Piace molto anche a me. È ispirato a una storia vera, e forse un giorno te la racconterò».

«Alla mostra esporrai anche quello?».

«Mi piacerebbe, ma credo che non riuscirò a terminarlo. L'inaugurazione è soltanto fra nove giorni. Manca ancora un elemento essenziale e l'ispirazione mi ha abbandonato. A proposito, verrai a trovarmi alla mostra?».

«Con molto piacere, grazie dell'invito».

«Ci conto».

Per far posto alla sua tazza di tè, Armand spostò un libro che era appoggiato su un giornale, scoprendone quasi metà della prima pagina. Era uno dei quotidiani locali, ma uno valeva l'altro, dato che la notizia dell'assassinio di Sebastian Della Rocca era sulla bocca di tutti. Titolava a caratteri cubitali: *Assassinato il re dell'energia.*

Katherine pensò che la notizia aveva fatto presto a trapelare. Soltanto la sera prima Alessio aveva saputo che si trattava di omicidio.

Armand vide Katherine fissare il giornale. «Scusami, non ricordavo di averlo lasciato qui sotto. Mentre leggevo quell'articolo pensavo che per i familiari non sarà certo facile accettare che l'assassino del loro caro sia ancora in giro, libero di agire indisturbato».

«Sono addolorati e confusi, sono troppe le cose che non riescono a spiegarsi. Nulla in questa vicenda sembra quadrare: la vendetta, la messa in scena dell'esplosione, l'assassinio, la strana ferita all'altezza del cuore, il dissanguamento totale del corpo...». Katherine si bloccò all'istante, rendendosi conto di aver detto troppo. Aveva appena dato ad Armand un'informazione che nessuna testata avrebbe potuto riportare.

Gli investigatori avevano raccomandato ad Alessio di non rivelare per nessun motivo il contenuto del referto medico-legale finché le indagini non si fossero concluse. Ma perché non se ne stava zitta quand'era il momento?

Armand restò pietrificato. Si sporse verso di lei, cauto. «Potresti ripetere, per favore?».

«A dire il vero, non potrei. È un particolare che non avrei dovuto svelare per nessun motivo».

«Hai la mia parola, tranquilla».

Katherine deglutì, consapevole del fatto che ormai fosse troppo tardi per tirarsi indietro. «Dal referto dell'autopsia risulta che i corpi siano stati completamente privati del sangue e poi bruciati per eliminare ogni indizio. È tutto quello che so».

Armand rimase immobile per qualche secondo, come congelato nel tempo, poi riprese il controllo della situazione ed esordì categorico. «Impossibile».

Si rese conto del tono perentorio con cui aveva pronunciato quella parola. Non avrebbe dovuto reagire in quel modo alla rivelazione di Katherine, ma la notizia lo aveva colto troppo di sorpresa per riuscire a controllarsi.

Decise immediatamente di cambiare argomento e si rivolse a

lei in modo gentile. «Se hai altri cinque minuti, ti andrebbe di aiutarmi a scegliere i dipinti da esporre la prossima settimana? Potrò portarne una ventina, e qui ce ne sono almeno il doppio».

Il suo voler cambiare argomento in modo così repentino la rese perplessa. «Sei davvero sicuro che un mio consiglio potrebbe esserti utile?».

«Certo! Il tuo parere sarà sicuramente obiettivo, al contrario del mio».

Katherine esitò per un istante, colpita dalla sua richiesta, ma fu ben contenta di accettare.

Si allontanò da lui per esaminare da vicino alcuni quadri posati in terra. Approfittando di quel momento, Armand prese il cellulare e digitò un messaggio: *Kylaah, ho bisogno di vederti nel mio studio. È urgente. Armand.*

Posò il cellulare sulla scrivania e si avvicinò alla ragazza, intenta a confrontare due dipinti. Anche se Katherine aveva ancora indosso il cappotto, non poté fare a meno di apprezzare la grazia delle sue forme. Le si accostò ancora di più, soffermandosi sui capelli castani, mossi, raccolti con un fermaglio scuro. La pelle dietro la nuca era candida e sprigionava un profumo leggermente fruttato, fresco e inebriante. Inspirando, Armand riuscì a cogliere la reale fragranza della pelle di Katherine. Era buonissima. Avrebbe voluto posare le labbra sul suo collo e perdersi. Il magnetismo che quella ragazza esercitava su di lui stava diventando irresistibile.

Con apparente noncuranza le sfiorò delicatamente la schiena con una mano. Lei si voltò appena.

«Non ti ho nemmeno chiesto se volevi toglierti il cappotto». Armand aveva abbassato la voce di due toni. Sentiva crescere dentro di sé il desiderio di accorciare le distanze.

«N... non fa niente, davvero».

Senza ritrarre la mano, le sfiorò le spalle e lei, come ipnotizzata, si tolse lentamente il cappotto. Lui da dietro la aiutò a sfilarlo e lo appoggiò sullo schienale di una sedia.

Katherine lo seguì con lo sguardo, affascinata, poi si impose di tornare a guardare i quadri, prima che lui si accorgesse del suo imbarazzo. «Credo che questi due non possano mancare. Li metterei vicini, così da creare un contrasto netto». Si voltò di nuovo verso di lui, lentamente, in attesa di una risposta.

«Penso proprio che tu abbia ragione». Armand pronunciò quelle parole senza staccare gli occhi dai suoi. I quadri erano un elemento privo di importanza in quel momento. Katherine suscitava in lui sensazioni inspiegabili.

Accorgendosi di averla messa in imbarazzo, sorrise teneramente alla comparsa di un improvviso rossore sulle guance. Percepiva chiaramente il suo respiro caldo e il battito accelerato del cuore. Il sangue pulsava nelle vene come un antico richiamo. Faticando a resisterle, Armand prese tra le dita una ciocca ribelle che le scendeva da dietro la nuca e, gustando la setosità dei suoi capelli, ne fece un boccolo intorno all'indice.

«Il tuo viso meriterebbe di essere immortalato. La sua luce cattura irresistibilmente». Era incantato. Sempre più vicino. Se l'avesse baciata, lei non si sarebbe sottratta, ne era certo. Ma non lo fece.

Armand lasciò andare la ciocca di capelli e si allontanò da lei.

«È meglio che io vada, si è fatto tardi». Katherine era disorientata. Con una punta di amarezza concluse che in effetti fosse molto meglio evitare una situazione che sicuramente le avrebbe complicato la vita.

«È stato bello averti qui». Le posò il cappotto sulle spalle esitando un attimo prima di lasciarlo andare del tutto. «Spero tu riesca a venire all'inaugurazione».

«Promesso».

Katherine si avviò verso l'uscita in preda alla confusione. Era incredula, imbarazzata e felice. Prima che la porta si richiudesse dietro di lei, si scontrò quasi con una donna che invece stava entrando. Riuscì a vederla solo di sfuggita, ma quell'attimo le fu sufficiente per provare un brivido lungo la schiena. Lasciò andare del tutto la maniglia, mentre la bellissima donna entrava, chiudendosi la porta alle spalle.

Katherine si strinse nel cappotto. Faceva freddo e, come se non bastasse, dal cielo cominciavano a scendere piccole gocce gelate. Si incamminò verso la fermata, in attesa del primo autobus che l'avrebbe portata a casa. Non vedeva l'ora di essere nella sua stanza, isolata dal resto del mondo. Armand incluso.

Capitolo 6

La missione

«Kylaah, sei arrivata!». Armand parve sollevato.

Affascinante come sempre, accennò un sorriso e gli rispose con una punta di sarcasmo. «Ero fuori ad aspettare che l'orario delle visite fosse terminato».

«Potevi entrare tranquillamente, stavamo solo dando un'occhiata ad alcuni quadri».

Lo fissò per un attimo. «Mio caro Armand... non ti ho mai visto così».

«Di cosa stai parlando?».

«Quella ragazza ti metterà nei guai. Sai che non dovresti nemmeno avvicinarti ai membri della famiglia Evans in pubblico, ma vedo invece che ti ostini a fare il contrario».

La guardò serio. «Non ho mai fallito finora. Un po' di fiducia non guasterebbe». Non aveva alcuna voglia di litigare con lei. Non quella sera.

Kylaah preferì non raccogliere la provocazione. «Cosa devi dirmi di così urgente?».

«Sebastian Della Rocca». Armand le mostrò il giornale.

«Sapevamo della sua morte prima che accadesse, ricordi?».

«Sì, ma come la mettiamo con il referto dell'autopsia?».

«Cosa ti preoccupa?» gli chiese sedendosi di fronte a lui.

«Hanno scoperto che i corpi, prima di essere bruciati, erano stati dissanguati».

Kylaah rispose con sufficienza: «Quelli della Scientifica sono diventati bravini. Qualche anno fa non sarebbero riusciti a ottenere risultati così precisi».

Armand invece era serio e preoccupato. «Questo è decisamente un problema».

«Per ora no, ma potrebbe diventarlo. Cosa pensi di fare?».

«Non ne ho la più pallida idea».

Kylaah non disse nulla, vanificando così le aspettative di Armand, che aveva sperato in un suo consiglio. Si concentrò invece sulla tazza da cui Katherine aveva bevuto. La prese delicatamente tra le mani e, mentre continuava a osservarla, passò l'indice sul bordo, due volte. La inclinò lentamente, prima di posarla in modo brusco sul tavolo.

«È una donna forte, molto più di quello che dà a vedere. Non perdere la testa per lei, ne soffriresti».

Non curandosi del monito di Kylaah, Armand rispose: «Non corro certi pericoli. Comunque Katherine dovrà essere eliminata dalla lista».

Kylaah non gli fece quasi finire la frase. «Sai bene che non funziona così. Il Consiglio ha deciso diversamente».

«Le decisioni possono cambiare», affermò con tono risoluto.

«Tu preoccupati solo di fare il tuo dovere».

«Lei non dovrà essere uccisa. Non dovrà essere neppure coinvolta, in alcun modo».

«Farai esattamente quello per cui sei arrivato qui. Sai bene che la missione deve essere portata a termine. Se non lo farai tu, ci penserà qualcun altro. Quindi, vuoi ritirarti? Avverto Tamon?».

«No, non serve. Svolgerò il mio compito fino in fondo, come stabilito».

«Molto bene». La kurann dagli occhi di ghiaccio si allontanò con passo deciso.

La seguì con lo sguardo mentre usciva dallo studio e si incamminava per le vie semideserte. Indossava un lungo e pesante mantello che copriva gran parte della sua bellezza, cristallizzata nei secoli, come una dea dai lunghi capelli color miele, dalle forme perfette ma con il cuore di un iceberg. Le sue decisioni erano irrevocabili. Le sue previsioni, infallibili.

Armand passò nella stanza adiacente, dove Katherine lo aveva sorpreso a lavorare. Ricordava ogni particolare del suo bellissimo viso e iniziò a dipingerlo. La delicata figura della ragazza si integrava perfettamente con gli altri elementi del quadro, ai quali sembrava appartenesse da sempre. Era forse quello il suo vero mondo? L'elemento essenziale che mancava era proprio Katherine?

MAI.

Capitolo 7

Perle del passato

Armand non era mai stato così deciso. La bellissima ragazza dagli occhi blu notte non si sarebbe mai dovuta sedere accanto alle figure che rappresentavano la sua intera esistenza.

Preso da un impeto di rabbia, posò le mani sul dipinto ancora fresco, si concentrò e liberò il demone che era dentro di lui.

Nella sequenza irreversibile di pochi attimi, partendo da sotto il palmo delle sue mani ed espandendosi a raggiera, cominciarono a svanire le molecole di tessuto della tela, sostituite da centinaia di minuscole scintille, particelle di pura energia che si librarono fluttuando per qualche istante, prima di sparire. In pochi attimi, l'intero dipinto si dematerializzò, fino a dissolversi completamente.

Ogni volta che Armand, per sua precisa volontà, sceglieva di fare sua e incanalare l'energia che lo circondava, riusciva ad annientare l'obiettivo fissato generando una quantità sufficiente di antimateria potenziata: la *krotomateria*.

Distruggere un'opera appena creata era un processo doloroso. Annullare il dipinto che raffigurava la sua famiglia gli faceva male a dismisura.

Col passare degli anni, Armand aveva imparato molto bene a gestire il suo potere, e riusciva a sfruttarne ogni singolo aspetto. La sua mente era in grado di incanalare solo la *krotomateria* necessaria, non una particella di più, per eliminare in modo preciso e definitivo il bersaglio. La famiglia Evans era uno di questi. Per l'Antica Stirpe, Robert Evans era un avversario pericoloso. Il Consiglio dei Grandi

Yterion non aveva ancora scartato l'ipotesi di eliminare il dottore insieme a tutta la sua famiglia. Armand non era mai stato d'accordo sul coinvolgimento dei famigliari. Ora lo era ancora meno.

«Ti prego, fa che sia tutto diverso». La sua era una richiesta sussurrata all'universo, all'ordine naturale e perfetto del mondo.

Non era facile sottrarsi alle Leggi della Stirpe. Annaspando tra i ricordi, vide se stesso molti anni prima, quando ancora credeva che la sua vita avrebbe potuto essere semplice.

Tutto era cominciato nel lontano 1733. Armand aveva ventitré anni, molti dubbi e altrettanti sogni che era certo non si sarebbero mai realizzati. Nella Firenze di Gian Gastone de' Medici, il giovane Armand si sentiva confuso, mentre guardava il futuro avvolto dalle nebbie dell'incertezza. Quello era un mondo troppo materialista per chi aspirava a una vita lontana dagli affari e dai commerci intorno ai quali gravitava l'economia fiorentina. Il Granduca di Toscana, l'ultimo dei de' Medici, tutto faceva fuorché restituire a quella bellissima terra lo splendore di un tempo.

Armand sognava di andare a studiare a Roma, o magari a Parigi, ma suo padre gli aveva negato qualunque possibilità di seguire le sue aspirazioni. Fin da ragazzo si era rivelato una persona riservata. Amava la cultura, la filosofia e soprattutto amava l'arte. Credeva in Dio e pregava che non venisse mai il giorno in cui, per volere di suo padre, avrebbe dovuto assumere un ruolo commerciale, a lui completamente estraneo. Figlio primogenito di una nobile famiglia toscana, era cresciuto nella prospettiva di dover un giorno prendere in mano le redini della famiglia. I suoi genitori avevano riposto in lui tutte le aspettative.

Le origini nobili della dinastia Castelli imponevano scelte obbligate. Il dover mantenere alto il buon nome della famiglia era una di queste.

Le sorti di Armand e dei suoi fratelli erano già state decise sin dalla loro nascita. Il primogenito sarebbe diventato capofamiglia, la sorella era stata promessa in matrimonio a un cugino dei Medici, mentre per suo fratello era stata scelta la carriera religiosa, come spesso accadeva per i secondogeniti delle famiglie più importanti. Con un po' di fortuna sarebbe diventato cardinale. Se uno solo di quei progetti sarebbe bastato a nauseare Armand, tutti e tre insieme lo rendevano letteralmente furioso.

Ricordava con assoluta precisione il giorno in cui aveva incontrato Kylaah per la prima volta. Era un pomeriggio afoso di fine agosto. Le vie di Firenze pullulavano di gente il cui mormorio confuso raggiungeva ogni angolo. Armand era uscito di casa per andare, di nascosto, alla bottega del suo maestro. Percorreva i vicoli a testa bassa, nella speranza di passare inosservato. Voleva essere uno dei tanti, confondersi con quella massa indistinta. Solo muovendosi con il massimo riserbo poteva sperare che nessuno avrebbe informato suo padre delle visite a mastro Giovanni, che gli aveva insegnato tutto quello che sapeva sulla tecnica della pittura a olio.

Armand era convinto di non disporre di un talento eccezionale, ma nutriva un'innata passione per ogni forma d'arte. Il suo maestro lo incoraggiava, anche se lui amava dipingere in modo completamente diverso dalle usanze dell'epoca, dando spazio all'ispirazione del momento piuttosto che alle figure stereotipate del Rinascimento. Aveva immortalato decine di tramonti, scorci della città, espressioni e volti sconosciuti.

All'angolo di una viuzza malandata, nella penombra di un cortile, notò una figura avvolta in un mantello che veniva infastidita da un mendicante. Armand sapeva di non doversi intromettere, ma non amava particolarmente sottostare ai rigidi dettami di suo padre, che gli intimava fin troppo spesso di non confondersi mai con la plebaglia. Non curarsi degli altri era una cosa troppo lontana dal suo modo di essere.

Entrò nel cortile e si rese conto che il balordo stava minacciando la donna con un coltello. Senza pensarci un attimo Armand gli si scaraventò contro, con una foga tale da finire per terra, sopra di lui. Cercò subito di renderlo inoffensivo bloccandogli il polso della mano destra che brandiva il coltello, ma lo straccione prese l'arma con la sinistra e dal basso assestò ad Armand un fendente che gli procurò un taglio profondo al braccio. Noncurante del dolore improvviso, colpì il balordo in pieno volto con un pugno violentissimo, fracassandogli il setto nasale. Guardando quel mucchio di stracci riverso con la bocca sul selciato, ormai privo di conoscenza mentre un rivolo di sangue gli colava dal naso, si stupì della sua stessa forza. Non gli era mai capitato di prendere a pugni qualcuno, se non per gioco, quando era ancora un ragazzino.

Si alzò in fretta, stringendosi con la mano destra il braccio ferito. Il taglio gli procurava un dolore acuto. Si girò verso la donna che nel frattempo si era avvicinata a lui. Era davvero strano che indossasse quel lungo mantello in un caldo pomeriggio di fine estate. Lei lo fissava con occhi pieni di gratitudine. Armand però, in quello sguardo, lesse ben di più, una particolare ammirazione che non riusciva a spiegarsi.

Era una donna bellissima di circa trent'anni, la più bella che avesse mai incontrato. Abbassando il cappuccio del mantello, scoprì i lunghi capelli color miele che le scendevano sulle spalle. Il suo fascino era semplicemente irresistibile.

Armand non immaginava che quanto accaduto avrebbe determinato un cambiamento radicale nella sua vita. Nei giorni che seguirono, la donna, Kylaah, si era rivelata una compagnia alla quale era doveroso riservare la più alta considerazione. Era un'intenditrice di arte e di letteratura, sofisticata e allo stesso tempo semplice. Si incontravano spesso nella Bottega dei Pani Dolci, in via dei Calzaiuoli, e lì parlavano per ore degli argomenti più diversi, senza neppure accorgersi del passare del tempo. Perfino le piccole divergenze su alcuni temi diventavano momenti di confronto piacevoli da vivere.

Armand ringraziava il destino per aver messo Kylaah sui suoi passi. Tutto il suo universo gravitava ormai intorno alla donna dagli occhi di ghiaccio. Era affettuosa, piena di premure e intelligente come nessun'altra. In un primo momento, Armand credette perfino di essersi innamorato di lei. Ma il loro non era amore, non quello tra due amanti. Affetto, stima e rispetto reciproco erano i pilastri su cui stava crescendo il loro legame. I sentimenti che condividevano si erano ulteriormente rafforzati nei successivi tre secoli.

Capitolo 8

Segreti

In piedi, immobile al centro dello studio, ancora perso nei ricordi del suo passato, Armand rabbrividì pensando al giorno in cui Kylaah non si era presentata all'appuntamento. Riviveva la paura che aveva provato quel sabato di fine novembre. Continuava a pregare che non le fosse accaduto nulla. Lei non gli aveva mai confidato dove abitasse con precisione, quindi non avrebbe neppure saputo dove andare a cercarla.

Da lì in poi, era successo tutto molto in fretta. Un giorno, entrando nella camera di suo padre, Armand lo trovò steso a terra, in una pozza di sangue. Avvicinandosi a lui, si accorse che il corpo era freddo e violaceo. Era stato assassinato con un coltello piantato nella schiena. A ucciderlo doveva essere stato qualcuno che conosceva bene e di cui si fidava, altrimenti non lo avrebbe certo fatto entrare in camera. Suo padre non aveva nemmeno potuto difendersi da quel codardo.

Armand riviveva quei secondi terribili in preda allo shock e alla paura. Lo stupore aveva preso il sopravvento quando, alzando lo sguardo, si era trovato Kylaah di fronte. Sì, proprio lei, proprio lì e in quel momento. Abbracciandolo gli aveva rivelato che l'assassino di suo padre lo voleva incastrare. Quel vigliacco aveva pagato due falsi testimoni per fornire una dichiarazione che avrebbe fatto ricadere su di lui la colpa dell'omicidio, facendo leva sulla conflittualità tra Armand e il padre, di cui tutti sapevano.

Kylaah lo aveva esortato a seguirla perché le leggi del tempo lo avrebbero sicuramente condannato a morte. Armand era arretrato di un passo, incredulo. Lei lo aveva allora trascinato via con forza, quasi costringendolo a salire sulla sua carrozza.

Durante un viaggio all'apparenza interminabile verso quella che era tuttora la dimora del potente *Regens*, Armand era rimasto sconvolto nell'ascoltare le verità che Kylaah gli stava rivelando. Lei, una potente strega-kurann rispettata e temuta, oracolo dell'Antica Stirpe, aveva scelto proprio lui per rivelare incredibili segreti che molto presto lo avrebbero coinvolto.

Aprendogli le porte della dimora reale, non gli aveva soltanto offerto un rifugio al riparo da una condanna certa, ma gli aveva fatto capire che da lì in avanti quello sarebbe stato il suo mondo. Non riusciva a spiegarsi perché la donna dall'aspetto severo e autoritario avesse fatto di tutto per salvarlo. Non poteva essere soltanto per l'intervento in sua difesa con quello straccione. I riguardi di Kylaah nei suoi confronti rimanevano un mistero.

Cercando di integrarsi nel gruppo dei più autorevoli membri dell'Antica Stirpe, Armand scopriva ogni giorno nuovi aspetti di un mondo sconosciuto, affascinante e oscuro in cui vigeva un acuto senso di giustizia.

Grazie all'inspiegabile potere acquisito dopo la sua trasformazione, Armand era stato non solo accettato nella ristretta cerchia dei più potenti, ma si era guadagnato il rispetto anche tra le file dell'esercito di Alszaham. Le sue capacità di annientamento però non presentavano solo aspetti positivi. Anche se riusciva a gestirlo, considerava il suo potere come un demone. La *krotomateria*, ovvero l'antimateria totalmente distruttiva che la sua mente era in grado di liberare, faceva di lui il primo *Kathaireox*, l'Annientatore.

Armand riemerse dal passato con un respiro profondo che riempì d'aria i suoi polmoni quasi fino a farli scoppiare. Non avrebbe deluso Kylaah, né Tamon. Doveva soltanto concentrarsi sull'obiettivo e afferrarlo. Niente più.

Robert Evans stava tornando dall'incontro informale che suo fratello, il governatore J.F. Blackwell, gli aveva combinato a Bruxelles con il numero due della CIA. L'alto funzionario dell'agenzia di spionaggio americana gli aveva confermato quello che in realtà immaginava: nonostante gran parte dell'impero industriale della famiglia Della Rocca avesse radici negli Stati Uniti, la morte di Sebastian non riguardava direttamente il Governo americano, quindi la CIA non avrebbe indagato sul suo omicidio.

Parcheggiò la Porsche Cayenne vicino al portone blindato del centro ricerche. Le sue visite erano piuttosto frequenti, non perdeva occasione infatti per raggiungere il suo mondo segreto, scelto strategicamente a meno di trenta chilometri da Bruxelles. La gigantesca struttura sembrava un edificio governativo isolato nelle anonime periferie di Leuven, nel cuore del Belgio.

Si era rivelata determinante la vicinanza alla sede della Comunità Europea che, nei cinque anni di lavoro, gli aveva garantito la tranquillità necessaria per svolgere indisturbato i suoi esperimenti.

Grazie al suo legame con uno dei più potenti governatori americani, suo fratello J.F. Blackwell, poteva contare sull'aiuto di molti politici di spicco del panorama internazionale, alcuni dei quali ricoprivano ruoli di grande importanza all'interno della Comunità Europea.

Con i generosi fondi garantiti dal suo fratellastro, era riuscito a costruire un complesso di livello superiore alle sue stesse aspettative. Decine di telecamere di sicurezza rendevano l'accesso praticamente impossibile a chiunque non fosse autorizzato a entrare nella zona recintata.

Essere un chirurgo di successo poteva giustificare qualunque assenza improvvisa, così era riuscito a tenere sua moglie e sua figlia all'oscuro di quel centro ricerche e del progetto top secret a cui stava lavorando da anni.

Si avviò verso l'ingresso del padiglione riservato a segretissimi esperimenti in campo militare. Oltre a lui, soltanto suo fratello era al corrente di quello che in realtà accadeva lì dentro, perfino i presidenti delle più grandi nazioni del mondo non ne sapevano nulla.

Mentre camminava con passo veloce nel lungo corridoio, Robert degnava a malapena di uno sguardo i ricercatori. Li aveva assunti lui personalmente, dopo lunghi e approfonditi colloqui. Avrebbe potuto licenziarli in un attimo e senza alcuna motivazione, quindi quei topi di laboratorio facevano bene a portargli rispetto.

Robert sorrise dentro si sé, con la superbia di chi sa di avere il potere nelle mani, un potere che andava ben oltre l'avere in pugno i suoi dipendenti.

La sorte non era mai stata troppo gentile nei confronti di Robert, ma tutto poteva cambiare. La sua fortuna era iniziata una quindicina di anni prima, mentre stava effettuando un esperimento per inibire le funzioni di alcune cellule neuronali. Tra i vari tentativi, c'era stato anche quello di utilizzare ultrasuoni e infrasuoni, scoprendo così che l'alternanza delle onde sonore a intervalli di miliardesimi di secondo produceva una reazione nucleare che aveva come immediata conseguenza il decesso della cavia. Aveva a quel tempo sospeso l'esperimento, reputandolo fallimentare: anziché intervenire soltanto sulle cellule malate, il trattamento si rivelava devastante perché faceva scoppiare in pochi secondi tutti i vasi sanguigni del cervello delle cavie.

Dieci anni più tardi però, la stessa scoperta che in passato aveva ritenuto fallimentare gli era tornata molto utile, perché grazie a quella era riuscito a procacciarsi i fondi per portare avanti le sue ricerche sugli inibitori a cui stava lavorando ininterrottamente da quindici lunghi anni.

Grazie ai finanziamenti ottenuti, ora poteva avvalersi di un intero team di ricercatori alle sue dipendenze, tutti impegnati nella realizzazione del progetto top secret che gli era stato commissionato. Entro pochi mesi il mondo avrebbe conosciuto il *TRW-killer* (Television and Radio Killer Waves), l'arma di distruzione di massa più efficace di tutti i tempi. Si trattava di un software in grado di generare un'alternanza di emissione di infrasuoni e ultrasuoni che portava a una reazione nucleare all'interno delle cellule cerebrali. Dopo pochi secondi di esposizione, qualunque essere vivente veniva immobilizzato da un dolore lancinante alla testa. I vasi sanguigni iniziavano a scoppiare, ed entro il minuto successivo sopravveniva la morte clinica.

La capacità delle onde di propagarsi attraverso ogni dispositivo radiofonico, televisivo o informatico avrebbe potuto causare lo sterminio di un'altissima percentuale della popolazione mondiale. Uno dei suoi ricercatori più preparati era arrivato a ottenere un risultato ancor più esaltante: aveva realizzato un'applicazione del programma-killer che prevedeva la possibilità di emettere e concentrare le onde in un'area geografica ben determinata. Rispetto al *TRW-killer*, qualunque arma di ultima generazione sarebbe risultata rudimentale e antiquata.

Robert spense i due cellulari che teneva in tasca, si tolse il cappotto e la giacca e li posò sulla sedia del suo ufficio. Indossò poi una tuta di colore grigio scuro, appositamente creata per impedire il passaggio delle onde sonore, un'innovazione di alta tecnologia realizzata impiegando un mix di fibre chimiche e naturali sapientemente combinate tra loro per sfruttare al meglio i princìpi della riflessione, rifrazione e diffrazione, riuscendo a isolare il corpo all'interno. Quello era l'unico mezzo in grado di proteggere dagli effetti letali del programma-killer, almeno quanto bastava per consentire gli esperimenti su piccola scala effettuati in fase progettuale al centro ricerche di Leuven.

Robert chiuse la spessa porta antiproiettile alle sue spalle e iniziò a digitare il codice per aprire la seconda porta e accedere al cuore del laboratorio, una camera di riverberazione di dimensioni contenute a cui soltanto lui e pochi dei suoi ricercatori avevano accesso. Appena entrato notò che il capo-tecnico, seduto di fronte al pannello comandi, aveva la fronte appoggiata al banco di lavoro.

«Germain, stai bene?». La preoccupazione di Robert fu immediata. Se per qualche ragione avesse perso quel ricercatore, il progetto avrebbe subìto una considerevole battuta d'arresto. Era già in ritardo sulla tabella di marcia, non poteva permettersi altri imprevisti.

Germain alzò la testa di scatto e si voltò per guardare il medico. Andava a trovarlo a intervalli più o meno regolari, ma quella era una visita non prevista.

«Signore, mi scusi, io... mi sento molto stanco ultimamente».

Erano mesi che lavorava senza sosta al progetto *TRW-killer*. Quel giorno sentiva la testa esplodere.

La voce di Robert era dura, sembrava essere sempre in procinto di una crisi di nervi. Eppure Germain l'aveva visto calmo e gentile tante volte. Mai con lui.

«Sai che non possiamo perdere la concentrazione, vero?». La frase di Robert non era affatto una domanda. Piuttosto un'intimidazione. Un avvertimento. Una condanna.

Un brivido salì lungo la schiena di Germain impedendogli di trovare il coraggio per replicare.

«Se qualcun altro dovesse arrivare prima di noi, ci soffierebbe il Nobel», disse Robert, con un sorriso sarcastico sulle labbra.

Ma Germain sapeva bene che il dottor Evans non lavorava per la gloria. Nello sguardo di quell'uomo balenava una scintilla malefica. Forse stava esagerando, ma a lui sembrava proprio di vederla. Non aveva le prove, ma avrebbe potuto giurare che in ballo ci fossero interessi ben più grandi della prestigiosa onorificenza internazionale.

Il ricercatore si limitò a rispondere con tono sommesso. «Lo so signore, sto facendo del mio meglio».

«Voglio che quel dannato software funzioni perfettamente entro un mese, siamo d'accordo Germain?».

«Signore, io non so se...».

Robert lo interruppe con un gesto brusco e un'espressione aspra e accigliata. «Lo pretendo, capito?».

«Sì, signore».

Germain abbassò la testa, frustrato. Avrebbe tanto voluto ribellarsi al volere di quell'uomo, ma non poteva. Nelle sue mani c'era una responsabilità troppo grande. La vita delle persone che più amava al mondo dipendeva da lui. Qualche anno prima aveva accettato di lavorare al progetto sperando di guadagnare abbastanza per garantire alla sua famiglia un futuro migliore e così, senza nemmeno accorgersene, aveva invece sancito un patto col diavolo.

Robert Evans sapeva essere molto persuasivo. Con fare minatorio gli aveva dato a intendere che in caso di fallimento del progetto tutta la sua famiglia avrebbe potuto, come dire, avere un incidente grave abbastanza da lasciarci le penne. E non si era nemmeno preoccupato troppo di velare la minaccia. Per rendere libera la sua famiglia, a Germain adesso restava una sola possibilità: ultimare con successo i calcoli per la determinazione della velocità di alternanza delle onde e riuscire così a portare a termine i test del software. Poi quell'uomo sarebbe sparito dalla sua vita, dalla loro vita. Sarebbe stato perfino disposto a trasferirsi in un altro continente. L'Australia sarebbe forse stata abbastanza lontana.

Con un leggero tonfo sordo Katherine chiuse il libro e lo appoggiò sul comodino. Provò ad addormentarsi, ma senza riuscirci. Appena chiudeva gli occhi vedeva con chiarezza sconcertante il volto del nuovo assistente di Storia dell'Arte. C'era qualcosa di strano in quel ragazzo. Non riusciva a comprendere cosa la attraesse di più in lui. Sicuramente non passava inosservato: spalle larghe, fisico tonico, un viso ben definito dai lineamenti perfetti e simmetrici e uno sguardo magnetico che lasciava senza fiato. Tuttavia, non si sentiva attratta solo dalla sua fisicità. Lui era molto di più, ne era sicura. Era come se in lui percepisse qualcosa di ben più profondo e coinvolgente.

Quella sera, sin dal momento in cui l'aveva sfiorata aiutandola a togliere il cappotto, Katherine aveva percepito una sorta di intimità nella loro vicinanza e si era sentita più viva che mai. Aveva provato emozioni diverse, contrastanti, piacevoli. Per un attimo aveva pensato che stesse per baciarla, ma subito dopo, improvvisamente, la magia era svanita, lui si era fermato. Meglio così, non voleva vivere nell'imbarazzo fino al termine del corso e neppure sentirsi in colpa nei confronti di Alessio. Era vero che stavano attraversando una fase di stallo, ma era altrettanto vero che non aveva ancora formalmente rotto con lui.

Capitolo 9

Stranezze

Le ore trascorrevano lente, pigre come le notti d'inverno, aspre come il freddo del mattino. Katherine aveva aspettato quel giorno come una sorta di liberazione. Qualcosa dentro di lei invocava la presenza degli occhi di Armand. Scelse con cura il vestito da indossare e per l'occasione decise di sciogliere i capelli. Erano solo le dieci del mattino. L'inaugurazione della mostra non sarebbe iniziata prima delle nove di sera. Katherine decise di scendere al piano di sotto per fare colazione. Un'elegante scala in marmo e legno chiaro portava all'ampio soggiorno.

«Mamma, buongiorno».

«Ciao, tesoro». La donna le diede un bacio sulla fronte. «Ti spiace se non ti faccio compagnia? Mi aspettano a un ricevimento scolastico e sono già in ritardo. Tra l'altro devo anche passare alla clinica, tuo padre ha appena chiamato e mi ha chiesto di portargli un fascicolo blu che ha dimenticato sulla scrivania. In questo periodo il lavoro lo sta pressando più del solito».

«Papà è in ospedale?».

«Sì, è rientrato stanotte».

«Non preoccuparti mamma, ci penso io a portarglielo. Hai detto che l'ha lasciato sulla scrivania. Non sarà difficile trovarlo».

«Mi faresti davvero un gran piacere».

«Ma certo, nessun problema».

«Sei un angelo. A stasera allora».

«Mamma, stasera esco».

«Ah, bene, sono contenta che tu stia un po' con Alessio».

«Ehm, a dire il vero esco con Elena».

Grace sorrise con una punta di complicità. «Mmm... Serata tra amiche?».

«Andiamo a una mostra. Nulla di importante». *Sì, come no. Proprio nulla di importante.*

«D'accordo, non fare troppo tardi».

«Mamma...».

«Va bene, non dico altro». Grace alzò le mani in segno di resa, mentre si avvicinava alla porta. Doveva imparare a trattarla come una persona adulta. Non era facile, era sempre la sua bambina.

Katherine si vestì con calma e andò nell'ufficio di suo padre, un luogo notoriamente off limits per chiunque. Due pareti erano occupate dagli scaffali della biblioteca, su cui erano stipati volumi di ogni genere, ordinatamente divisi per argomento. Katherine era assolutamente certa che suo padre avesse letto ogni singolo libro almeno un paio di volte. Sulla destra, un computer aveva preso il posto di un divano in pelle praticamente mai utilizzato. Robert aveva scelto un macchinario ultramoderno a schermo trasparente, un computer di ultima generazione. Al centro della stanza troneggiava una scrivania in noce massello con rifiniture in pelle bordeaux, le stesse che impreziosivano la poltrona su cui il noto neurochirurgo trascorreva quasi tutto il tempo libero.

L'arredamento che Robert aveva scelto faceva sentire un intruso chiunque entrasse in quella stanza. Una poltrona per sé, nessun'altra seduta aveva trovato posto là dentro. Il messaggio era chiaro: gli ospiti non erano graditi.

Ok, prendo il fascicolo blu e me ne vado, fu il suo primo pensiero. Katherine si avvicinò alla scrivania. Mentre stava per afferrare la cartelletta di cartone, la sua attenzione fu attirata dal titolo di una dispensa alta quasi dieci centimetri: "Ultrasuoni e Infrasuoni - Reazioni nucleari".

Roba tosta! Vediamo un po' dottor Evans, come mai è interessato a queste cose?

Katherine si sedette sul bracciolo della poltrona e provò quasi un senso di colpa verso suo padre, come se avesse deliberatamente violato la sua privacy. *Ma dai, figurati, è papà!*

Cominciò a sfogliare l'ingombrante fascicolo e lesse alcune righe, lo stralcio di una relazione risalente a cinque anni prima redatta da un certo Germain S. «...una scoperta scientifica nel campo delle onde sonore non udibili dall'orecchio umano...». Andò avanti ed esaminò alcune pagine in cui i dettagli tecnici erano resi facilmente comprensibili, per quanto fosse possibile, considerata la complessità del tema. In realtà non era interessata all'argomento, ma ne fu attratta pensando a quanto sarebbe piaciuto a Thomas leggere quelle righe. Fin da piccolo suo fratello aveva subìto il fascino di ogni nuova scoperta in qualunque campo, tanto da crescere con l'ambizione di diventare uno scienziato. Pochi mesi prima dell'incidente fatale aveva fatto domanda presso l'University of the Sciences in Philadelphia e grazie a un suo progetto sperimentale si era aggiudicato una borsa di studio in una delle università più prestigiose del mondo.

Katherine aveva appena scoperto che anche suo padre si interessava ai progressi della scienza. Si intenerì pensando che fosse ispirato dalle stesse passioni di Thomas, per il quale Robert aveva provato un affetto paterno. Anche se non era suo figlio biologico, lo aveva sempre trattato proprio come se lo fosse. In quel momento Katherine era orgogliosa di lui, avrebbe voluto abbracciarlo e dirgli che era il miglior padre che si potesse desiderare.

Katherine ricacciò in gola il sapore amaro delle lacrime, prese la cartelletta blu e uscì velocemente dalla stanza. Chiuse a chiave la porta di casa prima di avviarsi all'auto parcheggiata nel cortile, proprio vicino all'ingresso. Per arrivare prima alla clinica decise di prendere una strada secondaria, ma subito dopo la prima curva si accorse che era parzialmente bloccata per lavori di manutenzione. Fu costretta a deviare per una traversa che dopo qualche centinaio di metri si immetteva nella strada principale.

Ferma a un semaforo, vide uscire dal portone di un palazzo una figura a lei familiare. Era la madre di Alessio. Katherine accostò la sua Mini al bordo della strada, intenzionata a salutare Donata, ma si accorse subito che la donna era particolarmente agitata. Si stava aggiustando i capelli in modo nervoso, guardandosi attorno. Sembrava temesse di essere osservata. O seguita. Era davvero strano vedere una donna sempre molto compassata e sicura di sé, ora così nervosa. Chissà per quali motivi. Perfino il giorno in cui fu assassinato Sebastian il suo comportamento era stato caratterizzato dal più assoluto autocontrollo.

Mentre faceva queste considerazioni, Katherine vide avvicinarsi due taxi, uno attaccato all'altro. Donata salì sul primo. Il numero delle stranezze aumentava. Quella donna si poteva permettere le auto più lussuose del mondo, perché diamine prendere un taxi?

Katherine decise allora di attendere e vedere chi avrebbe occupato il secondo taxi, ma fu costretta ad allontanarsi perché aveva occupato lo spazio destinato a uno scarico merci ed era appena arrivato un furgone che reclamava il suo spazio. Schiacciò leggermente l'acceleratore, sorpassando il taxi ancora libero, fermo in attesa sul bordo della strada, ma fu costretta a procedere per non bloccare il traffico. Mentre si allontanava, nello specchietto retrovisore intravide l'autista del taxi scendere per entrare nel bar vicino. Evidentemente l'arrivo contemporaneo dei due taxi era stata una semplice coincidenza. Di fatto, quella macchina gialla non aspettava nessuno. Forse la compagnia aveva mandato per sbaglio due macchine alla stessa destinazione. Poteva capitare.

Quanto alla madre di Alessio, non sapeva cosa pensare, ma c'era sicuramente una spiegazione logica, anche se a lei non era ancora venuta in mente.

Pochi minuti dopo Katherine arrivò alla clinica, ma non trovò suo padre. Prese il cellulare e premette il tasto di chiamata. La voce familiare di Robert rispose al secondo squillo.

«Pronto?».

«Papà, sono in clinica, ma mi hanno detto che sei uscito».

«Come mai sei lì? È successo qualcosa?».

«No, tranquillo. Ti ho solo portato il fascicolo blu che avevi lasciato a casa».

«Grazie Kate, doveva portarmelo la mamma. Come farei senza la mia bambina?».

«Saresti finito! Dai, scherzi a parte, lo lascio nel tuo studio o ti aspetto qui? Dove sei?».

«Sto facendo delle visite e ne avrò ancora per un'oretta, quindi lascia pure la cartella alla segretaria».

«Ok papà, a stasera».

«Ciao Kate, fa' la brava».

«Lo sono sempre, ricordi?».

Le rispose sorridendo teneramente. «Sì, come no...».

«Ah, papà, ti volevo dire...».

La comunicazione fu interrotta prima che lei riuscisse a finire la frase.

Capitolo 10

L'inaugurazione

La sera arrivò più in fretta del previsto, ma Katherine si fece trovare preparata. Indossava un abitino nero, elegante ma non pretenzioso, impreziosito da una sottile fascia color argento, ripresa anche nella borsetta. Scelse un trucco da sera che metteva ulteriormente in risalto la bellezza del suo sguardo. I capelli le cadevano sulle spalle come onde morbide e leggere. Aveva impiegato più di un'ora per stirarli e, non ancora contenta, aveva deciso di dare un tocco di mosso sulle punte. Avrebbe fatto qualsiasi cosa pur di ritrovare negli occhi di Armand la scintilla di desiderio che le sembrava di aver colto, anche se solo per un attimo, nel suo studio più di una settimana prima.

Il traffico verso casa di Elena era più intenso del previsto e temette di arrivare in ritardo, ma per fortuna si trattò solo di pochi minuti.

La sua amica la stava aspettando «Ciao, Kate. Ehi, ma sei uno schianto!».

«Grazie, sono emozionatissima».

«Quel ragazzo ti piace proprio».

«Di chi parli?».

«Piantala. Non ti ho mai vista così elettrizzata».

«Devi vedere i suoi quadri. Sono spettacolari. La cosa più bella che io abbia mai visto».

«I quadri o lui?» chiese Elena con una punta di malizia.

«Tutti e due». Katherine fece l'occhiolino all'amica, poi ingranò la prima e partì.

«Kate, scusami, non vorrei fare la guastafeste».

«Dimmi tutto».

«Sei sicura di voler sentire la mia domanda?».

«Visto che hai già iniziato a torturarmi, che fai, ti fermi sul più bello?».

«Armand ti ha fatto intendere qualcosa che non so?».

La domanda a bruciapelo la obbligò a riflettere, raffreddando per un attimo il suo entusiasmo. In effetti Armand era arrivato quasi a un passo dal baciarla, ma non aveva detto nulla di concreto che potesse farle capire il suo grado di interesse per lei. Scelse istintivamente di accantonare qualsiasi ipotesi negativa e dopo un attimo di perplessità, con rinnovato ottimismo interiore si rivolse a Elena accennando un sorriso. «A volte i silenzi dicono tante di quelle cose».

Elena annuì cauta. «Spero solo che tu sia felice, tutto qui».

Katherine parcheggiò a una cinquantina di metri dalla galleria. Il freddo pungente della sera la fece quasi pentire di aver scelto un abitino così leggero e anche se il cappotto la copriva fino al ginocchio, si sentiva gelare. Le ragazze si avvicinarono alla porta d'ingresso e cercarono di sbirciare dentro, ma senza riuscirci. La grande vetrata era stata oscurata per l'occasione. Katherine si fece coraggio e spinse il pomello di ottone per aprire la porta. Dall'interno, un addetto alla sicurezza anticipò la sua mossa per farle entrare.

Furono invitate a lasciare i cappotti al guardaroba vicino all'ingresso, prima di accedere alla sala principale. Le luci soffuse scendevano dall'alto, quasi per accarezzare con gentilezza i quadri alle pareti. La galleria sembrava immensa. I dipinti erano sistemati in modo da creare una sorta di percorso artistico che si snodava fino alla grande tela, proprio in fondo alla sala. Katherine notò con rammarico che non era il quadro al quale Armand stava lavorando quando era andata a restituirgli gli appunti. *Avrà avuto le sue buone ragioni per cambiare idea*, si disse lei senza troppa convinzione.

C'erano una decina di persone riunite in gruppo in prossimità dell'accesso a una seconda sala. Si girarono quasi contemporaneamente e Katherine ebbe un fremito. Armand era in mezzo a loro e stava parlando come un profeta senza tempo. Erano tutti bellissimi. Osservandoli attentamente sembrava quasi che riuscissero a emanare una luce propria.

Katherine avrebbe giurato di aver già visto nei suoi sogni alcuni di quei volti. Da qualche tempo le sue notti erano tormentate da visioni inquietanti e almeno tre delle persone presenti in quel gruppo erano state protagoniste di quelle realtà oniriche che l'avevano fatta svegliare di soprassalto nel cuore della notte.

«Kate, tutto bene?». Elena si era preoccupata vedendo l'amica bloccarsi come una statua di sale.

Abbassando gli occhi e rallentando il passo, Katherine le rispose sottovoce. «Mi sembra di conoscere alcune di quelle persone».

«È probabile. Alta borghesia, li avrai visti a qualche ricevimento dei Della Rocca. O magari sono amici di tuo padre».

«Sono certa di non averli mai incontrati prima d'ora».

Armand si staccò dal gruppo e si avvicinò alle ragazze con un sorriso. Indossava un elegante doppiopetto nero. Avrebbe potuto tranquillamente essere il modello di uno stilista di alta moda.

«Elena, Katherine. Che bella sorpresa!».

«Ciao, Armand», lo salutò Elena con un sorriso.

«Grazie dell'invito», intervenne Katherine. «Mi aspettavo di incontrare la Carrisi, ma non l'ho ancora vista».

Era sorpresa che nessuno dei docenti fosse presente. Sicuramente Alba Carrisi non si sarebbe mai persa la mostra del suo studente preferito.

«Verrà domani sera, all'inaugurazione», disse Armand, come se fosse una cosa ovvia.

Elena guardò l'amica, un'espressione incredula affiorò sul suo volto.

Katherine sentì le parole bloccarsi in gola. «N... non era per stasera?».

«L'apertura ufficiale è stata posticipata di un giorno. Quello di oggi è un appuntamento esclusivamente riservato agli amici intimi», rispose con tono piatto.

Oh cavolo. «Oddio, ti chiedo scusa! Torneremo domani». Le ragazze erano visibilmente imbarazzate.

«Nessun problema, davvero. Mi fa piacere invece che siate qui. Venite, vi presento alcuni miei amici. Faccio strada». Armand era educato e formale, ma il suo modo di fare non aveva nulla a che vedere con l'entusiasmo della settimana prima, quando l'aveva invitata.

Mentre lo seguivano, iniziarono a parlare a bassa voce.

«Kate, che diavolo ci facciamo qui? Mi sento davvero fuori posto». Elena era visibilmente imbarazzata e Katherine avrebbe voluto scomparire. Se solo avesse potuto.

«Ele, non lo sapevo, te lo giuro. Ormai siamo qui, non possiamo andarcene di punto in bianco».

Armand si avvicinò al gruppo rimasto compatto. «Loro sono Elena e Katherine».

La donna dai capelli color miele si avvicinò alle ragazze e tese loro la mano. Quando strinse quella di Katherine, lei ebbe l'impressione che lo sguardo della donna la stesse attraversando. Aveva gli occhi color ghiaccio.

«Mi chiamo Kylaah. Credo di averti vista di sfuggita la scorsa settimana».

Katherine avrebbe voluto esibire un sorriso educato, ma non

ci riuscì. Le parole si ostinavano a non voler uscire. Dunque era lei la donna misteriosa che aveva intravisto mentre usciva dallo studio di Armand.

Un'altra giovane si fece avanti. «Io sono Elsa, piacere». Aveva capelli lunghi e neri e si inserì nella conversazione ostentando un sorriso.

Una terza bellissima figura si presentò. «Alison». Indossava un lungo vestito rosso di seta che la avvolgeva come un guanto. Posò la mano destra su una spalla di Armand, come se volesse stabilire un proprio dominio indiscusso. Quei due formavano una coppia perfetta.

Katherine abbassò lo sguardo, cercando di mandar giù il boccone amaro. Cominciava a essere veramente troppo per una sola serata.

«Piacere, il mio nome è Cris e sono *onoratisssssimo* di fare la vostra conoscenza».

Finalmente uno simpatico, pensò Katherine.

A un paio di metri di distanza, un individuo che poteva avere tra i ventisette e i trent'anni la guardava senza dire nulla. Aveva fatto solo un cenno con la testa prima di voltare le spalle e andarsene. Altri due si erano allontanati ancora prima di presentarsi. Tutti erano strani e non solo per i loro nomi insoliti. Le guardavano con aria altezzosa.

Katherine si riprese in tempo, mossa dal desiderio di porre fine al più presto a quella situazione così imbarazzante. «È stato davvero un piacere. Se non vi dispiace, ora vorremmo dare un'occhiata ai quadri. Non possiamo fermarci molto, siamo già in ritardo per una festa di compleanno». Si girò verso la parete opposta, tirandosi dietro l'amica.

Elena la guardò con ammirazione. «Grande!».

Non c'era alcuna festa di compleanno in programma per quella sera, ma era la prima scusa che le era venuta in mente per togliersi da un impaccio che cominciava a pesarle come un macigno. In realtà, la festa del suo compleanno, quella vera, avrebbe dovuto esserci ma era stata annullata da Katherine dopo aver saputo della morte di Sebastian. Non le sembrava opportuno festeggiare il suo ventesimo compleanno mentre la famiglia del suo quasi-ex-ragazzo era in lutto.

Cris, il giovane dai capelli biondi, si avvicinò a loro.

«Sono proprio contento che siate arrivate voi a dare un tocco di freschezza a questo ambiente». Esibì un sorriso sincero, poi indicò il gruppo alle sue spalle. «Quella compagnia è di una noia mortale. Allora, stavate parlando di una festa, se non ho capito male».

Armand lo interruppe a metà discorso, con uno sguardo severo. «Cris, perché non vai a importunare qualcun altro?».

«Non ho mai "disturbato" nessuno così volentieri, e tu mi vuoi mandare via?».

Katherine fu grata ad Armand per aver interrotto l'approccio del bellissimo adone dagli occhi azzurri, visto che quella della festa di compleanno era solo una scusa e lei non avrebbe saputo reggere a lungo la commedia.

L'atmosfera era un po' tesa e Katherine evitò di guardare Armand negli occhi. Tuttavia, gli rivolse la parola. «Vedo che hai cambiato idea».

«A cosa ti riferisci?». La sua voce era fredda.

Nemmeno una delle tele che lei aveva scelto era stata esposta. Preferì non farne cenno, ma non poté esimersi dall'evidenziare: «Non vedo il dipinto che stavi rifinendo quando sono arrivata nel tuo studio l'altro giorno».

«Te lo ricordi». Nei suoi occhi, solo per un attimo, un'esitazione che subito dopo lasciò il posto a una freddezza impressionante. «Sono stato indeciso fino all'ultimo momento, poi Alison ha detto che questo alle tue spalle sarebbe stato più indicato».

Alison. Ci avrei giurato, sta con lei.

«È sicuramente molto più...». *vistoso* «indicato», disse Katherine agganciandosi alle sue parole, poi fece un lungo respiro prima di continuare. «Armand, non vorrei sembrarti scortese, ma noi dobbiamo proprio andare. Grazie ancora dell'invito e scusaci se abbiamo sbagliato serata».

«Nessun problema, è stato un piacere. Tornate pure quando volete».

Neanche morta. «Ma certo. Grazie ancora e buona serata».

Con l'animo in subbuglio Katherine avanzò verso l'ingresso. Elena faceva fatica a tenere il passo dietro di lei. Presero i cappotti e uscirono in fretta dalla galleria. Una volta fuori, Katherine inspirò a lungo. L'aria gelata le bruciava la gola.

«Mi sento svenire».

Elena si prese il viso tra le mani. «Che disastro».

«Peggio di così non poteva andare».

«Già. Immagino che vorrai tornare a casa».

«Sì, è meglio, scusami».

Katherine accompagnò Elena, poi imboccò la statale per tornare a casa e lasciarsi alle spalle quell'incontro avvilente. Non c'era stata una sola piccola cosa che fosse andata come lei sperava.

«Armand, sai di esserti comportato come uno stronzo, vero?».

«È meglio così Cris, credimi».

Kylaah si avvicinò ad Armand e intervenne prima che Cris potesse replicare. «Molto presto te ne pentirai». La sua voce gelida lo mise a disagio. «Chi si illude di poter governare il destino è condannato a pagare con lacrime di sangue, mio caro Armand». Dopo aver pronunciato la sua sentenza, Kylaah si allontanò.

Cris cercò di sdrammatizzare, ma agì in modo maldestro e non fece che aggravare la situazione.

«Ehi, fratello, se Katherine a te non piace, potrei invitarla fuori io». L'evidente interesse che traspariva nella voce di Cris fece perdere il controllo ad Armand che si avventò contro di lui, lo prese per il colletto della camicia e iniziò a stringere con forza.

«Non ti azzardare a toccarla».

«Ok calmati. Visto come l'hai trattata, credevo che non fossi minimamente interessato a lei. Tutto qui».

«Infatti, non mi interessa». La voce bassa e gutturale di Armand riempì la grande sala, come il ruggito di un leone.

Guardandosi intorno e vedendo gli altri con gli occhi puntati su di lui, lasciò di colpo la presa.

Kylaah lo trafisse con lo sguardo, poi girò la testa con aria di superiorità. Lei sapeva già cosa aveva in serbo il destino. Le sue visioni erano infallibili.

Katherine continuava a premere l'acceleratore. Inspirò a lungo, cercando di spingere giù l'aria che sembrava ostinarsi a non voler entrare nei polmoni.

Quella sera Armand era stato formale, freddo... *fidanzato*.

Il cellulare la avvisò dell'arrivo di un sms e questo la fece tornare al presente. Rallentò sensibilmente e prese in mano il telefonino. Era un messaggio di Alessio: *Ciao piccola, dove sei?*

Katherine scelse di non rispondere e posò il telefono sul sedile del passeggero, prima di imboccare una traversa. Dopo una ventina di minuti, era di fronte al cancello principale della villa dei Della Rocca. Non sapeva se Alessio fosse in casa o fosse uscito e non sapeva nemmeno quale delle due opzioni avrebbe preferito. Premette il pulsante del videocitofono e vide il cancello aprirsi. Sperava di non dover parlare con Donata, non le avrebbe potuto dire di averla vista la mattina uscire sconvolta da un palazzo d'epoca in un quartiere che non aveva nulla a che spartire con lei e con la sua vita agiata.

Accostò la macchina vicino all'imponente scala in marmo, poi cercò di impostare un sorriso prima di scendere dall'auto. Alessio era già alla porta d'ingresso.

«Wow, sei bellissima! A cosa devo l'onore?».

«Ciao, Ale. Era in programma l'inaugurazione di una mostra in centro a Firenze, ma è stata rinviata». *Era più o meno la verità*, pensò lei.

«Vieni, entra, sono in compagnia di alcuni amici, ma se ti fermi li caccio via».

«Oh, no, perché dovresti? Ero di passaggio e volevo solo salutarti. Ora vado, sono un po' stanca».

Alessio si fece serio in volto. Si avvicinò e la prese per mano. «Kate, cosa c'è che non va?».

Katherine non voleva ricorrere a una scusa, non sarebbe stato onesto. Lo guardò negli occhi e, alzandosi in punta di piedi, gli diede un bacio sulla fronte. «Buona notte Ale».

Lui la trattenne ancora, questa volta aumentando la presa. «Kate, lo sai che ti amo, vero? Festeggiamo il tuo compleanno insieme stanotte».

Il senso di colpa le strinse lo stomaco come una morsa. «Ale, mi dispiace, io...».

Le posò i polpastrelli della mano sinistra sulle labbra, prima di baciarla. Il suo bacio aveva il sapore del possesso, più che dell'amore. Alessio voleva prendere ciò che considerava suo. Aumentò la forza con cui le stava stringendo la vita. Per lui Katherine era la sua fidanzata e un giorno non molto lontano sarebbe diventata sua moglie. La lingua di Alessio premeva prepotente, quasi violenta. Non c'era nulla di casto in quel bacio, nulla di semplice.

Katherine capì che mancava l'elemento essenziale: l'attrazione fisica era completamente svanita, almeno da parte sua. Lui la strinse con più forza, cercando di impedirle la ritirata. Sentendosi bloccata, si irrigidì ancora di più. Tutto il corpo era in tensione. Stringeva i pugni talmente forte che pensava di trafiggere la sua stessa carne con le unghie.

Alessio non allentò la presa. Continuava a imporre le sue labbra, la sua presenza, il suo amore per lei. Voleva che lo sentisse e lo accettasse. Ma quella sera baciare Katherine o una lastra di marmo sarebbe stata la stessa cosa. L'umiliazione del rifiuto era un colpo troppo duro da incassare e Alessio non era abituato ai rifiuti. Katherine lo sapeva. Lo vide fare forza su se stesso per lasciarla andare.

Appena si sentì libera, indietreggiò ascoltando le parole sarcastiche che uscivano con rabbia dalla bocca di Alessio: «Che c'è piccola, sei forse diventata frigida?». Il suo tono era sprezzante, pesante, volgare.

Katherine aprì la portiera e si infilò in macchina con gli occhi lucidi. Fece retromarcia e si diresse verso il cancello, giurando a se stessa che non avrebbe mai più messo piede lì dentro.

Iniziò a guidare piano, anche se l'istinto le diceva di schiacciare il piede sull'acceleratore fino in fondo. Le lacrime le velavano gli occhi, offuscandole la vista. Voleva arrivare a casa il prima possibile, o magari schiantarsi contro un albero. In fondo a chi poteva importare? Sarebbe importato a sua madre, a suo padre e a Thomas. Suo fratello era vivo dentro di lei e lo immaginava sempre al suo fianco.

Parcheggiò la macchina sul vialetto davanti a casa. Tutte le luci erano spente e il SUV di suo padre non c'era. Forse i suoi genitori erano usciti insieme. Lo sperava tanto. Desiderava che almeno loro fossero felici.

Scese dall'auto, usò il telecomando per chiuderla e si avviò verso il portone d'ingresso quando le parve di vedere qualcosa muoversi alla sua sinistra. Si girò di scatto. Il cuore cominciò a battere più forte, ma poi si tranquillizzò. Era stato solo il vento a scatenare la sua fervida immaginazione. Passò l'indice sotto la linea del mascara, poi si strinse nel cappotto e rimase immobile sulle scale. Era sconvolta da tutto quello che le stava capitando quella sera. Era delusa, triste e arrabbiata con il mondo intero.

Un altro strano e improvviso movimento tra le alte siepi che recintavano la proprietà la convinse che era decisamente meglio entrare in casa. Aveva solo voglia di farsi una bella doccia e lavare via ogni pensiero. Si sarebbe poi abbandonata alla lettura di un buon romanzo o, ancor meglio, a un bel sonno profondo. Si affrettò ad aprire il portone, lasciandosi alle spalle l'oscurità della notte.

Capitolo 11

Ombre letali

Armand l'aveva vista uscire dalla galleria visibilmente scossa. Si sentiva in colpa per averla trattata così freddamente, ma era stato necessario. Con una scusa si era congedato dai suoi ospiti, nell'intenzione di accertarsi che Katherine fosse tornata a casa. Era un modo per mettere in pace la sua coscienza, almeno un po'.

L'aveva aspettata per più di un'ora nascosto tra la vegetazione che segnava il confine a ovest della villa. Era in uno stato di tensione evidente perché lei tardava a rientrare, ma si era tranquillizzato pensando che magari quella festa di compleanno esisteva davvero, anche se in realtà aveva avuto la netta sensazione del contrario.

Vederla arrivare in quelle condizioni lo aveva fatto soffrire. Il viso di Katherine era bello come quello di un angelo, smarrito in una tristezza profonda, e lo aveva turbato davvero. Avrebbe fatto volentieri a pezzi il responsabile di quella sofferenza. E se fosse stato proprio lui?

Il portone di ingresso si era appena chiuso. Lei era al sicuro. Ora Armand poteva tornare a occuparsi del kurann che aveva sorpreso nel territorio degli Evans poco prima che Katherine rientrasse a casa.

Continuava a stringergli la gola per tenerlo fermo a terra. Con uno strattone lui cercò di liberarsi.

«Dove credi di andare?». Lo sguardo di Armand era feroce, il tono minaccioso. Le sue mani erano come due morse di acciaio. Il kurann provò ad attaccarlo aprendo la bocca per affondare i denti affilati nel suo braccio, ma il tentativo venne mortificato dalla forza spietata con cui Armand lo immobilizzava intimandogli: «Sono io a dettare le regole stasera, per cui ora mi dirai cosa ti ha spinto fin qui».

Lui provò a liberarsi. «Io a te non dico niente, figlio di...».

«Non ci siamo». Il braccio del kurann venne torto fino a spezzarsi e al rumore dell'osso che si rompeva seguì un urlo che Armand riuscì a malapena a soffocare assestandogli un pugno in pieno viso. «Stai facendo troppo casino per i miei gusti. Nessuno ti ha insegnato a soffrire in silenzio?». Le sue parole erano taglienti, la voce come un sibilo. «Allora, cosa ci fai qui?».

L'unica risposta che ottenne fu un ghigno beffardo, deformato dal pugno che lo aveva sfigurato.

«L'hai voluta tu, eh?». Armand gli strinse di nuovo il braccio fratturato.

Per il dolore il grosso kurann sbarrò gli occhi, che si allargarono fin quasi a scoppiare. «Ti dico tutto».

«Sbrigati». Armand non provava alcuna pietà per quel grosso predatore ancora immobilizzato sotto di lui. Aveva avuto fortuna nel sorprenderlo mentre si aggirava intorno alla villa degli Evans ed era riuscito a sopraffarlo solo perché l'altro non aveva avuto il tempo di accorgersi di quello che stava per succedere. Se ora avesse allentato la presa, quello avrebbe attaccato. I soldati dell'esercito di Alszaham erano kurann nati per combattere e quello era uno di loro. Ciò che li rendeva più temibili non era la loro forza bruta. Erano implacabili, non avevano paura di morire.

La storia dell'esercito di Alszaham era ormai diventata leggenda. L'Antica Stirpe aveva sempre avuto un solo e unico *Regens*, il più forte tra i kurann, come la Legge imponeva. Molti secoli prima, nacquero due gemelli identici in tutto, anche nei poteri straordinari che li elevavano sugli altri membri della Stirpe. Vista l'impossibilità di prevalere l'uno sull'altro, anziché combattere fino alla morte, i due fratelli scelsero di dividere il territorio e il potere in quelli che sarebbero diventati i Due Imperi. Alla loro morte però, i discendenti di ciascuno di loro rivendicarono la titolarità del territorio dell'altro, dando così vita a una lotta sanguinosa tra i due schieramenti di kurann. Ancora oggi si narra di quel periodo difficile, che in parte coincide con i secoli bui del Medioevo.

Soltanto alla fine del 1300, quando Tamon diventò il *Regens* di uno dei Due Imperi, Alszaham, il *Regens* dell'altro impero scelse di chinarsi al potere superiore di Tamon, ristabilendo così il giusto ordine che aveva guidato l'Antica Stirpe per millenni: a capo della Stirpe doveva esserci un solo *Regens*, il più potente tra i kurann.

Tamon e Alszaham sancirono un patto che non avrebbe più potuto essere spezzato. Alszaham abdicò, cedendo definitivamente il suo impero a Tamon. Per ricompensarlo, Tamon, il potente e unico *Regens* dei Due Imperi riuniti, lo mise alla guida dell'esercito dell'Antica Stirpe, e istituì l'esercito di Alszaham, così che lui fosse ricordato per sempre. Dopo la morte di Alszaham avvenuta nel corso di un combattimento con alcuni ribelli, il compito di sostituirlo era stato affidato ad Aklem, detto Venom, fratello minore di Alszaham, tuttora in carica alla guida dell'esercito.

Contemporaneamente all'istituzione dell'esercito di Alszaham, Tamon aveva deciso di costituire la Guardia del *Regens,* un corpo di pochi soldati selezionatissimi a lui totalmente fedeli. Armand ne faceva parte da circa due secoli e da più di cento anni era uno dei tre generali al comando. Il più alto in grado era Shamnos, figlio del fratello di Tamon.

Armand ascoltò con attenzione quello che il grosso kurann gli stava dicendo mentre era ancora immobilizzato sotto di lui.

Dopo avergli fatto vuotare il sacco, non vide altra alternativa che eliminarlo. Non poteva rischiare di lasciare libero un membro dell'esercito di Alszaham assetato di sangue. Anche se non subito, avrebbe fatto molto male a qualcuno, magari proprio a Katherine, e lui non l'avrebbe mai permesso. Nessuno di loro doveva avvicinarsi a lei.

Si concentrò per attirare a sé tutta l'energia che lo circondava, assorbendola dalla terra, dalle onde elettromagnetiche e perfino dal grosso predatore che teneva fermo sotto di lui. Sentiva confluire all'interno del suo corpo un flusso di energia che subito si trasformava in *krotomateria.* Appena generata la quantità necessaria, nella frazione infinitesimale di un secondo, l'antimateria potenziata investì il kurann come uno tsunami, annientandolo. Al suo posto, miliardi di minuscole scintille si librarono in aria per ritornare nell'universo a cui appartenevano.

Nessuna traccia, nessun indizio, come se nulla fosse mai accaduto. Rimase nascosto vicino alla casa di Katherine quasi tutta la notte. Voleva assicurarsi che non ci fossero altri predatori nei paraggi. Ma non poteva restare lì all'infinito. Continuava a pensare alla gravità di ciò che il kurann gli aveva rivelato prima del suo annientamento e concluse che doveva attivarsi immediatamente per scoprire quante più notizie possibili sulla guerra che si stava preparando tra le file dell'esercito di Alszaham. Aklem, il loro capo, si faceva chiamare Venom proprio perché era letale quanto il veleno di un mamba nero. Averlo vicino era come trovarsi di fronte l'Oscura Signora.

Armand chiuse gli occhi e cercò di liberare la mente per elaborare un piano e affrontare il pericolo. Se era vero ciò che il kurann gli aveva confessato, l'esercito di Alszaham avrebbe dichiarato guerra al *Regens* e nessuno sarebbe più stato al sicuro.

Capitolo 12

Fitte di dolore

Erano passati alcuni giorni da quella sera da dimenticare e Katherine non era entusiasta all'idea di trovarsi nell'aula di Arte.

«Mi sto ancora chiedendo perché diavolo non ho saltato questa lezione. Anche cambiare corso poteva essere un'idea».

Elena la guardò con affetto. «Perché altrimenti ti saresti persa la tua lezione preferita in compagnia della tua migliore amica. Non ti sembra abbastanza ovvio?».

«Non ci provare, ok?».

«Dai, magari oggi l'assistente non c'è nemmeno. Vedrai che tra poco spunta la Carrisi con la sua fantastica borsa alla Mary Poppins da cui tirerà fuori una delle sue straordinarie follie».

Katherine si sedette al solito posto. Fissava la porta con impazienza, nella speranza di veder entrare la figura minuta della donna dai capelli grigi. Invece vide varcare la soglia dal giovane alto dai capelli scuri.

Alle sue spalle, Katherine sentì su di lui un commento che di casto aveva ben poco. A quanto pare, durante la serata dell'inaugurazione ufficiale, Armand era stato gentile e premuroso con tutti gli invitati, soprattutto con alcuni di essi.

Il suo primo impulso fu quello di girarsi e infilare due dita negli occhi alla ragazza seduta dietro di lei. Katherine continuava a dondolare nervosamente la gamba destra accavallata a quella sinistra. Era tesa e contratta in ogni muscolo, vinta da una miriade di emozioni che facevano a pugni tra loro.

Chiuse gli occhi e tentò di riprendere il pieno controllo di sé. *Sarà come se tu non esistessi, caro Armand Castelli.*

Appena pensata quella frase, Katherine avvertì una fitta nell'emisfero destro della sua testa. Ogni volta che si arrabbiava, quel dolore molesto tornava a tormentarla.

L'assistente accese la lavagna luminosa, poi si appoggiò alla scrivania, perfettamente a suo agio. Aveva già stregato tutti in quell'aula, o meglio tutte.

«Due notizie». La sua voce era sicura e irresistibile. Sorrise alla platea e proseguì. «Da domani, a Roma, si terrà una mostra dedicata al Barocco. Ho il piacere di informarvi che la nostra prossima lezione si svolgerà all'interno della prestigiosa Galleria di Villa Borghese».

Si levò un applauso spontaneo, in uno slancio di euforia che non riuscì a coinvolgere Katherine.

«La notizia che immagino per voi sia meno bella, è che non sono riuscito a rimandare la lezione di Glottologia della professoressa Tondi che si unirà al nostro gruppo per tenere la sua lezione in una sala del museo».

Un brusio di disappunto serpeggiò tra i banchi.

Elena si girò verso l'amica. «Figo, vero?».

«Sì, fighissimo. La prossima settimana potrò dormire un'oretta in più. Invidiami!». Kate le sorrise, con un'espressione scherzosa di sfida.

«Ma dai, non puoi mancare».

«Sì che posso. Io ho dei corsi da frequentare».

In tutta risposta, come se la frase fosse stata formulata appositamente per lei, Armand spostò gli occhi verso il lato destro dell'aula, laddove, guarda caso, era seduta Katherine.

«Ho dimenticato di dire che la gita è totalmente gratuita e quindi assolutamente obbligatoria». La ragazza notò un'espressione soddisfatta sul volto dell'assistente, come quella di un bambino chc si compiace di una bravata appena compiuta.

Katherine si sentì in dovere di mandare in pezzi la sua spavalderia, alzando appena una mano, per attirare la sua attenzione. Come se fosse stato necessario. Come se lui non la stesse già fissando.

«Sì, Katherine». La sua voce era delicata, gentile.

Bene, gli avrebbe fatto rimpiangere di averla trattata male. «Chiedo scusa, ma temo che non potrò unirmi al gruppo. Questo per me è un corso opzionale e venire a Roma significherebbe non poter frequentare il corso obbligatorio delle undici».

«Il corso di Greco della professoressa Della Torre, nella sede di Piazza Brunelleschi, giusto?».

Come cavolo faceva a saperlo? Lei non poté che annuire. «Sì».

«Non preoccuparti, è già cosa fatta. Ho parlato con il Rettore e per quel giorno sarai giustificata». Poi rivolse gli occhi altrove, come se volesse chiudere lì il discorso. «Altre domande?».

Prima ancora che qualcuno potesse rispondergli, Armand iniziò la sua lezione.

Elena rivolse un sorriso malizioso all'amica che in quel momento stava scarabocchiando nervosamente la copertina di un blocco di appunti. Katherine avrebbe trovato una scusa per non presentarsi quel giorno. Magari sarebbe andata dal Rettore per supplicarlo di revocare il permesso che aveva concesso ad Armand.

Con le mani e i piedi ancora legati al tavolo freddo del laboratorio, il ragazzo sbatté le palpebre, terrorizzato. A pochi centimetri da lui, Vincent Duncan stava aspirando 10 cc di quello strano liquido color lavanda che gli avrebbe iniettato da lì a poco. Il ragazzo era spaventato. Il suo corpo tentava di ribellarsi contraendo la muscolatura per l'effetto devastante che quella porcheria aveva su di lui. Ogni volta era più potente. Ogni volta era come se la sua testa fosse investita da un tir.

Gli sembrava che fosse trascorsa una vita intera da quando erano cominciate le torture che lo avevano reso una vera e propria cavia da laboratorio. Non sapeva neppure chi fosse il mandante dei suoi aguzzini. Non aveva mai scoperto il volto del suo carnefice. Aveva sempre solo visto gli uomini col camice bianco che lo legavano o gli somministravano sostanze. Queste provocavano effetti sempre più devastanti. Ormai era più il tempo in cui versava in uno stato di semi-incoscienza che quello in cui era vigile.

Sapeva con certezza di non aver mai fatto nulla di male per meritare simili crudeltà, eppure... una ragione ci doveva essere.

Trascorreva ogni attimo di lucidità pensando alla sua famiglia. Chissà se lo stavano ancora cercando. Chissà se lo avrebbero mai trovato. E pregava. In continuazione.

Gli restavano meno di due minuti di lucidità. Frammenti della sua infanzia lo cullavano dolcemente.

L'uomo col camice bianco si avvicinò al tavolo su cui era stato immobilizzato. Teneva la siringa nella mano destra e aveva l'espressione avvilita. Non sembrava entusiasta all'idea di fargli l'ennesima iniezione, ma si avvicinò ugualmente al ragazzo che lo guardava impietrito mentre si preparava mentalmente all'urto di un dolore violento. Ancora pochi secondi e sarebbe caduto in stato di incoscienza e, di nuovo, come unico compagno avrebbe avuto il terrore di sopravvivere.

Si chiedeva come sarebbe stato dolce scivolare lentamente tra le braccia della morte. Sperava di scoprirlo presto, così finalmente avrebbe potuto riposare per davvero. Perfino l'oblio sarebbe stato meglio di quella spietata prigionia da cui non poteva fuggire.

Capitolo 13

Roma

Nell'albeggiare del mattino, il brillio dei corpi celesti cominciava a sbiadire, lasciando l'effimero ricordo di una notte stellata. Nuvole rade cedevano il posto a un cielo terso, preannunciando una bella giornata di novembre.

L'amore per l'arte e l'esonero dalla lezione di Greco, concesso dal Rettore, indussero Katherine a prendere una decisione a cui probabilmente sarebbe arrivata comunque: lei a Roma ci sarebbe andata. Cercò tuttavia di mettersi in pace la coscienza dicendo a se stessa che sarebbe riuscita a ignorare Mister-non-preoccuparti, a costo di farsi legare al paraurti posteriore del pullman.

Per l'occasione aveva scelto un paio di jeans, stivali senza tacco, una maglia di cachemire e una giacca imbottita. Agli occhi mise soltanto un filo di matita e un po' di mascara. Aveva i capelli legati dietro, nel solito chignon. Si guardò allo specchio, soddisfatta del risultato: perfettamente anonima, assolutamente uguale a sempre.

Arrivata nel piazzale in cui si erano dati appuntamento, Katherine pensò di aver fatto confusione. Quello non sembrava l'incontro di un gruppo di studenti, ma piuttosto una sfilata di moda. Erano le sette e mezza del mattino e molto probabilmente molte di quelle ragazze si erano svegliate alle quattro solo per sistemarsi il trucco. Abbassò lo sguardo, ricordando che anche lei, poco più di una settimana prima, era stata davanti allo specchio per ore. Assurdo. Ridicolo. Inutile.

Elena apparve all'improvviso: «Ciao Kate, sono troppo contenta che tu abbia cambiato idea! Ieri sera al telefono eri ancora decisa a non venire».

«Non potevo perdermi i capolavori di Rubens, è un pittore straordinario».

«Concordo pienamente. Lasciarsi sfuggire un'occasione del genere sarebbe un vero delitto».

Era arrivato anche Armand, proprio nel momento... sbagliato.

«Ciao», gli disse Elena con un filo di voce.

«Buongiorno, Armand», fu il saluto di Katherine, padrona delle sue emozioni.

Lui sorrise, più raggiante del solito. *Dovrebbero arrestare tutti coloro che sono perfetti anche appena svegli*, pensò Katherine, mentre lui continuava a esibire un sorriso smagliante.

«Buongiorno a voi. I nostri baldi giovani hanno disertato?».

Gli unici due maschi iscritti al corso non si erano ancora presentati. Erano sempre in ritardo anche in facoltà, non poteva essere diverso quella mattina.

«Et voilà, il nostro pullman è arrivato!». Armand fece salire tutti e, dopo l'appello, l'autobus chiuse le porte e partì alla volta di Roma.

Katherine scelse un posto defilato. Le sembrava una scelta strategica: non davanti, dove solitamente stavano i prof, non in fondo, dove si finisce per attirare ancora di più l'attenzione, ma verso il centro, vicino al finestrino.

Nelle tre ore di viaggio da Firenze a Roma, Armand era stato simpatico e gentile con tutti e non aveva considerato Katherine più di tanto. Non voleva apparirle invadente e men che meno avrebbe voluto alimentare spiacevoli pettegolezzi da parte degli altri studenti.

In realtà, nei momenti in cui lei guardava dal finestrino, la osservava con attenzione, facendo in modo che non se ne accorgesse. La trovava assolutamente incantevole. La sua vista era una morbida carezza per gli occhi, anche quella mattina. Ogni tanto lei prendeva in mano il cellulare, guardava il display e lo metteva di nuovo a posto. Si era avvicinato più di una volta, facendo finta di niente, e aveva notato che lei aveva rifiutato una chiamata. Era evidente che ci fosse qualcuno che la infastidiva con continue telefonate.

Non riusciva a non pensare a lei, voleva trovare un modo di starle vicino. Ne aveva bisogno. Per questo, appena arrivati a Roma, Armand passò all'azione. Aveva architettato la gita al fine di poterla conoscere meglio, nel modo più disinvolto e *casuale* possibile.

«La nostra visita è prevista per le undici, scendiamo e avviamoci verso l'ingresso della Galleria», disse lui un attimo prima che si aprissero le porte del pullman.

La Galleria era una struttura imponente circondata dalla vegetazione, nel vasto parco di Villa Borghese, in un trionfo di alberi, di specie e forme diverse, aiuole curatissime, fontane e statue in marmo bianco raffiguranti miti e divinità.

All'ingresso, Armand fece in modo di trovarsi proprio vicino a Katherine e non poté che restare incantato, ancora una volta, dal blu dei suoi occhi, un colore così intenso e soprattutto così particolare da non riuscire a classificarlo: blu reale, blu notte o... blu Katherine. La lasciò passare, con garbo, chinando impercettibilmente il capo.

I modi di Armand le ricordavano quelli di un nobile. Tutto di lui la affascinava: come camminava, come muoveva le mani, la sua voce sensuale, che per chissà quale ragione finiva per risvegliare in lei un desiderio sempre crescente. Lottava contro se stessa per non fissarlo negli occhi. Quello sguardo l'aveva ipnotizzata una volta, non ci sarebbe più cascata. Sarebbe stato relativamente facile. Bastava evitarlo, per quanto possibile. Ma la sua presenza era costante. Percepiva una sorta di contatto continuo, come se un filo immaginario li legasse l'uno all'altra.

Tutte le sale della Galleria erano riccamente decorate. Le statue in marmo purissimo posizionate al centro dei locali e i dipinti appesi alle pareti erano un inno alla maestosità del barocco. Erano esposte le opere dei più grandi maestri: Caravaggio, Rubens, Raffaello, Bernini. Fu proprio una scultura di quest'ultimo ad attirare maggiormente l'attenzione della giovane.

Katherine si staccò dal gruppo per andare a osservare più da vicino lo splendore della scultura di Apollo e Dafne, equiparabile alla Pietà di Michelangelo per maestosità e cura dei dettagli. Nell'ammirarla, ebbe l'impressione di vivere la scena in cui Apollo afferra Dafne proprio nel momento in cui la ninfa sta per trasformarsi in un albero di alloro. In una metamorfosi quasi tangibile, Bernini era riuscito a catturare tutta la drammaticità dell'evento. Così piccola di fronte a un capolavoro così grande, Katherine si commosse. In quell'opera colse la fragilità umana al cospetto di un destino spietato. Sentì tutto il peso della sua esistenza infrangersi come un'onda sugli scogli. Una lacrima scese, furtiva, inarrestabile.

Armand non aveva staccato gli occhi da lei neppure per un attimo, aveva percepito lo stato d'animo di Katherine e ne era rimasto frastornato.

Un attimo dopo, si sentì sopraffare da un'ondata di emozioni che sfuggivano al suo controllo: rispetto, adorazione, *amore*.

Quella giovane donna si era appena commossa davanti all'arte, con una semplicità e una sensibilità sconcertanti. Era lei la tessera del mosaico che mancava. Il tassello che aspettava da tre lunghi secoli. La perfezione assoluta.

Sapeva che abbracciarla sarebbe stato fuori luogo, quindi si limitò ad accarezzarla con lo sguardo, allontanandosi da lei per concederle un attimo di raccoglimento.

Katherine prese furtivamente un fazzoletto dalla tasca, poi inspirò a lungo imponendo alle sue emozioni di congelarsi. Elena si avvicinò all'amica, incuriosita dal comportamento sospetto dell'assistente.

«È tutta la mattina che ti gira intorno. Quando poco fa l'ho visto alle tue spalle, credevo che avesse deciso di parlarti».

L'espressione di Katherine mutò in fretta, stupita dalle parole di Elena. «A chi ti riferisci?».

«Armand. Era fermo a un metro da te fino a un secondo fa».

«Ma dai, non me ne sono neppure accorta».

«Be', ora che lo sai...».

«Ele, è fidanzato, ricordi? E poi una dozzina di ragazze gli stanno ronzando intorno da stamattina».

La visita guidata durò più di un'ora. Armand non aprì bocca, neppure una volta. Sembrava assente, ma in realtà era molto pensieroso. Aveva la certezza che qualunque decisione avesse preso, sarebbe stata sbagliata. Le predizioni di Kylaah erano chiare.

Alla fine della visita, la professoressa Tondi prese la parola. «Ragazzi, se siete d'accordo, per la nostra lezione suggerirei di fermarci nella saletta che ci è stata riservata, e poi sarete liberi di farvi un bel giro per Roma. Che ne dite?».

Tutti acconsentirono, malvolentieri.

Per Katherine quella lezione sarebbe stata pesantissima, oltre che inutile, anche considerando che non faceva parte del suo piano di studi.

Si sentì sfiorare la schiena con delicatezza.

«Potrei salvarti da un'ora di noia mortale». Armand le aveva sussurrato le parole all'orecchio, ben attento a non farsi sentire dagli altri.

Il cuore di Katherine sembrò fermarsi per un attimo. I cinque secondi successivi le sembrarono i più lunghi e i più corti della sua vita.

Sì. Qualunque cosa è meglio di una lezione di Glottologia.

No. Mister-non-preoccuparti può scordarselo.

Può darsi. Elena mi ha raccomandato di non lasciarmi sfuggire l'occasione.

No. Non se ne parla proprio, quando dico una cosa, è quella.

Sì. Così magari trovo il modo per vendicarmi.

Forse. Ci penso ancora un... secolo.

Ok! Mi farò il viaggio di ritorno legata al paraurti del pullman.

Armand stava ancora aspettando pazientemente una risposta. Katherine si girò verso di lui e accennò un assai tiepido: «Volentieri, grazie».

«Svignamocela prima che qualcuno se ne accorga» disse lui, complice e accattivante.

«Mi dai un secondo?». Senza attendere la sua risposta, si allontanò da lui per raggiungere Elena.

«Ele, ci vediamo dopo la lezione, ok? Ti aspetto qui fuori».

«Sicura di non voler restare? Da sola ti annoierai».

«Armand». Katherine glielo indicò con un movimento quasi impercettibile degli occhi.

«Wow! Divertiti». La sua migliore amica sembrava più eccitata di lei.

Tornò da Armand mentre tutti erano ormai entrati nella saletta con la professoressa Tondi. Sfoderò un sorriso disarmante. «E ora, che si fa?».

«Ti andrebbe una passeggiata nel parco? Poi andiamo a mangiare qualcosa, che ne dici?».

«Affare fatto».

Il tiepido sole di novembre avvolgeva il paesaggio con sottili veli di luce morbida. Iniziarono a camminare lentamente tra i vialetti del magnifico giardino che circondava il museo, soffermandosi a guardare i dettagli di alcune sculture che impreziosivano aiuole e fontane. I pochi attimi di silenzio favorirono più di una volta lo scambio di occhiate furtive e sorrisi imbarazzati.

Era riuscito ad averla tutta per sé per più di qualche secondo. Aveva cominciato a godere di quel pensiero. La sensazione di poterla sfiorare lo esaltava. Per tutta la mattinata Katherine non gli aveva rivolto la parola spontaneamente neppure una volta, tranne per rispondere ad alcune sue domande. Vederla così fredda nei suoi confronti lo aveva fatto stare male.

Si fermò e la guardò negli occhi, deciso ad affrontare l'argomento. «Katherine, ho notato che fai di tutto per evitarmi e credo di sapere anche il perché. Ti va di parlarne?».

Gli rispose senza alcuna esitazione. «È solo perché non ho ben chiaro quale sia l'atteggiamento da tenere con te».

Come poteva darle torto? Quella volta, nel suo studio, era stato sul punto di baciarla e dopo qualche giorno, quando l'aveva incontrata di nuovo, l'aveva trattata in modo formale e distaccato. «È per il mio comportamento la sera dell'inaugurazione, vero?».

La domanda così diretta di Armand la spiazzò, ma cercò di mantenere ugualmente il controllo della situazione. «Non ti preoccupare, è giusto così, sei fidanzato e quindi è normale che...».

Armand, più che sorpreso, la interruppe. «Fidanzato?».

«Se non sbaglio si chiama Alison, non è così?».

Avrebbe voluto prenderla tra le braccia, ma le si avvicinò appena, nel timore di metterla a disagio. Non voleva farla scappare, non in quel momento. «Ti devo chiedere scusa, avrei dovuto dirti subito come stavano le cose. Non c'è alcuna fidanzata o altra donna nella mia vita. Nella maniera più assoluta. La verità è che tu mi piaci, così tanto che ne ho un po' paura. Purtroppo però non mi è concesso agire in modo scriteriato. Anche se non sono un tuo docente a tutti gli effetti, ho comunque accettato un ruolo che comporta responsabilità ben precise. Sarebbe imbarazzante per entrambi dover affrontare...».

Katherine non aveva bisogno di sentir finire la frase. Il messaggio era chiaro. E giusto. Il loro rapporto doveva restare in qualche modo formale. Maledizione! Non poteva nemmeno dargli torto. «Sono assolutamente d'accordo».

Armand avrebbe voluto rivelarle la verità. Si era limitato invece all'unica giustificazione che per lei potesse avere un senso e subito dopo aggiunse: «Se preferisci tornare alla Galleria, non preoccuparti, capirei sicuramente».

Leggendo autentico dispiacere nei suoi occhi, Katherine decise di restare. Ora che avevano chiarito bene i ruoli, non ci sarebbero più stati equivoci di sorta. Lui era il suo assistente. Lei era la studentessa. Stop. Cercò quindi di girare pagina. «Tutto questo verde mi ricorda Central Park».

«Hai vissuto per molti anni a New York. Quanti di preciso?».

Come faceva a saperlo? «Per quindici anni. Sulla 5th Avenue, vicino alla St. Patrick's Cathedral».

«Chissà quante volte sarai passata davanti al Moma».

«Ehi, ma allora conosci bene la zona!». Gli occhi di Katherine si erano illuminati.

«Ho vissuto in America per un po'». *Per almeno mezzo secolo*, pensò Armand.

«Grandioso. Sai, un po' mi manca».

«Credo sia inevitabile. Ci sei più tornata da quando ti sei trasferita in Italia?».

Katherine provò un po' di nostalgia. «No. Mi piacerebbe».

«Non dista poi così tanto».

«Certo, come no, è soltanto all'altro capo del mondo. Comunque non è per la distanza. Mia madre ci va almeno una volta all'anno, ma io non ce la faccio proprio».

«Paura di volare?».

«No, assolutamente. Sono i ricordi a impedirmelo, una quantità ingestibile. Probabilmente salirò sul primo aereo per New York il giorno in cui riuscirò ad accettare la realtà».

Armand la guardò preoccupato. «Posso chiederti a cosa ti riferisci?».

Avrebbe preferito non dover affrontare l'argomento in quella occasione, ma ormai era troppo tardi. «Mio fratello è rimasto vittima di un incidente, è accaduto solo cinque anni fa». Stava soffrendo e cercava di reprimere le emozioni.

«Katherine, mi dispiace davvero». Doveva assolutamente cambiare argomento per cancellare la tristezza dai suoi occhi. «Ricordo una piccola caffetteria qui vicino. Che ne pensi, ce ne andiamo un po' lì al caldo?».

Gli sorrise. «Mi sembra un'ottima idea».

Armand fu davvero contento. «Permettimi di fare una cosa». Si sfilò la sciarpa di cachemire e gliela mise intorno al collo con delicatezza.

Lei lo guardò meravigliata. Nessuno le aveva mai riservato un gesto così premuroso. «Grazie!». Abbassò gli occhi emozionata e non riuscì a dire altro.

Mentre si avviavano verso l'uscita del parco, Katherine si godeva il profumo di quella sciarpa. Una sensazione unica che le scatenava in tutto il corpo reazioni scomposte e inaspettate.

La caffetteria era graziosa e arredata con gusto. La cura dei dettagli rendeva il locale particolarmente accogliente.

Armand la guidò verso un tavolinetto rotondo. «Senti che delizioso profumo di cioccolato? È il migliore che si possa trovare in tutta Roma».

«Quante tazze di cioccolato hai bevuto prima di arrivare a questa conclusione?».

Il tono scherzoso di Katherine lo scaldò dentro. Le sorrise. «Le soluzioni sono due: ti fidi, oppure facciamo il giro di tutti i bar della capitale».

«Quasi quasi scelgo la seconda opzione».

«Allora questa sarà la prima tappa del nostro ciocco-tour». Spostò una sedia e la fece accomodare. Entrambi avvertivano l'intesa magica ed elettrizzante che si stava creando tra loro.

Arrivò il cameriere, al quale ordinarono due tazze di cioccolato caldo. Subito dopo Armand si alzò e chiedendole di scusarlo si allontanò per pochi secondi. Mentre stava riprendendo il suo posto di fronte a lei, Katherine si tolse la giacca.

«L'idea di venire in questo posto è stata ottima. Ancora cinque minuti là fuori e sarei diventata un blocco di ghiaccio».

Armand non aveva considerato che là fuori per lei potesse fare freddo. Per lui era diverso. Il sangue di Tamon che gli scorreva nelle vene permetteva di mantenere il suo corpo a una temperatura costante di trentotto gradi, fatta eccezione per i periodi in cui il sangue si rinnovava, a cicli di trent'anni ciascuno. Solo in quei giorni particolari la sua pelle diventava fredda come il ghiaccio.

Le prese le mani tra le sue, senza pensare alle possibili conseguenze di quel gesto.

Katherine ebbe un fremito, ma non le tirò indietro. «È una bella sensazione». Si stupì sentendo uscire quelle parole dalla sua stessa bocca.

L'espressione di Armand si rilassò in un sorriso caldo e tenero.

Il cameriere portò le due tazze di cioccolata fumante.

Assaporarono la bevanda degli dei, guardandosi l'un l'altro di sfuggita, come due ragazzini troppo timidi per fare il primo passo.

«Sai che il cioccolato ha una sua leggenda?».

«Davvero? Sarei curioso di conoscerla».

«Secondo il mito, sarebbe stato Quetzalcoatl, il serpente con le piume, a regalare i semi di cacao agli uomini».

Non era la prima volta che Armand sentiva parlare di quella leggenda, così vicina ai miti con cui era cresciuto.

Katherine continuò: «A quanto pare, il dio supremo del popolo azteco insegnò a una principessa tolteca la preziosa arte di coltivare gli alberi del cacao. Lei non volle svelare il segreto ai suoi nemici e fu uccisa. Dal suo sangue sparso per terra germogliarono gli alberi del cacao. Infatti, il sapore amaro delle fave simboleggia proprio la sofferenza di quella povera principessa».

«E anche questa storia finisce male».

«Perché *anche* questa?».

«Non mi pare che quella di Apollo e Dafne sia finita meglio».

Katherine abbassò gli occhi, sapendo che aveva colto la sua commozione di poco prima, davanti alla scultura del Bernini.

Poco dopo aver finito di deliziarsi con la cioccolata, lei lo guardò di nuovo, come se stesse cercando di capire qualcosa in più su di lui, ma si limitò a dire: «Forse è meglio andare. Tra dieci minuti la strega cattiva libererà i miei colleghi. Ho detto a Elena che l'avrei aspettata là fuori».

Lui fece un cenno al cameriere che subito si avvicinò per posare sul tavolo una scatola rettangolare legata con un nastro dorato. Armand, con la punta di un dito, spinse delicatamente la scatola verso di lei, che lo guardò con aria interrogativa.

«Mi auguro che sia esattamente ciò che ho chiesto. Spero ti piaccia».

Katherine sciolse il nastro, sollevò il coperchio e vide una meravigliosa orchidea magistralmente realizzata in cioccolato.

«È bellissima!».

«È un piccolo ricordo della giornata di oggi», le disse alzandosi, senza staccare gli occhi dai suoi.

«Un pensiero splendido. Bello quanto inaspettato. Grazie davvero». Si alzò sulla punta dei piedi e gli diede un bacio rapido sulla guancia, poi gli restituì la sciarpa mettendogliela al collo, proprio come aveva fatto lui poco prima.

Armand restò immobile, perso nel profumo di lei. Il suo istinto lo implorava di stringerla forte e baciare le sue labbra, all'infinito. La ragione gli imponeva di trattenersi. Non poteva rischiare di compromettere il delicato equilibrio che erano appena riusciti a costruire. Si limitò a dire: «Confermo: bello e inaspettato».

Quel bacio, seppur così casto, aveva tacitamente suggellato il loro legame. Armand stava per prenderne coscienza.

Capitolo 14

Onda d'urto

Donata era in bagno, davanti allo specchio. Indossava un completino intimo di raso verde. I capelli ramati cadevano sulle sue spalle, conferendole un ulteriore tocco di sensualità. Aveva messo solo un filo di trucco. Era una donna di classe, la volgarità era una parola che non rientrava nel suo vocabolario. Il portoncino d'ingresso si aprì, per richiudersi subito dopo con un tonfo. Conosceva bene quel rumore che suscitava un'immediata e intensa reazione nel suo basso ventre.

Prendere in affitto un appartamento in quella zona così discreta di Firenze era stato un colpo da maestro. Trascorrere le poche ore che potevano concedersi in uno squallido albergo di periferia sarebbe stato umiliante e non avrebbe garantito loro la riservatezza necessaria. Un uomo facoltoso come il suo amante non passava certo inosservato. Più di una rivista, infatti, gli aveva dedicato la copertina. E lei era la moglie del famoso Sebastian Della Rocca, il re dell'impero dell'energia, come la stampa usava definirlo.

Si passò il rossetto sulle labbra pensando che ormai era la vedova del povero Sebastian. Un tempo aveva provato amore per lui. Era stato un buon marito per lei, un buon partito secondo suo padre.

Tornò volentieri al presente, pensando con eccitazione all'uomo che, appena arrivato, stava concludendo una telefonata nella stanza adiacente al bagno. Lui sì che avrebbe potuto essere l'amore della sua vita. Aveva tutte le carte in regola. Tranne un particolare: era sposato. Aveva giurato a se stessa di non innamorarsi mai di un uomo sposato. Tra l'altro, lui era stato sincero con lei, e sin dal primo giorno le aveva detto che non avrebbe mai lasciato la moglie. Un amante fuori dagli schemi, con cui condividere una relazione basata esclusivamente sul sesso. Un uomo con cui finalmente poteva essere se stessa, fino in fondo, senza alcun freno inibitorio. Un maschio che a letto era una vera forza della natura.

«Eccomi Donata, il mio assistente non mi mollava più». L'uomo la baciò sul collo con la lingua, in modo lascivo.

«Hai avuto una giornata pesante?».

«Non puoi nemmeno immaginare. Ma non voglio parlare di lavoro con te». In verità, non parlava mai di alcun argomento con lei, tanto meno dei suoi affari. «Con questo completino sei sexy da morire. Sarà quasi un peccato strapparlo».

«Cosa stai aspettando...». Donata prese tra le mani la cravatta dell'uomo, sciolse il nodo, poi si affrettò a sganciargli la cintura. A lui piaceva così: veloce e animalesco. Era stato chiaro sin dall'inizio del loro rapporto. I preliminari li riservava a sua moglie.

In pochi secondi finirono uno sopra all'altra nel grande letto matrimoniale, lasciandosi sopraffare dalle brame del momento.

A rapporto concluso, il viso dell'uomo era disteso come sempre. Lei era la sua valvola di sfogo. Arrivava teso, con la fronte corrugata, e andava via ringiovanito di dieci anni. Donata, in compenso, si sentiva sempre sfinita. Lui risucchiava ogni sua energia. Ma per lei anche questa era una forma di appagamento.

«Donata, oggi devo scappare di corsa. Il taxi mi sta già aspettando qui sotto».

«Va bene. Io uscirò dall'appartamento fra una mezz'oretta, come d'accordo».

«La mia gattona è proprio formidabile» le disse prendendola per i capelli e assestandole quasi con prepotenza un bacio sulle labbra.

Non gli importava nulla di quella donna. Era bella, raffinata, di classe e scopava bene, ma nulla di più. Sua moglie era tutta un'altra cosa. La amava. Anche se a modo suo, si capisce. Con sua moglie non avrebbe mai usato la stessa irruenza che usava con Donata, sfiorando spesso il confine con la violenza. Ma lui aveva bisogno di sfogare le sue frustrazioni, le sue fobie e le sue ire. Lei godeva nel soddisfare ogni sua richiesta, anche la più estrema.

«Quando pensi di tornare qui?».

«Ti chiamo». Così dicendo, lui uscì dalla stanza, chiudendosi la porta alle spalle. Donata si girò nel letto. Era stanca, come sempre. Stava per alzarsi, aveva voglia di un caffè, quando sul tavolo vide il cellulare del suo amante. Lo prese e uscì di corsa, a piedi scalzi.

«Robert, hai dimenticato il cellulare». Il padre di Katherine si girò di scatto e salì di nuovo i pochi gradini che aveva appena sceso.

«Che testa. Meno male che te ne sei accorta. Ora però torna dentro».

Durante il viaggio di ritorno da Roma, il cellulare di Katherine squillò per l'ennesima volta. Lei continuava a non rispondere o semplicemente riagganciava. Non aveva alcuna voglia di parlare con Alessio. Lo stava evitando da due settimane, non aveva ancora dimenticato quanto lui fosse stato prepotente e maleducato con lei. Un minuto dopo ricevette un suo messaggio in cui la pregava di rispondergli.

«Ancora Alessio?». Elena l'aveva chiesto solo per gentilezza, immaginando che fosse lui.

«Sì. Questa situazione è davvero scomoda. E imbarazzante».

«Hai deciso che non gli parlerai mai più?».

«Come minimo!» Katherine sbuffò, spazientita.

«Tutto bene voi due?». Armand era arrivato alle loro spalle, attirato dagli squilli del cellulare.

Katherine spense il telefonino prima di rispondere: «Sì, tutto benissimo, grazie. Tu?». La sua voce si era ammorbidita di colpo, come se lui avesse premuto l'interruttore della calma.

«Tutto bene, ma avrei voglia di mettere qualcosa sotto i denti. Voi avete dei piani?».

Elena si affrettò a rispondere: «Io per cena devo tornare a casa, ma credo che Kate non abbia preso alcun impegno».

«Siamo arrivati». Katherine troncò di netto il discorso, mentre il pullman accostava nel piazzale vicino alla stazione di Santa Maria Novella.

Armand le piaceva troppo e non voleva rischiare di restare sola con lui.

Un gruppetto di persone stazionava sul marciapiede, in attesa del pullman. A pochi metri di distanza, un po' in disparte, Alessio stava aspettando Katherine. Lo vide ancora prima di scendere e si rivolse con tono implorante a Elena. «Ti prego, qualunque cosa accada, non lasciarmi sola con Alessio».

«Nooo, è venuto fin qui. Come faceva a sapere?».

«Non ne ho idea».

Il ragazzo si avvicinò a Katherine, visibilmente imbarazzato. «Ciao, piccola».

«Cosa ci fai qui?» La voce di Katherine era fredda, il tono accusatorio.

«Sono giorni che non rispondi alle mie telefonate. Sono passato da casa tua qualche ora fa e Robert mi ha detto che ti avrei trovata qui».

«Mio padre dovrebbe imparare a diffidare dei tipi perbene come te».

«Ti prego, dammi solo cinque minuti. Ho bisogno di parlarti. Ti accompagno io a casa».

«Neanche per sogno», disse lei, a bassa voce ma con tono fermo, deciso.

«Davvero, solo pochi minuti».

«Stavamo andando a mangiare un boccone in un bar qui vicino. Potresti unirti a noi, vero Kate?». A Elena era sembrata la soluzione migliore per non lasciarla sola con lui.

Katherine prese un appunto mentale: strangolare Elena.

«Armand, come d'accordo vieni con noi a mangiare qualcosa? Anche Alessio si è appena unito al gruppo». La sua amica stava continuando a fare danni.

Alessio e Armand seduti allo stesso tavolo? Altro appunto mentale: far risuscitare Elena... per strangolarla di nuovo.

«Ma certo, molto volentieri». Armand sembrava perfettamente a suo agio. Tese la mano ad Alessio. «Armand, piacere». Finalmente adesso il tele-rompipalle aveva un volto. Non aveva alcuna intenzione di lasciar scodinzolare quel randagio intorno a Katherine. Avrebbe preso volentieri un pugno nello stomaco, piuttosto che immaginarlo vicino alla *sua* Kate. Non sarebbe rimasto a guardare quell'insignificante mortale appartarsi con lei per più di qualche secondo. Lui era più grande – di qualche secolo – e grazie all'esperienza avrebbe saputo giocare bene le sue carte. Lo avevano sempre definito un abile stratega. Mossa numero uno: difendere la regina. A tutti i costi.

L'umano si affrettò a rispondere. «Piacere, Alessio. Sono il ragazzo di Kate».

Appena Alessio pronunciò quelle parole, Katherine ebbe la sensazione che i palmi delle sue mani prendessero fuoco. Perse la sensibilità delle dita, ma riuscì a non far cadere il piccolo sacchetto di carta che conteneva la scatola con l'orchidea. La sua collera prese forma, incontrollabile, e in modo del tutto contrario alla sua volontà defluì verso l'unica cosa a contatto con le sue mani: il fiore di cioccolato.

Se quella non fosse stata la realtà ma si fosse trattato di uno degli incubi ricorrenti degli ultimi mesi, quel bel fiore si sarebbe accartocciato su se stesso, implodendo irrimediabilmente.

La voce gentile di Armand interruppe i suoi pensieri: «Vogliamo andare?».

Katherine avrebbe voluto gridare al mondo che Alessio aveva mentito spudoratamente. Non stavano più insieme.

Armand percepì nitidamente le emozioni di Katherine e le si avvicinò. «Tutto bene?».

«Una meraviglia. A quanto pare, il mio ex ha deciso di rovinarmi la serata». Pronunciò quella frase lentamente, per consentirgli di ascoltare bene ogni singola parola, soprattutto *ex*.

La serata non stava certo prendendo la piega migliore.

Entrarono in una paninoteca a pochi passi dalla stazione e si sedettero all'unico tavolo ancora libero.

«Cosa prendiamo?». Armand tentava di far apparire normale una situazione paradossale.

Elena collaborava alla grande: «Io mi faccio un mega-panino con prosciutto e mozzarella. E tu, Kate?»-

«Nulla, grazie, ho lo stomaco chiuso».

Armand si rivolse ad Alessio. «Tu, cosa prendi?».

«Do un'occhiata alla carta».

Quel giovane era poco cortese e Armand gli avrebbe dato volentieri una lezione, ma si limitò a dire: «Ok, intanto io ed Elena andiamo al banco a ordinare».

Appena rimasti soli, Alessio si sporse verso Katherine. «Sono mortificato per quella sera. Mi avevi rifiutato e io non volevo accettarlo. Ero scosso».

«Ale, posso capirlo e mi spiace davvero, ma purtroppo non provo più quello che provavo prima, lo sai e lo sapevi bene anche quella sera. Non avevi alcun diritto di trattarmi in quel modo».

«Dammi un'ultima chance. Aggiusterò tutto».

«Non sono un giocattolo da aggiustare. Sono mesi che provo inutilmente a lanciarti dei segnali e mi addolora affrontare questo argomento in un periodo così difficile per te, ma non mi lasci altra scelta», disse lei a voce bassa per non attirare l'attenzione.

Alessio invece non si preoccupò minimamente di essere discreto. «Sono un mucchio di stronzate, Kate. A te non importa niente di nessuno. Sei solo un'egoista». Ogni singola parola del giovane Della Rocca era stata pronunciata ostentatamente a voce alta. Almeno metà dei clienti del locale aveva sentito quella frase.

«Abbiamo interrotto qualcosa?». Armand era arrivato al momento giusto. Posò di fronte a Katherine una tazza di tè, un succo di frutta e un tramezzino, poi si rivolse a lei con gentilezza. «Ho saputo che qui fanno dei panini troppo buoni. Elena mi ha detto che questo è il tuo preferito». Se doveva competere con Alessio, tanto valeva farlo bene.

Katherine lo ringraziò con un sorriso. Lo avrebbe ringraziato nel modo dovuto appena usciti da quel bar. Non voleva dare al suo ex un'altra ragione per sbottare di fronte a tutta quella gente. Le scenate di gelosia erano il suo forte e stava scrutando Armand con sospetto sin da quando era sceso dal pullman.

Katherine non vedeva l'ora che Alessio se ne andasse. Accese il cellulare e vide che sua madre, Grace, l'aveva cercata.

«Scusatemi un secondo, vado fuori a fare una telefonata e torno. Qui c'è troppa confusione».

Si alzò dal tavolo e si diresse verso un'uscita secondaria che dava sul retro del locale.

Una ventina di secondi dopo, Armand scoprì ancora una volta

quanto fosse spiccata la sua capacità di riuscire a percepire le emozioni, soprattutto quelle di Katherine. Fu letteralmente investito da un'allarmante onda d'urto che proveniva dalla porta da cui lei era appena uscita.

Si alzò di scatto e percorse a grandi passi lo spazio che lo separava da quella porta, facendosi largo tra le persone che affollavano il locale. Le sue movenze ora erano quelle di un felino durante la caccia, con i muscoli tesi, pronto all'attacco.

Prima ancora di arrivare a quell'uscita secondaria sapeva quello che avrebbe visto. L'odore del sangue era pungente e invadeva le sue narici con una violenza tale da risucchiarlo in un turbine di impulsi indomabili.

Capitolo 15

L'allarme

Katherine era ferma immobile in evidente stato di shock, incapace perfino di gridare. Davanti a lei, in una pozza di sangue, giaceva il corpo di una donna con il viso sfigurato.

Armand la attirò a sé per proteggerla da quella scena orribile. La strinse forte tra le braccia e cominciò ad accarezzarle i capelli per cercare di calmarla.

«Shh, sono qui Katherine, ora va tutto bene».

Lei si abbandonò alla voce e alle braccia di Armand. Il suo corpo stava cominciando a reagire, scosso da forti brividi.

«Katherine, mi senti? Dobbiamo rientrare nel locale».

«Un'ambulanza», fu tutto quello che lei riuscì a dire, con un filo di voce.

«Stai tremando, ti porto dentro al caldo e poi faremo tutto quello che è necessario».

«Forse è ancora viva, facciamo presto!» lo incitò.

Armand sapeva bene che ormai non c'era più nulla da fare per la donna stesa sull'asfalto. L'irresistibile odore di sangue non riusciva a coprire l'amaro sapore della morte.

Prese il cellulare dalle mani di Katherine e compose il 113.

«C'è stata un'aggressione dietro la paninoteca Lotus, in un vicolo che incrocia via Nazionale. Fate venire anche un'ambulanza. È urgente». Interruppe la chiamata e restituì il cellulare a Katherine. «Verranno subito. Intanto posso accompagnarti dentro?».

«Non possiamo fare nulla per lei? Magari respira ancora».

«Temo sia troppo tardi. Ha un taglio netto sul collo, la testa quasi staccata. Impossibile che sia ancora viva». Si rese subito conto di averle rivelato troppi dettagli.

«Come hai fatto a vedere tutto questo? È troppo buio, io...».

Tre ragazzi uscirono dal locale e, appena si resero conto di ciò che era accaduto, iniziarono a gridare di terrore di fronte a quella scena spaventosa.

Armand affrontò la situazione con lucidità. «Tutti dentro, abbiamo già chiamato la polizia».

Elena e Alessio si precipitarono verso Katherine, ancora scossa. Nel giro di pochi minuti fu il caos. I clienti del locale si agitavano spaventati, gli agenti di polizia cercavano di tenere lontano i curiosi dalla scena del delitto.

Armand andò incontro all'ispettore di polizia che coordinava le operazioni e prima ancora di riuscire a parlargli, lui lo anticipò: «È stato lei a telefonare?».

«Sì, ho chiamato io».

«Era solo quando l'ha trovata?».

«No agente, sono io ad averla vista. Lui è arrivato subito dopo», lo anticipò Katherine, avvicinandosi a loro. Armand le cinse le spalle con il braccio destro.

«Ma lei è la signorina Evans, ci siamo conosciuti qualche settimana fa, ricorda?». Era lo stesso ispettore che un mese prima aveva interrogato tutti i componenti della sua famiglia, in merito alla morte di Sebastian della Rocca.

«Sì ispettore, sono io. Mi dica, quella ragazza è ancora viva?». Riuscì a malapena a finire la frase.

«No, quando siamo arrivati era già morta. Il corpo era ancora caldo e...».

«Agente, mi scusi, non si potrebbe evitare? Katherine è molto provata», si affrettò a sottolineare Armand.

L'ispettore, un po' in imbarazzo, chiese scusa e rivolse loro qualche altra domanda, riservandosi di contattarli se ce ne fosse stato bisogno, poi li lasciò andare.

«Piccola, ti porto a casa». Alessio era preoccupato.

«Grazie, preferisco prendere la mia macchina».

«Kate, non puoi guidare in questo stato». Elena aveva provato a dissuadere la sua amica dal prendere l'auto.

«Ce la faccio benissimo». Katherine voleva dimostrare ancora una volta, più a se stessa che agli altri, di essere forte.

Armand le parlò con tono accorato.

«Ti prego, permettimi di seguirti con la macchina. Se ti accadesse qualcosa non me lo perdonerei». Katherine non sapeva per quale ragione il ragazzo dagli occhi color ebano le mostrava tanto affetto, ma sentiva di volerlo. Il suo sguardo era una carezza. «Va bene, andiamo».

Alessio odiava quella situazione. A lui aveva detto no, ma era sicuro che presto si sarebbe ricreduta. La conosceva da diversi anni. Sarebbe tornata da lui. Decise però che per quella sera il suo orgoglio era già abbastanza a pezzi. Si allontanò dopo un saluto freddo e sbrigativo.

«Kate, se hai bisogno, chiamami». Elena la abbracciò forte prima di incamminarsi verso la propria macchina.

Katherine aprì lo sportello della sua Mini, salì e mise in moto. Era stato facile, erano movimenti meccanici. Ora sperava di riuscire anche a guidare.

«Per favore, aspetta». Armand l'aveva raggiunta. «Memorizza il mio numero, se ci perdiamo nel traffico mi fai uno squillo. In ogni caso, non esitare a utilizzarlo per qualsiasi necessità e a qualunque ora, ok? E non parlo solo di stasera».

Il tragitto verso casa fu abbastanza tranquillo. Katherine sentiva la costante protezione di Armand alle sue spalle. I fari accesi della sua Mercedes erano rassicuranti.

Quando Katherine imboccò il vialetto di casa, la macchina di Armand rallentò. Da lì a poco avrebbe dovuto salutarlo, ma sentiva di avere ancora bisogno di lui. Le sue braccia possenti, le stesse che l'avevano stretta forte nel vicolo, erano la miglior medicina contro l'agitazione. Fece retromarcia, fino a raggiungere la Mercedes che si era fermata al cancello e abbassò il finestrino. «Ti andrebbe di entrare?».

«Non vorrei disturbare».

«I miei sono fuori. Non li ho avvertiti per non allarmarli».

Armand accettò e seguì la macchina di Katherine.

Era teso. La soglia di casa Evans per lui avrebbe potuto rappresentare un non ritorno. Respirò a fondo, ripensando al pericolo che stava per correre provando a entrare là dentro.

Robert Evans aveva fatto installare un sistema di allarme potentissimo, appositamente progettato. Dietro alla funzionalità di un comune antifurto, il congegno celava gli effetti micidiali di un'arma contro i kurann. Per proteggere la sua casa, il neurochirurgo aveva sfruttato alcune conoscenze specifiche maturate nel corso dei suoi esperimenti.

Di tutto questo Katherine non sapeva nulla. Armand invece aveva appreso, da fonti sicure, che quell'impianto era in grado di emettere onde letali e devastanti per chiunque fosse dotato di un sistema uditivo particolarmente evoluto. I kurann, da sempre, erano gli esseri viventi con l'udito più sviluppato. Poteva solo sperare che disattivando l'allarme il generatore di quelle maledette onde si spegnesse o almeno i suoi effetti venissero attenuati.

Katherine aprì la porta d'ingresso, poi si girò verso destra e premette i tasti di un quadro comandi posizionato sulla parete. Ad Armand, ancora fuori, sembrava che l'intensità delle onde fosse piuttosto debole, tanto da chiedersi quanto in realtà si fosse evoluto il suo udito rispetto a trecento anni prima, quando era ancora umano. Ma più si avvicinava alla soglia di casa e più forte era il malessere. Non era certo che il suo orecchio sarebbe riuscito a sopportare il suono lacerante.

Consapevole dell'enorme rischio che stava per affrontare, provò a pensare solo a quanto sarebbe stato importante riuscire a entrare in quella casa. Una volta dentro, avrebbe cercato di trovare un momento propizio per mettere le mani sul computer di Robert e impossessarsi delle informazioni segretissime che riguardavano il progetto *TRW-killer*. Solo così la vita di Katherine sarebbe stata al sicuro perché avrebbe portato a termine la missione tenendola lontana da ogni pericolo e fuori da ogni coinvolgimento. Avrebbe tradito la sua fiducia ma le avrebbe salvato la vita.

«Hai cambiato idea?» gli chiese, non vedendolo entrare.

Armand si sforzò di risponderle con un sorriso. Di lì a pochi secondi avrebbe potuto essere morto. Deglutì a fatica e si avvicinò alla porta. Katherine lo stava guardando.

«Permesso». Nel momento preciso in cui attraversò la soglia, avvertì nettamente una fitta al cervello. Era come se una spada perfettamente affilata passasse attraverso il tessuto molle con un colpo deciso. Trattenne il respiro, nel tentativo di non lasciarsi sfuggire alcuna espressione di dolore. L'agghiacciante sensazione di morire gli aveva comunque segnato il volto.

«Tutto bene?». Katherine si avvicinò a lui, mettendo una mano sulla sua spalla.

«Sì». Fu tutto quello che lui riuscì a rispondere. Aveva oltrepassato la soglia ed era ancora vivo. Stentava a credere di aver sopportato un dolore così improvviso e violento. Respirò a fondo per cercare di riprendersi. Katherine non doveva accorgersi di quanto stesse male. Cercò un sostegno appoggiandosi al muro per un attimo. Le gambe tremavano, il cuore batteva all'impazzata, lo stordimento gli impediva quasi di ragionare.

Katherine chiuse la porta, poi indicò un salone a destra. La grande stanza era accogliente, luminosa, arredata con gusto. In condizioni normali, Armand avrebbe notato ogni dettaglio, in quella circostanza invece riusciva a malapena a concentrarsi per vedere ciò che aveva di fronte. Evidentemente il sistema di allarme era a propulsione continua. Lo rendeva debole, ma non lo annientava. Per un kurann dal DNA perfetto, quella sarebbe stata sicuramente una trappola letale. Lui, per fortuna, era nato umano e la sua trasformazione non era ancora del tutto ultimata.

«Ti posso offrire qualcosa?».

Armand si girò verso la voce delicata e gentile che sentiva accanto. «Non vorrei disturbare».

Katherine lo guardò premurosa. «Con quello che è accaduto, non abbiamo neppure toccato cibo e mi farebbe piacere se restassi per mangiare qualcosa. Non sono una grande cuoca, ma i miei panini sono spettacolari».

Sperando di continuare a nascondere il dolore, Armand abbozzò un sorriso. «Ok, ne assaggerò uno volentieri».

«Benissimo, ti spiace se mi assento un minuto? Mi do una rinfrescata e poi volo in cucina a prepararne un paio».

Raccogliendo in fretta le sue ultime forze, sfiorò la mano di Katherine. Era così calda, così fragile. «Prendi tutto il tempo che ti serve, anch'io cercherò di rilassarmi un po' e di evitare di pensare a quello che è successo. Sempre che i tuoi non arrivino e mi caccino via».

«Ma figurati, tra l'altro ho sentito mia madre poco fa e mi ha detto che non rientreranno prima di mezzanotte. Ti va un po' di TV?» Prese il telecomando e accese il plasma. «Se non c'è nulla di interessante, lì ci sono i DVD e i CD. Fa' tutto quello che desideri».

«Grazie, sei davvero un tesoro». Prese il telecomando dalla sua mano, restando fermo in piedi. Temeva di non riuscire a muoversi normalmente.

«Torno presto». Katherine salì le scale.

Arrivata in camera sua, aprì l'armadio per scegliere qualcosa di comodo. Optò per un paio di pantaloni di cotone e una maglia leggera. Lasciò i vestiti sul letto, poi andò in bagno. Sentiva forte il bisogno di togliersi da dosso il freddo che la riportava con il pensiero alla morte di quella donna. Decise di farsi una doccia veloce. Ci sarebbero voluti non più di un paio di minuti. Armand sembrava tranquillo, inoltre era molto stanco e quindi gli avrebbe fatto sicuramente piacere qualche minuto di relax tutto per sé. Chiuse a chiave la porta del bagno, poi tolse i vestiti e si infilò sotto l'acqua bollente.

Armand si sentiva stordito. Un sibilo ininterrotto continuava a trapanargli il cervello. Era una sensazione tremenda.

Gli parve di sentire una serratura scattare e acqua che scorreva. Katherine era sotto la doccia. Decise che era il momento di rischiare. Non aveva alcuna intenzione di tornare in quella casa. D'ora in avanti avrebbe incontrato Katherine fuori da lì, da quella trappola mortale. Ma... sarebbe stato giusto vederla ancora?

Uscì dal salone con passo incerto. Di solito era velocissimo, ma in quell'occasione era come se sentisse sulle spalle tutto il peso dei suoi trecento anni. L'ampio corridoio del piano terra era arredato in modo sobrio ed elegante. Contò cinque porte. Tutte in legno di noce. Tutte uguali tra loro. Aprì la prima, poi la seconda, continuando a cercare lo studio di Robert.

Vicino alla scala che portava al piano superiore, un po' defilata rispetto alle altre, vide un'altra porta. Si avvicinò lentamente, malfermo sulle gambe.

Se fosse stata chiusa a chiave, sarebbe stata la fine. In quelle condizioni, non era in grado di forzare una serratura. La maniglia si abbassò e la porta si aprì, cigolando appena. Avendo le percezioni alterate, non fu in grado di capire se quel rumore fosse stato troppo forte, comunque sentiva ancora lo scorrere dell'acqua e questo lo rassicurò. Decise di entrare.

La debole luce che riusciva a filtrare dal corridoio gli fu d'aiuto. Era sicuramente lo studio di Robert. Sulla scrivania, in bella mostra, un fascicolo intitolato "Ultrasuoni e Infrasuoni - Reazioni nucleari".

Gli bastò un'occhiata per capire che non era quello che stava cercando. Doveva trovare il progetto originale, completo di schede tecniche e risultati dei test, informazioni segretissime che sicuramente Robert non avrebbe mai lasciato così a portata di mano.

Appena vide il computer sul lato destro della stanza il cuore prese a battergli più forte. Aveva ancora pochissimo tempo a disposizione e sapeva che non avrebbe avuto occasione di cercare altrove.

Dal suo portafogli tirò fuori una chiavetta sottilissima, in formato ridotto. Kylaah gliel'aveva consegnata il giorno in cui lui aveva deciso di occuparsi del problema Evans e da allora la portava sempre con sé.

Il minuscolo oggetto scuro era un vero portento tecnologico: un dispositivo in grado di auto-alimentarsi che, inserito nella porta USB di un qualsiasi computer, aveva energia sufficiente per entrare nella memoria e copiarne il contenuto, senza bisogno di accendere il computer e bypassando qualunque sistema di sicurezza. Era uno dei gioielli della Difesa americana, in realtà ancora in fase di sperimentazione.

I tempi del download dipendevano sostanzialmente dalla potenza del pc e dalla quantità dei dati da scaricare. Introdusse la chiavetta nella porta USB, premette un pulsante e tirò un respiro profondo. Il suo olfatto lo avvisò immediatamente. Il profumo di Katherine era talmente definito da farlo girare di scatto, pronto ad affrontarla. Cosa le avrebbe detto? Mi impossesso dei documenti segreti di tuo padre per salvare la vita a te?

Capitolo 16

La sete

Si voltò nella semioscurità, ma non la vide. Katherine era ancora al piano di sopra, aveva appena cominciato a scendere le scale. Si rese conto che gli effetti del sistema di allarme si manifestavano anche sull'olfatto, alterandone le percezioni e non consentendo la corretta individuazione dell'origine degli odori. In condizioni normali, sarebbe stato in grado di determinare con precisione la distanza che lo separava da Katherine.

La chiavetta lampeggiava, le operazioni di registrazione dei dati erano ancora in corso. Armand attese che lei andasse verso il salone e, appena fu certo di non essere visto, uscì in fretta, chiudendosi la porta alle spalle. Avrebbe cercato di recuperare il prezioso dispositivo in un secondo momento, anche se non aveva la minima idea di come fare. Si sentiva debole, non riusciva a pensare con lucidità, quindi non era in grado di mettere a punto piani elaborati. Tutto gli sembrava sospeso in modo irreale.

Appena entrata nel salone, Katherine si fermò di colpo, il suo ospite era sparito.

Armand arrivò alle sue spalle e si avvicinò a lei. «Sono qui».

Katherine sobbalzò, impaurita. «Mi hai spaventata a morte!».

Le sfiorò il viso con la punta delle dita, facendo molta attenzione. Le sue percezioni erano alterate e non riusciva a calibrare la forza impiegata nei gesti. «Scusami davvero, avevo una sete tremenda e cercavo un po' di...». *Sangue*, fu il primo pensiero che gli balenò in testa quando avvertì improvvisamente un forte bruciore alla gola. «Acqua». Riuscì a dire con uno sforzo, mentre la sua mente era tesa a ristabilire il pieno controllo sull'istinto.

Armand non riusciva a capire cosa gli stesse accadendo. Lui non era un normale kurann, nato con il DNA dell'Antica Stirpe. Solo raramente sentiva il bisogno di bere sangue e solo quando la parte di kurann che era in lui lo richiedeva. Non era normale, in quel momento, il bruciore che si era impossessato della sua gola. Lui l'aveva provato solo poche volte e mai così forte. Quella era una sensazione che i kurann avvertivano nei momenti in cui la loro sete di sangue diventava così intensa da non riuscire più a gestirla, tanto irrefrenabile da perdere il controllo.

Impose a se stesso di non muoversi. Il profumo di Katherine lo inebriava. Doveva assolutamente riprendere padronanza di sé per non rischiare di trasformarsi in una minaccia per lei.

«Scusami, non avrei dovuto lasciarti qui da solo. Sono una pessima padrona di casa». Katherine era veramente dispiaciuta. «Non ho resistito all'idea di infilarmi sotto la doccia».

«Ne avevi bisogno». Almeno quanto lui ne aveva di bere sangue. I globuli di Tamon che si moltiplicavano all'interno del suo apparato circolatorio lo pretendevano. La sua sete stava diventando insopportabile.

Incrociando gli occhi blu di Katherine si sentì pervadere da una nuova e sconosciuta emozione. All'improvviso la sua attenzione subì un inaspettato cambio di rotta e si spostò su di lei per acquisire la piena consapevolezza che non le avrebbe mai fatto del male. Sarebbe riuscito a dominare il suo lato oscuro a qualunque costo. Appena tale certezza sbocciò dentro di sé, la sensazione di bruciore alla gola diminuì considerevolmente. Era lei la molla in grado di innescare e disinnescare il meccanismo. La distruzione e la rinascita.

Armand non riuscì a trattenersi, si avvicinò e la abbracciò. Non l'aveva premeditato. Il suo sistema muscolare non aveva chiesto il permesso all'emisfero sinistro del cervello, la funzionalità logico-razionale non era stata interrogata.

Katherine si lasciò avvolgere dalle forti braccia di Armand, travolta da emozioni meravigliosamente nuove.

Lui percepì il battito accelerato della fragile creatura che stringeva a sé. Si sentiva confuso nel desiderio di lei, del suo sangue, del suo amore. «Il tuo profumo è delizioso».

«Anche il tuo». Per la seconda volta Katherine si aspettava un bacio... che puntualmente non arrivò.

Armand lo avrebbe voluto quanto lei, ma non era certo di poter dominare il mostro che aveva dentro, quello stesso che riusciva a generare *krotomateria*. Era la prima volta in trecento anni che si pentiva di avere nelle vene il sangue di Tamon.

Le labbra di Armand sfiorarono la pelle vellutata appena sotto il suo orecchio destro. Il collo di Katherine era delicato e prezioso. Lei non si mosse, ma Armand riuscì a percepire ogni sua emozione. Per un attimo immaginò i loro corpi nudi che si accarezzavano, fino a esplodere nel trionfo del piacere. Riusciva quasi a sentire il suo sapore e quello del suo sangue, inebriante. Si staccò da Katherine in modo brusco.

«C'è qualcosa che non va?» chiese visibilmente turbata. La delusione che segnava il suo bellissimo volto, per Armand era un pugno nello stomaco. Avrebbe voluto poterla amare, con tutto se stesso.

Prese la sua mano e la portò sul suo petto per farle sentire quanto batteva forte il suo cuore. «Tu mi piaci tantissimo, troppo».

Con la punta delle dita le sfiorò il mento, alzandolo leggermente. «Sei un incanto per gli occhi. Soltanto un pazzo potrebbe non desiderarti e io non sono pazzo».

Katherine sorrise, felice di scoprire che negli occhi di Armand ardeva lo stesso fuoco che bruciava anche lei.

Si sedettero sul divano, uno accanto all'altra. Lui la prese tra le braccia con dolcezza. Amava profondamente il contatto con il suo corpo. Con una mano accarezzava i lunghi capelli, formando morbidi boccoli tra le dita. Il suo profumo era una benedizione e una maledizione. Le posò un bacio sulla fronte e lei si voltò alzando gli occhi per guardarlo. Armand si perse nell'indicibile intensità del suo sguardo e lasciò cadere ogni barriera. Le loro labbra si sfiorarono appena, in un caleidoscopio di sensazioni. Si abbandonarono l'uno all'altra nel loro primo bacio, nella perfezione di quel momento. Le passò una mano dietro la nuca, mentre con l'altra le sfiorava la schiena. Il sapore delle sue labbra era travolgente, la loro morbidezza lo invitava a continuare. Non gli era mai sembrato di volare come in quell'istante. Katherine era irresistibile.

Il telefono di casa squillò.

Cogliendo il suo smarrimento, Armand la anticipò: «Tranquilla, rispondi».

Lei eseguì quella sorta di ordine dolce in modo automatico, quasi senza averne coscienza. Si staccò da lui e andò verso il tavolino su cui era appoggiato il cordless.

«Mi assento un attimo», le disse guardandola teneramente.

Gli sorrise prima di rispondere al telefono mentre lui usciva dal salone. «Pronto?».

«Kate, stai meglio?».

«Sì Ele, decisamente meglio».

«Non sembri molto convinta, ma ti capisco, è stata un'esperienza terribile».

«Ehm, sì, purtroppo». Si sentì quasi in colpa per aver dimenticato per qualche secondo quello che era accaduto.

«Armand è stato gentile».

«Molto di più, è ancora qui con me».

«Spero di non aver disturbato. Mi raccomando Kate, so quanto ti piace, ma fa' in modo che non sorgano problemi. Lo sai, è l'assistente della nostra prof, praticamente un tuo docente».

«Qualche settimana fa non la pensavi allo stesso modo. Comunque, tranquilla, è tutto ok». Katherine non aveva alcuna intenzione di complicare le cose. Se lei e Armand avessero iniziato a frequentarsi, avrebbe sicuramente cambiato corso. Fortunatamente, Storia dell'Arte per lei era solo una materia opzionale.

«Kate ora ti lascio. Ti mando un bacione, semmai ci sentiamo più tardi con calma».

«Certo Ele, a dopo. Grazie per la chiamata».

Fermo all'ingresso del salone, a pochi metri da lei, Armand la stava osservando, lo sguardo magnetico.

«Mi metti in imbarazzo», sussurrò lei.

«Scusami, riuscirai a perdonarmi?». Mentre pronunciava quelle parole, pensava in realtà a quello che aveva appena fatto. Era entrato in casa di Katherine e si era impossessato della memoria del computer di suo padre. Come se non bastasse, l'aveva baciata e desiderava farlo di nuovo. Assaggiare il suo sangue era un altro desiderio fortissimo. «Katherine, vorrei rivederti».

«Mi sembra un'ottima idea».

Cercò ancora una volta le labbra di lei. Fu un bacio lungo, appassionato e carico di desiderio, più ancora del primo.

«Una splendida orchidea», le sussurrò staccandosi appena da lei. «Oggi, quando ho pensato di regalarti l'orchidea di cioccolato, avevo ragione. Ti rappresenta alla perfezione».

«E... in che modo?».

«L'orchidea è un fiore che simboleggia la bellezza, la passione e il mistero».

Katherine non si aspettava quelle parole. La schiettezza di Armand la fece arrossire.

Lui colse il suo turbamento con gioia. Non voleva metterla ulteriormente in imbarazzo, anche perché questa volta non si sarebbe accontentato di un bacio, la sete lo stava divorando, di nuovo. Troppo rischioso.

Si congedò da lei, con rammarico. «Mentre eri al telefono, ne ho approfittato e ho fatto anch'io una chiamata. Per motivi di lavoro dovrò assentarmi qualche giorno da Firenze, ma ti chiamo appena rientro, ok?».

Quando Armand se ne fu andato, Katherine prese il telefono per chiamare Elena. Tenendo ferma la cornetta tra l'orecchio e la spalla, con entrambe le mani cercava di aprire la scatola per guardare l'orchidea di cioccolato che le aveva regalato a Roma.

«Ciao Ele, sono io, ti disturbo?».

«Ma figurati, mi fa piacere sentirti. Mi sembri più tranquilla».

Silenzio.

«Kate? Ci sei?».

Aveva aperto la scatola. Le sue mani tremavano mentre sfiorava, incredula, una palla scura e raggrinzita. Quel fiore ora sembrava essere un foglio di carta marrone appallottolato. Non si era sciolto, ma accartocciato, compresso, proprio come se si fosse ripiegato su se stesso. Il fiore di cioccolato era imploso.

«Kate?» Elena cominciava a preoccuparsi.

Lei batté le palpebre, incredula, spaventata. Prese fiato, ma non riuscì a spingere l'aria nei polmoni. «Sì, stavamo dicendo...».

Capitolo 17

Inquietudine

Durante il tragitto verso la dimora reale, Armand ebbe il tempo per riflettere su quello che era accaduto. La giornata trascorsa vicino a Katherine era stata molto più intensa del previsto. Gli eventi avevano finito per prendere una piega del tutto inattesa.

Due mesi prima, il Consiglio dei Grandi Yterion si era riunito per discutere il problema Evans. In quella sede, si era convenuto che Armand sarebbe stato l'unico a poter tentare di compiere la missione, visto che una parte del sangue che scorreva nelle sue vene era ancora umana. Questa caratteristica gli avrebbe forse consentito di riuscire a entrare in casa di Robert Evans e di scampare alla morte, che invece sarebbe stata certa per qualsiasi altro membro dell'Antica Stirpe.

Armand aveva accettato senza battere ciglio. Rischiare la vita per proteggere la sua famiglia era un atto dovuto di lealtà e rispetto verso Kylaah, Tamon e quelli che ormai considerava i suoi fratelli. Da più di due secoli era entrato a far parte della Guardia del *Regens*. Ubbidire al volere del Consiglio dei Grandi Yterion era uno dei suoi doveri.

In realtà avrebbe accettato l'incarico anche se non fosse stato l'unico in grado di portarlo a termine. Sapeva bene che se lui avesse fallito, la moglie e la figlia, anche se all'oscuro delle azioni di Robert Evans, avrebbero rischiato la vita per colpa sua. Il progetto top secret del medico era troppo importante per l'Antica Stirpe e per questo, pur di appropriarsene, i suoi membri avrebbero violato senza alcun indugio la regola che imponeva loro di non colpire gli umani innocenti.

Da secoli i kurann cercavano di proteggere la Stirpe facendo tutto il possibile per non uscire allo scoperto, vietando quindi di mietere vittime tra gli umani, se non in casi eccezionali. La severità era una scelta obbligata poiché alcuni kurann, soprattutto tra i più giovani, venivano sopraffatti dalla *tikosaima*, ovvero dalla brama di sangue che li spingeva a uccidere gli umani per inebriarsi con il sapore irresistibile del loro caldo liquido scarlatto.

Non esisteva possibilità di salvezza per i kurann travolti dalla dipendenza di sangue umano e per questo l'esercito di Alszaham era costretto a intervenire nei loro confronti, mettendo in atto quanto previsto dalle Antiche Leggi: la condanna a morte. Non sempre però era possibile punire i ribelli e le migliaia di casi di persone scomparse senza lasciare traccia alimentavano dubbi e sospetti.

La situazione si complicava ancora di più nel momento in cui erano proprio i membri dell'esercito di Alszaham a restare vittime della *tikosaima*. In quei casi era compito della Guardia del *Regens* intervenire per l'esecuzione della pena definitiva. Questo portava a momenti di grande tensione che spesso sfociavano in aspri conflitti interni tra i due gruppi. Il Consiglio dei Grandi Yterion aveva il compito di governare la Stirpe e garantire la pace all'interno del mondo dei kurann. I più anziani ricordavano ancora con preoccupazione la ferocia delle guerre combattute tra gli eserciti dei Due Imperi.

Il giorno in cui l'esercito di Alszaham aveva giurato fedeltà a Tamon, era cominciata una nuova era. I Due Imperi erano di nuovo uno solo, sotto il comando di Tamon, unico e potente *Regens*. Per evitare nuove scissioni e conseguenti guerre interne tra i due eserciti, doveva essere eliminata ogni possibile causa di conflitto. L'arma progettata da Robert Evans costituiva una pesante ipoteca sulla pace all'interno della Stirpe, un problema enorme che bisognava risolvere al più presto.

Quando Armand aveva accettato di occuparsi del caso Evans, le priorità erano ben delineate. Il suo compito era quello di sottrarre i progetti a Robert per consentire ai membri dell'Antica Stirpe di studiarli e scoprire i punti deboli della nuova arma ideata dal dottore, così da predisporre un piano di difesa contro quella grave minaccia. Poi avrebbe distrutto il laboratorio e con esso ogni traccia di quell'orribile tecnologia, l'arma di distruzione di massa più efficace di tutti i tempi. L'eliminazione di Robert Evans sarebbe stata l'ultimo atto. Nessun altro doveva essere coinvolto, tanto meno gli appartenenti alla sua famiglia.

Ora le priorità erano cambiate. Katherine, la figlia del dottore, per lui era diventata ben più di quanto avesse mai potuto immaginare. La situazione gli era sfuggita di mano, proprio come Kylaah aveva previsto.

Armand aveva creduto che la missione potesse concludersi con esito positivo senza alcuna vittima. Invece due persone erano già state assassinate: Sebastian Della Rocca e la donna trovata in una pozza di sangue sul retro del bar, della quale era certo di conoscere il nome dell'assassino.

Si sentiva in dovere di interrompere al più presto la carneficina che si stava profilando. Solo Robert Evans andava eliminato e il compito spettava a lui. Una volta attuato il piano, non avrebbe mai più potuto guardare Katherine negli occhi, non dopo averle ucciso il padre. Era obbligato quindi a rinunciare a lei. Ma ci sarebbe riuscito?

Maledizione! Doveva decidere in fretta, la clessidra del tempo era già stata capovolta da un destino impietoso.

Armand scese dalla macchina di pessimo umore e a grandi passi si diresse verso il maestoso palazzo del *Regens*. Spalancò il portone di ingresso con una violenta spinta.

Fece una decina di passi prima di fermarsi al centro del grande atrio finemente decorato in stile rinascimentale. Aveva il cuore in subbuglio, i nervi tesi e si sentiva ancora molto stanco. Il fresco profumo della kurann anticipò la sua presenza. Kylaah era raggiante, impenetrabile come sempre, ferma sui gradini della grande scala in marmo bianco.

«Kylaah, devi spiegarmi quello che sta accadendo!». La sua voce era come il ruggito di una bestia feroce.

«Caro Armand, bentornato». Il tono di Kylaah era gentile e affettuoso.

«Non hai nemmeno idea di cosa...». Armand la fissò a lungo. Pensando ai poteri della kurann, si corresse. «Oh sì che ce l'hai un'idea, tu sai sempre tutto. Non potevi fare qualcosa per impedire quel massacro?».

«Armand, calmati. Sei visibilmente scosso. Shamnos ha fatto solo ciò che doveva».

«È stato lui a uccidere quella povera disgraziata, ci avrei giurato». Armand sentì le vene del collo contrarsi e gonfiarsi fino a fargli male. Tremava quasi per la rabbia.

Kylaah si avvicinò al giovane kurann che la fissava e lo accarezzò sulla spalla. «Stai tranquillo».

«Stasera ho fatto cose di cui so già che mi pentirò per il resto della mia schifosa vita, ok? Quindi non usare quel tono melenso con me. Non funziona. Non stasera».

«Hai fatto la cosa giusta. Parte della missione è stata completata senza perdite inutili, proprio come avevi richiesto».

«E la donna trovata nel retro di quel bar? In caso non lo sapessi, è morta. Dannazione!».

«Quell'umana era malata terminale, le restava da vivere meno di una settimana. Non preoccuparti per lei, le abbiamo solo fatto un favore. Di lì a poco gli antidolorifici che aveva assunto avrebbero smesso di fare il loro effetto e quella poveretta avrebbe iniziato a soffrire. Shamnos ha fatto un buon lavoro, la donna non ha provato alcun dolore».

«Ma che bravi, come siete stati premurosi».

«Armand, evita quest'atteggiamento con me. L'episodio di stasera non avrà ripercussioni per nessuno. Dopo l'autopsia tutto si placherà nel giro di pochi giorni. Quella donna era lo strumento che era stato designato per concatenare la serie di eventi che ti ha consentito di entrare in casa Evans. Stasera».

«Però avevo detto che Katherine doveva restare fuori dal discorso. E voi dovevate aspettare e lasciare che mi occupassi da solo della faccenda, come d'accordo».

«Ti abbiamo messo su un piatto d'argento l'occasione di portare a termine la missione in fretta e tu l'hai colta al volo, per cui non accusare me, non sono stata io ad approfittare della buonafede della giovane Evans».

«Perfetto, Kylaah. Continua pure a girare il coltello nella piaga. Come se non mi sentissi già uno schifo».

«Avevi chiaro l'obiettivo fin dall'inizio. Ti avevo offerto la possibilità di tirartene fuori e l'hai rifiutata. È un po' tardi per i sensi di colpa, non trovi?».

Armand prese dalla tasca la chiavetta con i dati scaricati dal computer di Robert Evans e la lasciò cadere nel palmo della mano di Kylaah.

«D'ora in poi si farà a modo mio o niente». La sua voce era quasi un grido.

«Sei troppo coinvolto per essere obiettivo. Sin da subito ti avevo avvertito che quell'umana per te sarebbe stata un problema».

«Non–parlare–male–di–lei». Armand scandì ogni singola parola con tono perentorio e guardandola fissa negli occhi.

Kylaah si accigliò. Non si era mai permesso di rivolgersi a lei con quel tono. Una nota di tristezza le segnò il volto. Fu solo per un attimo. «Ti consiglio di pensare bene prima di buttare via tre secoli di legame profondo con me e la tua famiglia».

Lui abbassò gli occhi, esausto. «Che senso ha questa storia assurda?».

La kurann lo strinse teneramente a sé. «Credimi, capisco quello che provi. Avverto la confusione che hai in testa, e nel cuore. Però è il momento di prendere una decisione. Katherine potrebbe anche essere un fuoco di paglia. In fondo è solo un'umana e potresti stancarti di lei in breve tempo. Quanto può durare una storia con lei? Un mese? Un anno? Un decennio? La tua "distrazione" si trasformerebbe presto in dolore. Se Katherine dovesse scoprire tutta la verità? Potrà forse accettare te, ma come farebbe ad accettare la morte di suo padre per mano tua? Pensi che riuscirebbe mai a giustificare il tuo gesto? Seppure insisterai a spiegarle che lo hai fatto anche per lei, non ti crederà mai».

«Non è detto che debba andare per forza così». Neppure lui credeva fino in fondo alle parole che aveva appena pronunciato, stava prendendo coscienza di quanto fossero fondate le affermazioni di Kylaah.

«Rifletti Armand. Suo padre sta progettando un'arma micidiale che potrebbe estinguere la nostra specie. Ha usato due dei nostri... dei tuoi fratelli come cavie da laboratorio. Pensaci. Un giorno potresti dover prendere il posto di Tamon. Credi forse che il tuo popolo accetterebbe una relazione fra te e la figlia del nostro carnefice?».

«Speravo in un tuo consiglio che mi fosse d'aiuto e non nella più tragica delle visioni».

«È quello che accadrà se non impedirai a te stesso di provare emozioni per quell'umana».

Armand chiuse gli occhi e serrò la mascella. «Io *sono* umano».

«Lo eri. Ora sei un kurann. Il sangue di Tamon, il potente *Regens*, si sta riproducendo nel tuo corpo. Il tuo DNA sta cambiando in modo radicale e definitivo». Vedendolo soffrire, il tono di Kylaah si ammorbidì. «Dai, ora smettiamola, ci sarà tempo per riparlarne. Sicuramente sarà stata una delle tue giornate più difficili. Sei stanco e provato».

«Dev'essere stato quel maledetto sistema di protezione che usa Evans in casa sua. Mi sentivo malissimo e avevo tutte le percezioni alterate».

Lei lo guardò con affetto. «Siamo stati fortunati, sei sopravvissuto e hai fatto un ottimo lavoro. Solo tu potevi riuscirci».

«Mi sembrava di avere una spada conficcata nel cervello. A un certo punto ho avvertito un forte bisogno di sangue», disse senza lasciarsi coinvolgere troppo da quel ricordo. Stava facendo un resoconto e non aveva alcuna intenzione di ammettere che parte di quell'irresistibile sete era dovuta alla vicinanza di Katherine. Era ancora sconvolto e confuso per i contrasti emozionali dell'esperienza vissuta: il micidiale sistema di sicurezza lo aveva indebolito, il profumo della ragazza aveva invece risvegliato antiche pulsioni.

Probabilmente Kylaah sapeva già ogni cosa, anche se Armand stava cercando di velare i suoi pensieri. Lei poteva leggere in modo molto chiaro la mente di chi le stava di fronte.

«Ho apprezzato molto il tuo autocontrollo in quel momento. Sarebbe stato un grave errore assecondare la tua sete di sangue, perché avremo ancora bisogno della ragazza».

«Ti prego, non chiedermi di usarla».

«Non lo farò se non sarà indispensabile».

Armand sentì un brivido lungo la schiena. Negli occhi di Kylaah vide la patina color porpora che velava lo sguardo dei kurann quando vivevano stati emotivi originati da propositi di vendetta, punizione o morte.

Capitolo 18

Vincolo di sangue

Armand guardò verso l'alto e tirò un lungo respiro, cercando di allontanare i pensieri negativi che affollavano la sua mente.

«Vieni mio caro, hai bisogno di essere nutrito come si conviene a un principe».

Seguì Kylaah nel salone che si apriva sull'atrio. La lunga tunica blu di velluto della strega-kurann creava piccole onde che andavano a infrangersi sul pavimento di alabastro. Fece accomodare Armand vicino a lei, sul divano in pelle, poi si scoprì il polso sinistro e glielo porse. Lui lo prese tra le mani e lo strinse per sentire il pulsare ritmico del cuore della kurann.

Vedendolo ancora assorto nei suoi pensieri, fu lei a rompere gli indugi: ritrasse il polso per inciderlo con i suoi denti aguzzi, poi lo passò ad Armand, invitandolo a bere.

Lui accostò le labbra con delicatezza. Subito la sua bocca fu pervasa dall'esaltante sapore del sangue della kurann alla quale era legato in modo viscerale. E mentre il liquido scarlatto scendeva lento e caldo nella sua gola, Armand pensò alla sua vita e al legame che lo univa a Kylaah.

Lo aveva salvato quando avrebbero potuto accusarlo dell'omicidio di suo padre. Lo aveva protetto con tutte le sue forze, invocando l'aiuto di Tamon, il potente *Regens*. Senza l'intervento di Kylaah, Armand non sarebbe sopravvissuto neppure una notte in quel mondo oscuro e inospitale. Era stata lei a convincere Tamon, suo compagno da oltre un millennio, a inocularGli nelle vene alcune gocce del proprio sangue, perché solo questo avrebbe potuto salvare il suo corpo dai limiti della caducità umana.

Il sangue del *Regens*, il kurann più potente della Stirpe, era entrato in circolo nel sistema venoso di Armand quasi trecento anni prima. I punti vitali erano stati subito raggiunti dai particolari globuli blu presenti nel sangue di tutti i kurann: le *glyamatos*, cellule che non potevano sopravvivere fuori dal corpo di origine, neppure per una frazione di secondo.

Solo nel sangue puro di pochissimi kurann appartenenti alla casta più nobile della Stirpe, come Tamon e Kylaah, le *glyamatos* si conservavano intatte, anche una volta uscite dal corpo che le aveva generate.

Qualcuno avrebbe potuto pensare ai kurann come a dei mostri. Nella mitologia greca le chere erano viste come demoni della morte e venivano spesso raffigurate come creature nere alate, con denti aguzzi e artigli, che si nutrivano del sangue dei morti e dei feriti. Un'altra leggenda da aggiungere alle decine che riempivano i testi ereditati dagli avi. Di fatto la vera storia dei kurann era custodita nel DNA di ciascuno di essi. L'acido nucleico dei membri dell'Antica Stirpe era diverso da quello umano e consentiva agli esemplari con il sangue più puro di vivere quasi duemila anni. Tamon ne aveva oltre millequattrocento, Kylaah addirittura di più, anche se non erano in molti a saperlo. Dietro ai trent'anni che mostrava all'apparenza, si celava una storia di circa tre millenni e un potere smisurato, forse il più forte mai riservato a un membro dell'Antica Stirpe.

Per consentire il rinnovamento cellulare, era necessario assumere particolari sostanze presenti solo nel sangue di un altro kurann. Il sangue umano non aveva le stesse proprietà, ma era in grado di dare al kurann che lo beveva una sensazione euforizzante molto forte. Assunto ripetutamente e in dosi elevate causava dipendenza. Sempre più assetati e incapaci di governare il loro istinto, alcuni kurann arrivavano a uccidere gli umani per soddisfare l'urgenza. La *tikosaima*, ovvero la brama di sangue, era una brutta faccenda e si verificava di rado, quasi sempre negli esemplari molto giovani e quindi non abbastanza capaci di mantenere il controllo. Le loro azioni omicide finivano per mettere a repentaglio la segretezza della Stirpe, per questo erano emarginati persino dalle proprie famiglie di origine e braccati da un corpo speciale dell'esercito di Alszaham che aveva il compito di annientarli.

Armand rabbrividì al pensiero che uno di quei pazzi criminali potesse anche solo avvicinarsi a Katherine. L'umana stava diventando un pensiero costante che lui non poteva permettersi. Ora doveva pensare all'incarico che gli era stato affidato, ma appena raggiunto l'obiettivo si sarebbe tirato fuori da una situazione che stava diventando sempre più scomoda.

Il giovane kurann staccò le labbra dal polso di Kylaah e le baciò delicatamente il piccolo taglio che si era procurata per nutrirlo. Lei sfiorò le labbra di Armand con la punta delle dita. In quei gesti non c'era sensualità, ma reciproca stima e rispetto.

«Questa sera mi hai accusata indirettamente di essere più fredda di un iceberg e le tue parole mi hanno ferito. So bene che a volte posso sembrarti cinica o addirittura crudele, ma non dimenticare che ho il potere di conoscere il futuro e per questo le mie scelte sono spesso condizionate dalle visioni di tragedie che potrebbero verificarsi. Tu devi fidarti di me».

Capitolo 19

Nervosismo

Seduta sul letto vicino al suo amante, Donata provò un brivido di freddo e si coprì le spalle con la coperta.

«Oggi è tornato a trovarmi l'ispettore Neri». Il suo tono era quasi indifferente.

«Quello che indaga sull'incidente di Sebastian?» domandò Robert mentre incrociava le mani dietro la testa.

«Tu continui a dire che è stato un incidente, ma Neri è sicurissimo del contrario». La voce della donna era fredda, calcolata.

«Le sue conclusioni si basano unicamente su un referto sbagliato. Sicuramente l'autopsia è stata eseguita da persone incompetenti. Sebastian è morto perché ha commesso un grave errore, e non perché qualcuno lo ha ucciso».

«Il grave errore di non darti i soldi che gli avevi chiesto in prestito?». Donata si passò una mano tra i capelli per ravviarli.

Il suo amante si accigliò. Non immaginava che Sebastian le avesse potuto raccontare del prestito negato. «Cosa vorresti insinuare? Quelli della Scientifica dicono cose assurde e tu arrivi a sospettare di me?».

«La mia non era un'accusa. Non sarò una santa, ma non riuscirei ad andare a letto con l'assassino di mio marito».

«Scusami se ho alzato la voce». Robert andò più vicino a lei e le passò una mano sui seni. La loro era un'intesa profonda, quando erano a letto. «Comunque, cosa voleva l'ispettore da te?» domandò il medico ostentando indifferenza.

«Teme che anche la mia vita e quella di Alessio siano in pericolo. Mi ha chiesto se desideravo la protezione di una scorta, ma ho rifiutato la sua proposta, naturalmente. Spero di aver fatto la cosa giusta».

«Tu non hai nulla da temere. Quei bastardi non si avvicineranno a voi». La voce di Robert era decisa e fredda.

Donata fu colpita dalla più assoluta mancanza di preoccupazione. C'erano solo due possibilità: al suo amante non importava nulla di lei e di suo figlio, oppure sapeva molte più cose di quanto volesse far credere.

Erano passati due giorni da quando Armand si era nutrito da Kylaah. Era sera e stava cercando di rilassarsi nell'elegante soggiorno del suo appartamento. Si trovava a un bivio e non sapeva quale fosse la direzione giusta da seguire. Katherine era costantemente al centro dei suoi pensieri.

Il suono del cellulare che segnalava l'arrivo di un messaggio attirò la sua attenzione. Prese in mano il telefonino e guardò il display. Il numero non era memorizzato nella rubrica: *Ciao Armand, un pensiero per te. Spero vada tutto bene. Katherine.*

Maledizione, perché non si era innamorato di una kurann dell'Antica Stirpe? Alison per esempio, ne sarebbe stata felice. O magari di un'umana qualsiasi, purché non fosse Katherine. Su tre miliardi di donne che popolavano la Terra, era mai possibile che a travolgere i suoi sentimenti fosse stata proprio la figlia della persona che lui doveva uccidere?

Aveva dentro di sé tanta di quella rabbia che avrebbe potuto distruggere un'intera città con la sola forza del pensiero. Strinse forte il telefono e lo scagliò con violenza contro uno dei pilastri di marmo che decoravano il soggiorno del suo attico. L'apparecchio andò in frantumi.

Accese lo stereo e alzò il volume. Le note di una chitarra elettrica riuscivano sempre a calmarlo. Circa un'ora dopo, sentì bussare alla porta d'ingresso. Andò ad aprire.

Elsa, elegante come sempre, lo salutò con un sorriso. «Ciao, tesoruccio».

«Elsa. Non ti aspettavo».

Entrando, calpestò alcuni pezzetti di plastica, quello che era rimasto del cellulare di Armand. «Questo ragazzo è un po' troppo violento», gli sussurrò mentre gli toccava un braccio. «Per fortuna hai distrutto solo un telefonino e poi ti sei fermato».

«È stato... un piccolo incidente».

«E chi ci crede? Chissà dove hai la testa. Qualcuno che non ti vuole bene potrebbe approfittarsi delle tue debolezze».

«Sentiamo, chi ce l'avrebbe con me?».

«Oltre alle decine di kurann assetati di vendetta che già conosci? Oh, nessuno di importante. Solo Shamnos».

«E perché me l'avrebbe giurata?».

«Dovresti immaginarlo». Elsa sorrise in modo malizioso facendo scivolare il palmo della mano sul bordo del divano.

Quando si atteggiava a quel modo non la sopportava. «Non c'è proprio nulla da immaginare e il tuo fratellino Shamnos farebbe bene a starsene molto tranquillo. Ha violato i patti ammazzando quella poveretta».

«E da quando i kurann rispettano i patti? La vita è troppo lunga per prendere decisioni definitive».

Ignorando il commento della kurann dai lunghi capelli neri, Armand le chiese: «Come mai sei qui?».

«Avevo bisogno di confidarmi con un amico».

«Sai che non amo particolarmente le visite a sorpresa».

«Sì, ne so qualcosa. Avevo pensato di darti appuntamento in un luogo pubblico, ma poi ho cambiato idea. Volevo evitare gli incidenti, per esempio quello di essere costretta a incenerire tutti i passanti di una strada affollata».

«Per la seconda volta».

«Mica gli stessi».

«Certo che no».

«E dai Armand, non essere così serioso», gli disse Elsa con gli occhi dolci di un cerbiatto e sbattendo le ciglia.

«Se stai cercando di incantarmi, sappi che non funziona».

«Un tempo mi consideravi in modo ben diverso...».

Armand non rispose.

«Allora... dev'essere per la storia di Katherine. Ti ha lasciato?».

«Hai intenzione di continuare su questa strada? Io e Katherine non stiamo insieme, ok?».

«Sì, Kylaah mi ha accennato qualcosa».

«Allora, perché sei qui?». Il tono di Armand rasentava quasi la maleducazione.

«In realtà è Kylaah che mi manda».

«E non ha trovato nessuno più simpatico?».

«Per tua sfortuna no, ha scelto proprio me».

«Mi pare fin troppo strano che possa fidarsi di te».

«È solo molto accorta. Conosce i sentimenti di ognuno di noi meglio di chiunque altro. Se facessi del male a Katherine ferirei anche te, quindi puoi stare tranquillo, farò la brava».

«Sì, come no. Ti conosco fin troppo bene».

«E non sai quanto mi fa piacere...».

Armand cambiò in fretta discorso per scansare le allusioni della bellissima kurann. «Comunque, evita di tirare in ballo Katherine. E poi, solitamente Kylaah chiama o viene di persona».

«Ha provato a telefonarti, ma chissà perché le rispondeva la segreteria», rispose maliziosa, guardando con noncuranza i pezzi del cellulare ancora sparsi sul pavimento. «Mettiti l'animo in pace e accogli con gioia il tuo messaggero». Si sedette sul divano, a pochi centimetri da lui. «Kylaah ha avuto una visione. Sai bene che subito dopo si sente esausta, per cui di solito evita di uscire. Non sia mai che venga fuori quel lato sadico dei kurann che lei tenta di nascondere a tutti i costi. Sai, quando serve uno spuntino, ci si può accontentare perfino di un umano. Peccato che lei si ostini a non voler mietere vittime... Non in pubblico perlomeno».

«Dovresti imparare da lei. È ammirevole».

«E perdermi tutto il divertimento? Tanto bel sangue caldo che sgorga fuori dalla vittima, ancora in lotta tra la vita e la morte...».

«Vorresti farmi la cortesia di tenere per te certi discorsi?»

«Agli ordini, capo. Comunque, Kylaah ti vuole parlare. Ora».

Capitolo 20

Ponte Vecchio

Seduta in un angolo dell'aula, Katherine fissava l'orologio.

«Kate, sei troppo silenziosa».

«Vorrei avere una sfera di cristallo. Tu Ele, per caso ne hai una da prestarmi?».

«Per guardare nel futuro?».

«Potrei intanto provare a capire il presente». Katherine appoggiò la testa sul braccio sinistro.

«Non sì è ancora fatto sentire, vero?».

«Ale sì. Armand no».

«Ti aveva detto che ti avrebbe chiamato al suo ritorno in città, giusto?».

«Sono già trascorsi parecchi giorni», disse lei alzando la testa. «Se anche fosse all'altro capo del mondo, potrebbe rispondere a un mio messaggio, no? Ormai i cellulari funzionano perfino sull'Everest».

Elena la guardò perplessa. «Forse era troppo impegnato».

«Per rispondere a un sms?» Katherine sospirò e aggiunse: «Magari ci ha ripensato. Si sarà reso conto di aver fatto il grosso errore di baciare una studentessa e ha deciso di tagliare i ponti».

Un paio di minuti prima dell'inizio della lezione, le ragazze presero posto vicino alla finestra. L'aula era già quasi piena. Neppure quelli del secondo anno volevano perdersi una lezione di Armand Castelli. Peccato però che lui non sarebbe arrivato. Katherine iniziò a scarabocchiare sul suo taccuino da disegno.

Anticipato da un lieve brusio dei ragazzi che si stavano sistemando ai banchi, lo vide entrare insieme ad Alba Carrisi, docente titolare del corso.

La sensazione di gelo che provò fu immediata. Sentì su di sé lo sguardo preoccupato di Elena e, contro ogni residuo di buon senso, frugò negli anfratti più reconditi della sua fantasia in cerca di una scusa che avrebbe potuto giustificarlo: *è rientrato stamattina da una missione segreta*. Non riusciva a trovare ipotesi attendibili e l'unico appiglio a cui aveva provato ad aggrapparsi si era rivelato non certo credibile. Faceva fatica a deglutire.

Armand sembrava sereno. Apparentemente nulla era cambiato. L'unica cosa strana era che lui non tentasse in alcun modo di incontrare il suo sguardo. La stava evitando? *Che stupida idea quella di mandargli un messaggio. Ho fatto solo la figura dell'idiota. Che stupida.*

La voce della professoressa echeggiò nell'aula. «Ho una notizia che riguarda il signorino qui accanto. Questa è l'ultima lezione che Armand Castelli terrà nel nostro corso».

Si levarono mormorii interrogativi in tutta l'aula. Katherine smise di respirare.

«Aspettate, non ho finito. Dobbiamo complimentarci tutti con lui perché la National Gallery di Londra gli ha fatto una proposta che non ha potuto rifiutare».

L'applauso fu immediato e Armand sorrise, compiaciuto.

«Ci deve essere una spiegazione logica, Kate. Non ti preoccupare». Elena cercò di calmare l'amica, ma era del tutto inutile.

«Ora cedo la cattedra ad Armand, ma dalla prossima settimana farete nuovamente lezione con me». La donna minuta dai capelli grigi sorrise ai suoi studenti, poi abbandonò l'aula, lasciando aperta la porta.

Katherine approfittò del momento in cui lui si voltò verso la lavagna luminosa per sgattaiolare fuori dall'aula. Non riusciva a sopportare la sua presenza. Era troppo per lei.

Iniziò quasi a correre per i lunghi corridoi dell'ateneo, con il cuore che batteva a un ritmo serrato, ancor più di quello dei suoi piedi. Finì per scontrarsi un paio di volte con alcuni studenti che venivano nella sua direzione. Appena vide l'uscita, tirò un sospiro di sollievo. Aveva solo voglia di andarsene il più lontano possibile.

Preoccupata per la sua amica, Elena uscì dall'aula e iniziò a cercarla. Provò a chiamarla più volte al cellulare, ma le rispose sempre la segreteria. Le inviò un messaggio, poi rientrò in aula.

Armand si accorse subito dell'assenza di Katherine. Avrebbe voluto correrle dietro, ma non poteva farlo, avrebbe compromesso la sua copertura. Portò avanti una lezione impeccabile. La sua freddezza era così marcata da superare ogni immaginazione. Terminò con qualche minuto di anticipo e ringraziò tutti per l'attenzione, poi fu letteralmente assalito da alcune ragazze che volevano salutarlo.

Quando Elena gli passò davanti, Armand la fermò. «Sai dov'è andata Katherine?».

«No. L'ho cercata ovunque in facoltà, ma non c'è».

«Pensi che potrebbe essere tornata a casa?».

«Non credo proprio». Elena la conosceva bene. Se fosse andata a casa, Katherine avrebbe sicuramente rivissuto il suo primo bacio con Armand.

Allontanandosi, si voltò verso di lui. «Potrebbe essere nel posto più affollato della città».

La ringraziò prima di dirigersi verso l'uscita.

Quando la donna dai capelli rossi si avvicinò a lui, il ragazzo ebbe un fremito. Nei momenti più bui della sua prigionia, lei era l'unica ad aiutarlo a sopportare il dolore, e non soltanto perché gli somministrava gli antidolorifici. Da quando era stato rapito e segregato in quel lager mascherato da struttura ospedaliera, lei era anche l'unico volto femminile che aveva visto.

Trovava rifugio soltanto nelle preghiere e nello sguardo profondo di quella figura in camice bianco.

Ma non era una donna di cui potersi fidare. Stava dalla parte del suo aguzzino senza volto. Non importava quanto fosse delicato e gentile il suo tocco quando lo visitava. Non importava l'infinita tenerezza con cui lo guardava. Lei era esattamente come tutti gli altri: spietata e di un cinismo disumano.

«Battito regolare. Pressione un po' alta ma più o meno stabile. Temperatura corporea nella norma. Quadro clinico del paziente: buono». Palle. Erano tutte grosse falsità travestite da utilità medico-scientifiche. *Tutto è permesso in nome della scienza. Sì, va' a raccontarlo a chi fa da cavia.* Quel maledetto dottore era un uomo senza scrupoli.

Appena si era accorta della natura selvaggia degli esperimenti, Lisa aveva cercato di tagliare i ponti con il laboratorio, ma il suo capo la teneva in pugno. A sua sorella serviva un trapianto di cuore. In fretta.

Katherine camminava senza meta sul Ponte Vecchio, l'antica costruzione che attraversava l'Arno su arcate assopite nel tempo. Sentì la gola secca e decise di entrare nel primo bar che incontrò.

«Salve, potrei avere una bottiglietta d'acqua, per favore?».

«Due, grazie». La voce calda e virile alle sue spalle la lasciò senza fiato.

Vide una mano che avrebbe riconosciuto tra mille porgere una banconota all'uomo che aveva appena posato due bottigliette d'acqua sul bancone. Deglutì a fatica e si voltò verso l'uscita, tenendo lo sguardo inchiodato al pavimento.

«Facciamo due passi?». La voce di Armand era profonda, roca, sensuale.

«Ok», rispose Katherine, quasi mimando le parole in un contrasto di emozioni che la stavano mettendo a dura prova. Era furente per come lui si era comportato, ma felice di averlo accanto. Le era mancato terribilmente, anche se non aveva alcuna intenzione di confessarglielo.

Armand le si avvicinò e le porse la bottiglietta. «L'ho già stappata. A volte sono difficili da aprire».

«Grazie», bofonchiò lei.

«Katherine, l'ho fatto per te, per... *noi*».

«Cosa?». Si fermò, pronta a tenergli testa.

«Sarebbe diventata una situazione insostenibile».

«Armand, sai una cosa? Ma vaff...». Katherine si voltò per allontanarsi.

«Aspetta un attimo, per favore!».

«Puoi risparmiarti ogni scusa, ok? Sopravvivo lo stesso», disse lei in tono aspro, ancora determinata ad andarsene.

«Katherine». Armand si avvicinò sfiorandole appena l'orecchio con le sue labbra, mentre la abbracciava forte. «Io invece non riesco a vivere senza di te».

Si girò verso di lui, incredula. «Se mi stai prendendo in giro, ti giuro che...».

«Ti ho pensata ogni singolo istante».

«Non mi hai cercata neppure con una telefonata o un breve messaggio».

«Sono indifendibile, ma spero di riuscire a farmi perdonare. Ho scelto di rinunciare all'incarico della National Gallery di Londra».

«Stai scherzando?».

«Sono stato combattuto per giorni. La nostra relazione sarà forse destinata a naufragare, ma non riesco a pensarmi lontano da te».

«Ho paura di crederti...», sussurrò lei, ancora cauta.

Armand le prese il viso tra le mani e la baciò a lungo. Katherine riusciva a percepire con chiarezza il desiderio che li infiammava. Il bacio si fece ancora più intenso, più intimo.

Lui staccò le labbra dalle sue solo per un attimo, quel tanto che bastava per riuscire a parlare. «Ci arresteranno per atti osceni in luogo pubblico».

«E da quando è vietato baciarsi in mezzo alla gente?».

«Non vorrei compromettere la reputazione di una giovane donna».

«Ti ha mai detto qualcuno che a volte sei un po' all'antica?».

«Ehm, almeno un migliaio di volte». Armand sorrise con un po' di imbarazzo e cercò di cambiare discorso. Le sfiorò il viso con una dolcezza infinita. «Non ho idea di quali siano i tuoi programmi per oggi, ma so per certo che mi piacerebbe trascorrere la giornata insieme a te».

Un ampio sorriso si stampò sul volto di Katherine. Gli occhi blu notte riflettevano una luce meravigliosa. «Stai pensando a qualcosa in particolare?».

«Forse». Armand le sfiorò il mento con l'indice e le avvicinò le labbra al collo per posarle un bacio delicato proprio sotto il lobo dell'orecchio.

Si incamminarono, mano nella mano, per i vicoli più antichi di Firenze. Katherine adorava ogni pietra di quella città intrisa di storia, in cui tutto profumava di un passato glorioso. Ma era ancora più emozionante percorrere quelle vie al fianco di Armand, la rappresentazione moderna del David di Michelangelo.

Ne conservava tutta la poesia, la bellezza e il mistero, ma respirava... e questo lo faceva assurgere al sublime.

«Posso pensare a questo incontro come al nostro primo appuntamento?». Il tono di Armand era fresco ed entusiasta.

«Considerando che stiamo camminando, mano nella mano, per le vie della città più romantica del mondo, direi proprio di sì».

«Dicono che sia Venezia la città romantica per eccellenza».

Katherine lo guardò e sorrise. «Non c'è un solo luogo sul pianeta che potrebbe essere più romantico di Firenze in questo momento. Come vedi, tutto è relativo», disse lei, semplicemente.

«Schiller ti chiederebbe conto di come provi a sfruttare le sue teorie a tuo vantaggio. E l'amore non è relativo». Armand si fermò un attimo, cercando di carpire ogni sua emozione.

Katherine non voleva dargliela vinta. Fece per baciarlo, ma allontanò le labbra da quelle di Armand un attimo prima di sfiorargliele. «E da quando i ragazzi capiscono qualcosa dell'amore? Non c'è nulla di più relativo!».

Armand era sempre più convinto che quella ragazza gli stava facendo perdere la testa. Mostrava un bel caratterino, incitandolo forse a stuzzicarla di nuovo.

«Quale altro sentimento, se non l'amore, può essere invariabile, totale e assoluto? A volte, per un amore in cui si crede veramente, si fanno cose che vanno al di là del bene e del male».

Guardandolo fisso negli occhi per qualche secondo, capì che, con quell'ultima frase, Armand aveva superato il confine della leggerezza, ma lei preferì mantenere un tono divertito. «Probabilmente lei ha ragione, ma ci devo pensare. Le faremo sapere». Katherine gli fece l'occhiolino.

Le accarezzò la schiena con una mano e le diede un bacio tenero sulla fronte.

«E io che mi illudevo di spuntarla facilmente con te. A proposito, oggi, quando sono entrato in aula, avevi un libro sul banco. Posso chiederti che libro fosse?».

Katherine rimase senza parole. Era convinta che non l'avesse nemmeno degnata di uno sguardo e invece lui aveva addirittura notato quel particolare. Pensò un attimo a cosa rispondere. Era la seconda volta che leggeva quel libro e non perché fosse pessimista di natura, ma semplicemente perché la morte di Thomas le aveva insegnato a guardare la vita da un'altra prospettiva.

«Allora?» le chiese alzando un sopracciglio, mentre aspettava la risposta.

Sigillò i ricordi in un angolo della memoria, prima di dirgli: «Mi avvalgo della facoltà di non rispondere».

«So essere molto persuasivo».

«È una sfida?» lo provocò.

«Chissà...».

«Attento a giocare col fuoco, ragazzo».

Ammirarono il campanile di Giotto con le sue sculture di profeti e patriarchi e i bassorilievi che facevano rivivere scorci di vita medievali.

«Armand, sai che sei molto fortunato?».

«Ovviamente, ti ho accanto».

«Dai, sono seria».

«Anch'io».

«Stavo pensando che anche i tuoi quadri magari un giorno parleranno di te alle future generazioni, proprio come Giotto sta facendo con noi oggi. Immagino che sia esaltante sapere che anche tu stai regalando forse un pezzetto di te alla Storia».

Armand rivolse lo sguardo verso l'orizzonte, senza dire una parola. Un turbine di pensieri e ricordi lontani si impadronì della sua mente.

Vedendolo assorto, Katherine rallentò e gli sfiorò una guancia con la punta delle dita. Il contatto con la sua pelle generò un brivido che attraversò entrambi. Era come se i loro sogni si fossero sfiorati per un breve istante, un attimo... intenso e vivido, una scarica elettrica inaspettata, rovente.

«A cosa stai pensando?».

Lui la guardò negli occhi, incantato, ma non rispose alla sua domanda. Le chiese invece: «Ti andrebbe di fermarci un po' nel caffè più antico della città?».

Aveva cambiato volutamente discorso, era chiaro. Ma Katherine preferì non fare altre domande. Era un suo diritto tenere alcuni pensieri per sé. Lui apprezzò molto la delicatezza di quel riguardo. Lei continuava a stupirlo.

«Gilli?».

«Sì, fanno una torta Sacher che ti farebbe impazzire, ne sono sicuro».

«Fino a qualche ora fa, l'unica cosa che mi faceva impazzire erano i tuoi comportamenti inspiegabili. Ora sei tu».

Il bacio che seguì le tolse il fiato.

Restarono per più di due ore nella sala in stile Liberty dalle pareti color avorio. Le avrebbe voluto dire che quel luogo era per lui molto significativo. Aveva trascorso lunghi pomeriggi insieme a Kylaah proprio in quel caffè storico, quando ancora si chiamava la Bottega dei Pani Dolci. Avrebbe voluto raccontarle della sua infanzia nella Firenze del Settecento, ma come avrebbe potuto? Le prese le mani e le accarezzò tenendole strette.

«Te la senti di camminare ancora un po'?».

Lei annuì, serena.

Raggiunsero Piazzale Michelangelo, il punto più alto di Firenze da cui si poteva ammirare uno splendido panorama. Si avvicinava il momento del tramonto e i deboli raggi di sole dipingevano di rosa l'intera città.

Armand si appoggiò alla balaustra e aprì le braccia per stringere Katherine a sé. Si stava legando a lei a ogni minuto di più. Rompendo il silenzio, lei sussurrò: «Nulla è per sempre».

«Scusa?» Le parole lo colpirono come uno schiaffo in pieno volto. Poi ricordò la copertina del libro che aveva visto sul suo banco quel mattino. Aveva riconosciuto quel libro perché lo aveva letto anche lui.

Fece comunque finta di non saperlo già. «È il titolo del libro che era sul tuo banco?».

«Sì».

«Ed è solo il titolo di un romanzo, oppure anche un tuo pensiero?».

«Da qualche ora comincio a credere che sia solo un titolo».

Armand le sussurrò all'orecchio, in tono di sfida: «E il tuo relativismo che fine ha fatto?».

«Certo che tu non ti arrendi mai».

«Se lo facessi rischierei di annoiarti e allora usciresti con un altro, e mi toccherebbe troncargli tutte e due le gambine».

«Uhm, come siamo aggressivi!». Katherine era divertita e lusingata.

«Questo ti sembra aggressivo?». Prima che lei avesse il tempo di capire a cosa si riferisse, Armand le diede un bacio lungo e appassionato.

«Mmm, lo definirei più che altro... intenso».

Proprio come ciò che lei stava provando per lui. Armand la travolgeva come una tempesta impetuosa e inarrestabile. *Sarebbe stato per sempre?*

Capitolo 21

NON lo fare!

Katherine ripensava a quella settimana come a una delle più belle della sua vita. Erano trascorsi solo tre giorni da quando lei e Armand avevano iniziato a frequentarsi con regolarità ed erano stati momenti bellissimi. Lui si era fatto trovare ogni mattina di fronte a casa sua, l'aveva accompagnata in facoltà e poi era andato a riprenderla al termine delle lezioni. I pomeriggi vissuti insieme a lui erano stati favolosi.

Quel venerdì sera Katherine era andata con Elena a una festa organizzata da una loro compagna di corso. Durante la serata aveva inviato un sms ad Armand, ma lui non aveva ancora risposto.

Elena si avvicinò a lei e le sussurrò all'orecchio: «Kate, qui fuori c'è qualcuno che vorrebbe parlarti».

La guardò incuriosita. «E chi sarebbe?».

«Non ne ho la più pallida idea, me lo ha riferito uno dei ragazzi all'entrata».

«Spero proprio che non sia Alessio».

Katherine si affacciò alla finestra e riconobbe subito la macchina di Armand. Non si aspettava di vederlo. Gli corse incontro scendendo velocemente le scale.

«Non ci posso credere!».

«Buonasera, principessa».

Armand si avvicinò a lei e le diede un bacio delicato. «Ho ricevuto il tuo sms e anziché risponderti sono venuto a rapirti per una mezz'oretta».

«Avverto Elena e prendo la borsa».

«Non serve, torneremo presto».

«Ok».

La fece accomodare al posto del passeggero, poi si sedette al volante, mise in moto e partì per fermarsi dopo una decina di minuti su una collina da dove si vedeva tutta la città. Le luci multicolori davano l'illusione di trovarsi in un paesaggio d'altri tempi.

Katherine ammirava con occhi incantati. «È molto bello qui». Armand le prese una mano e la portò verso le labbra per sfiorarla con un bacio. «*Tu* sei bellissima».

Lei arrossì. Non riusciva ancora a gestire le sue emozioni quando lo aveva vicino.

«Puoi chiudere gli occhi, per favore?» le chiese.

Lei abbassò le palpebre e il cuore iniziò a pulsarle ancora più forte. Sentì il tocco delle sue mani sfiorarle la pelle mentre le spostava alcune ciocche di capelli. Era un'emozione forte che la investì come un'onda di piena. Sentì qualcosa di freddo e sottile intorno al collo.

«Ora puoi aprire gli occhi».

Mentre lo faceva, Katherine si portò la mano sinistra alla gola. Le punta delle dita toccarono una linea sottile di metallo interrotta a intervalli regolari da piccole pietre.

Armand abbassò lo specchietto di cortesia, dicendo: «È proprio come l'avevo immaginato».

Era assolutamente perfetto. Piccole gemme di colore rosso scuro impreziosivano lo scintillante collier di oro bianco. Katherine fece scorrere tra le dita le pietre preziose.

«È il regalo più importante che io abbia mai ricevuto. Sono senza parole». La sua voce era incrinata dall'emozione. Avvicinò il viso a quello di Armand e lo baciò. «Grazie, è bellissimo».

«Il tuo entusiasmo mi rende felice».

«Ti conosco abbastanza da sapere che questo collier ha un significato che va al di là della sua concretezza, non è così?».

Le sfiorò il viso. «Se io fossi furbo inizierei a temerti, sei davvero acuta».

«Allora ho ragione».

«In effetti, sì. Pare che il rubino sia legato al nome Katherine, di cui sembra essere il talismano».

«Wow, sono fortunata, sei talismani in un colpo solo!».

«In realtà è uno soltanto, le gemme sono state ricavate da un'unica pietra».

Era un rubino della qualità più pregiata, uno Stella color Burma, di un rosso molto intenso. Nessuno al mondo avrebbe mai tagliato una pietra tra le più preziose per ricavarne di più piccole, ma la scelta di Armand aveva un preciso significato: le sei gemme rappresentavano il suo nome, una pietra per ogni lettera. Era il simbolo di un tutto, un gioiello unico.

«Ti racconto una storia», le disse.

«Ti ascolto volentieri».

«È una vecchia leggenda che pochi conoscono e vorrei condividerla con te».

Lei si accoccolò tra le sue braccia, con la schiena contro il petto. Il respiro del giovane kurann le accarezzava una spalla facendole salire piccoli brividi in tutto il corpo. Era un momento di intimità che avrebbero custodito gelosamente.

«Hai freddo, principessa?».

«Sto benissimo». Il contatto con il corpo caldo di Armand la faceva sentire al sicuro. «Non era un brivido di freddo».

Lui la strinse ancora più forte tra le sue braccia e iniziò: «Sembra che migliaia di anni fa la Terra fosse abitata da creature con poteri straordinari. I pochi capi tribù che conoscono la leggenda credono che queste creature non esistano più fisicamente, ma ancora oggi sono convinti che ne sia sopravvissuta la magia. Tanto tempo fa, più o meno nella terra dell'attuale Myanmar, ex Birmania, viveva la comunità dei Muraah. Erano potenti creature e facevano parte degli spiriti che regalavano serenità, prosperità, amore e magia alla Terra. Si narra che i Muraah avessero il potere di creare scenari naturali incredibili, simili all'aurora boreale, lo spettacolo più bello che la natura ci regala.

La Terra era un luogo incantato e tutti gli abitanti del nostro pianeta vivevano in armonia. Alcuni spiriti malvagi si servirono di animali, accrescendone terribilmente l'aggressività, per cercare di annientare i Muraah e impossessarsi dei loro segreti e poteri. Loro cercarono di difendersi con tutte le forze e resistettero per mesi interi, ma tutto si concluse in tragedia. La loro fine avrebbe significato la rovina dell'intero pianeta, perché solo un appartenente a quella comunità sarebbe riuscito a sconfiggere il male. Si narra che gli animali della foresta trovarono e nutrirono un sopravvissuto, l'unico che avrebbe potuto ristabilire l'equilibrio terreno. La missione di quel guerriero era rendere giustizia al suo popolo e distruggere chi aveva scatenato la guerra. Riuscì nell'impresa con l'aiuto del fuoco e di molti amici, ma l'ultima battaglia gli fu fatale. Il suo sangue bagnò il suolo. La terra lo ringraziò trasformando ogni goccia in una gemma di inestimabile valore. Grazie al suo sacrificio il mondo riacquistò la serenità, la prosperità e l'amore che aveva perso. La magia ritrovata trionfa ancora oggi nella misteriosa magnificenza dell'aurora boreale.

Da quei tempi lontani, il rubino viene associato al fuoco e al sangue, oltre a conservare al suo interno i poteri dei Muraah. Il rubino viene chiamato anche Re delle gemme, in sanscrito *ratnaraj* e come nessun altro rappresenta il simbolo della forza dei sentimenti. Proprio come il vero amore, il rubino perfetto è comunque rarissimo da trovare».

«Armand, mi hai fatto sognare, è una storia meravigliosa. Questo collier avrà un valore esagerato».

«Ora che sfiora la tua pelle il suo valore è inestimabile».

«Vuoi farmi diventare più rossa dei rubini?» gli domandò tornando a guardare lo specchietto di cortesia per ammirare il colore delle gemme.

Armand la strinse di nuovo tra le braccia e appoggiò le labbra sui suoi capelli. «Ti ho mai detto che hai un profumo buonissimo?». Fece scivolare delicatamente le labbra sul suo collo, poi le solleticò il braccio tracciando linee immaginarie con la punta delle dita.

Katherine si girò lentamente e posò le labbra sulle sue. Lui rispose con impeto, come se avesse atteso quel momento per secoli. In un contatto sempre più intimo, i loro baci erano insaziabili, il desiderio inarrestabile.

Armand si scostò leggermente e poi si allontanò.

Avvertendo il distacco, Katherine lo guardò smarrita. «C'è qualcosa che non va?».

«Ho paura di non riuscire a fermarmi». Una punta di preoccupazione intaccò leggermente la sua voce.

«Perché dovresti?».

«Non è il momento né il luogo adatto».

«Sul luogo potrei anche essere d'accordo». Katherine sorrise imbarazzata. Non voleva tirarsi indietro. Aveva già aspettato troppo. La vita le aveva insegnato che il presente doveva essere vissuto. Lei sapeva di amare quel ragazzo, anche se non lo voleva ammettere neppure con se stessa. Lo amava in modo profondo, intenso, viscerale.

«Ti avevo detto che ti avrei rapita per una mezz'oretta e temo che il tempo a nostra disposizione sia scaduto». Armand aveva ripreso pienamente il controllo.

«E se questa notte non esistesse nessun altro oltre noi due?». Non era affatto pronta a lasciarlo andare. Ogni volta che lui le dava la buonanotte, lei non vedeva l'ora che fosse già mattino per rivederlo.

Le prese una mano tra le sue. «Per me è già così. Non c'è nessuno, oltre te. Vorrei portarti a casa mia e stare con te, tutta la notte».

«Anch'io lo voglio», sussurrò lei guardandolo negli occhi.

Armand le diede un bacio dolcissimo. «Passiamo a prendere la tua borsa?».

«Non occorre, basterà avvisare Elena con una telefonata».

«Ok, potrai chiamarla da casa mia. Katherine, sei tranquilla? Sì, insomma, sappi che in qualunque momento...».

«Questa volta sono io a dirti di non preoccuparti. Sono tranquillissima».

Dopo pochi minuti, Armand parcheggiò la Mercedes sotto casa. «Eccoci arrivati».

Le aprì la portiera e la accompagnò verso il portone, poi si diressero verso l'ascensore. Premette il pulsante per farlo arrivare al piano e per tutto il tempo della corsa la tenne stretta a sé.

Katherine si aspettava di entrare in un appartamento ricco di stucchi, greche, rosoni e centinaia di quadri, invece si trovò in un attico molto spazioso, ben arredato, elegante e lineare.

«Chi l'avrebbe mai detto? Un appassionato di barocco che per la propria casa sceglie l'essenzialità del postmoderno».

Armand accennò un sorriso. «Un punto contro o a favore?».

«Decisamente a favore».

«Ottimo. Se vuoi chiamare Elena, usa pure il mio telefonino». Appoggiò il cellulare sul tavolo di cristallo e le diede un bacio delicato. «Vado a prendere qualcosa da bere, fa' con calma».

Quando fu solo, si fermò a riflettere, incerto sul da farsi. Katherine era tutto quello che desiderava. Non poteva rischiare di perderla rivelandole la sua vera natura e lo scopo della sua missione, non quella sera. Voleva che tutto fosse perfetto. Per lei.

Pochi minuti dopo tornò nel soggiorno con due bicchieri di champagne.

«Hai avvisato anche i tuoi?».

«No, ho chiamato solo Elena. Se dicessi a mio padre dove mi trovo ora, farebbe un casino».

«Non mi conosce nemmeno, non può già odiarmi». In realtà sì, lo odiava anche senza conoscerlo. E così tutti quelli come lui, i kurann dell'Antica Stirpe, contro i quali Robert Evans avrebbe utilizzato molto volentieri l'arma di distruzione di massa che stava approntando. Con quella avrebbe potuto sterminarli.

«Credimi, odierebbe chiunque avesse la malsana idea di avvicinarsi a sua figlia. Alessio a parte, naturalmente».

«Il tuo ex?».

«Già, stravede per lui».

L'espressione di Katherine divenne improvvisamente seria e Armand si avvicinò a lei. Non c'erano più ostacoli ora. Sentiva ancora più forte l'impulso di farla sua, in modo totale e assoluto. Non aveva mai provato sensazioni così intense con nessuna donna, umana o kurann che fosse.

Katherine lo guardava intensamente. Bruciava di desiderio, proprio come lui. Armand le infilò una mano tra i capelli morbidi e con l'altra la attirò a sé. Gustando il profumo dietro il lobo dell'orecchio, fece scivolare le labbra poco più sotto, per risalire poi lungo il mento, fino a incontrare quelle di Katherine. Lei lo aspettava, la testa leggermente piegata all'indietro, gli occhi socchiusi. Le parve di sentire una canzone. In effetti lo stereo si era acceso e contemporaneamente le luci si erano abbassate. Non se ne preoccupò, nella piacevole certezza di essere completamente stregata da lui e quindi di non riuscire neppure a rendersi conto di quello che accadeva realmente intorno a lei.

Si muovevano cullati dalla musica. Katherine prese a giocherellare con i bottoni della camicia di Armand. Ne sbottonò tre e lui la lasciò fare, elettrizzato dal tocco della sua mano. Lui le abbassò lentamente la spallina del vestito blu e posò le sue labbra nel piccolo incavo sotto la clavicola laddove, in un trionfo di femminilità, la pelle di Katherine era delicatissima. Si ritrovarono sul divano di pelle scura, con il fiato corto.

Con gentilezza, Armand le sfilò il vestito e restò in adorazione delle sue forme perfette, esaltate da un malizioso completino in pizzo nero.

«Katherine, sei sicura?».

«Sì».

Bastò quella magica parola a segnare il seguito della serata. Armand la prese in braccio, la baciò e senza staccare le labbra dalle sue la portò in camera. Alcune candele si accesero.

«Come hai fatto?» gli chiese, meravigliata.

«Un giorno ti rivelerò il trucco». Doveva imparare a stare più attento in presenza di Katherine, almeno fino al giorno in cui non le avesse rivelato chi fosse in realtà. Tutti i kurann, perfino quelli privi di poteri eccezionali, erano in grado di compiere piccoli prodigi con la sola forza del pensiero. Accendere e spegnere luci, elettrodomestici e aprire e chiudere porte, finestre o ancora spostare piccoli oggetti risultava facilissimo per tutti loro.

«Vorrei provare a farti vedere anch'io una cosa, ma non è detto che ci riesca», sussurrò lei.

La adagiò sul letto, come se fosse una piuma. Lei si allungò leggermente verso il comodino per prendere una candela tra le mani e intanto lui la abbracciò da dietro, godendo del suo profumo.

«È un trucco che mi ha insegnato mio fratello quando ero piccola. Non chiedermi come faccio perché sono la prima a non saperlo».

Mentre pronunciava la frase, Armand sgranò gli occhi vedendo la candela piegarsi e contorcersi, come animata da un moto di dolore assoluto. Katherine non stava esercitando alcuna pressione visibile. Stava semplicemente guardando la candela mentre collassava su se stessa verso l'interno, finendo per implodere. Il risultato fu un groviglio di cera calda. Armand rimase senza parole. Quello che aveva appena visto non aveva nulla di logico, né di umano.

«Thomas mi aveva fatto promettere di non mostrarlo mai a nessuno. Ma lui non c'è più e sono certa che avrebbe consentito alla sua sorellina di fare un'eccezione. Per te», disse lei piano, senza staccare lo sguardo dalla cera aggrovigliata.

Katherine appoggiò quello che era rimasto della candela sul piattino da cui l'aveva presa, poi si portò una mano alla tempia, massaggiandola energicamente.

Armand percepì in lei una sensazione di dolore che lo preoccupò. «Mal di testa? Posso fare qualcosa per te?».

«Sì, non so come mai. Scusami, non vorrei rovinare tutto», sospirò lei.

Era ancora stupefatto da quello che le aveva visto fare. Avrebbe dovuto essere lui quello dai poteri inconfessabili. Aveva avvertito il suo malessere subito dopo l'implosione della candela. Le due cose erano collegate?

La strinse a sé, esercitando una leggera pressione con due dita sulle sue tempie. «Ora sta' tranquilla».

«Armand, che mano calda, hai la febbre?».

Lui non rispose. Come per tutti i kurann, in circostanze normali la sua temperatura corporea era di trentotto gradi precisi.

«Ti porto un bicchiere d'acqua?».

«Forse un caffè sarebbe più indicato. È un vasocostrittore e magari mi fa passare questo mal di testa antipatico».

«Sarò di ritorno tra due minuti».

Armand scese le scale per andare in cucina. Preparò un caffè, aggiunse un cucchiaino di zucchero e si apprestò a tornare in camera da Katherine.

La vibrazione del cellulare che aveva lasciato sul tavolino di sala attirò la sua attenzione. Era un sms da parte di Kylaah, un messaggio che non ammetteva repliche: *NON lo fare!*

Un messaggio del genere in quel momento poteva avere un solo significato. Detestava dover sottostare a un ordine così perentorio senza neppure aver avuto da Kylaah uno straccio di motivazione.

Chiamarla era fuori discussione, non avrebbe potuto giustificare un litigio con lei in quella circostanza. Per eseguire l'ordine della strega-kurann era costretto a servirsi, suo malgrado, dell'inaspettato mal di testa di Katherine. Il giorno dopo, alla dimora reale, qualcuno avrebbe dovuto fornirgli una giustificazione più che valida.

Lasciò il cellulare sul tavolino di cristallo e tornò in camera. Porse la tazzina a Katherine, poi si sedette sul letto. Lei si accoccolò appoggiando la testa sulla sua spalla. L'avrebbe tenuta al sicuro tra le sue braccia per tutta la notte.

Dalla grande vetrata guardavano le luci della città, avvolta da una coltre di nebbiolina leggera. La luna adagiava dolcemente sul mondo un bagliore di luce fioca.

Non era stato facile tenere sotto controllo l'incendio emotivo che li aveva coinvolti quella sera. Presa la decisione di non andare oltre, scoprirono entrambi che le emozioni che stavano vivendo erano talmente intense da mettere in secondo piano persino il desiderio sessuale. Rimasero tutta la notte a guardarsi negli occhi, mano nella mano, uno di fronte all'altra. I lunghi baci li travolgevano come onde di piena, ma per quella notte avevano siglato un patto tacito, nell'accettazione di una dolce tortura di attesa che avrebbero ricordato per tutta la vita.

La fioca luce che filtrava dalle ampie tende creava motivi chiaroscuri sulla silhouette di Katherine, quasi nuda sul letto, accoccolata tra le lenzuola. La sua pelle di seta era un invito irresistibile per le dita di Armand che disegnavano morbide figure geometriche sul corpo.

I suoi capelli coprivano parte della schiena e del bellissimo viso. Armand spostò delicatamente una ciocca per poter gioire in modo ancor più profondo del suo splendore. La amava con tutto se stesso, più forte e intensamente di quanto avrebbe mai pensato. La creatura che aveva atteso per così tanto tempo era finalmente arrivata.

Si tirò su, appoggiandosi su un gomito per osservarla meglio. La ragazza dagli occhi blu notte era accanto a lui. Ancora non riusciva a crederci. Aveva di fronte il quadro più bello che l'universo avesse mai dipinto.

Una brezza penetrò nella stanza semibuia, muovendo la tenda e il lenzuolo che copriva Katherine. Armand si alzò dal letto, deciso a bloccare la portafinestra aperta dalla corrente d'aria, per impedire al vento di interrompere il sonno della sua amata. Uscì a piedi scalzi sul terrazzo. Il vento di dicembre era freddo e il cielo limpido, tanto da poter osservare anche le costellazioni più lontane. Una folata d'aria lo convinse a rientrare in casa e chiudersi la portafinestra alle spalle.

Katherine era ancora stesa sul letto. Si avvicinò al suo corpo caldo e la accarezzò dolcemente. Lei ebbe un sussulto mentre la mano del giovane kurann percorreva la sua schiena che alla luce della luna sembrava ancora più bianca.

«Armand».

«Sono qui, amore mio». Mantenne la voce bassa, per non svegliarla nel caso fosse ancora assopita.

«Non te ne vai, vero?». Katherine sussurrò quelle parole tenendo gli occhi chiusi.

«Dove potrei mai andare senza il mio cuore?» la rassicurò lui premuroso.

«Quindi posso dormire tranquilla».

Le rispose con una carezza sui capelli. Lei era già tornata nel mondo dei sogni.

Restò a guardarla, incantato. Mentre con le dita sfiorava la sua pelle in modo delicato, quasi innocente, la sua mente era preda di voglie quasi impossibili da contenere, travolto com'era da turbamenti che lo facevano scoprire eccitato come mai gli era capitato prima di quel momento. Assaporava mentalmente ogni millimetro di quella serica pelle, immaginando di indugiare con le labbra sui boccioli dei suoi seni, uno alla volta, lentamente, fino a quando non l'avesse sentita pronta ad avventurarsi sulle strade più calde dell'estasi. Si sarebbe fermato di colpo per guardarla negli occhi, aspettando che lei lo implorasse di proseguire. Avrebbe ripreso a stuzzicarla, fino a conoscere e conquistare ogni suo punto erogeno, tracciando percorsi sinuosi con la punta della lingua, fino a smarrire l'orientamento e la ragione nel sapore delle sue parti più intime.

Prestandosi lui stesso alla tortura di quella dolce e preliminare privazione, con il pensiero volò sulla pelle soffice ancora nascosta da un triangolo in pizzo nero. Sotto quel lembo di stoffa, che avrebbe sfilato delicatamente, o strappato con decisione, avvertiva il profumo di femmina, un invito a cui dovette opporre resistenza. Il messaggio di Kylaah era stato perentorio. Per quella notte poteva solo limitarsi a tenere Katherine tra le braccia e godere del suo respiro.

In quel momento prese la decisione forse più difficile della sua vita: si sarebbe opposto al destino. Doveva fare in modo di cambiare il frammento di futuro apparso alla strega-kurann nella sua ultima visione.

Capitolo 22

Mire perverse

Il mattino arrivò troppo presto. Quando Katherine aprì gli occhi, Armand la stava guardando.

«Dimmi che non stai fissando i grovigli dei miei capelli».

Le sorrise e le accarezzò il viso con la punta delle dita.

«Che ore sono?».

«Le nove e mezzo».

«Oh Dio, è tardissimo. Mio padre avrà chiamato l'Interpol. Non sono mai tornata più tardi delle nove quando ho dormito da Elena».

«Mangiamo qualcosa, poi ti porto subito a casa, va bene?».

«Ti dispiace se salto la colazione?». Katherine aveva un tono implorante.

«Nessun problema. Ti lascio il bagno, io vado giù in quello degli ospiti e sarò pronto in cinque minuti. Ti aspetto di sotto».

Il giovane kurann sparì all'istante. Entrando in bagno Katherine si accorse che le aveva sistemato il vestito su una gruccia. Quel ragazzo era adorabile.

Nonostante si fosse rifiutata di fare colazione, Armand aveva portato in macchina una brioche e un succo di frutta in tetrapack, ma lei non ebbe il coraggio di rifocillarsi per non sbriciolare dappertutto in quella macchina da mezzo milione del suo quasi-ragazzo.

«Non hai appetito?» Armand era sempre premuroso con lei.

«Sono un po' in pensiero per quello che potrebbe accadere

con mio padre se scoprisse che non ho trascorso la notte a casa di Elena. Tu sei fortunato, abiti da solo e non devi rendere conto a nessuno».

Un sorriso amaro affiorò sulle labbra di Armand. «Se non altro, l'Interpol non deve essere scomodata quando torno a casa in ritardo».

«E tu, vai spesso a trovare i tuoi genitori?». Katherine voleva sapere ogni cosa di lui, non le aveva mai parlato della sua famiglia.

«I miei non ci sono più già da qualche anno. Ho un padre adottivo, se lo si può definire in questo modo. In realtà, ho un'intera famiglia adottiva, ma nessun parente di sangue». Si stava addentrando in un terreno minato. Continuare a parlarne poteva diventare pericoloso. Fece un lungo sospiro.

«Mi spiace, non sapevo. Avrei dovuto farmi gli affari miei».

«Non preoccuparti Katherine, davvero. È giusto che tu conosca tutto di me». Armand strinse le mani sul volante prima di aggiungere: «Avremo modo di parlarne».

Era evidente che lui avesse bisogno di tempo e lei non voleva certo mostrarsi impaziente.

«Quando vorrai, io sarò qui. Hai preso qualche impegno per stasera?».

Per un attimo Katherine ebbe il timore di apparirgli possessiva, invece a lui quella domanda fece piacere. Girò la testa verso di lei e le diede un bacio veloce, prima di concentrarsi di nuovo sulla guida. «Nessun impegno. A che ora passo a prenderti?».

«Posso fartelo sapere nel pomeriggio? Ti mando un messaggio o ti chiamo, ok?».

«Va benissimo».

Arrivati davanti alla casa di Katherine, Armand parcheggiò sul vialetto, non troppo vicino alla villa, per non crearle problemi con i suoi. Si salutarono con un bacio fugace.

Guardando la Mercedes nera che si allontanava piano, si affrettò a salire i gradini davanti all'ingresso. La porta era chiusa a chiave.

Dannazione, avrebbe dovuto suonare il campanello. Stava per farlo quando la porta si aprì e vide sua madre. Era triste.

«Mamma, che succede?».

«Dimmelo tu».

«Ero da Elena, ho dimenticato la borsa e le chiavi, infatti stavo per suonare».

«Questa borsa?». Suo padre si avvicinò alla porta, decisamente irritato, tenendo in mano la sua borsetta nera.

Sapevano tutto. «Posso spiegarvi».

«Sarà meglio che tu lo faccia in modo credibile».

«Robert, ti prego. Non siamo in un'aula di tribunale». La madre di Katherine cercò di mediare. Non servì a nulla, poiché Robert la zittì bruscamente. Era fuori di sé.

«Ti rendi conto della situazione in cui ci hai messi?».

«Non volevo farvi preoccupare, scusate. Elena non vi ha detto che...».

«Ti preoccupi delle bugie che ha provato maldestramente a rifilarci la tua amica?».

«Papà, dai, non esagerare. Ti prego, ragiona un attimo. Ho vent'anni ormai».

«Questo non ti dà certo il diritto di uscire con un tuo insegnante. Kate, cosa c'è che non va in te?».

Avrebbe voluto avere tra le mani chi aveva informato suo padre. Di certo non era stata Elena, la sua amica non l'avrebbe mai tradita. Katherine contò fino a dieci per cercare di controllare la sua agitazione e provò a spiegarsi.

«Armand non è un mio docente. Era l'assistente del corso di Storia dell'Arte della signora Carrisi. Ha ventiquattro anni e non ottanta come forse immagini». Si rivolse soprattutto a suo padre, visto che era stato lui ad alzare i toni.

«Era? L'hanno buttato fuori dall'università?».

Katherine chiuse gli occhi cercando di mantenere la calma. Suo padre arrivava troppo in fretta alle conclusioni che gli facevano più comodo.

«Armand ha scelto di interrompere la collaborazione con la facoltà perché gli avevano proposto un incarico di grande prestigio alla National Gallery di Londra».

Grace le accarezzò un braccio. «Sono certa che sai quello che stai facendo. Perché non ne hai mai parlato prima?».

«Basta vedere come reagisce papà».

Robert le stava guardando accigliato. «Interromperai subito ogni contatto con lui. Vorrei proprio conoscerlo e dirgli due paroline. Come fa di cognome?».

Katherine distolse lo sguardo. In quel momento non glielo avrebbe rivelato neppure sotto tortura. «Vuoi capire che lui non ha alcuna colpa? Se proprio te la devi prendere con qualcuno, fallo con me».

«Di certo non la passerai liscia. Hai trascorso la notte da sola in casa di un ragazzo, maledizione».

«Qualcuno che non è Alessio, vuoi dire?». Le dispiaceva usare quel tono sarcastico con suo padre, ma se l'era cercata.

«Alessio è il tuo fidanzato. Da cinque anni. Come hai potuto tradirlo in questo modo?». Il volto di Robert era paonazzo.

«Io e Alessio non stiamo più insieme da tempo».

Robert guardò Grace, incredulo. «Alessio non è dello stesso parere».

«Ma io sono tua figlia. È il mio parere quello che dovrebbe contare di più per te», gli disse in modo risoluto.

«Non doveva andare così». Suo padre si girò verso il mobile

bar del salone e si versò due dita di scotch. Le ordinò di sedersi sul divano. Lui era abituato a comandare e la posizione di superiorità che aveva assunto non era affatto casuale.

Katherine si accomodò a un'estremità del divano in pelle. Avrebbe ascoltato la predica di suo padre in silenzio, poi in qualche modo avrebbe cercato di farlo ragionare.

«La tua bravata poteva rovinare tutto». Il suo tono era asciutto e deciso.

Grace era in piedi, vicino alla finestra. Katherine era certa che sua madre avesse fatto di tutto per rabbonirlo prima del suo arrivo, ma il tentativo sembrava non essere andato a buon fine.

I suoi pensieri furono interrotti dalla voce di Robert. «Ieri sera è venuto qui Alessio».

Ecco chi era l'infame.

«Da vero gentiluomo mi ha chiesto la tua mano».

Quelle parole pesavano più di un macigno.

«Cos'hai detto che ha fatto Alessio?». Katherine scoppiò in una risata nervosa.

Suo padre proseguì, come se niente fosse: «Io ho accettato».

Incredulità.

Sgomento.

Rabbia.

«Se vuoi sposartelo tu, accomodati pure. Se invece aspetta me, fa in tempo a morire». Katherine si alzò in fretta dal divano. Era fuori di sé.

«Vi sposerete entro un anno. Non voglio discussioni».

«Se è una barzelletta, ti assicuro che non mi fa ridere».

«Kate, tuo padre...».

«Grace, non ti intromettere».

«Maledizione, Robert. È anche mia figlia».

«Sarà anche tua figlia, ma tu non hai voce in capitolo».

«Kate, tesoro, va' di sopra. Ne riparleremo». Sua madre cercava di tranquillizzarla, anche se la sua espressione non lasciava presagire nulla di buono.

«Sì, è meglio che io vada in camera mia in attesa che mio padre torni in sé».

«Per quanto mi riguarda il capitolo è definitivamente chiuso, futura signora Della Rocca».

Quel cognome le fece venire un conato di vomito che riuscì a ricacciare dentro a fatica.

«Siamo nel ventunesimo secolo, papà. I matrimoni combinati sono illegali, sia in Italia che in America».

«Peccato che tu sia d'accordo».

«Non lo sarò mai».

«Staremo a vedere».

«Staremo a vedere», gli fece eco Katherine.

Era un incubo. Era decisamente un incubo. Entrò in camera sua sbattendo la porta.

Maledizione! Il cellulare.

Uscì dalla stanza, per tornare nel salone e recuperare il telefonino. Voleva chiamare Elena e farsi raccontare i dettagli a lei ancora sconosciuti in merito alla comparsa di Alessio e alla consegna della borsa.

Doveva anche avvisare Armand. Suo padre sarebbe potuto andare in facoltà a cercarlo. Consapevole di quanto sapeva essere persuasivo, temeva che avrebbe potuto ottenere con facilità anche il suo indirizzo di casa.

«E ora cosa vuoi?». Robert la fulminò con lo sguardo.

«Non ti preoccupare, non ti disturbo. Prendo il cellulare e torno in camera mia».

«Te lo puoi scordare, sei in punizione».

«Mamma, lui non può parlare sul serio, vero?».

«Tesoro, ora è meglio che tu vada di sopra».

«Vorrà dire che userò l'altro telefono».

Entrata nella sua stanza, per la seconda volta nel giro di pochi secondi, chiuse a chiave prima di avventarsi sul telefono. Ma il cordless non c'era più. Suo padre aveva pensato a tutto. A quel punto poteva scommettere che anche le chiavi della sua auto fossero state sequestrate. Aprì il cassetto in cui era solita tenerle e il suo dubbio trovò conferma.

La connessione a internet! Non poteva aver pensato pure a quello. Lui era del secolo passato, dei tempi in cui i matrimoni forzati erano ancora una realtà assurda. Scoprì che anche la connessione alla rete era preclusa. Quell'uomo, quella specie di padre, faceva sul serio.

Katherine sentiva la rabbia crescerle dentro. Le sembrava di essere intrappolata in uno dei suoi incubi peggiori, quelli in cui tutto si accartocciava fino all'autodistruzione. Era così furibonda da non riuscire neppure a piangere. Chiuse gli occhi, digrignando i denti. Fu travolta da un malessere improvviso. Ebbe la sensazione che il pavimento cominciasse a muoversi sotto i suoi piedi e le pareti a ruotare vorticosamente intorno a lei. Sentì scoppiare la testa, come travolta dal boato assordante di un terremoto.

Poi, finalmente, il mondo si fermò di nuovo.

Silenzio.

Katherine sentiva solo il battito del cuore che riprese a pulsare, sempre più forte, mentre un pesante intorpidimento le prendeva progressivamente tutte le parti del corpo.

Aprì gli occhi, lentamente. La stanza era sottosopra. Alcuni libri erano finiti per terra, cadendo dagli scaffali, il bicchiere sul comodino era ripiegato su se stesso. All'apparenza non era accaduto altro.

Silenzio.

I brutti sogni degli ultimi mesi erano diventati realtà: lei era in grado di provocare l'autodistruzione delle cose, in modo incontrollato.

Un mal di testa ancora più forte di quello della sera prima la colpì come una vergata sulla nuca facendola cadere a terra, in stato di shock.

«Kate, che succede? Ti prego, apri». La voce della madre sembrava arrivare da un'altra dimensione.

Di nuovo silenzio. Katherine non riusciva a emettere alcun suono.

«Tesoro, apri questa porta, per favore! Non me ne vado finché non avrai aperto».

La stanza riprese a vorticare intorno a lei. Non riusciva a muoversi. Quel dolore lancinante alla testa la stordiva.

«Pronto? Sono Robert Evans, vorrei parlare con il governatore J.F. Blackwell».

«Attenda in linea, prego». Il marcato accento newyorkese dell'impiegata gli fece venire un po' di nostalgia. L'America gli mancava proprio. Suo fratello l'aveva convinto che trasferirsi in Italia sarebbe stata la scelta migliore. Era stato facile persuadere Grace e Kate. Restare nell'appartamento sulla 5th Avenue significava ricordare di continuo il loro Thomas. Avrebbero semplicemente potuto cambiare casa, quartiere o città o trasferirsi addirittura in un altro dei cinquanta stati USA. Robert non avrebbe mai pensato di andare ad abitare oltreoceano, ma suo fratello era stato molto convincente. Gli aveva praticamente comprato una clinica privata nel cuore dell'Italia, oltre a finanziargli il laboratorio a Leuven, in Belgio.

«Pronto? Ciao Robert. Mi auguro che tu stia per darmi la notizia che sto aspettando». Il tono di voce di suo fratello gli fece venire la pelle d'oca. Era un uomo senza scrupoli e l'aveva dimostrato anche durante la campagna elettorale che lo aveva portato all'ambita nomina di governatore.

«John, ci siamo quasi. Te lo posso assicurare».

«Sono mesi che mi sento dire la stessa cosa da te. Tra meno di un anno ci saranno le elezioni. Potrò dire addio al rinnovo del mio mandato se non sarò in grado di dare all'America l'arma che farà la storia. Sono stato abbastanza chiaro?».

«Sai bene che sto dedicando a quel progetto da tempo tutte le mie energie».

«Queste sono parole Robert, ma io vorrei dei fatti. Riesci a capire che lo sto finanziando io personalmente quel dannato software?».

«John, ci sono dei tempi tecnici indispensabili per mettere a punto un simile...».

«Non me ne frega un cazzo dei tuoi tempi tecnici! Voglio quell'arma e subito! Loro non possono aspettare ancora. Quegli stronzi stanno pensando di voltarmi le spalle e appoggiare Willson. Ti rendi conto? Quel moccioso non sa neppure allacciarsi le scarpe da solo».

«Mi hai chiesto di chiamarti solo per mettermi ancora di più sotto pressione? La mia vita è già un inferno. Sto facendo tutto il possibile, ci mancano pure le tue sollecitazioni».

«Non rigirare la frittata con me. Sai bene che posso schiacciarti in qualsiasi momento, e se lo facessi saresti costretto a dare l'addio anche alla tua piccola ricerca personale».

Quella era una minaccia che terrorizzava Robert. Cambiò subito tono: «Stai tranquillo John. Avrai quell'arma tra poco».

«Molto bene, ora parliamo la stessa lingua. A presto Robert, anzi, a prestissimo».

«Ciao, John. Mi faccio vivo io».

La comunicazione si interruppe lasciando a Robert un senso di nausea. Suo fratello lo metteva in ginocchio. Era un periodo in cui tutto andava alla rovescia. Non era facile portare avanti l'ultimazione del software in contemporanea con l'esperimento sui neurotrasmettitori. Entrambi i progetti erano fin troppo complessi.

I test del software *TRW-killer* non avevano ancora dato gli esiti auspicati e i tentativi per la messa a punto ormai non si contavano più. Gli scienziati che stavano portando avanti l'esperimento per l'inibizione dei neurotrasmettitori non erano ancora riusciti a calibrare alcuni elementi per la definizione finale della formula, rischiando ogni volta di uccidere l'unica cavia umana che avevano a disposizione.

Per non parlare del gran casino che si intrecciava nei legami tra Sebastian, Donata, Grace e ora anche Katherine. Sua figlia era sul gradino più alto delle priorità e vederla buttare nel fango un futuro luminoso lo faceva imbestialire. Alessio era la scelta giusta per lei. L'unica possibile. Aveva tutti i requisiti: era bello, intelligente, ricco e presto sarebbe diventato molto, molto potente, occupando il posto lasciato da suo padre, a capo di una delle più grandi aziende di energia elettrica del mondo. Una volta diventata sua moglie, Katherine avrebbe goduto di una posizione di inestimabile valore, soprattutto finanziario. Attraverso la sua adorata figlia gli sarebbe stato possibile attingere al pozzo di quattrini che Alessio rappresentava. Non avendo più bisogno dei soldi del suo fratellastro, Robert avrebbe finalmente potuto ridere in faccia a quel fottuto megalomane.

Capitolo 23

L'incubo

Katherine rinvenne qualche minuto dopo. L'intorpidimento la stava abbandonando lentamente, permettendole di ricominciare a respirare in modo più regolare. Il mal di testa la torturava ancora, come se una lama la attraversasse da una tempia all'altra. Dietro la porta sentiva la voce di sua madre che cercava di convincerla ad aprire. Provò ad alzarsi piano, aggrappandosi al comodino, ma finì per colpire involontariamente quello che era rimasto del bicchiere e questo cadde sul pavimento, frantumandosi in mille pezzi. Incespicò più di una volta sui propri passi, ma alla fine riuscì ad arrivare alla porta e a girare la chiave.

Grace entrò in camera e la abbracciò forte, offrendole il sostegno di cui la sua bambina aveva un disperato bisogno.

«Kate, mi hai fatto preoccupare! Stavo per buttare giù la porta. Stai bene?».

«Credo di essere svenuta. Non riuscivo ad alzarmi. Ho la testa che mi scoppia».

«Chiamo tuo padre, lui saprà cosa fare».

Katherine le prese una mano e la strinse fin quasi a farle male, costringendo sua madre a desistere dall'insano proposito.

«È l'ultima persona che vorrei vedere in questo momento».

«Se non stai bene, è anche l'unico in questa casa che possa fare qualcosa».

«Mamma, ti prego, no».

Forse per la forza che aveva messo nella stretta, oppure per la disperazione che si leggeva nei suoi occhi, o semplicemente per quanto appariva grave la voce che le uscì dal petto, Katherine riuscì a far cambiare idea a Grace.

La donna accompagnò sua figlia fino al letto, poi si guardò intorno, preoccupata. «Guarda qui, sembra che sia passato un tornado». Quello di Grace non era un rimprovero, piuttosto una premura.

«Non l'ho fatto apposta, credimi mamma. Sì, lo so, ho combinato un casino...». Katherine guardò in basso. «Ho rotto anche il bicchiere».

Non voleva raccontare a sua madre come lo aveva conciato prima che cadesse a terra. Del resto, non le avrebbe mai creduto. Persino lei faticava a capire se quanto accaduto fosse realtà oppure uno dei soliti incubi.

«Tesoro, ti prometto che nulla sarà fatto contro la tua volontà. Di certo non dovrai sposare Alessio se non è quello che vuoi veramente». Grace era sincera, ma non riusciva a nascondere l'ombra di preoccupazione che segnava il suo volto.

«Mamma, tu hai pianto».

«A volte tuo padre è proprio cocciuto. Quando fa così, mi sembra suo fratello».

«Lo zio John non ti è mai piaciuto».

«Puoi darmi torto?».

«No di certo. Mi sono sempre sentita un po' a disagio in sua presenza».

«Dai, ora non pensare a lui. Ti prendo un'aspirina e qualcosa da mangiare».

«Quello che vorrei realmente è fare un paio di telefonate. Peccato però che mi abbia sequestrato il cellulare».

Grace si intenerì, baciò la fronte di Katherine e sorrise. «Però non ti ha vietato di usare il mio».

«Mamma, sei un angelo».

«Ora vado a farti qualcosa di caldo da buttar giù».

«Non ho il numero di Armand. Cioè, sì, ce l'ho, ma è memorizzato nel mio cellulare e a memoria non lo ricordo».

«La borsa è nello studio di tuo padre. Lasciamolo un po' tranquillo finché non ritorna a essere una persona ragionevole».

«Va bene, grazie mamma».

«Non devi dirlo neanche per scherzo. Tu sei mia figlia e farei qualunque cosa pur di vederti felice. Qualunque cosa, ricordatelo bene».

Mentre Grace si alzò per uscire, si accorse di una grossa crepa sul muro, vicino alla finestra, proprio di fronte a loro.

«Ma guarda tu, abbiamo ristrutturato questa casa solo cinque anni fa e già si formano le crepe».

Katherine girò la testa di scatto. Sotto la finestra si era formata una fessura piuttosto evidente. Era pronta a giurare che non ci fosse mai stata. Almeno fino a pochi minuti prima. Era stata lei a causarla? Abbassò gli occhi, cercando di convincere se stessa che la responsabilità non fosse sua. Gli incubi degli ultimi mesi non potevano diventare improvvisamente realtà, eppure...

Seduto sul divano in stile rinascimentale rivestito di velluto color porpora, Armand batteva nervosamente il piede sul pavimento di alabastro. I ricchi tendaggi color panna lasciavano oltrepassare pochi raggi del sole pomeridiano. La tensione era così intensa da poterla quasi respirare.

«Kylaah, dannazione, vuoi spiegare perché mi hai mandato quel messaggio stanotte?».

«Ci sono cose che non possono essere spiegate, lo sai. Bisogna solo seguire la strada tracciata dal destino».

«Tu e il destino mi farete impazzire prima o poi».

Lei lo guardò seria. «Un giorno capirai».

«Ascolta Kylaah, non ho voglia dei tuoi giochetti e puoi stare certa che riaffronteremo l'argomento. Adesso ho qualcosa di molto importante di cui parlarti».

«A cosa ti riferisci?».

«Katherine ha un potere che non sono riuscito a identificare. Lei stessa ne è quasi inconsapevole».

La strega-kurann sentenziò lapidaria: «Quell'umana è un'arma. Potrebbe distruggerti».

«Cosa diavolo stai dicendo? Katherine non farebbe mai del male a nessuno».

«Ne sei proprio certo? Hai dimenticato di chi è figlia?».

Quella domanda lo gelò.

«Kylaah, non puoi continuare a nascondermi ciò che già sai. Per una volta ti chiedo di condividere con me la tua conoscenza del futuro. Voglio vedere e capire ogni cosa in modo chiaro, fino in fondo».

«Armand, non posso svelare le mie visioni e anche se potessi non lo farei perché sicuramente pretenderesti di correggere il testo di un destino già scritto. Per chi osa modificare l'ordine naturale degli eventi ci sono conseguenze terribili che non intendo farti subire. Le mie visioni non si svelano, il destino non si modifica. Punto».

«E allora, perché sei intervenuta l'anno scorso, quando hai chiamato la polizia per avvertire della bomba? In quella circostanza hai rivelato le tue visioni agli agenti, in ogni singolo dettaglio».

«È una situazione completamente diversa. L'ho fatto solo perché altrimenti ci sarebbero state centinaia di vittime innocenti. Bambini. Ti ricordo che ai membri dell'Antica Stirpe non è concesso trarre vantaggio dalle visioni del futuro. Le leggi dell'Universo sono chiare: i nostri poteri sono già molto forti, diventeremmo invincibili se conoscendo il futuro decidessimo di modificarlo a nostro favore. La nostra superbia verrebbe punita in modo spietato».

Armand fissò i suoi occhi di ghiaccio. «Per favore Kylaah, fa' un'eccezione. Sono disposto a farmi carico personalmente di ogni conseguenza. Lasciami la possibilità di scegliere».

Si sedette accanto a lui. «Non posso».

Congiunse le mani e poi, chinando il capo in avanti, accostò la fronte alla punta delle dita, ritirandosi in un silenzio composto e riflessivo. Non voleva rivelargli la verità, non poteva comunicargli quale futuro lo avrebbe atteso in caso di un suo intervento. La conclusione sarebbe stata comunque sempre la stessa: un disastro. Il libero arbitrio? Si rivelava ancora una volta una mera illusione. Pur scegliendo un percorso diverso si profilava inevitabilmente lo stesso traguardo. O lo stesso capolinea.

Katherine era rimasta nella sua stanza per tutto il giorno. L'orologio segnava le ventitré e diciassette minuti. Stava aspettando il momento giusto per sgattaiolare nell'ufficio del padre e recuperare il suo telefonino. Aveva chiacchierato con Elena per più di mezz'ora. Adesso però voleva sentire Armand. Doveva dirgli tutto, dalla discussione con suo padre alla crepa nel muro. O forse quel particolare l'avrebbe omesso, proprio come aveva fatto con Elena e con sua madre. Al piano di sotto sentiva ancora le voci dei suoi genitori, quindi decise di infilarsi sotto le coperte, con le cuffie dell'iPod nelle orecchie.

Scivolò in un sonno profondo in cui suoni e immagini si confondevano, si sovrapponevano, si urtavano fino a diventare i cocci taglienti di problemi da risolvere. Sarebbe stata in grado di gestire quel potere della sua mente, quella forza che si manifestava solo per distruggere? Doveva chiedere aiuto? L'avrebbero capita?

L'avrebbero aiutata? Si sarebbero spaventati? Lei lo era. Aveva una paura folle di avere in sé qualcosa di sbagliato, proprio come aveva insinuato suo padre quella mattina: *Kate, cosa c'è che non va in te?* Distruggeva le cose senza neppure toccarle, certo che aveva qualcosa che non andava.

All'improvviso, sognò di essere in un giardino abbandonato. C'erano mucchi di foglie marce, erba secca e pezzi di marmo ammassati ovunque. Rami nodosi impigliavano i suoi vestiti e le graffiavano la pelle, procurandole ferite profonde. Avvertiva nitidamente il dolore di quei tagli sul corpo, pur avendo la vaga percezione di sognare. Era quindi in qualche modo rassicurata dalla consapevolezza di potersi svegliare in qualunque momento.

Avanzò verso una quercia. Dalla chioma filtravano solo pochi raggi di sole. Dopo qualche secondo scorse il profilo di Armand. Una sensazione di gioia la rassicurò. Gli avrebbe finalmente potuto raccontare tutto quello che era successo e condividere ogni cosa con lui. Lo vide avvicinarsi, il viso disteso e raggiante. Katherine osservò se stessa protendere una mano verso di lui. Erano avvolti da una nebbia leggera e, anche se l'immagine di Armand non era perfettamente nitida, era certa che fosse lui. Bastava fare qualche passo e lo avrebbe raggiunto.

Fece per parlargli, ma non riuscì a emettere alcun suono. Lui la guardava, fermo nella penombra, con il sorriso sulle labbra. Lei provò di nuovo a comunicare, lottò con tutte le sue forze per riuscirci, invano: era come se nella sua gola fossero scomparse le corde vocali.

Armand mutò espressione. Non sorrideva più, era perplesso. Lei voleva chiamarlo, voleva parlargli, ma non ci riusciva. Sentì una rabbia crescere dentro di sé ed ebbe paura. Era tutto sbagliato. Tutto. Si trovava intrappolata nel suo stesso sogno, senza riuscire a fare nulla per scappare. Avrebbe preferito che lui se ne andasse, così non l'avrebbe vista in quello stato. Ma lui rimaneva lì, con lo sguardo perplesso.

Ebbe l'impressione che intorno a lei tutto stesse girando. Ed ecco, i tronchi degli alberi cominciarono a ripiegarsi su se stessi, i pezzi di marmo si frantumarono per poi collassare verso il loro interno, risucchiati in masse deformi di detriti. Perfino il suolo veniva lacerato. Lunghe spaccature irregolari diventavano squarci enormi che inghiottivano ogni cosa.

Il terrore la assalì. *Perché Armand stava lì fermo? Doveva scappare dal suo incontrollabile potere distruttivo!* Ora riusciva a leggere il terrore nei suoi occhi. Aveva paura di lei. *Come poteva dargli torto?* Cercò di andare verso di lui, ma non riusciva a muoversi.

Lo vide cadere a terra. Dopo un attimo, una pietra enorme si staccò da una parete e lo schiacciò. Sotto di lui, una macchia di sangue cominciò ad espandersi lentamente. Armand non respirava più. Lei lo aveva ucciso.

Capitolo 24

Fuori controllo

Katherine si svegliò di soprassalto. Faceva fatica a respirare e il cuore galoppava come un cavallo imbizzarrito. Accese l'abat-jour sul comodino, cercando conferme che si fosse trattato di un sogno, un incubo terribile in cui lei aveva causato la morte della persona che amava. *E se fosse accaduto anche nella vita reale?* Sapeva con certezza che non avrebbe mai usato volutamente il suo potere contro di lui, ma non avendone il controllo avrebbe potuto fargli del male in modo involontario, o addirittura ucciderlo.

Si portò la mano al petto, sforzandosi di respirare e riacquistare la lucidità.

Era stato solo un dannato incubo. La realtà era ben diversa. Peccato però che alcuni dei sogni più angoscianti degli ultimi mesi stavano cominciando ad avverarsi.

Se anche questo fosse stato un sogno premonitore, vicino a lei Armand era in pericolo. Katherine avrebbe dato la vita piuttosto che fargli correre un rischio simile. Un dolore acuto, opprimente, implacabile strinse il suo cuore come in una morsa. Se lo amava davvero, doveva stargli lontana.

Erano trascorsi quattro giorni da quel sabato da incubo. La sveglia suonò impietosa e Katherine allungò una mano per fermarla. Si girò nel letto, lottando contro la luce che invadeva la sua stanza, luce irriverente e capricciosa come una ragazzina viziata.

La febbre sopraggiunta domenica mattina continuava a salire, nonostante le compresse di Tachipirina che aveva buttato giù a forza. Era l'unica cosa che aveva nello stomaco. Era quasi certa che la temperatura alta dipendesse dalla mancata assunzione della pillola color lavanda che suo padre le aveva raccomandato di prendere ogni sera.

Il giorno dopo la lite, ripensando alle farneticazioni di suo padre sul futuro matrimonio con Alessio, presa da un impeto d'ira, Katherine aveva sfogato tutta la sua rabbia sull'unica cosa che aveva sottomano: il contenitore delle sue pillole. Le era imploso nelle mani. Sotto il suo sguardo esterrefatto, il flacone di plastica e le pillole che conteneva si erano fusi diventando un'unica massa indistinta.

Come riusciva a provocare queste cose?

Ricordò che anche Thomas una volta l'aveva lasciata a bocca aperta. Aveva preso un brutto voto a scuola e Robert gli aveva dato uno schiaffo. Lui allora gli aveva gridato in faccia che non era suo padre e non doveva permettersi di mettergli le mani addosso. Thomas era furente. Mentre guardava la parete di sala, un quadro di pregio collocato alle spalle di Robert prese fuoco. Il patrigno lo aveva messo in punizione per settimane, dicendo a Grace che Thomas l'aveva fatto apposta, usando un accendino per appiccare le fiamme, però non era assolutamente andata così. Katherine aveva visto tutto, ma era troppo piccola per prendere le difese del fratello. Robert si era assicurato che la versione di Thomas non venisse nemmeno considerata da Grace. Chissà perché quell'episodio sbucava dalla sua memoria così, all'improvviso. Era stata l'unica volta in cui gli aveva visto fare una cosa del genere, a parte le poche occasioni in cui le mostrava il trucco della candela che si accartocciava. Allora Katherine era troppo piccola per ricordare con assoluta certezza tutti i dettagli, adesso invece la scena era nitida nella sua memoria.

Sentiva il forte desiderio di parlare con qualcuno, distruggere le cose in quel modo, e soprattutto senza volerlo, era davvero una tragedia.

Il forte mal di testa con cui si era svegliata era andato a diminuire nel corso della giornata e per fortuna ora era ormai solo un brutto ricordo. Era scesa in biblioteca per prendere un libro che stava sfogliando senza alcun interesse. Guardò l'orologio: le quattro del pomeriggio. Sua madre sarebbe rientrata tardi perché impegnata in una riunione con i genitori dei suoi alunni. Suo padre aveva detto che sarebbe rimasto fuori a cena, quindi era sola, per un'ora abbondante. Forse addirittura due.

Salì di nuovo in camera sua, lo sguardo si soffermò sul cellulare lasciato sul comodino.

Era riuscita a recuperare la sua borsa il sabato prima in piena notte, poche ore dopo aver fatto il peggiore dei suoi incubi: la morte di Armand per causa sua.

Aveva trovato una chiamata persa e due sms. Le si era stretto il cuore mentre leggeva parole piene di amore, ma aveva deciso di rispondere in modo freddo e impersonale: *Armand scusami, ho bisogno di tempo per fare un po' d'ordine nella mia testa. Kate.* Si era lasciata una porta aperta, nella speranza di trovare una soluzione. Era stata un'egoista. Scrivergli un messaggio così asettico, senza la minima spiegazione, era stato crudele. Avrebbe dovuto chiamarlo, anche se erano le tre del mattino.

Due giorni dopo, Elena le aveva detto che lui l'aveva cercata in facoltà. Se avesse avuto un po' di coraggio, lo avrebbe contattato. Ma sentiva di non farcela, il solo pensiero di dovergli dire addio di persona la faceva stare male.

Tolse lo sguardo dal telefonino cercando di distrarsi, per non accenderlo. Se avesse trovato anche un solo messaggio di Armand non avrebbe resistito alla tentazione di chiamarlo per rivelargli tutto. Non poteva farlo prima di capire quali fossero realmente gli effetti dei suoi misteriosi poteri. Si infilò una tuta, dei calzettoni, un paio di scarpe da tennis e uscì di casa.

Il freddo umido di dicembre penetrava nelle ossa con insistenza. Pensò a quanto avrebbe voluto rifugiarsi tra le braccia di Armand. Ma non era il momento di abbandonarsi ai ricordi, doveva capire se davvero avrebbe potuto rappresentare per lui una minaccia reale.

Dietro la villa c'era una casa diroccata. Non era di loro proprietà, ma da quando abitavano lì nessuno si era mai presentato per rivendicarne il possesso. Avrebbe impiegato solo pochi minuti per raggiungerla. La sera stava scendendo lentamente. Un'ora più tardi sarebbe stato buio, doveva affrettarsi.

Percorse il sentiero coperto da foglie marce e terriccio, scivolando più di una volta. Il rudere era lì, sembrava che la stesse aspettando. Katherine si fermò a pochi metri dalle rovine e iniziò a fissare quello che era rimasto di un grande muro in pietra. Tornò col pensiero a quattro giorni prima, per provare a rivivere le emozioni che avevano scatenato i suoi poteri. Guardò quella casa diroccata con rabbia, cercando di odiarla con tutta se stessa, ma non accadde nulla.

«Bastardo di un rudere! Non servi neanche a scatenare il mostro che ho dentro».

Nella sua mente, come sullo schermo di una sala cinematografica, in quel momento si proiettarono al rallentatore immagini di Thomas, di sua madre, di tutto quello a cui avrebbe dovuto rinunciare sposando l'uomo che non amava. Poi comparve nitido il volto di Armand e accadde quello che temeva.

Grosse crepe cominciarono a formarsi su una vecchia parete del rudere. Frammenti di gesso si staccarono dal muro e presero a cadere. Le colonne si incrinarono e grandi blocchi crollarono a terra in un turbine di polvere e tonfi sordi. In un'escalation che ormai cominciava a riconoscere, si stava consumando il dramma che il suo potere sapeva mettere in scena. Il meccanismo era ormai innescato. Il muro in pietra di fronte a lei si stava ripiegando su se stesso, come risucchiato da un vortice.

Katherine avvertì una forte sensazione di angoscia. Iniziò a serpeggiare in lei la paura della consapevolezza, lo sgomento per quello che era in grado di fare, il terrore di se stessa.

Ora aveva le idee chiare. Lei possedeva una forza devastante, in grado di distruggere tutto quello che la circondava, ed era proprio la sua mente a innescare l'implosione.

Capitolo 25

Dolore

Il ragazzo dal corpo emaciato stentò ad aprire gli occhi, preso dalla paura di essere ancora sul tavolo operatorio del suo aguzzino. Alla fine trovò il coraggio di farlo e scoprì che era solo, nella cella fredda che sapeva di cloroformio e disinfettante.

L'effetto del siero color lavanda che gli avevano iniettato era stato meno devastante del solito. Perlomeno ora riusciva a sopportare la debole luce che illuminava la stanza semi-deserta.

All'inizio della sua prigionia, aveva trovato la forza di lottare contro il forte senso di nausea e dolore provocati dal farmaco. Ma la sua capacità di reazione era diminuita con il passare del tempo. I volti dei suoi familiari erano diventati sempre più confusi, la speranza che qualcuno lo portasse lontano da quella sofferenza si era ormai affievolita, lasciando il posto allo sconforto.

In quella sua prigione il tempo era sempre fermo, spesso faceva fatica a restare sveglio. Nei momenti di lucidità fantasticava sulle storie lette in passato, l'unico modo per evadere dal terribile luogo in cui lo tenevano segregato. Tornavano alla sua mente parole e frasi che si compenetravano fino a creare immagini vivide di altri luoghi. Il pensiero lo portava a volare sopra vallate, montagne, fiumi e oceani, verso la libertà.

Purtroppo però, quelli restavano soltanto sogni. Non sarebbe mai riuscito a liberarsi. Era troppo debole e i suoi carcerieri non gli avevano lasciato nemmeno qualcosa che potesse assomigliare a un'arma. Non aveva alcuna difesa contro gli uomini in camice bianco. Quei vigliacchi gli avevano perfino cancellato la memoria. Quasi del tutto. Gli costava non poco sforzo ricordare frammenti della sua infanzia. Gli occhi di sua madre erano una costante. Amava la particolare tonalità di verde in cui si specchiava da piccolo. Era una cosa che avevano in comune: l'iride del giovane era di un verde molto scuro, con venature accentuate. Un po' come il marmo Verde India.

Il ragazzo si accasciò sul pavimento, scosso da forti brividi. La sua vita era un vero inferno. Quando era cosciente doveva fare i conti con gli echi di un dolore implacabile e spietato provocati dai farmaci che stavano sperimentando su di lui. Nello stato di semi-coscienza, invece, era come se fosse in coma, il corpo immobile non rispondeva ad alcuno stimolo.

Una volta, sempre in quella maledetta prigione, aveva avuto dei mobili e perfino una radio, ma poi doveva essere accaduto qualcosa. Gli sembrava che i mobili avessero preso fuoco, ma quello era un flashback molto labile e vago.

Non era più sicuro di nulla ormai. Non era neppure certo che quell'episodio fosse accaduto. Magari era stato un sogno.

Si portò le mani alle tempie, facendo forza su se stesso. Sapeva di dover ricordare qualcosa di importante, ma... *cosa?*

Katherine rimase a guardare, sconvolta, mentre la parete del rudere continuava a crollare. I suoi timori erano fondati e ora ne aveva la terribile certezza. Senza più forze, si appoggiò alla cancellata arrugginita, in cerca di un sostegno. Avvertì all'improvviso un calore insopportabile e tolse la mano. Ciò che aveva appena toccato stava assumendo un colore arancione vivo. Avvicinò di nuovo la mano e il forte calore che riuscì ad avvertire le confermò che il decoro in ferro battuto era incandescente. *Neppure i metalli potevano resisterle.*

Si allontanò con passo incerto e rientrò a casa. Anche se a fatica, si fece una doccia e scese al piano di sotto. Aveva bisogno di distrarsi. Accese la TV, aprì il frigorifero e prese le prime tre confezioni che le capitarono a tiro. Wurstel, ketchup e maionese. Perfetto! Quella giornata era stata un vero schifo, tanto valeva farsi del male con qualcosa di buono. Peccato che non ci fossero anche le patatine, altrimenti avrebbe attentato al suo fegato anche con quelle. Mise i wurstel nel microonde e sistemò una tovaglietta americana sul tavolo di cucina. Mentre apparecchiava, lo squillo del telefono di casa la fece sobbalzare.

«Pronto?».

«Ciao, Kate. Ho provato a chiamarti anche prima, ma non rispondevi». La voce amica di Elena in quel momento era per lei molto rassicurante.

Sulle prime avrebbe voluto raccontarle tutto, ma riflettendo un attimo ricordò a se stessa che meno gente sapeva dell'implosione, meglio era. E per "meno gente" intendeva *nessuno*.

Negli ultimi giorni non si erano più sentite, un po' perché quando Elena telefonava rispondeva Robert, che rifiutava sistematicamente di passargliela, un po' perché Katherine teneva il cellulare spento per non farsi rintracciare da Armand.

«Probabilmente hai chiamato mentre ero sotto la doccia».

«Indovina chi è venuto oggi a cercarti in facoltà? Di nuovo».

«Armand». Katherine pronunciò il suo nome con un filo di voce, mentre stringeva il collier che le aveva regalato solo pochi giorni prima e dal quale non si era mai separata.

«Ma va'? Come hai fatto a indovinare? Forse perché sono già quattro giorni che ti cerca? E sai a chi tocca fargli credere che stai poco bene ma che è tutto ok? Mi ha detto di essere perfino venuto davanti a casa tua, non ha suonato solo per il timore di crearti problemi con i tuoi».

«Elena, mi dispiace per tutta questa situazione. È meglio così per tutti. Ho solo bisogno di stare un po' per conto mio».

«Senti Kate, Armand non è stupido. Sarà anche preso da te, ma è sveglio e ha capito che c'è qualcosa di serio dietro un comportamento così inspiegabile. Non puoi pensare che gli basti un messaggio come quello che gli hai mandato. In tutta sincerità anch'io mi sto chiedendo cosa c'è che non va».

Katherine fece per aprire bocca, ma Elena non le diede il tempo e continuò, stavolta il tono era pungente. «Ti pare che devi fare 'sti giochetti da bambina dell'asilo? Se non lo vuoi più vedere, ok, fatti tuoi, ma chiamalo e digli che è finita, almeno se ne farà una ragione».

«Ele, non posso dirgli che...».

«Proprio come immaginavo. Hai capito che ti piace ancora Alessio e così non sai con chi uscire, vero? Vuoi darla vinta a tuo padre? Ti credevo diversa. Non capisco come...».

«Tu non hai capito proprio niente!». Katherine sapeva che le tesi di Elena erano solo il frutto di una conoscenza parziale della realtà, ma questo non l'autorizzava a trattarla così.

«Allora spiegamelo. Spiegacelo, maledizione! Kate, che ti succede? Non sembri neanche più tu».

«Forse davvero non sono più io. Mi sa che hai ragione, sono proprio una stronza».

Elena era irritata. «Non ho detto questo, non cercare di farmi sentire in colpa».

«Non ti preoccupare, ti facilito il compito e lo dico io. Ora sei contenta?».

«Come vuoi. Quando sarai tornata in te, chiamami. Forse sarò ancora disposta ad ascoltarti. Forse».

Elena interruppe la comunicazione. Katherine si sentiva bruciare dentro. Vergogna, collera e senso di impotenza erano lì, pronti a uscire e a dilaniarla. Vide le due confezioni di salse accartocciarsi sul tavolo. Non ne poteva più della sua rabbia e di quella malefica capacità di distruggere tutto. Le veniva voglia di chiudersi in una gabbia e gettare la chiave il più lontano possibile. Non riuscire a controllarsi era una cosa insopportabile. Per evitare nuove e distruttive implosioni si sentiva obbligata a calibrare ogni impulso, ogni emozione, e questo la faceva impazzire. Voleva solo essere normale. Non chiedeva poi così tanto.

Prese della carta, pulì tutto, buttò via i wurstel e quello che era rimasto delle due confezioni di salse accartocciate e decise di confinarsi nella sua camera per il resto della vita.

Elena rimise il cellulare nella tasca dei jeans.

«Armand, mi dispiace. Ho provato a parlare con lei, ma niente da fare. Proverei anche ad andare a casa sua ma, come sai, ci sono già stata ieri e suo padre mi ha detto che non poteva ricevere visite. Non so che fare, si sta comportando in modo inspiegabile. La conosco da anni e non ha mai fatto così».

Lui guardava nel vuoto, cercando di schiarirsi le idee. Non disse una parola.

«So che mi avevi chiesto di passarti il telefono, ma credimi Armand, sarebbe stato peggio».

«Lo so. Ho provato a chiamarla decine di volte. Ha sempre il cellulare staccato». I suoi occhi riflettevano la delusione e la rabbia che provava. Nelle sue pupille era comparsa una venatura color porpora. «Grazie Elena. Hai già fatto più di quanto potessi sperare». La sua voce era bassa e provata.

«Armand, aspetta». Lui si girò, governato più dall'istinto che dalla volontà. Il suo sguardo intenso la penetrò nel profondo. Elena si sentì quasi mancare e più che parlare sussurrò: «Cosa hai intenzione di fare ora? Con Kate, intendo».

Il suo tono era di nuovo cupo, ma stavolta determinato, con una punta amara come il fiele. «Ho già perso fin troppo tempo per i suoi capricci. Sa dove trovarmi. Se vuole, da adesso in poi mi cerca lei».

Elena si avvicinò a lui e gli sfiorò il polso. «Se hai bisogno di me, sono qui».

«Grazie Elena, sei sempre molto cara. Me ne ricorderò». Amareggiato, voltò le spalle alla ragazza e uscì. L'oscurità e il vento erano gli unici compagni che gli restavano per quella notte.

Capitolo 26

Tradimento

«Voi due siete degli incapaci». L'umano sbraitava e gesticolava in maniera convulsa. «Si può sapere cosa avete in quella testa?». Uno dei due kurann, quello più grosso, prese l'uomo per il colletto della giacca.

«Dottore, lei sta alzando la voce contro le persone sbagliate. Veda di moderare il linguaggio, le conviene».

«Non ho paura di voi, chiaro? Senza di me non otterrete mai quello che volete. Mai. Ho inventato io quell'arma, cercate di non scordarlo».

Il kurann lo lasciò andare in modo ben poco gentile. «Lei veda di farcela avere in fretta. Non amiamo i doppi giochi quando non sono a nostro favore. I patti sono chiari: saremo noi i primi a mettere le mani su quell'arma. Abbiamo già rischiato abbastanza facendo quel lavoro sporco per lei. Non lo dimentichi».

I due kurann sparirono nella notte, come ombre in dissolvenza. Anche quando li aveva di fronte rimanevano sempre nella semioscurità, tanto da non riuscire a vederli bene in faccia. Non sarebbe mai stato in grado di fornire un accurato identikit alla polizia. Sì, come no, la polizia. Robert era già nella merda fino al collo. Stava tenendo un piede in due scarpe e quella storia rischiava di farlo impazzire. Be', altro che due scarpe. Si sentiva come minimo un quadrupede ed era pronto a diventare anche un millepiedi pur di ricavare i venti milioni di dollari necessari per la sperimentazione del farmaco inibitore dei neurotrasmettitori.

La situazione gli stava decisamente sfuggendo di mano. Quei due non solo avrebbero potuto incastrarlo, non solo sapevano dell'arma segreta, ma erano pure due kurann assetati di potere. Un mix letale di cui avrebbe fatto volentieri a meno. Per non parlare del loro capo, conosciuto come Venom, al quale lui aveva ucciso il figlio. Maledetto il giorno in cui aveva deciso di testare l'arma su un kurann. Era riuscito a catturarlo senza avere la minima idea che fosse proprio il figlio di un pazzo psicopatico che ora lo teneva in pugno.

Venom gli aveva promesso di risparmiargli la vita, la sua e quella della sua famiglia, a patto di essere il primo a entrare in possesso del *TRW-killer*. Naturalmente non aveva alcuna garanzia che il kurann non lo avrebbe fatto fuori, una volta consegnato il software. Ma almeno per il momento era obbligato a correre quel rischio.

Doveva architettare in fretta un piano per evitare che John, Venom o i suoi due tirapiedi che avevano appena lasciato la clinica prima o poi lo freddassero.

Armand entrò nella sala riunioni sbattendo violentemente la porta. Ci trovò solo Shamnos, seduto su una delle poltrone color avorio. I ricchi tendaggi potevano far pensare a un ambiente dedicato alle cerimonie. In realtà, quella stanza era stata la testimone di quasi tutte le decisioni più importanti per la sopravvivenza dell'Antica Stirpe.

Shamnos lo guardò appena, quasi indifferente al suo ingresso. Anche da seduto era facile intuire la stazza di quel guerriero. Il suo corpo era un fascio di muscoli ben definiti. Aveva i capelli lunghi fino alle spalle, lisci e neri. Anche gli occhi erano neri, più della pece, venati da pagliuzze rosso scuro. La cicatrice che segnava la mascella prominente gli conferiva un'aria ancor più sinistra. Senza neppure alzare lo sguardo dai fogli che stava esaminando, anticipò Armand: «Kylaah è al piano di sopra».

«Lo so».

«Ah giusto, non ricordavo che anche ai mezzi-kurann fosse concesso qualche potere». Shamnos non perdeva occasione per sbandierare la sua arroganza. Gli unici che rispettava davvero erano il potente *Regens* e la sua consorte.

«Non sto cercando Kylaah e non gradisco il tuo sarcasmo», lo ammonì Armand.

«Il mio non è sarcasmo. Mi chiedo spesso cosa diavolo avesse in mente Kylaah quando ha chiesto a Tamon di renderti simile a noi».

«Non ti va proprio giù, eh?».

«Pensare che un giorno potrei essere costretto a servire te, in qualità di *Regens*? Mai. Piuttosto la morte», rispose Shamnos lapidario.

«Piuttosto la morte... di chi? Sono quasi certo che non stai parlando della tua».

«È sicuro».

«Faresti meglio ad ascoltarmi».

«Non ho alcuna intenzione di farlo. Tu sei un essere inferiore anche se, in teoria, potresti succedere al trono prima di me».

«Shamnos, sai bene che a me quel trono non interessa. E ora, che tu lo voglia o no, dovrai starmi a sentire».

Lui scattò in piedi e si avventò su Armand, immobilizzandolo contro la parete. «Io non prendo ordini da te, chiaro?».

Per liberarsi dalla presa il giovane kurann dovette usare tutta la sua forza. Shamnos era davvero potente e anche per quello era stato nominato capo della Guardia del *Regens*, un grande guerriero apprezzato da tutti e stimato da Tamon come fidato e coraggioso. Era una vera macchina da guerra, ma Armand non lo temeva. Aveva imparato da tempo a difendersi da lui. Shamnos lo aveva preso in antipatia sin dal loro primo incontro, come una bestia feroce che vuole difendere il proprio territorio.

Armand era determinato a concludere il discorso. «Sei piuttosto irascibile. Ho detto che voglio solo parlarti».

«Allora facciamo in fretta. Che vuoi?».

«Tanto per cominciare, non ho affatto apprezzato quel bagno di sangue».

«Ti riferisci ancora all'umana del bar? Che noia».

«Era un essere vivente».

«Anche le mosche lo sono e nonostante ciò le si fa fuori solo perché rompono».

«Paragone del tutto fuori luogo», ribatté Armand.

«Se hai voglia di fare il maestrino va' all'asilo. Forse lì ci sarà qualcuno che avrà voglia di ascoltare le tue favolette. Stai facendo troppe storie per una cosa insignificante».

«Se continui su questa strada, sarò costretto a usare le brutte maniere».

Shamnos scattò di nuovo e si avventò contro Armand, sbattendolo violentemente contro il muro. L'avambraccio del guerriero premeva contro la sua gola, fin quasi a soffocarlo. «Era una minaccia la tua?».

La porta si aprì. Una sferzata di aria gelida anticipò l'ingresso regale di Tamon, seguito da una delle sue guardie più fidate.

«Volete farla finita? Sto per perdere la pazienza», tuonò la voce del potente *Regens*.

Shamnos lasciò andare Armand, fissandolo con un ghigno vendicativo.

Tamon si sedette su una poltrona color avorio, più grande rispetto alle altre, posizionata sul lato corto di un enorme tavolo in legno massello.

«A te non piace entrare in questa sala. A cosa dobbiamo l'onore?» La domanda di Tamon era chiaramente rivolta ad Armand.

Lui accennò un inchino con il capo, prima di dire: «Mio *Regens*, ritengo che sia stato meschino uccidere un'umana senza un motivo valido, quindi chiedo che il gesto venga opportunamente punito».

Shamnos sbarrò gli occhi, incredulo. «Nessuno può permettersi di...».

«Taci». Tamon non gli diede la possibilità di continuare.

Armand approfittò dell'occasione e aggiunse: «Qualche settimana fa sono stato costretto a eliminare un membro dell'esercito di Alszaham».

«Questo è un oltraggio! Sono nostri fratelli». Shamnos fece un passo avanti, con fare minaccioso.

Tamon lo fulminò con uno sguardo che lo costrinse ad abbassare gli occhi.

«Continua, Armand».

«Mio potente *Regens*, non ho detto nulla perché prima volevo essere sicuro. Oggi ho la certezza che alcuni dei guerrieri di Alszaham stiano fomentando una rivolta».

«Figliolo, ti rendi conto della gravità dell'accusa?».

«Ne avevo parlato con alcuni membri fidati dell'esercito. Da un'indagine è subito emerso che i miei sospetti erano fondati. Venom è convinto di avere poteri molto superiori ai Vostri e sta cercando di convincere i soldati a cambiare schieramento. Vuole prepararli a una rivolta. Proprio in queste ore i generali stanno facendo il possibile per tenere in pugno la situazione, non hanno alcuna intenzione di violare il patto che lega l'esercito di Alszaham a Voi, mio potente *Regens*».

«Shamnos, puoi lasciarci soli per qualche minuto?». Suonava come una domanda posta gentilmente, ma in realtà quello di Tamon era un ordine. Bastò un'occhiata e insieme a Shamnos uscì anche la guardia.

Tamon aspettò che la porta si chiudesse prima di continuare. «Immagino che le tue fonti siano attendibili». Vista la gravità del fatto, quella di Tamon era un'ulteriore quanto necessaria richiesta di conferma. Armand era benvoluto dall'esercito di Alszaham e i suoi amici delle più alte sfere non gli avrebbero mai mentito. Tamon lo sapeva.

«Purtroppo sì, mio *Regens*. Mi sono consultato poche ore fa con Crisramah. Domani stesso vorrebbe venire a parlarvi di persona. Cris è legato a Voi da un profondo affetto e una stima sincera, ha giurato di rispettare il patto sancito da suo padre anche a costo della propria vita. Scoprirà i nomi dei soldati infedeli e li metterà nelle Vostre mani. Vorrebbe inoltre conoscere le Vostre direttive per quanto riguarda Venom, capo pro-tempore dell'esercito fino al giorno in cui verrà sostituito da Crisramah, figlio legittimo di Alszaham. Come sapete, Cris non ha ancora compiuto duecento anni e quindi è troppo giovane per ricoprire il ruolo che gli spetterà».

«Il figlio di Alszaham è proprio come suo padre: leale e onesto, al contrario di suo zio Venom. Tuttavia, se le cose stanno come dici, dobbiamo anticipare la mossa di quel manipolo di balordi facinorosi prima che decidano di attaccarci».

Armand era visibilmente preoccupato. «State parlando di una guerra?».

«No. Non ci possiamo permettere uno scontro diretto, come accadde qualche migliaio di anni fa. Quella guerra fu una vera rovina. Oltre alle numerose perdite tra le file dei nostri fratelli, morirono anche centinaia di umani. Questa volta sarebbe molto peggio, data l'impossibilità di tenere nascosto lo scontro grazie a internet e a tutti gli altri media. Migliaia di anni fa erano bastate poche voci in merito alla nostra natura sanguinaria per alimentare falsi miti di cui ancora oggi paghiamo le conseguenze. Una guerra è fuori discussione».

«Posso chiedervi cosa avete intenzione di fare?».

«La Legge dell'Antica Stirpe prevede che a governare debba essere il più potente e forse io non lo sono più».

«Perché dite questo, mio *Regens*?». C'era sgomento e paura negli occhi del giovane kurann.

«Ho qualche millennio sulle spalle e i miei poteri risentono del passare del tempo. In uno scontro con Venom potrei anche perdere».

«Non si dovrà arrivare a tanto».

«No, infatti. Sarai tu a impedirlo perché... ho deciso, prenderai il mio posto».

Le parole di Tamon furono una doccia gelata per Armand. «Mio *Regens*, Vi prego...».

«Tu hai il dono più potente di tutti i tempi. Con la *krotomateria* potresti far sparire nel nulla in pochi secondi l'intero esercito di Alszaham».

«Temo che Voi mi stiate sopravvalutando».

«Presto il mio DNA sostituirà anche le ultime parti di quello umano che c'è ancora in te. Appena questo processo sarà completato, ti trasformerai nel kurann più potente che sia mai esistito».

Armand era sconvolto, non si sentiva pronto a sopportare il peso di una simile responsabilità. Non lo voleva.

«Mio *Regens*, valutiamo altre possibilità. Shamnos mi odierebbe ancora di più. Scatenerebbe contro di me il Vostro stesso esercito».

«Shamnos capirà».

«Perché non cedete a lui il Vostro scettro? Ne sarebbe felice. Lo vorrebbe con tutto se stesso».

«Armand, se vedessi altre soluzioni le avrei già adottate».

Il giovane kurann sapeva bene che quella non era una semplice richiesta, ma la volontà del *Regens* e, come tale, non poteva essere messa in discussione.

Il mondo stava per crollargli addosso.

Capitolo 27

Addio

Katherine si svegliò di soprassalto. Si era isolata in camera sua da quasi una settimana. Era venerdì e aveva voglia di tornare all'università. Del resto, qualunque cosa sarebbe stata meglio di restare chiusa in casa per un altro giorno. Scese al piano di sotto, decisa ad affrontare suo padre. Lui era seduto al tavolo di cucina, con il giornale appoggiato vicino alla tazza del caffè.

«La mamma è uscita?». Katherine non era affettuosa come sempre, ma questo era il meglio che riusciva a fare, nonostante si impegnasse per risultare gentile.

«Vedo che oggi stai meglio. Sì, Grace è uscita pochi minuti fa».

Katherine fece ancora qualche passo prima di fermarsi. Robert alzò lo sguardo su di lei. La sua espressione determinata e fiera lo fece sorridere, intenerito. «Scommetto che sei venuta a dirmi che oggi esci».

«Sì. Vado in facoltà».

«Molto bene. Ricordati però del nostro discorsetto».

E chi l'avrebbe dimenticato? «Ora vado a prepararmi, ti auguro una buona giornata». Non lo chiamava *papà* da una settimana. Sperava che lui se ne accorgesse.

Il discorso a cui Robert aveva accennato riguardava inevitabilmente lei e Alessio. Insieme. L'idea di loro due sposati le risultava tanto assurda quanto ridicola. E fin troppo sbagliata.

Katherine si concesse una doccia veloce. Era pronta in meno di venti minuti anche se aveva dovuto lottare contro i capelli annodati per quasi la metà del tempo. Aveva davvero intenzione di tagliarli. Ormai i folti capelli castani le arrivavano fino a metà schiena. Se doveva mettersi insieme ad Alessio, tanto valeva fargli una bella sorpresina e presentarsi a casa sua col caschetto, o rasata a zero, visto che a lui piacevano i capelli lunghi. Ma cosa le passava per la testa? Non sarebbe tornata insieme ad Alessio neppure morta, e lui si sarebbe pentito – amaramente – di aver chiesto a Robert il permesso di sposarla.

Un'ora dopo Katherine parcheggiò la macchina vicino all'università. Anche se spesso prendeva il pullman per andare a Firenze, quel giorno decise di usare la sua Mini nera. Aveva in mente di passare da Elena a scusarsi per come l'aveva trattata al telefono e aveva anche deciso di incontrare Armand, ma solo per restituirgli il collier. Grace le aveva fatto notare che quel dono, oltre a essere prezioso, era molto impegnativo e quindi non poteva tenerlo.

Passò la punta delle dita sul filo d'oro bianco impreziosito dai sei rubini. Armand avrebbe potuto essere l'amore della sua vita. Chiuse gli occhi, consentendo a una lacrima di uscire e svelarle, ancora una volta, quanto teneva a lui. Con un sospiro profondo, varcò la soglia dell'istituto, dirigendosi verso l'aula in cui si teneva il corso di Letteratura Medievale.

Le quattro ore in facoltà le erano sembrate interminabili. Uscire da quell'edificio e far entrare nei polmoni un po' d'aria fresca le diede la carica di adrenalina necessaria per realizzare i suoi proponimenti. Decise di passare prima da Armand. Voleva chiudere definitivamente quella relazione appena possibile. Sempre che lui fosse stato a casa. In realtà il pensiero di mettere fine a una storia mai cominciata la fece vacillare.

Si stava precludendo l'unica possibilità di amare. Ma non poteva fare finta di niente, dentro di sé aveva un mostro in grado di distruggere ogni cosa, facendola implodere. Come se non bastasse, aveva scoperto che in particolari situazioni il suo corpo riusciva a effondere un calore insopportabile, una sorta di fiamma liquida in grado di sciogliere con estrema facilità anche i metalli più resistenti. Era spaventoso perfino ai suoi stessi occhi. Come avrebbe potuto dire una cosa simile al ragazzo che amava? Nella migliore delle ipotesi non l'avrebbe presa sul serio. Anche se lei non gli avesse rivelato nulla, era convinta che prima o poi il suo incubo si sarebbe avverato e lo avrebbe ucciso. Meglio tagliare i ponti con lui prima che potesse accadere l'irreparabile.

Trovare il palazzo in cui abitava Armand non fu difficile. Era una costruzione che univa stile gotico e romano e spiccava per la sua eleganza. Il portone era aperto. La custode le rivolse uno sguardo indagatore.

«Desidera?». L'anziana donna la guardò con diffidenza, come se lei non dovesse trovarsi lì. Ma forse era stata soltanto una sua impressione. Stava diventando nevrotica.

«Salve, vorrei parlare con Armand Castelli».

«Un attimo. Lo chiamo per chiedergli se può salire. Com'è il suo nome?».

Ma quella era una custode o la segretaria di tutti gli inquilini del palazzo?

«Non si disturbi, Armand mi aspetta».

La donna fece per uscire dal suo gabbiotto, ma lei anticipò la mossa.

«Conosco la strada, grazie». Prima ancora di finire la frase, Katherine era già nell'ascensore. Saliva talmente lento che, se avesse voluto, la custode sarebbe arrivata all'ultimo piano prima di lei. Fece per uscire, quando vide una sagoma scura sul pianerottolo. Occorreva mettere al suo posto quell'impicciona.

«Senta, non ho intenzione di...».

Lui era proprio di fronte a lei. L'espressione imperscrutabile di un giocatore di poker. Era contento di vederla o no? E comunque, non importava. Stava per dirgli addio per sempre.

«Armand». La voce era poco più di un sussurro. Non si era preparata un discorso e non aveva del tutto chiaro cosa gli dovesse dire.

«Katherine».

«La signora in portineria è una vera rompiscatole. Come fate a sopportarla?».

Lui accennò un sorriso. «Fa solo il suo mestiere. Comunque è gentile con tutti».

«Allora io devo starle particolarmente antipatica».

«Il periodo di riflessione è giunto al termine?». Armand la fissava, serio.

Quanto avrebbe voluto dimenticare tutto e gettarsi tra le sue braccia. «Vorrei parlarti».

«Prego, entra».

L'attico le sembrava ancora più grande e sempre molto accogliente. C'era una musica in sottofondo, un motivo che lei non riconobbe, ma che le suscitò nostalgia.

«Perché?». Armand le aveva rivolto la domanda peggiore. Quella che lasciava intendere tutto e niente.

Perché non poteva stare con lui? Perché aveva quel potere maledetto che non riusciva a dominare? Perché avrebbe potuto ucciderlo senza volerlo? Perché suo padre voleva obbligarla a sposare Alessio? O perché le sembrava di avere lava incandescente al posto del sangue al pensiero di non vederlo più?

«Perché non ti amo». Katherine tenne gli occhi bassi. Quella menzogna bruciava come il sale su una ferita, ma le sembrava la cosa più opportuna da dire. Era un taglio netto. Sarebbe stato costretto ad accettarlo, avrebbe evitato di farle altre domande e l'avrebbe lasciata tornare al suo schifo di vita.

Armand smise di respirare per un attimo. Fece per prenderle una mano, ma riuscì solo a sfiorarla prima di lasciar cadere il braccio. «Questo cambia tutto». Si allontanò da lei, dirigendosi verso la grande vetrata.

Katherine lo seguì con lo sguardo.

«Mi spiace». Fu tutto quello che riuscì a dirgli.

Lui le dava ancora le spalle guardando la città attraverso i vetri. Una leggera foschia aleggiava su Firenze, una specie di velo appiccicoso.

«Ti ringrazio di essere venuta fin qui a dirmelo. Ora, se non ti dispiace, avrei da fare».

«Ciao, Armand».

Lui non disse altro e rimase immobile a fissare la strada. Poco dopo vide Katherine uscire dal palazzo per dirigersi verso un'auto nera parcheggiata sul lastricato, vicino al portone.

Mentre lei si allontanava, un'infinita tristezza lo avvolse come una coperta pesantissima. Avrebbe voluto lasciarsi andare alla rabbia che gli stringeva lo stomaco. Per placarla non sarebbe stato sufficiente distruggere l'appartamento, il palazzo e l'intero quartiere. Si trattenne a fatica. Non poté però fare a meno di sferrare un pugno alla grande vetrata. Con un solo colpo ridusse il vetro blindato in frantumi.

Si voltò per andare via. Lasciare quel luogo, teatro della sua delusione, era l'unica cosa sensata.

Lei non lo amava.

Allungò la mano sul tavolino di cristallo vicino all'ingresso, in cerca delle chiavi. Le sue dita toccarono un sottile filo d'oro bianco. Armand credette di essere sul punto di impazzire. Una parte del collier che le aveva regalato la settimana prima era letteralmente fusa, accartocciata su se stessa, incandescente. Strinse in un pugno quello che restava della collana. «Oh, mio Dio. Katherine».

Il *Regens* guardò truce nel vuoto. «Mi dispiace davvero dover costringere Armand ad accettare un ruolo così impegnativo. Lui non ha mai pensato di prendere il mio posto».

La sua spalla possente si rilassò sotto il tocco delicato della mano di Kylaah. «Tamon, non dovresti tormentarti tanto».

«Non gli ho lasciato alcuna alternativa. Si sentirà in dovere di sottomettersi alla mia volontà».

«Sarà quel che deve essere», disse lei risoluta.

«A volte mi spaventi. Non capisco se nel tuo cuore ci sia ghiaccio o azoto liquido».

Kylaah sorrise, raggiante come sempre, e sdrammatizzò: «Una buona quantità di entrambe le cose, mio *Regens*».

Chinò leggermente il capo con deferenza e uscì dalla porta. Se avesse potuto, avrebbe lasciato cadere quella maschera. Il suo cuore era in subbuglio come il magma di un vulcano pronto a eruttare, altro che ghiaccio e azoto liquido. Per Armand avrebbe potuto uccidere tutta l'Antica Stirpe con le sue mani. Se fosse stato necessario, avrebbe pugnalato lei stessa tutti i kurann della Terra, uno a uno, senza alcuna esitazione.

Per quel giovane kurann, che aveva nelle vene ancora un po' di sangue umano, avrebbe tradito perfino il suo *Regens*. Strinse le palpebre con forza, decisa a cacciare via quel pensiero nell'angolo più recondito della sua mente.

Lei, la strega-kurann che non temeva nessuno, la potente veggente che tutti temevano e nessuno poteva colpire, proprio lei aveva una debolezza tanto comune, tanto umana. Era legata ad Armand in modo assoluto e le era sempre più difficile non darlo a vedere. Ma era obbligata a farlo. Nessuno al mondo doveva sapere fin dove si sarebbe spinta per proteggerlo. Nessuno al mondo, per nessun motivo.

Lei non aveva mai manifestato apertamente i suoi sentimenti davanti a qualcuno, incluso Tamon. Ma il *Regens* conosceva bene la verità.

Kylaah inspirò a lungo, poi espirò fino a restare senz'aria nei polmoni e si diresse verso l'uscita principale. Conosceva già le conseguenze di una sua intromissione, ma non ci pensò un attimo. Aveva un destino da fermare.

Capitolo 28

Sconvolgimenti emotivi

La sera scese cupa e triste. La terra sapeva di inverno e di fango.

Katherine recitò una preghiera per suo fratello Thomas, come faceva ogni sera prima di addormentarsi. La sua stanza era illuminata solo dalla luce fioca della lampada sul comodino, regolata al minimo. I deboli raggi riflettevano ombre sulle pareti. Sentiva di nuovo il corpo bruciare a causa della febbre. Scese dal letto e andò alla finestra in cerca di un po' d'aria fresca.

Un violento temporale si stava avvicinando, inarrestabile. I lampi ferivano il cielo con venature abbaglianti. Squarci irregolari si aprivano tra le nuvole, lasciando a volte intravedere una luna schiva, subito inghiottita dalle tenebre. Appena aprì la finestra, Katherine venne investita da un freddo intenso che portava il profumo della tempesta. Le folate di vento da nord avrebbero rinfrescato la sua stanza, donandole un po' di sollievo, quindi lasciò la finestra socchiusa.

Tornò a letto, sciolse i capelli e spense l'abat-jour. Chiuse gli occhi cercando di non pensare a nulla. Si girò nel letto in cerca di una posizione comoda e inspirò a fondo, grata per l'aria che le accarezzava il viso a intervalli regolari. Le palpebre si fecero sempre più pesanti.

Il sogno che seguì al dolce scivolare nel sonno fu tenero e molto intimo. Una carezza delicata le sfiorò il viso, lentamente. Poi la mano invisibile si spostò sui capelli e formò un morbido boccolo. Anche se intorpidita, si rese conto che quella bellissima utopia sembrava quasi reale, come se percepisse davvero la presenza di Armand. Per un attimo pensò perfino che lui fosse venuto a trovarla, ma non ebbe il coraggio né la forza di aprire gli occhi. Sarebbe stato un delitto svegliarsi da quel sogno che rappresentava così bene i suoi desideri. Non le importava che lui fosse solo un'illusione. Armand non avrebbe mai saputo quanto lei lo amava, ma desiderava con tutta se stessa averlo accanto.

Appena svanì il profumò di sandalo e bergamotto che le sembrava di percepire, ebbe l'impressione che il suo cuore si squarciasse, come faceva il cielo quando era attraversato da un fulmine.

«Non andare via». Le parole uscirono deboli, attutite dal rumore ovattato dei tuoni.

Il cuore di Katherine si fermò sperando di rivivere la meravigliosa sensazione provata fino a poco prima. E così fu. Sentendosi di nuovo sfiorare i capelli e la guancia, si aggrappò a quell'illusione e le parve di riuscire a stringerla a sé. Le sembrò di avere accanto il corpo scolpito del ragazzo che forse non avrebbe più incontrato. Era una dolce tortura che avrebbe subìto volentieri ogni notte. Sarebbe stato un buon compromesso: averlo accanto nei sogni.

Le pareva di sentirlo tracciare piccoli disegni sulla sua pelle, com'era accaduto la notte che avevano trascorso insieme. Indossava una maglietta a maniche corte e sembrava che lui facesse attenzione a non oltrepassare il confine tracciato dal tessuto.

Lottava contro la stanchezza. Pensava che quell'illusione potesse durare fino a che fosse rimasta in superficie, nel dormiveglia. Le parve di sentire un contatto più intimo, forse un bacio sulla fronte. Era stata brava a conservare così bene il ricordo di Armand. Lo aveva evocato come se lui fosse realmente lì con lei.

Sperava che lui scegliesse di restarle accanto, per l'eternità, almeno in sogno.

La luce opaca del mattino filtrava debole nella sua stanza. Katherine sentiva in lontananza i rumori provenienti dalla provinciale. Si passò la mano sulla fronte e si accorse che la febbre era scesa. Probabilmente la temperatura del suo corpo era di nuovo normale. Aprì gli occhi e guardò verso la finestra appena socchiusa, poi si girò dall'altra parte, stiracchiandosi. Era sabato mattina e poteva prendersela comoda.

Il suo sguardo si posò sul comodino. Sbarrò gli occhi. Un sussulto e il cuore prese a correre all'impazzata. Il collier di oro bianco e rubini che aveva restituito ad Armand il giorno prima era lì, accanto a un'orchidea di incredibile bellezza.

Armand bussò con determinazione alla porta del *Regens*.

«Ti aspettavo, ma non immaginavo che saresti arrivato così presto».

«Ho deciso. Mio *Regens*, accetto la Vostra proposta».

«Sapevo di poter contare su di te».

«Temo però di dover porre delle condizioni».

«Accomodati, sentiamo».

Entrando nel salone, vide Kylaah seduta su una poltrona. La salutò con un cenno del capo e lei rispose con un sorriso.

Armand guardò entrambi mentre pronunciò: «Non ci sarà alcuna consorte al mio fianco».

«Sai bene che non è possibile. Ogni *Regens* della storia ha sempre avuto una nobile kurann vicino a lui», affermò Tamon.

Ma lui non voleva sentire ragioni, e proseguì: «Non è l'unica condizione».

«Stai osando molto, mio caro Armand». Kylaah era intervenuta per fermarlo, ma lui continuò.

«Mi rendo conto, però la richiesta che mi è stata fatta cambia completamente il mio futuro».

Tamon gli fece segno di continuare e lui riprese. «Al Consiglio dei Grandi Yterion si aggiungerà un membro: Crisramah».

Il *Regens* inarcò un sopracciglio. «Impossibile! Lui è uno dei generali dell'esercito di Alszaham».

«Armand, è una follia». Kylaah cercava di calmare le acque, senza riuscirci.

«E infine, giuro che farò tutto il possibile per fermare il progetto di Robert Evans, ma voglio la garanzia che nessun altro interferirà in questa storia. La sua famiglia dovrà uscirne illesa».

Tamon era amareggiato. «Sembrano gli ultimi tre desideri di un condannato a morte».

«Mio *Regens,* Vi lascio un po' di tempo per riflettere. Mi chiamerete Voi quando avrete deciso».

Così dicendo, Armand si congedò con l'accenno di un inchino. Tamon rivolse uno sguardo interrogativo alla sua consorte.

Kylaah si sentiva in colpa. Aveva già visto quella scena in una delle sue visioni. «Quello che gli stiamo chiedendo è proprio di gettarsi tra le braccia della morte. Salverà il nostro popolo, ma non se stesso».

Era una sentenza, una visione o il futuro?

Armand uscì dalla dimora reale, appoggiò la testa allo stipite della porta e chiuse gli occhi, abbandonandosi al ricordo della notte precedente.

Dare l'addio a Katherine era stato così difficile. Era entrato nella stanza della ragazza solo per restituirle il collier, dopo averlo fatto riparare dallo stesso orafo che lo aveva realizzato. Voleva che lei conservasse almeno un ricordo del breve tempo trascorso insieme.

L'aveva guardata per tutta la notte cercando di memorizzare ogni suo respiro, ogni singolo battito. Il ricordo della più bella delle creature non lo avrebbe mai abbandonato. Nel suo cuore ci sarebbe stato posto solo per lei.

Katherine indossò il collier, questa volta determinata a non toglierlo più. Quello che era accaduto la notte prima l'aveva toccata nel profondo. Il gesto di Armand era stato talmente importante da sconvolgere il suo pensiero. Doveva rivedere le decisioni prese. Lo doveva anche a lui, oltre che a se stessa. Gli avrebbe confessato ogni cosa e avrebbero cercato insieme una soluzione.

Era giunto il momento di mettere un po' d'ordine nella sua vita. Doveva prendere ancora le pastiglie color lavanda prescritte da suo padre? Era vero che i frequenti mal di testa erano cessati quando aveva smesso di assumere quella medicina, ma nello stesso periodo avevano cominciato a manifestarsi i poteri che le stavano incasinando la vita.

Sarebbe riuscita a domare il mostro che aveva dentro? Quelle implosioni avevano davvero qualcosa a che fare con il farmaco? La patologia che suo padre le aveva diagnosticato era azzeccata? Doveva scoprirlo. Occorreva fare chiarezza, fino in fondo.

Si vestì di corsa poi scese al piano di sotto, con l'intenzione di parlare al padre, che però era già uscito.

«Buongiorno, tesoro».

«Mamma, oggi passo in clinica da papà. Dovrei trovarlo, vero?».

«Sì, mi ha detto che sarebbe rimasto lì tutta la mattina. Ho una sorpresa per te».

Katherine ripensò ai regali sul comodino. «Sei per caso entrata in camera mia stanotte?».

«No, perché me lo chiedi?».

«Così... Comincio ad amare le sorprese. Di che si tratta?».

«Sono riuscita a convincere tuo padre che non siamo più nel

Medioevo. Gli ho detto di aspettare almeno che tu finisca gli studi prima di parlare di matrimonio».

«Grazie mamma», disse lei dandole un bacio sulla guancia.

«Non sono certa che l'abbia presa bene. Anzi, conoscendolo, tra qualche mese tornerà alla carica con lo stesso discorso, ma per un po' non dovrebbe più assillarti con la storia di Alessio».

«Sono giorni che non lo sento. Ho evitato di chiamarlo per non dirgli cose di cui poi potrei pentirmi».

«E con Armand? Avete chiarito?»

«Come sai che ci fosse qualcosa da chiarire?».

Grace la guardò con tenerezza. La risposta era ovvia. Era sua madre, certo che lo sapeva. «Ti piace molto quel ragazzo, si vede lontano un miglio, non a caso hai al collo il suo regalo. Spero di conoscerlo presto».

«Ok, te lo presenterò quando papà sarà fuori per lavoro». Katherine aggiunse con un bisbiglio: «Sempre che Armand mi voglia vedere ancora». Tirò fuori dalla tasca il cellulare e provò a chiamarlo. Aveva tentato anche prima, ma il suo telefono era staccato. Doveva assolutamente chiedergli scusa, ringraziarlo e fissare un appuntamento, più o meno tutto d'un fiato, prima che lui potesse interrompere la chiamata. Ma ancora una volta ebbe come unico riscontro il laconico messaggio della compagnia telefonica: «Il cliente da lei chiamato non è al momento raggiungibile».

«Non risponde?» Grace le rivolse la domanda con delicatezza.

«Sarà in una zona in cui non c'è campo. Provo più tardi. Grazie mamma, vado da papà prima che esca per qualche visita».

«Buona giornata, Kate».

Sperava lo fosse. Ne aveva davvero bisogno. Anche quel giorno però le sorprese per lei non sarebbero mancate.

Capitolo 29

Sospetti

Robert era appena entrato nell'appartamento che aveva preso in affitto per gli incontri clandestini con Donata. La sua amante gli stava complicando la vita. Ora che suo marito non c'era più, cominciava a pretendere che la loro relazione assumesse connotati diversi. Evidentemente il sesso non le bastava più. mirava a una storia vera. Eppure lui era stato chiaro fin dall'inizio: mai e poi mai la loro relazione sarebbe dovuta diventare pubblica. Aveva una moglie, una figlia e un'immagine assolutamente rispettabile a cui teneva molto. Robert voleva interrompere quell'avventura il prima possibile. Temeva che Donata potesse mettere in atto qualche iniziativa per mandare a monte il suo matrimonio con Grace.

Non era solito incontrare Donata la mattina, ma quel giorno aveva sentito l'esigenza di un po' di sesso veloce e sfrenato. Aveva così tante preoccupazioni che un'ora di svago era proprio ciò che ci voleva.

«Caro, arrivo subito». La donna era ancora in bagno, intenta a prepararsi, quando il cellulare di Robert squillò. Era il telefonino di emergenza. Quello che usava solo per parlare con suo fratello o con il centro ricerche di Leuven.

«Pronto?».

«Signore, abbiamo un problema. Il paziente ha avuto uno shock anafilattico. Temo stia sviluppando una grave forma di intolleranza al farmaco».

«È vivo? Maledizione, è vivo?».

«Abbiamo fatto di tutto per salvarlo, ma purtroppo è entrato in coma».

«Non deve morire! Chiami il numero di emergenza che le ho lasciato. La dottoressa Swanee arriverà subito».

«Per fortuna era già qui. Se non fosse intervenuta lei, il ragazzo sarebbe morto. Anzi, le chiedo scusa se questa telefonata le arriva solo adesso, ma aspettavo di sapere qualcosa di più sullo stato del paziente».

«Sì, sì, certo. Non si giustifichi. Non perdetelo un attimo di vista. Io cercherò di arrivare il prima possibile».

Robert interruppe la comunicazione in modo brusco. Quel ragazzo non poteva morire. Non avrebbe dovuto dire al capo reparto di aumentare le dosi del farmaco. Era già efficace. In fondo, Katherine sembrava stare bene seppure lo assumesse regolarmente, da anni.

Donata si affacciò alla porta del bagno. «Che succede? Ti ho sentito alzare la voce al telefono».

«Devo andare. Un paziente si è sentito male. Ti chiamo io».

Lei si avvinghiò al suo amante. «Dai, fermati ancora un po' qui con me».

Lo infastidiva quell'atteggiamento possessivo mentre cercava di baciarlo. La respinse con poco garbo, scansando il viso, e la donna si dovette accontentare di sfiorarlo con un bacio sotto la mascella. Sempre più irritato, le rispose in malo modo. «Forse non hai capito. Devo andare».

Lei si girò dall'altra parte, offesa per il trattamento ricevuto.

Robert non se ne curò e uscì di corsa dall'appartamento, precipitandosi per le scale. Quel palazzo era discreto, ma aveva spesso l'ascensore fuori uso. Lo avrebbe fatto presente all'amministratore. Nonostante fosse in debito di ossigeno, riuscì a telefonare per far arrivare un taxi. Doveva andare alla clinica, prendere la macchina e la cartella top secret, tornare a casa e poi andare di corsa all'aeroporto.

Stava aspettando vicino al ciglio della strada da più di cinque minuti e il taxi non era ancora arrivato. Aveva già chiamato due volte per sollecitare ma, a quanto gli dicevano, la strada principale era bloccata da un incidente. Robert aveva i nervi a fior di pelle. In quel momento, la sua attenzione fu attirata dal suono del clacson di un'auto ferma in coda. Avanzò di qualche passo per individuare la fonte e si accorse di una Mini nera uguale a quella di Katherine. Era proprio sua figlia al volante, e da lontano lo invitava a raggiungerla.

«Che ci fai da queste parti?» gli chiese stupita prima ancora che lui prendesse posto sul sedile del passeggero.

«La visita a un paziente. Stavo aspettando un taxi, ma sembra che stamattina si sia scatenato il finimondo per la strada».

«Sì, c'è stato un incidente. Dov'è la tua macchina?». Katherine era sorpresa. Robert non si separava mai dalla sua Cayenne Turbo. Stranezza numero uno.

«Non c'è parcheggio in questa zona».

«È la prima volta che rinunci alla tua Porsche per un problema di parcheggio. Hai tanti pazienti da queste parti?».

«No, solo una. Una signora anziana che soffre di tutti i mali immaginari del mondo». La risata di Robert era nervosa.

Lui era teso come la corda di un violino e Katherine se ne accorse. Ricordava benissimo di aver visto anche Donata in quella zona. Praticamente nello stesso punto. Che avessero entrambi fatto visita a una vecchia amica di famiglia? Suo padre glielo avrebbe detto. Stranezza numero due.

E... c'era un altro particolare che le dava da pensare: Robert, affetto da curiosità morbosa nei suoi confronti, padre vigile di fronte a qualsiasi comportamento anomalo della figlia, non le chiedeva come mai lei si trovasse da quelle parti e dove fosse diretta. Stranezza numero tre.

«Stavo proprio venendo da te in clinica».

«Ah, davvero? Dovevi chiedermi qualcosa?».

«Ho finito le mie pillole qualche giorno fa».

«Potevi dirmelo stamattina. Te le avrei portate io a casa».

Suo padre si stava comportando in modo davvero insolito. In condizioni normali l'avrebbe rimproverata per non averglielo detto prima. Più di una volta Robert le aveva raccomandato di non interrompere la terapia, neppure per un giorno. Stranezza numero quattro.

«Papà, ti vedo un po' turbato. È successo qualcosa?».

Lui si girò di scatto, come se fosse stato punto sul vivo. Le passò una mano sulla testa e accarezzandole i capelli si lasciò sfuggire un lungo sospiro. «Mi hanno appena telefonato per comunicarmi che stavo per perdere un paziente».

«Oh, mi dispiace». Ecco la spiegazione all'insolito comportamento di suo padre.

«Devo sbrigare delle faccende urgenti in clinica, dire alla segretaria di annullare tutti gli appuntamenti e poi andare all'aeroporto di Pisa».

«È uno dei pazienti che hai curato all'estero?»

«Sì».

«Dove?».

«Leuven». Poi, come se avesse detto troppo, si morse il labbro e si corresse subito. «È una sorta di periferia di Bruxelles, in realtà».

«Quanti anni ha?»

«Ne ha qualcuno più di te». Robert troncò la frase per prendersela con un automobilista che stava bloccando il traffico per entrare in un parcheggio. «Quanto ci mette quel cretino a far manovra?».

«Ehi, che modi...».
«Scusami Kate, sono davvero nervoso».
«Lo vedo. Tranquillo, vedrai che andrà tutto bene».

Uscita dalla clinica di Robert, Katherine guardò il flacone con un po' di perplessità. Aveva chiesto a suo padre cosa contenessero quelle pillole ma lui, ancora una volta, era stato evasivo e questo l'aveva ulteriormente insospettita. Per avere le idee chiare sulla possibile correlazione tra il farmaco e il manifestarsi del suo potere era dunque costretta a percorrere altre strade.

Le venne in mente Dario, uno degli amici di Alessio che qualche anno prima si era preso una mezza cotta per lei. Se non ricordava male, stava frequentando un corso di laurea specialistica in farmacia. Con un po' di fortuna sarebbe riuscita a convincerlo a farle un favore.

Aveva impiegato tutta la mattina per trovarlo e riuscire a parlargli, ma ne era valsa la pena. Dario si era dimostrato subito disponibile, impegnandosi a farle avere i risultati entro un paio di giorni.

Non aveva preso la medicina per una settimana, sarebbe sopravvissuta per altre quarantotto ore. Era forse la prima volta in tutta la sua vita in cui sperava di sbagliarsi. Desiderava davvero che il suo istinto si dimostrasse inaffidabile per accantonare definitivamente la sgradevole associazione tra le parole *dubbio* e *padre*.

Si fermò da Elena, giusto il tempo di restituirle un libro e mangiare un boccone insieme prima di andare a cercare Armand. Il suo telefonino era sempre spento.

Trovò parcheggio a una cinquantina di metri da casa sua. Mentre camminava verso il portone pensò che non le piaceva affatto l'idea di aver di nuovo a che fare con la custode dai capelli grigi che si era dimostrata iper-impicciona, ma non aveva scelta. Prima di arrivare lì era andata a cercarlo nel suo studio, ma il nuovo affittuario le aveva detto di non conoscere alcun Armand Castelli. Quel ragazzo era proprio un enigma.

Oltrepassata la soglia, si accorse che l'addetta alla portineria era assente. Forse le cose cominciavano ad andare per il verso giusto. Katherine prese l'ascensore per salire all'attico. Appena arrivata al piano, riconobbe il rumore di un trapano. Le ipotesi erano due: Armand stava ristrutturando casa oppure stava traslocando. Un tuffo improvviso al cuore la fece vacillare. Si appoggiò allo stipite e spinse la porta d'ingresso con poca convinzione. Questa era socchiusa e si aprì senza fatica, quel poco che bastava per intravedere ciò che stava accadendo all'interno. Quattro operai stavano sistemando la grande vetrata della sala.

L'attico era un ampio spazio ben diviso su due livelli. La sala, maestosa ed elegante, era l'indiscussa protagonista dell'intera struttura. Era strano che Armand avesse fatto sostituire la vetrata con un'altra che pareva identica. Cosa poteva mai essere successo? Con ogni probabilità il vetro era infrangibile, forse addirittura blindato. Non era stato di certo mandato in frantumi da un temporale. Nemmeno una tromba d'aria ci sarebbe riuscita.

Aspettò il momento in cui tutti gli operai le davano le spalle, impegnati ad alzare a fatica il vetro, per introdursi furtivamente nell'appartamento. Dubitava che Armand avesse lasciato degli estranei in casa sua, perciò salì le scale in fretta, convinta di trovarlo in camera. Bussò piano due volte e dopo qualche secondo aprì la porta. In quel momento il rumore degli attrezzi era talmente assordante che non ci sarebbe stato da stupirsi se lui non l'avesse sentita.

«Armand, scusa se sono piombata qui...». Si guardò intorno, perplessa.

La stanza era più grande di quanto la ricordasse. L'ampia tenda filtrava la luce, lasciando passare pochi raggi che si diffondevano nella camera in maniera uniforme. Il pavimento conferiva all'ambiente un aspetto imponente. Era di marmo, grigio antracite, lucido e freddo, ma la stanza non mancava di calore. Era un connubio perfetto di antico e moderno, di legno, marmo e piccoli dettagli intagliati in sasso grezzo. Era impressionante come l'attico di Armand sembrasse senza tempo. Il suo sguardo si soffermò sulle lampade incassate che sembravano intagliate nella pietra. Il caminetto era uno dei tanti dettagli che le erano sfuggiti la settimana prima. Erano trascorsi solo sette giorni dall'ultima volta in cui era stata in quella stanza. Le sembrava fosse passata un'eternità. Lui le mancava così tanto.

Katherine chiuse a chiave la porta. Trovarsi da sola in una casa con quattro uomini non la rassicurava molto. Dov'era finito Armand? Sperava che tornasse il prima possibile. Intanto il senso di colpa cresceva di pari passo con l'aumento del battito cardiaco. L'avrebbero accusata di violazione di domicilio? Forse no, anche lui le aveva fatto visita la notte precedente.

Una ventina di minuti dopo Katherine sentì sbattere la porta d'ingresso al piano di sotto. Si affacciò sulla scala sperando di vederlo, ma non c'era nessuno. I quattro uomini erano andati via. Scese le scale e andò alla porta d'ingresso per assicurarsi che fosse stata chiusa.

La grande sala aveva diverse uscite, una delle quali dava su un piccolo locale poco illuminato. Entrò e in un angolo vide ammassati diversi quadri. Katherine rimase di stucco. Lei era ritratta in cinque dipinti. In ognuna di quelle tele Armand aveva immortalato una sua particolare espressione. Gioia, stupore, felicità, rabbia e tranquillità si succedevano come i fotogrammi della pellicola di un cortometraggio. L'ultimo la ritraeva addormentata nel suo letto.

Vide una camicia di Armand appallottolata su una sedia. Era la stessa che indossava il giorno prima. Sembrava l'avesse tolta in fretta e furia e poi gettata in maniera del tutto casuale. Katherine la prese tra le mani con delicatezza. Era un po' come toccare lui. Il suo profumo l'avvolse all'istante: intenso, virile, intimo, in un accordo perfetto di sandalo, bergamotto e una punta di tabacco antico. Decise di conservare quel prezioso souvenir, almeno finché non fosse rientrato. Sempre che lui scegliesse di rimettere piede in quell'appartamento.

Capitolo 30

Emozioni

Il viaggio in aereo gli pesava più del solito, anche se solo milletrecento km separavano Pisa da Leuven. Robert odiava prendere l'aereo, eppure ci era salito tante di quelle volte che ormai aveva perso il conto. Avrebbe preferito servirsi della macchina, ma dodici ore in auto sarebbero state troppe, soprattutto quel giorno, con il suo paziente che stava lottando tra la vita e la morte.

Sperava che anche quella volta la dottoressa Swanee facesse del suo meglio. Era davvero capace, infatti l'aveva assunta per la bravura, non certo per l'avvenenza, pur se si trattava di una donna bellissima. Lisa Swanee, per metà coreana, per metà svedese, aveva folti capelli rossi e il viso di una bambola di porcellana. In passato si era rammaricato di tenerla in pugno servendosi di un bieco ricatto, ma poi si era convinto che fosse la cosa migliore. Non poteva permettersi di perdere uno degli elementi più validi del team di ricercatori e temeva che lei se ne sarebbe andata appena ottenuto il favore che aveva chiesto a Robert: un cuore per un trapianto di cui la sorella di Swanee aveva assolutamente bisogno. La verità era che aveva fatto sfumare ben due possibilità di procurarle un cuore nuovo, ma quello non era il momento di lasciarsi trascinare dai rimorsi. Erano anni che aveva vietato a se stesso di provarne.

Il suo centro ricerche si articolava in un grande complesso moderno di cemento armato. Numerose telecamere di sorveglianza tenevano sotto controllo l'intera struttura, dentro e fuori, ventiquattro ore su ventiquattro. Costava molto denaro mantenere un'organizzazione del genere, soprattutto considerando gli imprevisti che spesso dovevano essere affrontati. La settimana precedente era saltato uno dei computer centrali su cui i ricercatori stavano lavorando, con il rischio di perdita di dati di importanza fondamentale per il progetto *TRW-killer*, e ora la sua cavia umana era in pericolo di vita. Con un po' di fortuna quel dannato software si sarebbe deciso a funzionare al meglio, così avrebbe potuto restituire il favore a suo fratello e togliersi anche Venom dai piedi, in un colpo solo. Aveva inoltre pianificato la vendita della nuova arma a un'organizzazione militare coreana e questo gli avrebbe garantito enormi disponibilità per portare a termine le sue ricerche sui neurotrasmettitori, senza più bisogno di ricorrere ai finanziamenti di terzi. Per fortuna aveva tenuto in piedi anche la trattativa con i coreani. Aveva assoluto bisogno di quei soldi e con quello che era accaduto nell'ultima settimana temeva di non riuscire a far cambiare idea a Katherine e convincerla a sposare Alessio Della Rocca e i suoi conti correnti.

Mentre camminava con passo sostenuto per i lunghi corridoi dell'ala ovest, decine di pensieri si avvicendavano nella sua mente, aumentando il suo nervosismo. La sala di terapia intensiva era al primo piano. Spalancò la porta e si mise un camice sterile prima di entrare nella stanzetta in cui si trovava il paziente.

«Qual è la situazione, Vincent?».

L'uomo si voltò di scatto. Probabilmente era sovrappensiero e non si era accorto dell'arrivo di Robert.

«Il paziente è stabile, signore. Abbiamo fatto tutto il possibile per mantenerlo in vita. Siamo stati costretti però ad aumentare le dosi dei cortisonici. Il suo cuore si rifiutava di battere.

«Salve, dottor Evans». Lisa Swanee entrò dalla porta alle spalle del cardiochirurgo.

«Buonasera, dottoressa». Quando aveva a che fare con lei, Robert era sempre molto formale.

«Temo che il ragazzo abbia subìto danni gravi. Per verificarlo, stiamo procedendo con gli accertamenti. Dottor Evans, date le circostanze suggerirei di sospendere immediatamente la somministrazione del farmaco sperimentale. Il composto chimico indebolisce il paziente anche in condizioni normali. Ora potrebbe perfino ucciderlo».

Il suo era un parere autorevole e Robert lo sapeva. Tentennò per qualche secondo. Interrompere la somministrazione avrebbe significato far riacquistare al ragazzo le forze e tutte le sue facoltà nel giro di quarantotto ore. Era una mossa azzardata, avrebbe potuto tentare la fuga. Peraltro, continuare a iniettargli il farmaco nelle vene avrebbe sicuramente ucciso la sua cavia. La scelta era obbligata.

«D'accordo, ma esigo che venga sorvegliato giorno e notte. Non deve allontanarsi da questa stanza».

Robert non poteva permettersi di perdere quel ragazzo. Era troppo importante che lui rimanesse lì a sua disposizione, isolato dal mondo. Soprattutto era importante che il mondo non venisse mai a sapere di lui. E per più di un motivo.

Armand aveva appena lasciato la dimora reale. Quella giornata era stata per lui davvero difficile. Gli era costato uno sforzo immane dire a Tamon che avrebbe accettato di diventare il *Regens* dell'Antica Stirpe. Ora avrebbe dovuto abituarsi all'idea. O non pensarci.

Il tempo era pessimo e la fitta pioggia si stava trasformando in neve, creando una sottile lastra ghiacciata sul manto stradale. Forse sarebbe stato opportuno fare un'inversione a U per scongiurare ogni possibile rischio di incidente, ma sentiva forte il bisogno di restare da solo. Voleva prendere una boccata d'aria, tornare a casa e fare finta che la sua vita fosse normale. Per una notte.

La strada si dipingeva di un bianco immacolato, rivelando la magia dell'inverno. Il suo pensiero correva inevitabilmente verso l'unica persona che avrebbe voluto avere accanto. Per lui Katherine sarebbe rimasta una ferita aperta. Avrebbe trovato il modo di proteggerla anche da lontano, restando nell'ombra. Era deciso a fare tutto quello che era in suo potere per evitare che venisse coinvolta nel caso Evans. Katherine era senza dubbio l'unica ragione per cui restare in vita. E l'unica ragione per cui morire.

Armand era triste e amareggiato per la piega che stava prendendo la sua esistenza. Avrebbe voluto essere egoista, cinico, menefreghista e felice. Quella situazione lo stava facendo impazzire.

Parcheggiò in fretta davanti al palazzo in cui abitava da qualche anno. Non vedeva l'ora di confinarsi nella sua isola privata. Controllò che il cellulare fosse ancora spento. Benissimo. Quella notte non ci sarebbe stato per nessuno. Nella sua dispensa c'era sicuramente del buon whisky doppio malto. Non amava particolarmente gli alcolici, ma voleva stordirsi in qualche modo. Un lungo bagno, una bottiglia e della buona musica erano gli unici compagni che voleva per quella sera.

Guardò l'orologio: le nove e un quarto. L'unico posto in cui avrebbe voluto trovarsi era a una ventina di chilometri da lì, insieme a Katherine. *No. Assolutamente no.* Era fuori discussione.

Aprì piano la porta dell'attico e fu compiaciuto vedendo la nuova vetrata. L'impresa aveva fatto un buon lavoro.

Armand si tolse il cappotto e lo appoggiò sull'appendiabiti in ferro battuto. Il profumo di Katherine era molto intenso, come se lei fosse ancora lì. Che idea stupida. Solo il giorno prima era uscita da quella porta dicendogli addio. Da quella mattina, magari, dopo aver trovato sul comodino il collier e l'orchidea, era pure irritata con lui, se non addirittura impaurita. Bella com'era, sarebbe stata solo una questione di tempo, forse qualche settimana, e avrebbe trovato qualcun altro a cui pensare. Una fitta lacerante gli trafisse il cuore. *Dannazione!*

Accese lo stereo, lasciando diffondere le note struggenti di *Wish you were here*. Mentre saliva al piano di sopra, si tolse la maglietta e slacciò i pantaloni. Avrebbe cercato di rilassarsi restando immerso nell'acqua bollente della Jacuzzi per qualche ora.

La porta della camera era aperta, ma ricordava perfettamente di averla chiusa prima di uscire. Odiava pensare che anche solo per un attimo qualcuno avesse ficcato il naso tra le sue cose. Il giorno dopo avrebbe chiamato la ditta per lamentarsi.

Il profumo di Katherine aumentava di intensità a ogni passo. Non poteva essere già ubriaco, non aveva ancora bevuto. Doveva assolutamente aprire tutte le finestre e cambiare l'aria prima che il pensiero di lei lo facesse impazzire. Oltrepassò la soglia di camera sua e accese le luci regolandole al minimo. Armand rimase a bocca aperta per la sorpresa. Si sfregò gli occhi. Aveva bisogno di uno strizzacervelli, e in fretta. La sua mente gli stava giocando uno scherzo, proiettando l'immagine di Katherine nel suo letto, a pochi metri da lui.

Si tolse il Rolex e lo appoggiò sulla mensola piena di libri vicina alla porta. Era un modo come un altro per distogliere l'attenzione dal letto per qualche secondo, nella certezza che tornando a guardarlo lo avrebbe visto vuoto, ovviamente. Ma non fu così. Era lì per davvero ed era bellissima, distesa nella parte del letto in cui lui era solito dormire.

«Piace molto anche a me questa canzone», disse lei piano, guardandolo fisso negli occhi.

I loro cuori iniziarono a pulsare più forte. In una lenta successione di movimenti, si avvicinarono l'uno all'altra, fatalmente attratti, come due magneti. Armand si fermò a pochi centimetri da lei. Katherine si rivolse delicatamente a lui: «Scusami se sono entrata senza...».

Non le lasciò finire la frase, non voleva interrompere la magia. Le sfiorò le onde morbide e setose dei capelli, poi avvicinò le sue labbra a quelle di Katherine che rispose con impeto. Il bacio diventò passionale e profondo, mentre le note di *Shine on you crazy diamond* pervadevano la stanza.

«Questa da oggi sarà la mia canzone preferita», le sussurrò. Avrebbe potuto raccontarle tante cose, farle molte domande, ma preferì rimandare. Per una volta, voleva essere egoista e felice. Desiderava accogliere ogni singolo respiro che lei gli avesse regalato. Ogni singola emozione. Sarebbero stati i primi e gli ultimi attimi di felicità della sua lunga vita.

Furono entrambi travolti da un desiderio incontenibile, che aumentava a ogni respiro. Si lasciarono trasportare da baci e carezze sempre più audaci. Armand le tolse la maglietta, lasciando quasi nudo il suo seno dalle forme perfette. Al centro del letto, isolati dal resto del mondo, stavano finalmente vivendo il loro amore in un amplesso ardente e insaziabile. Era come se non si bastassero a vicenda, come se si volessero sempre di più, quasi fino a penetrare l'uno sotto la pelle dell'altra. Erano uniti in un abbraccio sensuale, il cui ricordo sarebbe rimasto vivo per sempre. Fecero l'amore con una passione bruciante, lontani da ogni inibizione o imbarazzo e donandosi completamente all'altro, in un trionfo di desiderio e felicità allo stato puro. Era l'intreccio di due corpi abbandonati alla deriva, cullati dalle onde del piacere.

Sfiniti e appagati si guardarono negli occhi con una dolcezza immensa. Armand la strinse a sé. Mai prima di allora aveva raggiunto un'estasi così totalizzante.

«Perché sorridi?» gli chiese lei teneramente.

Le diede un bacio prima di risponderle. «Se tu sapessi che piani avevo per questa sera...».

«Ho rovinato tutto, quindi?».

Armand la guardò negli occhi. «Sono uno stupido quando penso di riuscire a vivere senza di te».

«Perché dovresti?».

«Sbaglio, o sei tu quella che non più tardi di ieri ha detto di non amarmi?».

Katherine passò la punta delle dita sul collier. Era l'unica cosa che aveva indosso. Con voce timida, ma decisa, ammise la verità. «Ho mentito».

«Perchè?».

«È complicato» disse lei, distogliendo lo sguardo.

«Sono il re delle complicazioni. Nessuno potrebbe capire meglio di me».

Lei si incupì. «Possiamo parlarne un'altra volta? Ti prego. Non vorrei sciupare questo momento».

«Katherine, guardami». Lui la fissava, cercando di aprire il suo cuore prima di pronunciare la frase che lei non si aspettava di sentire. «Io ti amo».

«Armand, io...».

«Shh, non dire nulla. Va tutto bene, davvero. Volevo solo che tu lo sapessi». Non le aveva dato la possibilità di parlare per il timore che lei potesse spezzargli il cuore. Quella sera aveva deciso di essere egoista. E felice.

Katherine avrebbe voluto dirgli che anche lei lo amava. Da morire. Ma non lo fece.

«Allora, vuoi conoscere il penoso programma che avevo per stasera?».

«Sentiamo».

«Niente cena, un bagno caldo e poi sul divano con una bottiglia di whisky».

«Wow! Devo ammettere che hai il divertimento nel sangue».

«Anche stare lontano da te era tra i miei piani». Fissò quegli occhi incredibilmente blu.

Katherine abbassò lo sguardo. Un leggero rossore si posò sulle guance.

Armand sorrise. «Vado a prepararti qualcosa da mangiare?».

Mentre lui si alzava, Katherine si stirò come un gatto, bisbigliando: «Sbaglio, o qualcuno ha accennato prima all'idea di un bel bagno caldo?».

«Questa sera ogni tuo desiderio è un ordine».

«*Solo* stasera?».

Le diede un bacio e non disse nulla. Diventare il *Regens* dell'Antica Stirpe escludeva drasticamente la presenza di un'umana al suo fianco. Gli sembrava di pugnalarla alle spalle. Quella sarebbe stata la loro ultima notte insieme.

Capitolo 31

Rivelazioni

Al centro ricerche di Leuven, Robert stava ancora esaminando le cartelle cliniche del suo paziente. Il cuore del ragazzo si era indebolito, le analisi epatiche non erano delle migliori. Appena possibile avrebbe chiesto a Katherine di fare controlli specifici. Temeva che il farmaco potesse causare gli stessi effetti a sua figlia.

«Dottore, il quadro clinico del paziente è peggiorato». Vincent Duncan era entrato di corsa.

Robert lasciò le cartelle sulla scrivania e si precipitò verso la stanza di terapia intensiva. Lisa Swanee stava facendo il massaggio cardiaco a un corpo che sembrava ormai esanime.

«Come mai ha avuto un nuovo collasso?».

«È l'assenza del farmaco. Man mano che l'organismo lo smaltisce, gli organi indeboliti lottano per sopravvivere innescando questi attacchi».

Trascorsero diversi minuti prima che il cuore del ragazzo riprendesse a pulsare regolarmente.

«Se i miei calcoli sono corretti, questo potrebbe essere l'ultimo attacco di stasera. Però se vuole un mio parere sarebbe meglio interrompere definitivamente la sperimentazione, il suo corpo è allo stremo».

Robert guardò la donna con fermezza. «Sospenderemo la terapia per qualche giorno, poi dovremo riprendere la somministrazione. Non abbiamo scelta».

«Qualche giorno? Lei ha voglia di scherzare». Lisa stava cercando di trattenere la collera. «Santo cielo, a questo poveretto ci vorrebbe almeno qualche anno per riprendersi. Perché non usare piuttosto dei topi da laboratorio? Sa, quei piccoli esseri ricoperti di pelo bianco che di solito si usano per gli esperimenti?».

Robert scosse la testa, assolutamente contrariato dalle osservazioni e dal tono pungente usato dalla dottoressa. Non poteva certo spiegarle che il farmaco doveva assolutamente essere testato su un umano dai poteri eccezionali perché solo così avrebbe avuto la garanzia che sua figlia fosse al riparo da pericolosi imprevisti.

«Faccia come crede, il centro è il suo e la coscienza pure». Lisa fu volutamente scortese.

«Bel caratterino, dottoressa Swanee. Mi ricorda molto quello di mia figlia».

Lei non disse una parola. Accarezzò la fronte del ragazzo, poi uscì dalla stanza. Sperava che quel bastardo di Evans riservasse a sua figlia un trattamento ben diverso da quello che adottava nei confronti dei suoi collaboratori e soprattutto di quel poveretto.

Il bagliore caldo delle candele esaltava l'armonia del corpo di Armand. Katherine aveva già avuto modo di apprezzare i suoi pettorali scolpiti, ma guardarlo mentre era in piedi, nudo di fronte a lei, era tutta un'altra cosa. Era alto, ben proporzionato, un fascio di muscoli che non avevano nulla di innaturale. I capelli spettinati facevano risaltare i tratti ben delineati del viso. Era un uomo a tutti gli effetti.

Si appoggiò al muretto di marmo su cui Armand aveva posato soffici asciugamani puliti.

La vasca, abbastanza grande da ospitare entrambi, sembrava incastonata nella pietra. Lui le tese una mano, invitandola a raggiungerlo. Il contatto con l'acqua calda e la pelle di Armand esaltava il suo turbamento. Si abbandonò a lui, ancora una volta, in modo consapevole e sicuro. Avrebbe aspettato il giorno dopo per rivolgergli le decine di domande che le rimbalzavano in testa e soprattutto per svelargli ogni suo segreto. Quello era un momento troppo importante e lei aveva un disperato bisogno di sentirlo suo, di nuovo.

«Sei incantevole» le sussurrò con dolcezza.

Katherine avvicinò le labbra all'orecchio di Armand e sorprese anche se stessa quando pronunciò: «Ti amo».

Lui si irrigidì all'istante. Era l'ultima delle frasi che si aspettava di sentire. «Stiamo complicando le cose».

«Complicando le cose? Credevo ti facesse piacere sapere quello che provo per te, visto che anche tu hai detto di amarmi».

La strinse forte a sé. «Quanto vorrei poter cambiare il destino. Amore mio, dovrei dirti una cosa. Anzi, dovrei dirtene così tante che non saprei da dove cominciare». Le posò una mano sul cuore. Sentire il suo battito lo faceva stare bene, lo calmava.

Katherine girò la testa verso di lui per guardarlo negli occhi. «Comincia dalla prima, semplicemente».

«Se fosse così facile...».

«Possiamo fare così: tu mi sveli un tuo segreto e io farò altrettanto».

«Ho paura di perderti. So già che impazzirei». La sua non era una paura, ma una certezza.

«Ti assicuro che non riusciresti a liberarti di me tanto facilmente».

Armand decise di rivelarle la sua età. Lei gli avrebbe detto di essere serio, avrebbe sorriso, e forse quel gioco della verità sarebbe terminato prima ancora di cominciare. «Non ho ventiquattro anni come credi. Ne ho trecento».

La risposta di Katherine lo sorprese. «Io ne ho venti, compiuti da poco». Non sapeva perché Armand avesse detto una cosa del genere. Non le sembrava stesse scherzando, quindi pensò che doveva esserci una ragione. Sicuramente la sua era una metafora, per arrivare a una verità difficile da comunicare.

«Io non sono l'unico così... *anziano*».

«Il tuo segreto ha qualcosa a che fare con le persone che ho conosciuto alla mostra? Kylaah, per esempio?».

«Sì. Anche Cris, Elsa e Alison».

«Appena li ho visti ho avuto l'impressione di un déjà-vu. Non era solo una sensazione. So per certo di averli sognati. Kylaah soprattutto. E più di una volta».

«Questo è a dir poco strano».

Katherine alzò un sopracciglio. «Tu mi dici di avere trecento anni e io dovrei crederti. Io ti dico semplicemente di aver sognato i tuoi amici e mi dici che è strano?».

La baciò prima di aggiungere sorridendo: «D'accordo, l'hai spuntata anche questa volta».

Katherine sapeva che adesso toccava a lei rivelare un segreto: «Ho quasi la certezza che mio padre mi stia nascondendo qualcosa».

Lui non disse nulla, sapeva già che era così. La incitò a continuare e lei lo fece. «Anni fa mi ha diagnosticato una strana patologia».

«Nulla di grave, vero?». Era sicuro che lei fosse sanissima, il suo olfatto non lo aveva mai tradito.

«Si tratta di una forma di atassia che degenerando potrebbe comportare la progressiva perdita della coordinazione muscolare. Mi ha sempre detto che posso tenerla sotto controllo, purché io continui ad assumere un farmaco. Non lo sto prendendo da una settimana».

«Katherine, no. Non sopporterei se ti accadesse qualcosa». Le girò il mento costringendola a guardarlo negli occhi.

«In effetti, qualcosa è cambiato».

«Sei stata male? Ieri notte avevi la febbre».

«A proposito di ieri notte, dovrai spiegarmi come hai fatto a entrare nella mia stanza».

«Anche tu però dovrai spiegarmi cosa ci facevi prima nel letto di uno che solo ieri hai detto di non amare».

Katherine lo guardò maliziosa. «Fino a qualche minuto fa non sembrava che per te fosse un problema». La complicità tra di loro era palpabile. Gli prese una mano e stringendola ebbe la certezza che di lui poteva fidarsi. «Qualche giorno fa ho toccato una cancellata e mi sono accorta che improvvisamente era diventata rovente».

«Senza che ci fosse vicino alcuna fonte di calore, giusto?».

Lei annuì. «So che sembra una cosa folle, ma il pezzo di ferro entrato a contatto con la mia mano bruciava».

«E non ti sei ustionata?».

«No».

Il pensiero di Armand si soffermò sulla parte fusa del collier che aveva dovuto far sostituire. «Quindi riesci in qualche modo a far bruciare le cose».

«Senza fiamma».

«Ok, allora il trucco della candela che mi hai mostrato una settimana fa è legato a questo?».

«In parte sì, ma temo che ci sia anche altro».

«Ti va di parlarne?».

«Te lo mostro, se ci riesco».

«Cosa devo fare?»

Katherine alzò le spalle. «Mi servirebbe un oggetto di nessun valore, qualcosa che io possa distruggere senza alcun problema. Un bicchiere andrebbe bene».

«Ti porto quel vaso?». Armand indicò un lungo vaso di cristallo a qualche metro da loro, uno dei pochi oggetti che decoravano la sala da bagno.

«Non serve, puoi anche lasciarlo lì dov'è. Dovrei riuscirci lo stesso».

Inspirò a lungo senza togliere gli occhi dal vaso, ma non accadde nulla. «Credo che funzioni solo quando sono particolarmente nervosa», disse infine, quasi delusa.

Sentendosi in dovere di aiutarla, le strinse le spalle come per infonderle coraggio. «Bisogna cercare di incanalare l'energia verso l'obiettivo. Chiudi gli occhi, respira a fondo e prova a visualizzarlo».

«Ma...» fece lei per protestare.

Armand appoggiò il mento sui suoi capelli. «È facile. Devi solo focalizzare e dirigere la tua attenzione su quello che desideri».

Incoraggiata dalle sue parole, chiuse gli occhi e provò a concentrarsi fino a sentire un flusso di energia liberarsi dalla sua mente. Riusciva quasi a percepirne la potenza, concretizzarla e indirizzarla verso il vaso. Un rumore di vetri rotti le confermò che l'esperimento stava riuscendo. Aprì gli occhi di scatto. Il vaso era imploso ed era rimasta solo una sfera irregolare di cristallo accartocciato su se stesso.

Con uno sguardo tra lo stupore e l'ammirazione, Armand le baciò il dorso di una mano. «Davvero sorprendente. Stai imparando a gestire l'energia in tempi brevissimi».

«Senza i tuoi suggerimenti non ci sarei riuscita». Aveva la sensazione che lui sapesse ben più di quello che dava a vedere. Quel pensiero fu subito rimpiazzato dalla gioia di poter condividere con lui quell'esperienza. «Non ne sei spaventato?» gli chiese con voce timida.

«Perché dovrei? Ci sono fenomeni che non possiamo spiegare, semplicemente si verificano. Vieni, ti faccio vedere una cosa».

Armand si alzò e a piedi nudi sul pavimento si asciugò in fretta, poi avvolse l'asciugamano intorno alla vita. Ne prese uno anche per Katherine e la aiutò a uscire dalla vasca. La prese tra le braccia, le diede un bacio su una spalla, poi la portò di fronte a quello che era rimasto del vaso di cristallo.

«Ora non spaventarti tu però». Così dicendo, si concentrò su quella sfera irregolare e raggrinzita e dopo pochi secondi la fece semplicemente sparire. Al suo posto solo una minima quantità di energia che aleggiava nell'aria sotto forma di minuscole scintille azzurrine.

«Come hai fatto?» chiese lei sbalordita.

«Grazie a un principio di fisica quantistica. Un giorno forse ti spiegherò ogni cosa nei dettagli, perché sono certo che tu non abbia mai sentito parlare della *krotomateria*».

C'era curiosità ed eccitazione nei suoi occhi blu notte. «Puoi far sparire qualunque cosa?».

«Più o meno. Non mi piace mettermi alla prova. Ho paura delle conseguenze. Spesso, mi sento... sbagliato». Una nota amara velò la voce di Armand.

Katherine sapeva esattamente come ci si sentiva. «Già. Io all'inizio credevo di impazzire. Ho avuto tanta paura di fare del male a chi mi era vicino. Temevo di non riuscire a controllarmi e soprattutto avevo paura che tu non potessi capire».

«È questo il motivo per cui avevi deciso di rompere con me?».

«In realtà c'è di più. Avevo sognato più volte di fare... queste cose», disse lei, a occhi bassi, «prima ancora di riuscirci davvero. Qualche giorno fa ho sognato di farti del male. Lo so, sembra stupido, ma avevo il terrore che anche quell'incubo potesse diventare realtà». Si strinse a lui, prima di proseguire. «Ho ancora una gran paura che possa accadere».

Armand le sfiorò il mento con la punta delle dita, inducendola a guardarlo. «Non succederà». Abbassò le palpebre per allontanare da sé la realtà che furtiva si stava insinuando nella sua mente: aveva accettato la proposta di Tamon. Cosa avrebbe mai potuto fare per rispettare la promessa fatta al *Regens* dell'Antica Stirpe e, nello stesso tempo, restare accanto a Katherine? Decise che non era quello il momento per cercare una risposta e scelse di cambiare discorso. «Per quanto riguarda tuo padre, cos'hai intenzione di fare?».

«Prima di poter prendere una qualsiasi decisione, devo aspettare una conferma. Ho chiesto a un amico di analizzare il farmaco, avrò la riposta entro un paio di giorni al massimo».

«Posso chiederti perché hai scelto di non dire nulla direttamente a lui?».

«Ultimamente si comporta in modo strano. È sempre stato molto impegnato e quindi non credo che dipenda da uno stress temporaneo da super-lavoro. Lo vedo sfuggente, scostante, sempre irritato e intrattabile. Impossibile parlargli di qualsiasi cosa senza rischiare di scatenare una tragedia. Mi sembra di rivivere gli ultimi mesi a New York, quando Thomas era ancora vivo. Litigavano di continuo».

«Quella cosa della candela... mi hai detto che è stato tuo fratello a insegnartela. Anche lui riusciva a far implodere gli oggetti?».

«Non proprio. Non saprei di preciso. Ricordo di un episodio in cui fece prendere fuoco a un quadro di valore solo guardandolo, ma ero troppo piccola quando accadde e non ho un'immagine chiara di quel momento».

Armand l'aveva ascoltata con grande attenzione. «La capacità di generare un fortissimo calore sembra essere un elemento comune a te e Thomas. Il suo dono era molto simile al tuo ed è anche logico, era tuo fratello».

«Dono? A me sembra più una maledizione».

Armand corrugò la fronte. «Non è una maledizione, seppure comporti una grande responsabilità. A me ci sono voluti anni per imparare a gestire la *krotomateria*».

«Chiamalo come ti pare, ma il mio non è un dono. L'altro giorno ho avuto davvero paura. Ho fatto implodere la parete di un rudere, si è disintegrata sotto i miei occhi ripiegandosi su se stessa. È rimasto solo un cumulo di detriti».

Armand prese una ciocca di capelli tra le dita e ne fece un boccolo. «Avrei voluto essere lì con te. Ora andiamo in cucina, scommetto che una colazione all'americana ti piacerà».

Katherine ne fu entusiasta. «Uova, pancetta e formaggio?».

«*Ok baby, let's go!*».

Gli puntò un dito contro il petto nudo. «Tu–sei–fantastico». I suoi occhi si illuminarono mentre pronunciava quelle tre parole in una.

La prese in braccio e la portò in cucina. «Fantastico dici? E non mi hai ancora visto cucinare».

Katherine sorrise, felice. «Evviva! Almeno uno dei due sa farlo. Io potrei aiutarti a... togliere il cellophane dalle sottilette».

«Ok, cercale nel frigo e intanto vedi se trovi qualcos'altro per gli stuzzichini. Vado a prenderti un accappatoio, torno tra un attimo».

Prima di salire nuovamente le scale, il giovane kurann la guardò incantato. Era quello il posto di Katherine: lì con lui.

Ma il destino stava per aprire una porta sbagliata.

Capitolo 32

Sangue

Armand fu subito di ritorno con un accappatoio di seta blu. «Non è della tua taglia, ma sarà sicuramente più comodo dell'asciugamano che indossi».

Si fermò sulla soglia della cucina, attonito.

Katherine era lì di fronte a lui, immobile; teneva in mano una sacca di plastica. Il liquido denso contenuto all'interno non lasciava adito a dubbi.

Maledizione! Quello è sangue.

La mattina precedente, Armand aveva dato le chiavi del suo appartamento a Elsa. Sarebbe venuta a scegliere uno dei dipinti che lui teneva nello studiolo. Elsa era una collezionista d'arte e i Castelli, come amava definire i quadri di Armand, occupavano un posto d'onore nelle stanze della dimora reale a lei riservate.

Quella sacca conteneva il sangue di Elsa, glielo aveva portato in segno di gratitudine. Offriva una parte preziosa di sé in cambio di uno dei suoi dipinti. Erano trascorsi più di due secoli da quando lui l'aveva lasciata e da quel giorno non assaggiava più il liquido scarlatto della kurann dai capelli nerissimi. Non poteva immaginare che Elsa gli avrebbe riservato un gesto così affettuoso proprio quel giorno, altrimenti non avrebbe certo suggerito a Katherine di aprire il frigorifero.

«Ti posso spiegare» le disse con tono misurato.

«Questo è sangue. Cosa ci fa nel tuo frigo?». Le tremava la voce, ma cercò di controllarsi.

«Lo ha lasciato qui Elsa. Lei...». *È una kurann. Come me.* Quali parole avrebbe potuto usare per rivelarle cosa fosse un kurann senza farla fuggire?

«Quindi è suo? E cosa ci fa nel tuo frigorifero?». Era decisamente contrariata. «Sei malato? Armand, è questo che stai cercando di dirmi?».

«Non proprio. Io... noi abbiamo bisogno di sangue, è vero. Ma non per una trasfusione».

«Che significa *voi*?».

«Noi... nel senso che... io...».

«C'è anche un bigliettino: *Un personale grazie per il tuo dono. E*». Il tempo sembrava essersi fermato, impietoso. «Allora, cosa ci fate con il sangue? Sto ancora aspettando una risposta».

Le avrebbe detto la verità, non aveva scelta. Katherine aveva il diritto di sapere con chi aveva appena fatto l'amore.

«Io appartengo all'Antica Stirpe dei kurann, il nostro organismo funziona in modo diverso da quello umano, per noi il sangue è un nutrimento essenziale».

Leggendo lo sbigottimento nei suoi occhi, si rese conto dell'effetto che quella rivelazione aveva avuto su di lei. «Non è come pensi, o almeno non completamente. Non avere paura di me, ti prego. Non ti farei mai del male!».

«Non può essere vero. Per favore, dimmi che tu non sei... Non puoi essere...». Appoggiò lentamente la sacca di sangue sul ripiano e chiuse il frigo. Mentre lo faceva, ricordò di aver provato una sensazione molto particolare quando lui, qualche ora prima, baciandola sotto il seno le aveva quasi graffiato la pelle con i denti. In un attimo le tornò alla mente il referto dell'autopsia del padre di Alessio: il corpo era stato completamente dissanguato. A uccidere il povero Sebastian era stata una bestia assetata di sangue e morte. *Un kurann.*

I nervi di Katherine stavano per cedere. Le tremavano le mani, le ginocchia faticavano a reggerla.

Vedendola vacillare, la prese tra le braccia prima che piombasse sul pavimento. «Sono costernato, non volevo che lo scoprissi in questo modo».

«Dimmi che è uno scherzo di pessimo gusto».

La strinse più forte. «Non è uno scherzo».

«E quando ti saresti degnato di comunicarmelo?». Provò a respingerlo, con le mani sul suo petto. Se non si fosse calmata, avrebbe rischiato di ridurgli la cucina in un cumulo di macerie.

«Stavo aspettando il momento giusto».

«Tu bevi sangue...». Una forte nausea le prese lo stomaco. «Cos'hai a che fare con la morte di Sebastian?».

«Katherine, ma che pensieri stai facendo? Io non sono un assassino. Non ho mai ucciso un umano». *Non ancora, visto che sarò io a dover eliminare tuo padre.* Armand si tenne ben stretto quel pensiero.

«Ho bisogno di stare un po' da sola».

La lasciò andare. Gli faceva male sentirsi respinto da lei in quel modo. Sembrava fosse diventato un mostro.

«Non ti dico che non voglio più vederti, ok? Ho solo bisogno di riflettere, tutto qui».

Armand le porse l'accappatoio. «Tutto il tempo che vuoi. Mi vesto ed esco».

Lei non disse nulla. Non sapeva cosa fare.

Pochi minuti dopo, Armand era pronto. «Ho acceso il cellulare. Se hai bisogno di me, chiamami». La sua voce non tradiva alcun tipo di emozione.

Riconobbe lo stesso comportamento freddo che l'aveva messa in crisi in occasione dell'inaugurazione della mostra. Così serio e distaccato sembrava un'altra persona, quasi un estraneo.

«Questa è casa tua. Semmai sono io che dovrei...».

«Puoi restare tutto il tempo che vuoi. Fuori fa molto freddo e le strade sono ghiacciate. Esco io. Se hai bisogno, fammi uno squillo e sarò qui in meno di un minuto».

Erano le due passate. Katherine continuava a camminare avanti e indietro per la casa. Si sentiva in colpa per averlo costretto ad andarsene. Era stata davvero un'egoista ad averlo allontanato in quel modo.

Si sedette sul bracciolo di un divano, di fronte alla vetrata da dove poteva osservare le migliaia di luci che illuminavano Firenze. Era tutto così maledettamente complicato!

Nei trentacinque minuti trascorsi da quando lui era uscito, si era fatta una serie infinita di domande. I *se* e i *ma* erano l'inizio di ogni suo pensiero. Si passò una mano tra i capelli, rivivendo la delicatezza del tocco di Armand. Ogni sua carezza era piena di premura. Quando aveva detto di amarla era sincero.

Lo aveva allontanato ancora prima di capire chi o cosa fossero i kurann. Aveva affermato di non essere un assassino e lei gli credeva. Ma allora perché non le aveva rivelato spontaneamente la verità?

Stanca di continuare a discutere con se stessa, si alzò. Doveva parlare con lui. Era l'unico ad avere le risposte che lei cercava. Avrebbero trovato una soluzione *insieme*.

Prese il cellulare per chiamarlo, ma si accorse che era completamente scarico. *Quello stupido telefonino! Cosa aspettava a comprarne uno nuovo?* Si vestì in fretta e uscì sul pianerottolo. L'ascensore era occupato e lei non aveva alcuna intenzione di aspettare che si liberasse. Decise di scendere le scale a piedi.

Appena fuori dal portone, folate di vento gelido la colpirono come fruste invisibili. Sulla sua destra vide due sagome. Katherine si avvicinò senza pensarci. Si fermò accanto al fuoristrada parcheggiato vicino ai due. Riconobbe Armand. Di fronte a lui c'era un uomo che sembrava minacciarlo. Ricordava di averlo visto la sera dell'inaugurazione alla galleria d'arte.

Era un kurann di oltre un metro e novanta. La voce cupa e minacciosa con cui si rivolse ad Armand la fece rabbrividire. «Tamon non può farmi questo. Sono io l'unico ad avere diritto al trono».

«Sai bene che io non ho mai avuto interesse per quel dannato ruolo. Tanto più ora. Hai un'idea di cosa significhi per me doverlo accettare? Dovrò rinunciare alla donna che amo».

Lei rimase a bocca aperta nell'ascoltare quella frase. Indietreggiando, sfiorò con un piede una lattina facendola oscillare leggermente. Quel rumore appena percettibile bastò per farli girare contemporaneamente.

«Katherine». Armand si era accorto troppo tardi della presenza della giovane.

«Che bella sorpresa! Ecco la tua bambolina». Il tono di Shamnos era sarcastico. «Ci vediamo, fratello». Il guerriero si allontanò, come un'ombra nell'oscurità della notte.

Armand la raggiunse, si tolse il cappotto e lo posò sulle sue spalle. «Rischi di prenderti una polmonite. Perché non mi hai chiamato?».

Incurante delle sue parole, gli fece l'unica domanda che le martellava nella testa. «Hai intenzione di lasciarmi?».

La voce del giovane kurann era solo un sussurro. «Vorrei poter cambiare il destino».

Le sue parole erano la conferma di un futuro sbagliato, una vita lontana da lui. Katherine sbatté le palpebre incredula. Quella notte si stava trasformando in un incubo.

«Katherine io...». Armand fece per toccarle i capelli.

Lei respinse la sua mano e alzò gli occhi per fissarlo. «Sapevi di volermi lasciare ancora prima di portarmi a letto, non è così?».

«Io non ho nulla da offrirti. Una vita con me sarebbe completamente diversa da quella che avresti voluto».

«Potrò essere libera di decidere quello che voglio, almeno per una volta?».

«Non posso esporti a costanti pericoli».

Lei era furente. «Trova una scusa migliore, perché questa fa veramente pena».

«Non ci sono altre scuse, né altre cose da dire». Armand chiuse gli occhi, sperando che lei si allontanasse.

Aveva scelto lui per entrambi. Katherine ricacciò le lacrime a fatica. Non voleva piangere, non di fronte a lui.

«Non prendere freddo, torna in casa. Stanotte non rientrerò e ti lascerò tranquilla» le disse tenendo le braccia conserte. «Perdonami». Si voltò, incamminandosi verso la sua macchina.

Si sentiva come se le avessero strappato via un pezzo di cuore. «D'accordo, vattene pure nell'illusione che lontana da te sarò al sicuro. Ma che film hai visto? Non lo sai che anche in questo cavolo di mondo perfetto muoiono due persone ogni secondo?».

Armand si fermò di colpo. Le parole di Katherine gli avevano trafitto il petto. Per prendere il posto di *Regens* e salvare la sua famiglia aveva deciso di sconvolgere la sua vita e rinunciare alla donna che amava. Era un pazzo ai suoi stessi occhi. Se le fosse accaduto qualcosa in sua assenza si sarebbe maledetto per il resto della vita.

Si girò per guardarla di nuovo. La vide salire i pochi gradini davanti al portone. Tornò indietro a grandi passi, deciso a raggiungerla. Appena entrato nell'atrio, vide chiudere la porta dell'ascensore. Sapeva che se non avesse fatto qualcosa subito, l'avrebbe perduta per sempre.

Capitolo 33

Il piano

Katherine inspirò a lungo. La reazione di Armand era stata diversa da quella che avrebbe voluto. Era decisa a tornare nell'attico, prendere le chiavi della sua Mini e andarsene. Non sarebbe rimasta lì un secondo di più. Mentre l'ascensore saliva a rilento, le sue dita torturavano i capelli. Avrebbe voluto prendere a pugni tutto quello che la circondava, invece iniziò a fare lunghi respiri per cercare di calmarsi. Non poteva lasciarsi travolgere dalle emozioni e perdere il controllo, sarebbe stato troppo pericoloso.

Anziché proseguire senza sosta fino all'ultimo piano, l'ascensore si fermò al secondo, dove qualcuno aveva prenotato la corsa. Katherine non avrebbe sopportato l'idea di trovarsi in uno spazio così angusto insieme a un estraneo. Decise allora di scendere, tenendo la testa bassa mentre le porte si aprivano.

Lui era lì, di fronte a lei.

«Katherine, mi dispiace». Le sue parole erano misurate, ancora una volta. Lei aveva bisogno di emozioni e di impeto, non sapeva cosa farsene dei suoi modi educati. Scosse la testa nel tentativo di scoraggiare ogni ulteriore esternazione. Non disse nulla, convinta che il suo silenzio potesse indurlo a tacere. Si sbagliava.

«Ti darò tutto me stesso, ogni giorno». Il tono di Armand era fermo.

Katherine alzò gli occhi e lo guardò, senza capire.

«Se mi vuoi ancora» aggiunse lui con una dolcezza che spazzò via in un attimo tutte le sue resistenze.

Gli sfiorò il viso con la punta delle dita. «Sei sciocco, egoista e presuntuoso ma ti amo da morire».

Premette le sue labbra su quelle di Katherine. Fu un bacio lungo e intenso che si fermò solo quando la porta dell'ascensore si aprì, all'ultimo piano.

«Mr. Castelli, questo è stato il bacio più bello che lei mi abbia mai dato, ma se spera di passarla liscia dopo tutto che mi ha fatto passare stasera, si sbaglia di grosso».

Armand sorrise e mentre apriva la porta di casa, le chiese malizioso: «Possiamo trattare una sospensione della pena? Giuro che nelle prossime ore impiegherò tutte le mie energie per riuscire a farmi perdonare».

«Staremo a vedere....».

«Katherine, ti amo».

«Ma cosa vuoi saperne tu dell'amore? Io sì che ti amo», gli fece l'occhiolino.

Dopo l'amore, con il viso appoggiato al petto di Armand, Katherine chiese con estrema dolcezza di raccontarle tutto.

Armand capì che era arrivato il momento. Poteva confidarsi. Cominciò la sua storia, da quando aveva soccorso Kylaah aggredita da un balordo, fino al giorno prima, quando aveva accettato di diventare il *Regens* dell'Antica Stirpe, succedendo a Tamon. Escluse volutamente l'argomento Robert Evans, convinto che per il momento non fosse il caso di sconvolgerla ulteriormente. Aveva comunque trovato il modo di spiegarle che quella volta, a casa sua, si era comportato in modo strano a causa del sistema di allarme installato da suo padre.

Rimasero a lungo abbracciati sotto le coperte. La fiamma del camino creava un'atmosfera calda e piacevole. Il fuoco scoppiettava liberando faville, mentre lui ascoltava con gioia infinita il respiro e il battito regolare della meravigliosa creatura che si era addormentata tra le sue braccia.

Come l'eco di un'antica nenia, la voce di Katherine affiorò a poco a poco dal silenzio.

«Un modo esiste... per non diventare *Regens*». Pronunciò quelle parole con un timbro che non sembrava il suo.

«Amore mio, dormi tranquilla, sono le cinque del mattino».

«Rifletti... Se il problema è Venom, basterà screditarlo. I suoi non lo vedranno più come un eroe e non vorranno più rischiare la vita combattendo al suo fianco. Sarà facile neutralizzarlo in modo definitivo».

Armand si accigliò. C'era qualcosa di insolito nel tono e nel ritmo delle frasi pronunciate da Katherine, ma non poté non considerare quello che lei gli aveva appena detto.

«Non sarebbe facile eliminare un guerriero come lui. Ora è senza dubbio molto forte e può contare sull'appoggio di gran parte del suo esercito».

«Un modo c'è», affermò risoluta.

Armand avvertiva in lei qualcosa di strano. Il suo udito, ben più sviluppato di quello degli umani, gli consentiva di ascoltare il battito di Katherine. Era regolare e il suo respiro era rilassato, proprio come se stesse dormendo profondamente.

«Non ti seguo. Hai in mente qualcosa di preciso?».

«È ovvio».

Per Armand era troppo diversa dal solito. Rabbrividì appena comprese quello che stava accadendo: Kylaah gli stava parlando attraverso lei. La strega-kurann non faceva mai nulla per caso, quindi era necessario capire cosa si celava dietro a quel contatto indiretto.

«Continua».

«Tamon conserverà la carica di *Regens*», asserì lei. Il tono di voce diventò ancora più freddo. Kylaah stava potenziando il controllo sul sonno di Katherine.

Il battito regolare della ragazza e il suo volto sereno lo rassicurarono, l'intromissione della kurann non l'avrebbe danneggiata in alcun modo.

«Bisogna assicurarsi che i soldati dell'esercito di Alszaham ancora non corrotti dalle ambizioni di Venom restino fedeli a Tamon. Affinché questo accada, tre dei loro generali potrebbero essere nominati membri del Consiglio dei Grandi Yterion, così da poter contare sul loro appoggio incondizionato al *Regens*. Questo rappresenterebbe un ulteriore riconoscimento all'esercito di Alszaham perché gli attribuirebbe ufficialmente un potere mai concesso prima d'ora».

«Ho sempre pensato che tu fossi la miglior stratega del mondo, Kylaah. Un plauso alla tua astuzia».

«Mio caro Armand, mi spiace dover ricorrere a questi mezzi, ma è l'unico modo per essere sicura che nessuno, oltre te, possa ascoltarmi. Non si dovrà mai sapere che sono stata io a suggerirti il piano».

«Perché tutto questo?».

«Quello che posso dirti è che sto cercando di muovermi per il bene di tutti, ma non chiedermi di più».

Armand si fidava ciecamente di Kylaah. «D'accordo. Scommetto che hai già i nomi dei tre generali che dovranno entrare a far parte del Consiglio dei Grandi Yterion».

«Crisramah il figlio di Alszaham e Aynis, Secondo Generale in carica. Il terzo potrà essere scelto dallo stesso esercito».

«Il tuo piano dovrà essere attuato formalmente dal *Regens*. Ne è già al corrente?».

«Sarà compito tuo illustrarglielo nei dettagli. Domani stesso».

«Spero di trovare le parole giuste. Posso contare su di te?».

«Andrà tutto bene, sta' tranquillo».

«E Venom? Fino a quando Cris non avrà compiuto duecento anni è lui il numero uno nell'esercito. Come pensi di fare per screditarlo agli occhi di tutta l'Antica Stirpe?».

Il tono freddo di Kylaah ferì il silenzio della notte. «Un'accusa di omicidio potrà bastare».

In modo involontario, Armand strinse Katherine a sé. «Stai dicendo che ucciderà qualcuno? Lo hai visto in una delle tue visioni?».

La voce di Kylaah arrivò dopo un lungo silenzio. «Sto parlando di qualcosa che è accaduto in passato. Venom si è macchiato dell'infamia più grave per un kurann del suo lignaggio».

Armand capì subito a cosa Kylaah si stesse riferendo. «È stato lui a uccidere Alszaham». La sua non era una domanda.

«Tutto a suo tempo, mio caro. Per ora limitati a dire a Tamon che hai quasi la certezza che sia stato lui a uccidere suo fratello. Assicuragli che entro un mese avrai raccolto le prove della tua accusa».

«E se non riuscissi a trovare un elemento certo che dimostri la sua colpevolezza? Se il *Regens* non mi desse ascolto?».

«Intanto suggerisci a Tamon di accusare Venom di tradimento. Andrà tutto come deve andare, ma a suo tempo».

«Significa che hai già le prove, vero Kylaah?». Armand aspettò una risposta che non sarebbe arrivata quella notte.

Katherine fece un respiro profondo prima di girarsi verso il giovane kurann che non aveva mai sciolto il suo abbraccio. Aprì gli occhi e lo guardò sorridente nella penombra della stanza appena illuminata dai riflessi del fuoco nel caminetto.

«Con chi stavi parlando? Ho fatto un sogno stranissimo. C'era anche Kylaah».

Armand le diede un bacio sulla fronte e le passò la mano tra i capelli. La sua mente era in subbuglio per le informazioni ricevute. «Ti ha fatto del male nel sogno?». Era preoccupato per lei.

«No, è stata gentile. Mi trovavo in un paesaggio incantato, con lei che mi intrecciava i capelli. Che strano, vero?».

«Sì tesoro. Era solo un sogno. Ora chiudi gli occhi e riposa».

Tutto gli appariva sempre più misterioso. La strega-kurann non sarebbe mai stata capace di un atto così tenero nei confronti di qualcuno, tanto più di un'umana che sembrava volesse tenere ben lontana da lui. Eppure, il suo piano rappresentava l'unica possibilità per restare accanto alla donna che amava. Cos'aveva in mente Kylaah?

Armand la strinse a sé, posando delicatamente le labbra sulla sua spalla. Il profumo di Katherine era irresistibile.

Lei si rannicchiò tra le sue braccia fino a sfiorargli il petto con la punta del naso. Il suo respiro caldo generava intensi brividi di piacere che si diffondevano in tutto il corpo di Armand.

«Sai che sono la promessa sposa di Alessio?» disse Katherine con un filo di voce. Questa volta era proprio lei a parlare. Non c'erano interferenze di alcun genere.

Armand si irrigidì all'istante. «Stai scherzando, vero?».

«Per niente. Una settimana fa Alessio ha chiesto a mio padre il permesso di sposarmi e lui ha avuto la brillante idea di accettare, senza consultarmi».

«E tua madre?».

«Lei mi ha promesso che non dovrò mai fare nulla che sia contro la mia volontà».

«Tua madre è una persona in gamba» rispose lui. «Spero di conoscerla presto». Le prese una mano. «Ora dormi principessa. Vedrai che riusciremo a risolvere la questione».

Doveva trovare il modo di eliminare quel figlio di puttana senza far soffrire Katherine. Robert Evans aveva le ore contate.

Capitolo 34

Cambio di rotta

Katherine aprì gli occhi, felice. Si girò verso di lui, grata alla luce di quella domenica di dicembre che penetrava, anche se debole, nella stanza. Armand stava dormendo, rapito da un sonno profondo. Si puntellò sui gomiti per guardarlo meglio, era davvero bellissimo. Osservò anche i più piccoli particolari del suo viso. Un neo, una venuzza un po' più pronunciata sul lato sinistro, dove la mascella incontrava il mento, i capelli scompigliati. Si avvicinò a lui, lentamente. Voleva guardarlo ancora, senza che lui se ne accorgesse. Avvicinò di più il viso, fin quasi a sfiorarlo. Inspirò a lungo cercando di trattenere nelle narici il suo profumo. Il respiro di Armand scandiva il tempo. Posò delicatamente le labbra sulle sue. Erano morbide, calde e profumavano di sonno.

La sua risposta fu immediata. La baciò a lungo, stringendola tra le sue braccia forti.

«Buongiorno, amore mio». Stavolta era stata lei a chiamarlo in quel modo.

«Buongiorno, principessa. Questo è davvero un risveglio meraviglioso».

Si prepararono insieme, senza invadere lo spazio dell'altro, senza alcun fastidio o imbarazzo. Era tutto così naturale.

Uscendo dal palazzo ammirarono la sottile coltre di neve che aveva coperto l'asfalto. Gli alberi, piegando gentilmente i rami, sembravano inchinarsi alla purezza di quel manto bianchissimo. Candidi cristalli ricoprivano ogni cosa, proiettando il paesaggio nel ritaglio di una fiaba. Armand mise la sua sciarpa intorno al collo di Katherine.

«Per una volta, posso fare il fidanzato premuroso e insistere per accompagnarti a casa?».

Lei non disse nulla. Lo guardava seria.

«Ho detto qualcosa che non va?».

«La parte del fidanzato».

«Sto correndo troppo?».

«No. Mi piace talmente tanto che mi ci potrei abituare».

La baciò con trasporto. «Bene. È meglio che cominci a farlo».

«Molto bene ragazzo, ti concedo di accompagnarmi a casa. Con questa neve e senza catene ho un po' paura a guidare».

«Perfetto, andiamo. Spero solo che tuo padre non inizi a sparare vedendoti arrivare in macchina con me».

«Che sciocchino. Comunque lui non è a casa. Ieri pomeriggio è partito di corsa per Leuven. Ha rischiato di perdere un paziente, quindi immagino che si fermerà per qualche giorno. In casi come questo non rientra mai prima di quarantotto ore».

Presto avrebbe setacciato palmo a palmo la città belga, fino a scovarlo. Si sentiva un traditore nei confronti di Katherine. Le aveva giurato di proteggerla da tutti i mali del mondo e intanto stava progettando l'assassinio di suo padre. Avrebbe tanto voluto potergliene parlare, in fondo era stato abbastanza facile confidarle i suoi segreti più importanti, ma non poteva assolutamente dirle che sarebbe toccato proprio a lui chiudere definitivamente il capitolo Robert Evans.

Alla dimora reale, Armand stava camminando avanti e indietro sul pavimento di alabastro della grande sala dei ricevimenti, in attesa che arrivasse il *Regens*.

Poche ore prima aveva pranzato a casa di Katherine. Grace era stata molto affettuosa con lui, sin da subito, e lo aveva invitato ad assaggiare le sue mitiche lasagne al forno. In realtà era una scusa per conoscerlo meglio, ma era stato comunque un momento molto piacevole. Grace era una donna davvero intelligente e con un carattere forte. Si era mostrata entusiasta della felicità che aveva letto negli occhi di sua figlia. Armand aveva salutato Katherine, con la promessa di tornare a prenderla la sera stessa.

Ora poteva solo sperare che la soluzione che Kylaah gli aveva suggerito la notte prima attraverso Katherine venisse accettata da Tamon.

Il *Regens* entrò nella sala con passo deciso, sul volto un'espressione severa.

«Buongiorno Armand, ho saputo che volevi parlarmi».

«Sì, mio potente *Regens*, è così».

«Dimmi pure».

Tamon ascoltò con attenzione le parole di Armand, senza interromperlo. Il giovane kurann riportò fedelmente il piano elaborato da Kylaah.

Il *Regens* lo guardò per lunghi attimi, imperturbabile, poi spostò lo sguardo sulla parete a cui erano appese lunghe spade di pregevole fattura.

«Se sarà possibile mantenere la pace senza spargimento di sangue, lo faremo. Il tuo piano mi sembra ben articolato, solido e attuabile».

«Grazie, mio *Regens*».

Armand non amava prendersi meriti che non gli spettavano e non capiva perché Kylaah gli avesse raccomandato di mantenere il segreto sulla paternità di quel piano. Ne avrebbe parlato con lei fuori dalle mura della dimora reale.

«Ti posso chiedere se le tue intenzioni nei confronti di Robert Evans sono cambiate?».

«Assolutamente no, mi occuperò personalmente del caso, come stabilito».

«Mettendo da parte le formalità, c'è altro che vorresti dirmi?».

«Non ho mai nascosto i miei sentimenti per la figlia del dottor Evans e non potrei farlo ora che il mio cuore è profondamente legato a lei. So bene che le Antiche Leggi vietano a un membro della famiglia reale di avere un'umana come compagna e ancor meno come *Athanymfe*, confido che riuscirete comunque ad accettare la nostra relazione».

«Se ti vietassi di vederla, lo faresti?».

«Mio *Regens*, non ho mai disubbidito ai Vostri ordini, ma...».

«Scusatemi, spero di non aver interrotto qualcosa di importante». Dalla stanza adiacente alla sala, Kylaah aveva ascoltato la conversazione tra Tamon e Armand e ora aveva deciso di interromperli, prima che potessero schierarsi uno contro l'altro. Entrò dunque sfoderando un bel sorriso. I suoi occhi di ghiaccio incontrarono per un attimo quelli del giovane kurann. Lo trafisse con lo sguardo. Il messaggio era chiaro: *non dire altro*.

«Vieni mia cara, sei arrivata proprio al momento giusto. Il nostro Armand chiede una concessione di grande rilevanza, in deroga alle Antiche Leggi. Nelle sue intenzioni c'è la condivisione di un futuro insieme a un'umana: Katherine Evans».

Il cuore di Armand saltò un battito, poi riprese a pulsare, sempre più veloce, nella convinzione che per Kylaah la questione fosse da bocciare prima ancora di essere valutata. Non aveva mai nascosto la sua contrarietà al legame tra lui e Katherine e ora aveva l'opportunità di vietargli in modo formale di avvicinarsi ancora alla figlia del nemico.

La strega-kurann lo guardò negli occhi e fece passare alcuni secondi prima di parlare: «Ho sperato a lungo che la sorte scegliesse di percorrere una strada diversa, ma non posso che prendere atto di un sentimento così profondo e auspicare che per tutti questa si riveli la scelta migliore».

Armand riprese a respirare.

Tamon guardò la sua consorte con stupore, mantenendo però il controllo della situazione. Il discorso di Kylaah aveva inevitabilmente determinato la risposta che il giovane kurann attendeva con impazienza.

«Va bene, figliolo. In questa occasione ti sarà concesso derogare ai princìpi delle Antiche Leggi, ma soltanto perché la tua natura oggi è in parte ancora umana».

«Mio *Regens*, grazie».

«Voglio conoscere personalmente la fanciulla così speciale che ha conquistato il tuo cuore», sentenziò Tamon.

Armand chinò il capo e uscì dalla sala dei ricevimenti ancora incredulo. Le azioni di Kylaah erano sempre più imprevedibili.

A determinare simili cambi di rotta c'erano in realtà segreti ben più grandi di quanto lui potesse immaginare.

Capitolo 35

Invito a cena

Poco prima del tramonto, la Mercedes di Armand percorreva a velocità sostenuta la strada principale. Katherine guardava fuori dal finestrino, in silenzio, rannicchiata sul sedile. Non stava piangendo, anche se aveva tutte le ragioni per farlo. Ipotizzare che suo padre potesse nasconderle qualcosa l'aveva già fatta stare male, ma ora che aveva avuto la conferma dei suoi sospetti il dolore era diventato insopportabile.

Armand era andato via da casa sua subito dopo pranzo per andare a parlare con il *Regens* e un paio d'ore più tardi Katherine aveva ricevuto una telefonata da Dario, l'amico di Alessio a cui si era rivolta per far analizzare le pastiglie color lavanda che suo padre le faceva prendere da anni. Sperava di sentirsi dire che i suoi timori erano infondati, ma non fu così. Dario le aveva comunicato che quelle pillole erano composte da un mix esplosivo di princìpi attivi molto pericolosi, ciascuno dei quali veniva impiegato solo in casi estremi e sicuramente mai combinati tra di loro. Il giovane ricercatore aveva confermato che quelle pastiglie erano in grado di inibire i neurotrasmettitori e avrebbero potuto perfino far entrare in stato di coma permanente l'intero sistema nervoso. Era un miracolo che lei non fosse diventata un vegetale o che non fosse già entrata in coma.

Nonostante la notizia ricevuta, era stata abbastanza forte da non mostrare il suo sgomento a Grace. Aveva invece chiamato Armand e lui era tornato subito da lei. Non sopportava di restare un secondo di più in casa sua, soprattutto perché sapeva che Robert sarebbe rientrato da un momento all'altro. Appena salita in macchina era crollata. Armand le era stato vicino, in silenzio. Non c'erano parole che potessero farla stare meglio.

Il giovane kurann era sempre più convinto che il dottore meritasse di morire. Doveva solo progettare la soluzione meno dolorosa per Katherine e Grace. Quella donna gli piaceva davvero e non solo perché era la madre della ragazza che amava, ma perché sentiva di doverle rispetto, oltre a nutrire per lei un affetto quasi reverenziale.

Armand allungò la mano destra verso Katherine che in modo istintivo si ritrasse, ma solo inizialmente. Era diffidente e aveva un motivo valido per esserlo. *Quando scopri che tuo padre sta cercando di ucciderti, di chi ti puoi fidare?*

Senza dire nulla, Katherine girò la testa verso di lui, inspirò a fondo e intrecciò le dita alle sue. Lui le strinse la mano e la guardò per un attimo. Lei si avvicinò fino ad appoggiare la testa sulla spalla del giovane kurann. Katherine respirava piano e ogni volta che espirava il suo soffio caldo gli accarezzava il collo. Lui lasciò la sua mano e le passò il braccio intorno alla vita, stringendola a sé. Si sentiva in colpa per non averla protetta da quella verità così cruda. Si girò di pochi centimetri, fu sufficiente per toccarle la fronte con il mento.

«Ti amo, Katherine».

«Lo so. Tu non mi faresti mai del male, vero?». *Vero?*

Era il momento di dirle tutta la verità su suo padre. Non poteva aspettare ancora.

«Non sopporterei di vederti un'altra volta in questo stato. Io devo...».

«Shh. Ti prego, non dire altro. Non ora». Quella di Katherine era una richiesta più che comprensibile.

«Ok», rispose sollevato.

«Posso guidare io?».

«Ma certo».

Armand si fermò sul ciglio della strada e le cedette il volante. Guidare le avrebbe fatto bene. Con lui funzionava sempre.

Katherine si mise la cintura e partì. In pochi secondi superò i cento chilometri orari. «Mi sembra di aver vissuto per vent'anni con un estraneo».

Centotrenta. Era pronto a intervenire nel caso in cui lei si fosse spinta oltre. Stava sfogando la sua collera sull'acceleratore e la capiva, ma non voleva che le accadesse qualcosa.

Centosessanta.

«Ti andrebbe di conoscere la mia famiglia?» le chiese con dolcezza cercando di distrarla.

Katherine non era sicura che fosse una buona idea.

Come se le avesse letto nel pensiero, Armand pose fine alle sue perplessità prima ancora che lei potesse parlare, e aggiunse: «La mia non è una famiglia perfetta, credimi. Però mi farebbe piacere farti conoscere un'altra parte di me, tutto qui. Se preferisci rimandiamo».

«Li incontrerò volentieri, anche oggi». Iniziò ad allentare la pressione sull'acceleratore e lui ne fu sollevato.

Arrivarono davanti alla dimora reale in poco meno di mezz'ora. La presenza di Armand la tranquillizzava, facendola sentire protetta. Ricordò a se stessa che lui non l'avrebbe mai esposta a un pericolo, anche se non poteva fare a meno di pensare allo sguardo inquietante di Shamnos. Stava per entrare nel territorio dei kurann, i suoi timori erano più che giustificati.

La strada lastricata, all'ombra di sequoie sempreverdi, terminava in un ampio spiazzo su cui si affacciava austera una villa su due livelli. Era una costruzione piuttosto elegante sulle tonalità del beige e del marrone e si integrava perfettamente nel paesaggio, seminascosta da enormi cedri del Libano alti oltre una trentina di metri.

Armand la vide tesa e sorrise. Imbarazzo? Paura? Posò le labbra sui suoi capelli.

«Stai tranquilla, ti prometto che là dentro non ti succederà nulla».

«Sono un po' agitata».

«Non ne hai motivo, davvero».

«Stavo pensando al discorso che mi hai fatto stanotte. Se il sangue umano può risultare euforizzante, cosa pensa un kurann quando incontra qualcuno che potrebbe renderlo euforico? Tu senti mai il desiderio di... assaggiarmi?».

Guardandola negli occhi le sussurrò: «Sempre. In tutti i modi».

«E allora perché non hai mai cercato di...». La voce le morì in gola, le parole si rifiutavano di uscire.

«Ricordi quando ti ho detto che il cibo è essenziale per la nostra sopravvivenza proprio come lo è per te?».

«Sì, però hai bisogno anche di sangue».

«Vero, ma soltanto quello di un altro kurann può garantire le sostanze indispensabili a una replicazione cellulare che non risenta del passare del tempo come invece accade negli umani».

«Lo devi bere spesso?».

«Dipende dalla purezza del sangue del kurann donatore. A me basta una volta al mese».

«E tu da chi...».

«Kylaah».

Katherine restò turbata dalla sua risposta.

«Tra di noi c'è un rapporto familiare. Lei è la compagna di Tamon, che per me è più di un padre».

«E lui non è geloso?».

«Non può essere geloso di me, ti pare?».

Per lui sembrava logico, ma era dura da digerire che avesse un rapporto così intimo con una donna tanto bella, affascinante e sicura di sé.

«E non potresti proprio usare il sangue di qualcun altro? Che ne so, di un'umana, per esempio?». Gli avrebbe proposto qualunque cosa pur di non saperlo così legato a un'altra donna.

Lui sorrise, intenerito da quella malcelata gelosia. La baciò teneramente cercando di chiudere il discorso, ma sapeva che di sicuro Katherine sarebbe tornata sull'argomento. Non era certo il tipo che si arrendeva facilmente.

Il portone d'ingresso della dimora reale si spalancò appena posarono i piedi sul primo dei dieci gradini che separavano il lastricato dall'atrio. Kylaah li stava aspettando.

«Sono contenta di vederti. La sera dell'inaugurazione non abbiamo avuto modo di parlare».

La kurann la metteva in soggezione. Katherine si sforzò di esibire un sorriso, osservandola con particolare attenzione. Era alta, aveva un seno ben proporzionato esaltato da un abito con scollo a V, i capelli color miele le coprivano le spalle come una cascata di fili di seta dorati. Dimostrava una trentina d'anni ed era davvero bellissima: zigomi alti, labbra carnose, lineamenti perfetti. Guardarla negli occhi, di un azzurro chiarissimo, era come ammirare un iceberg freddo e immenso. Più che una figura familiare le sembrava una vera e propria minaccia alla fedeltà del suo neofidanzato. Continuava a ripetersi che non doveva essere gelosa.

Kylaah si girò verso di lei e sorrise. «Noi due dobbiamo fare un discorsetto più tardi. Poi guardò Armand e aggiunse: «A quattr'occhi».

Lui la rimproverò, con molto garbo. «Sai che non è educato curiosare nella mente dei nostri ospiti».

«Una questione d'abitudine», tagliò corto Kylaah.

Katherine si irrigidì. *Quella donna leggeva nel pensiero?*

«In effetti è così, ma ti insegnerò a schermare i pensieri più intimi. In futuro potrebbe servirti».

Kylaah era così sicura di sé e lei si sentiva così piccola.

«Non mi dire che anche tu riesci a farlo. Leggere nella mia mente, intendo».

Lui la guardò negli occhi e sorrise. «Confesso che a volte mi piacerebbe. Comunque no, solo Kylaah ha questo potere. Io riesco a percepire i tuoi stati d'animo. Non so come sia possibile perché non mi era mai capitato prima».

Dal grande atrio si accedeva a un sontuoso salone. Alle pareti erano appesi quadri bellissimi, alcuni dei quali erano sicuramente di Armand. Ne aveva riconosciuto immediatamente lo stile pittorico.

Kylaah fece loro strada ed entrò per prima nel salone, con andatura regale. Su una grande poltrona di cuoio scuro era seduto un uomo che non dimostrava più di quarant'anni. Seppur in silenzio, esprimeva nobiltà e saggezza. Di fronte a lui veniva spontaneo abbassare lo sguardo. Tamon era la personificazione del potere.

«Mio *Regens*, lei è Katherine».

«Buon pomeriggio Katherine, sono lieto di fare la tua conoscenza. Mio figlio mi ha parlato a lungo e molto bene di te». La voce calda e rassicurante contrastava con l'atteggiamento austero e autoritario.

Lei sorrise educatamente. «La ringrazio davvero, è un onore conoscerla».

«Vi fermate per cena, spero».

La richiesta di Kylaah la sorprese.

«Non vorrei disturbare». Katherine guardò Armand e dopo un suo cenno di assenso, continuò: «Sarà un piacere cenare qui con voi».

«Molto bene, avviso subito in cucina».

Armand la invitò a vedere il grande giardino e la stanza in cui dormiva quando gli capitava di fermarsi alla dimora reale. Regnava una calma apparente, come negli attimi di silenzio irreale che precedono l'imminenza di una tempesta.

Capitolo 36

Colpo basso

Robert Evans parcheggiò la sua Cayenne sul vialetto di casa appena in tempo per la cena. Prima di entrare si riempì i polmoni dell'aria fredda di quell'inverno rigido. Era stata una giornata davvero stressante.

La macchina di Katherine non era nel parcheggio. Sicuramente non era da Alessio, visto quanto era accaduto ultimamente. Con il suo modo di fare aveva finito per allontanarla da quel buon partito. Era stato troppo avido, troppo impaziente nel voler mettere le mani sul patrimonio della famiglia Della Rocca. *Maledetto Sebastian!* Se non si fosse rifiutato di prestargli i venti milioni di dollari di cui aveva bisogno per portare avanti i suoi esperimenti, a quest'ora sarebbe stato tutto diverso. Appoggiò la ventiquattrore nell'ingresso e salutò Grace.

«Cara, sono tornato» disse lui mentre si toglieva la giacca.

Lei gli andò incontro. Qualcosa la turbava, era evidente. Fece per darle un bacio, ma lei si girò, infastidita da quel gesto.

«Grace, che succede? Non mi saluti nemmeno?». Sua moglie non gli aveva mai riservato un'accoglienza del genere.

«Non pensare di trovare la cena pronta. La tua porzione è finita dritta nella spazzatura» gli rispose accigliata, e si allontanò.

Lui era stupito. «Te lo chiedo di nuovo, cosa sta succedendo? Non ti sei mai comportata in questo modo».

Grace non rispose e lui la bloccò prendendola per un polso. «Ma che cavolo hai? Vuoi spiegarmi?».

Si girò verso di lui con la stessa velocità di chi cerca di schivare il morso di un cobra. Era furente. «Sai cosa mi fa più male? Lo sai Robert?». Parlava come se fosse in stato confusionale. Si liberò dalla presa del marito, andò verso il bagno e tornò prima che lui potesse capire cosa stesse facendo. Gli lanciò qualcosa in faccia. Appena il tessuto gli toccò il volto, Robert capì che quella era una delle sue camicie.

«E questo, cosa significa?». Continuava a non capire.

«Significa che tu vai a letto con altre donne». Grace gli stava di fronte con i pugni sui fianchi, in gesto di sfida. Era come una leonessa ferita, ma non rinunciava alla sua dignità.

Robert guardò la camicia per cercare di capire. All'interno del collo c'era una macchia di rossetto, una prova schiacciante che lo inchiodava senza appello. Ora sul suo volto si leggeva a chiare lettere la parola "colpevole". *Negare. Negare sempre. Anche di fronte all'evidenza.*

«Grace, cara, non so davvero come possa essersi macchiata. Immagino quali pensieri ti attraversino la mente ma ti assicuro che sono ben lontani dalla realtà».

«Ti comporti come un bugiardo da quattro soldi. Sono certa che potresti fare di meglio, chissà quante volte mi hai mentito da quando ci siamo sposati».

«Io non...».

Grace alzò improvvisamente la voce. Il tono non ammetteva repliche. «Sta' zitto! Potevi almeno avere la dignità di ammettere l'errore e provare a rassicurarmi che non capiterà mai più. Che era stata la prima e l'ultima volta. Magari ci avrei pure creduto. Ma continuare a insultare la mia intelligenza è davvero troppo».

Prese la borsa e il cappotto dall'appendiabiti.

«Grace, dove stai andando?». Fece per abbracciarla, ma lei lo respinse in malo modo.

«Mettiamo in chiaro una cosa. Dove vado d'ora in avanti sono solo fatti miei».

«Kate è in casa? Sa di questo casino?». Robert indicò la camicia, tenendo gli occhi bassi.

«Sta' tranquillo, tua figlia non sa nulla. E anch'io fino a un'ora fa, quando ho avuto la sfortuna di trovare la tua camicia nel cesto della biancheria. Credevo che la nostra fosse una famiglia perfetta. Povera scema».

«Aspetta Grace, tu sei l'unica donna che io abbia mai amato». Era sincero. Almeno su quello aveva detto la verità. Provò di nuovo ad abbracciarla e ancora una volta lei lo respinse.

«Se torna Kate, dille che sono da Donata. Buona serata, esimio dottor Evans». Uscì sbattendo la porta.

Robert chiuse gli occhi. Sperava che Donata continuasse a recitare la parte dell'amica perfetta. Scoprire di essere tradita era già stato un duro colpo per Grace, ma venire a sapere che l'amante del marito era la vedova del povero Sebastian, l'amica con cui lei si confidava, sarebbe stata una vera tragedia.

Katherine non riusciva ancora a crederci, stava cenando in compagnia di sette kurann. Kylaah e Tamon erano una di fronte all'altro, a capotavola. Lei era seduta tra Elsa e Armand. Dall'altra parte del grande tavolo in massello erano seduti Cris, Alison e Shamnos.

Avere di fronte a sé Alison non era il massimo, soprattutto perché quella ragazza si comportava come se avesse qualcosa in sospeso con Armand. Elsa era piuttosto dispiaciuta del casino che aveva combinato lasciando la sacca di sangue nel frigorifero il giorno prima. Armand non le rivolgeva la parola. Anche se lei aveva tentato di scusarsi in tutti i modi, lui era stato irremovibile.

Cris sembrava uscito da una rivista di moda, la sua bellezza era straordinaria e innegabile. Portava i capelli legati dietro. Il biondo delle ciocche e i morbidi lineamenti facevano risaltare un paio d'occhi incredibilmente azzurri. Era bello almeno quanto Alison e Kylaah.

Elsa e Shamnos mostravano una bellezza diversa, intensa, oscura. Avevano la carnagione leggermente olivastra e chiunque incrociasse il loro sguardo veniva rapito immediatamente da un fascino magnetico.

Per quanto riguardava il *Regens* invece, Katherine non avrebbe saputo descriverne con precisione le fattezze. Ogni volta che i suoi occhi si posavano su di lui, sentiva l'urgente bisogno di guardare altrove. La sua sola presenza incuteva timore. Lo sguardo di ossidiana sembrava scrutare nell'anima.

La voce gentile di Cris la distolse dai pensieri in cui era assorta. «Allora Kate, com'è il secondo anno di università? Mi sarebbe piaciuto frequentare una facoltà di umani. Mi sono dovuto invece accontentare di insegnanti privati. C'era una ragazza qualche anno fa che frequentava il tuo stesso corso».

«L'unico motivo per cui Cris è entrato in una facoltà è per rimorchiare, fidati». Elsa voleva stabilire un rapporto e provava a fare amicizia.

Katherine sorrise e rispose al kurann: «Sono molto contenta della scelta, anche se devo confessarti che finora il corso più interessante è stato quello di Storia dell'Arte».

Cris capì l'allusione e ne fu divertito. Armand le diede un bacio tenero sul collo, poco sotto la mandibola.

Alison lasciò cadere rumorosamente la forchetta e il coltello sul piatto di porcellana, manifestando tutto il suo disappunto. Fulminò Armand con lo sguardo e dopo essersi scusata con il *Regens* si alzò e uscì dalla sala da pranzo.

Katherine si rese conto di essere, suo malgrado, la causa della reazione di Alison. «Chiedo scusa, forse ho detto qualcosa che non dovevo?».

«Non preoccuparti, non hai fatto assolutamente nulla di sbagliato». Armand le passò la mano sinistra sulla schiena per rassicurarla. Non funzionò. Non quella volta. Tensione e imbarazzo erano nell'aria.

«Più tardi Alison ti chiederà scusa». Tamon era intervenuto, con tono fermo.

«Non occorre, ci mancherebbe, non è successo nulla».

Kylaah la guardò seria. «Avrai sicuramente intuito che Alison prova dei sentimenti per Armand, ma lui ha scelto te. Il suo rispetto ti è dovuto».

Cris le fece l'occhiolino e tornò all'argomento *ragazze universitarie* che a lui interessava ben di più dei capricci di Alison.

La cena proseguì senza che la giovane kurann tornasse a tavola. Dopo pochi minuti la conversazione era di nuovo serena, come se nulla fosse accaduto. Terminata la cena, Tamon e Kylaah si congedarono. Uno dei domestici aveva annunciato l'arrivo di un ospite che stavano attendendo.

Insieme a Katherine e Armand, in sala da pranzo restarono Elsa, Cris e Shamnos. Il kurann dai capelli neri si teneva un po' in disparte, limitandosi a osservare e ascoltare i quattro che invece si stavano godendo la serata. Decise di alzarsi per andare in palestra, aveva i nervi a fior di pelle e doveva in qualche modo scaricare le tensioni accumulate durante la giornata.

«Domattina alle sette riunione con tutte le Guardie del *Regens*, non si ammettono scuse». Le sue parole posero fine al clima gioviale che si era creato.

Armand lo guardò accigliato. «E quando ti saresti consultato con me per deciderlo?».

«Non ne ho bisogno, sono io che comando».

«Davvero patetico... Quando giochi a fare il capo ti rendi solo ridicolo».

«Pensa un po' quello che ti pare, ma alle sette in punto ti voglio in sala riunioni».

«Visto che continui a fare il gradasso, ti comunico sin d'ora che domattina avrò ben altro di cui occuparmi. Sarà sicuramente più divertente che trovarmi di fronte il tuo muso».

Shamnos gli andò vicino con fare minaccioso. «Invece ci sarai. Il tuo compito di Generale viene prima di tutto, anche della tua bambolina. Il *Regens* potrà pure chiudere un occhio, ma ti ricordo che hai introdotto in questa casa la figlia del nostro fottuto nemico».

Elsa e Cris sbarrarono gli occhi.

Armand non si scompose. «Modera il linguaggio. Lei non c'entra nulla. Non è una minaccia per nessuno e lo sai bene».

«Sì, come no. Anche i Troiani devono aver pensato la stessa cosa quando hanno fatto entrare in città il cavallo regalato dai Greci».

«Basta così, Shamnos. Ora vattene!». Armand resistette a fatica alla tentazione di sferrargli un pugno.

«Stavi per aggredire il nipote del *Regens* per la figlia di Evans?».

«È la seconda volta che io e mio padre veniamo tirati in ballo. Qualcuno mi spiega il perché?».

L'imponente kurann spostò lo sguardo su di lei, crudele, poi si rivolse ad Armand con un ghigno: «Se Katherine sapesse la verità, non credi che andrebbe a spifferare tutto al paparino?».

«Non farlo!».

«Perché no? Se diventa un problema potete sempre cancellarle la memoria. Cris è qui apposta».

Elsa e Cris si guardarono quasi rassegnati, abituati alle bravate di Shamnos.

Il quale non esitò un attimo e si rivolse a Katherine che guardava confusa la scena. «Dimmi, di cosa si occupa di preciso tuo padre?».

«È un neurochirurgo, dirige una clinica privata a Firenze. Ma che c'entra mio padre?».

Lui si esibì in un colpo di tosse talmente finto da risultare odioso. «Intendevo dire di cosa si occupa *veramente*?». Sottolineò l'ultima parola, enfatizzandola all'estremo, mentre la fissava.

Katherine era disorientata. «Cosa vorresti insinuare?».

Armand si schiarì la gola, intervenendo in modo deciso. «Basta così, Shamnos!». Si protese in avanti, pronto a scattare.

Il kurann alzò le mani in segno di resa, con un ghigno sadico sul viso. «Come non detto».

«Invece ora devi parlare e dire tutto quello che c'è da dire».

«Non ti conviene, dolcezza. Credimi».

«Tesoro, andiamo», si intromise Armand.

«Non ci penso nemmeno, si parla di me e di mio padre. Voglio sapere» gli disse fissandolo.

Prima che Armand potesse bloccarlo, Shamnos le gettò addosso una verità brutale: «Sei figlia di un assassino già condannato a morte».

La prima reazione istintiva di Katherine fu quella di scoppiare a ridere. Aveva appena ascoltato una frase talmente assurda da dubitare di aver sentito bene. «Ma cosa stai dicendo? Sei completamente fuori di testa». Posò lo sguardo su Armand e restò turbata nel vederlo abbassare la testa e chiudere gli occhi.

Mettendo da parte ogni residua cautela, Shamnos riprese a parlare: «Sai, ho sentito dire proprio tra queste mura che un tizio di nome Robert Evans merita di morire. Si vocifera che uno di noi abbia già ricevuto l'incarico di procedere».

Katherine fissò il kurann per lunghi e interminabili secondi.

Stava mentendo, non aveva ragione di credere a una sola parola pronunciata da quell'essere sgradevole. Cercò di nuovo lo sguardo di Armand, come in una supplica, con una muta richiesta di aiuto. Voleva sentirsi dire da lui che Shamnos era un pazzo a cui non doveva riservare il minimo credito. Ma anche questa volta la sua reazione fu scoraggiante. La guardò con aria triste, quasi a volersi scusare con lei, e poi abbassò di nuovo gli occhi.

Provò inutilmente a deglutire, imponendosi di restare calma, anche se tutto dentro di lei avrebbe voluto urlare. «Guardami negli occhi e dimmi che quello sta mentendo».

«Mi chiamo Shamnos, non *quello*».

Katherine lo squadrò con disprezzo. «Chissenefrega!». Si rivolse ad Armand con un'espressione interrogativa. «Dimmi che sta mentendo!».

Dalla sua bocca però non uscirono le parole che lei si aspettava. «Ci sono alcune cose che devi sapere su tuo padre. Lui è...».

Lei gli posò la mano destra sulle labbra, quasi con forza, nel disperato tentativo di fermarlo. «Non voglio ascoltare altro adesso. Ho bisogno di uscire da qui. Da sola». Sentiva il mondo crollarle addosso e temeva le sue stesse reazioni.

Elsa fece un passo verso di lei. «Katherine, tuo padre rappresenta una vera minaccia per...».

Katherine si alzò dal tavolo e le passò davanti senza nemmeno guardarla, camminando in fretta. Armand la raggiunse in un attimo. «Ti prego, fammi spiegare».

«Non ora. Come ho già detto, voglio stare da sola», gli rispose in modo secco. Poi uscì dalla portafinestra che divideva quella sala opprimente dal giardino.

Inspirò una lunga boccata d'aria. Il freddo intenso alleviava, anche se in minima parte, il bruciore che avvertiva nella gola. Si sentiva tradita. Cominciò a correre sul prato innevato. Il freddo umido penetrava nelle ossa, senza riuscire a placare il fuoco che avvampava dentro di lei.

Si fermò di colpo e volgendo uno sguardo al cielo vide la neve scendere e posarsi leggera come se invocasse il silenzio del mondo.

«Ti va di fare due passi con me?».

La voce gutturale del kurann la prese alla sprovvista. Avrebbe voluto colpirlo forte, affondare le unghie nella sua pelle e graffiarlo fino a farlo sanguinare. Avrebbe voluto infliggergli un dolore profondo, lacerante. Invece sentì dire alle sue labbra, contro ogni logica: «Ok, Shamnos».

Capitolo 37

Un passato maledetto

Robert si aggirava per la casa come una belva rinchiusa in una gabbia troppo stretta. Come aveva potuto essere così stupido da farsi beccare? Era sempre stato più che attento. Il giorno prima, mentre si trovava nell'appartamento con la sua amante, ecco quand'era successo. Aveva ricevuto quella chiamata e si era talmente preoccupato da trascurare le solite cautele. Donata gli si era avvicinata per trattenerlo. Lui l'aveva allontanata ma lei, nel tentativo di baciarlo, aveva evidentemente sfiorato il colletto della sua camicia con le labbra. Sì, doveva essere andata così. *Porca troia!* Prima di partire era andato a casa a cambiarsi e nella fretta non si era accorto di quella macchia di rossetto sulla camicia. Era un perfetto idiota.

E Kate, come avrebbe reagito sapendo che tradiva sua madre? Voleva proteggerla in tutti i modi da una verità che le avrebbe fatto troppo male.

Aveva una famiglia che gli voleva bene, una moglie fantastica e una figlia eccezionale e lui rischiava di mandare tutto all'aria. Avrebbe dovuto comportarsi meglio con le due donne della sua vita, invece aveva mentito loro per anni. A una aveva rapito il figlio e messo le corna un'infinità di volte, all'altra aveva sottratto la gioia di avere un fratello e imposto un bombardamento di farmaci ad altissimo rischio.

Era proprio un bastardo. Eppure, molto tempo prima, sarebbe potuto perfino diventare una brava persona. Nella vita non aveva mai trovato porte spalancate. Lui era stato adottato, non era un vero Blackwell. John, oh lui sì che era un Blackwell. John era uno che non chiedeva mai nulla a nessuno. Lui pretendeva. E se non otteneva quello che voleva, allora se lo prendeva con la forza, oppure se lo comprava.

Robert sentì un nodo amaro alla gola. I ricordi della sua infanzia avevano il sapore del fiele. John aveva commesso ogni sorta di errore, dai pestaggi alla droga. Malgrado il suo comportamento, restava sempre un Blackwell. Robert si sarebbe perfino accontentato di essere un figlio e un fratello di seconda categoria, ma nemmeno quella fortuna gli era toccata. Il vecchio J.F. Blackwell non gli aveva mai dato il suo cognome. Lo aveva adottato, sì. Lo aveva tolto dalla strada, ma gli aveva fatto mantenere il cognome del padre biologico. *Evans non suona poi così male, eh figliolo?* Robert aveva cercato di convincerlo, aveva protestato, si era perfino impuntato, ma il vecchio era stato irremovibile. *Blackwell si nasce, non si diventa*. Quella frase era stata per lui il colpo di grazia. Nel momento preciso in cui l'aveva sentita pronunciare dalle labbra sottili e secche del vecchio, aveva capito di non avere una famiglia.

Era andato via di casa molto giovane. Si era laureato alla Harvard Medical School con il massimo dei voti, ma neanche quello era stato abbastanza per meritare l'affetto della sua famiglia adottiva. John aveva studiato legge e aveva finito il college soltanto grazie alle continue donazioni del padre. Ma cosa importava? Lui era sempre e comunque l'orgoglio del vecchio.

Robert esercitava un fascino del tutto particolare sulle donne e per dimostrare di essere più in gamba del fratellastro ne aveva portate a letto a decine. Aveva conosciuto l'amore solo il giorno in cui aveva incontrato Grace. Lei però era sposata con un medico e non lo degnava nemmeno di uno sguardo. Era una donna bellissima, intelligente e fedele. Robert aveva approfittato della disgrazia capitata a suo marito. Quel poveretto era stato ammazzato a sangue freddo da un barbone per pochi spiccioli. Con pazienza e tenacia era riuscito a conquistare Grace anche se, in cuor suo, sapeva che pur sposandolo non lo avrebbe mai amato quanto il primo marito. Erik Coleman era stato il primo fidanzato di Grace, la sua prima volta, il suo primo amore. In poche parole, era stato il primo in tutto. Con lui si era anche sposata per la prima volta e aveva avuto un figlio. Qualunque cosa facesse, Robert si sentiva secondo. Di nuovo. Lei era stata un angelo con lui. Non gli aveva mai dimostrato qualcosa di diverso da un amore fedele e una devozione totale, ma a lui non bastava. Almeno una volta avrebbe voluto essere il primo. La bestia avida del suo egoismo voleva eccellere.

La nascita di Katherine aveva cambiato l'ordine delle cose. Al primo posto c'era sua figlia, poi Grace. Finalmente aveva ciò che desiderava. Era felice e avrebbe fatto di tutto per non perdere quello che era riuscito a costruire. Per questo si era ripromesso di non tradire mai più Grace e di occuparsi della sua famiglia. Aveva perfino giurato a se stesso di trattare Thomas come se ne fosse il padre biologico. Quel poveretto non si meritava certo di vivere un'infanzia simile alla sua. Era anche deciso ad adottarlo a tutti gli effetti, dandogli il cognome Evans. Almeno Thomas avrebbe sentito di appartenere a una famiglia unita.

Ma poi qualcosa aveva incrinato quel rapporto perfetto. La prima volta che Robert aveva sgridato Thomas, il ragazzo aveva dato alle fiamme un quadro di valore. E non aveva usato un accendino o una candela. In modo inspiegabile, forse perché posseduto dal demonio, aveva incendiato il dipinto con la sola forza della mente, proprio davanti ai suoi occhi increduli.

Robert aveva cercato di comprendere l'origine dei poteri di Thomas effettuando molti test, sempre all'insaputa di Grace.

Non voleva che si preoccupasse del potenziale pericolo che Thomas rappresentava per tutta la famiglia. Anche Katherine quindi doveva restarne all'oscuro. Le sue ricerche lo portarono a dedurre che il fenomeno fosse collegato a fattori genetici, quindi aveva attribuito la colpa al defunto marito di Grace. Ma poco tempo dopo si era accorto che purtroppo anche Kate, la sua adorata bambina, riusciva a compiere strani prodigi con il solo potere della mente. Piccole cose, per la verità, come accadde quella volta in cui ridusse in pezzi un bicchiere di vetro davanti al padre. Ricordava bene quel frangente e il motivo che forse l'aveva scatenato: Kate era disperata per aver perso la sua bambola preferita al parco.

Dopo quell'episodio gli fu impossibile scaricare la responsabilità sul primo marito di Grace. Sia Thomas che Katherine avevano in comune il patrimonio genetico di sua moglie, quindi i fattori genetici responsabili di quei poteri erano da ricondursi unicamente a lei.

La tanta agognata serenità e l'immagine della famiglia perfetta che aveva dipinto nella sua mente si stavano sgretolando in modo penoso. Si ritrovava in casa due figli che da molti sarebbero stati considerati fenomeni da baraccone. Non poteva sopportarlo. Per il suo equilibrio, da sempre così precario, era una vera maledizione. Ritenendosi perseguitato dalla sfortuna si sentì in dovere di combatterla con rabbia, nella determinazione di voler cambiare le cose. A qualunque costo.

I test effettuati sulla bambina si erano mostrati positivi da subito. In quel momento ebbe l'idea: farmaci per inibire i neurotrasmettitori. Il suo angioletto dai boccoli castani e gli occhi blu doveva essere salvato.

Fu l'inizio del precipitare degli eventi. Le banche rifiutarono di finanziare i suoi esperimenti, costringendolo così a rivolgersi al suo fratellastro per chiedergli un grosso prestito. Sapeva che avrebbe dovuto sputare sangue per restituire il favore a quel bastardo, ma aveva accettato lo stesso. Cos'altro poteva fare? A Grace non aveva detto nulla. In fondo, era tutta colpa sua. Ma non aveva mai smesso di amarla.

Per poter somministrare a Katherine le pillole che aveva realizzato nel laboratorio finanziato dal fratellastro si era inventato una storia credibile: le aveva diagnosticato una rarissima patologia, garantendo che sarebbe riuscito a curarla grazie a farmaci sperimentali assolutamente affidabili.

Ma aveva bisogno di una soluzione definitiva. Doveva trovare il modo di bloccare per sempre i neurotrasmettitori che scatenavano i poteri di Katherine e Thomas.

Aveva iniziato a sperimentare farmaci più potenti e a dosi più sostenute su Thomas, iniettati ogni volta facendo credere che si trattasse di vaccini. Con un po' di fortuna avrebbe trovato la formula del farmaco che gli serviva, ma prima di iniettarlo a sua figlia voleva sperimentarlo fino a raggiungere risultati che garantissero la più assoluta tranquillità su possibili effetti collaterali. Gli serviva una cavia umana che avesse in comune con Katherine almeno una parte del suo patrimonio genetico. Dopo settimane di incertezze, aveva finalmente preso una decisione dalla quale non sarebbe più potuto tornare indietro: inscenare la morte di Thomas.

Era stato abbastanza facile trovare la scusa per non far vedere a Grace il corpo del ragazzo. Era bastato farle credere che voleva proteggerla da un dolore troppo grande da sopportare. Le aveva detto che il corpo era praticamente irriconoscibile, ridotto a brandelli dall'impatto violento e frontale con il camion che lo aveva investito mentre era in bicicletta, trascinandolo sull'asfalto per alcune decine di metri.

Il suo folle piano era stato appoggiato dal fratellastro che, da quel giorno, lo teneva in pugno ancora di più sotto la minaccia di un ricatto che lo avrebbe rovinato per sempre. Grazie agli appoggi di J.F. Blackwell si era potuto inscenare un incidente perfetto, con tanto di testimoni, medici e poliziotti compiacenti e un colpevole che naturalmente non era mai stato trovato, perché *fuggito* dal luogo dell'incidente.

Robert si sentiva un criminale, ma cercava di mettersi in pace la coscienza dicendo a se stesso che lo aveva fatto solo per salvare la sua bambina. La verità era che lui non era affatto diverso dal vecchio J.F. Blackell. Era un fottuto bastardo, esattamente come lui.

Capitolo 38

Il baratro

I loro passi disegnavano sulla neve orme ben definite. Shamnos camminava accanto a Katherine, attento a non toccarla. Sapeva di incutere timore anche ai suoi simili, figuriamoci a un'umana. Di solito sentiva l'odore della paura che circondava chi gli stava vicino e quel profumo lo inebriava, facendolo sentire un semidio. Riuscire a esercitare un simile potere per lui era fondamentale. Era alla guida della Guardia del *Regens*, quindi non si trattava solo di mantenere un certo tipo di immagine, bensì di attuare un *modus vivendi* confacente a quel ruolo.

Katherine camminava a testa bassa, guardando la propria ombra muoversi sul manto bianco che li circondava. Il suo corpo non emanava il tipico odore della paura, neanche un po'. Le si leggeva però la tristezza in volto. Shamnos pensò di darle il suo lungo trench di pelle, ma poi cambiò idea. Probabilmente quell'umana non avrebbe accettato nulla da lui e lo avrebbe fatto sentire inopportuno anche per quella piccola gentilezza. Il grosso kurann decise di spezzare il silenzio.

«Non ti dirò che mi dispiace di averti svelato la verità perché sarei un bugiardo e sul mio conto si può affermare qualunque cosa, ma non questa».

Si aspettava che lei lo insultasse o scappasse via, invece la reazione composta di Katherine lo sorprese.

«E io non ti dirò che provo simpatia nei tuoi confronti perché sarebbe una bugia. Non ti dirò neanche grazie di avermi svelato i vostri piani perché in questo momento sono stravolta e non so se apprezzare o detestare il tuo gesto».

«Lo trovo ragionevole».

Dal suo metro e novanta la guardò con sincera ammirazione. Quella ragazza era forte e aveva carattere da vendere. Se mai avesse desiderato una donna al suo fianco, forse l'avrebbe voluta così. Ma la questione non si poneva; correre dietro a una donna, umana o kurann che fosse, sarebbe stato indice di debolezza. Lui era un guerriero. Un duro. Nel suo cuore c'era posto solo per la battaglia e la morte del nemico.

«Quando ho bisogno di pensare vado in cima a una collina, in un posto speciale che nessuno conosce. Ti piacerebbe vederlo?». Shamnos mantenne la voce bassa.

Katherine aveva freddo, si fece scudo stringendo le braccia intorno al corpo. La sua mente era come una centrifuga e aveva il cuore a pezzi, doveva evitare ulteriori complicazioni. Tornare dagli altri era un'ipotesi da scartare e rientrare a casa sua sarebbe stato ancora peggio.

Non gli rispose e allora Shamnos cambiò discorso. «Armand non ha mai voluto farti del male. Prima ancora di conoscerti aveva già deciso di non coinvolgere i familiari di Robert Evans».

Katherine smise di respirare, le parole di Shamnos avevano per lei un solo significato: era proprio Armand che avrebbe dovuto uccidere suo padre. Aveva bisogno di saperne di più, ma non voleva forzare la mano a quel kurann. Preferì assecondarlo, sperando che continuasse a parlare. «Ok, andiamo», disse lei con un filo di voce cominciando a camminare lentamente.

Non era stupido, sapeva bene che iniziando a svelarle la verità l'avrebbe convinta a seguirlo. Shamnos sperava inoltre che Armand si sentisse provocato al punto da accantonare i suoi modi da gentiluomo per aggredirlo. Da molto tempo aspettava il momento di misurarsi con il suo cosiddetto fratello. Tamon gli aveva severamente vietato di attaccare il giovane kurann, ma se fosse stato Armand a fare la prima mossa... *legittima difesa* era una giustificazione molto efficace.

Tornò a concentrarsi su Katherine e decise di continuare: «Circa quattro anni fa abbiamo avuto una soffiata su un membro del Governo americano che aveva commissionato il progetto di un software micidiale in grado di provocare la morte mediante l'emissione di ultrasuoni e infrasuoni. Non eravamo eccessivamente preoccupati perché secondo il nostro informatore tutti i test effettuati fino a quel momento avevano dato esiti negativi. Di quel progetto non si era saputo più nulla. Qualche mese fa però, in Belgio, un appartenente all'esercito di Alszaham è stato catturato e ucciso. Il bastardo che lo aveva preso era arrivato a mutilarlo per renderlo inoffensivo e sperimentare su di lui la nuova arma. Abbiamo capito allora che le cose si stavano mettendo male, per gli umani, ma soprattutto per noi che disponiamo di un udito tra i più sensibili ed efficienti del pianeta. Quella sequenza letale di ultrasuoni e infrasuoni è infatti in grado di uccidere qualunque essere vivente nel giro di pochi secondi. Le funzioni del cervello vengono bloccate, immobilizzando la vittima; la velocissima sequenza di ultrasuoni e infrasuoni bersaglia i neurotrasmettitori mandando in tilt l'intero sistema nervoso, fino a far esplodere i vasi sanguigni nel cervello. Come puoi immaginare, la morte è certa e praticamente immediata».

Katherine si morse il labbro inferiore. Le parole di Shamnos erano solo la premessa di un segreto che, ne era certa, avrebbe stravolto la sua vita.

Il kurann infilò le mani in tasca e riprese: «Uno dei generali che si trovava a Bruxelles ci aveva informato della sparizione del nostro soldato. Il *Regens* aveva subito inviato rinforzi per cercarlo. Purtroppo il soldato scomparso è stato trovato quando ormai era troppo tardi. Il suo cadavere è stato rinvenuto ai bordi di una strada secondaria, più di un metro sotto terra, ridotto quasi in cenere. Il bastardo che lo aveva catturato per cancellare ogni traccia lo aveva deturpato con la fiamma ossidrica».

«Mio Dio, ma è terribile. Chi ha potuto fare una cosa del genere?» chiese Katherine con voce tremante.

Shamnos attese qualche secondo e continuò: «Abbiamo indagato parecchio prima di scoprire che la morte del nostro fratello era collegata al software che genera la sequenza di onde sonore letali. L'autore degli esperimenti si è preoccupato di dettagliare ogni passaggio al telefono, per informare un certo governatore Blackwell. Si tratta dello stesso pezzo da novanta che ha commissionato e finanziato l'intero progetto *TRW-killer*».

Katherine sembrava quasi volersi proteggere, stringendosi le braccia al corpo. Non poteva essere vero. Aveva sempre pensato che suo zio, John Blackwell, non fosse un santo, ma che avesse addirittura in mente di realizzare armi di distruzione di massa, e per ottenere quello scopo si servisse di mostri senza cuore che arrivavano a mutilare e uccidere, era davvero incredibile. Le venne un groppo alla gola.

«John Blackwell è tuo zio, vero?» le chiese Shamnos.

«Sì», rispose lei mormorando appena.

«Infatti. Abbiamo seguito le tracce e siamo arrivati a Robert Evans, autore e responsabile dell'omicidio».

Suo padre? Il kurann stava dicendo che suo padre era capace di simili atrocità? «Non è possibile. Tu non conosci mio padre», si oppose lei con forza.

«Tu invece sì, vero?». La domanda di Shamnos la trafisse più di quanto avesse immaginato, riaprendo la ferita che ancora le bruciava nel cuore dopo la telefonata di Dario. Era vero che non conosceva abbastanza suo padre. Per anni le aveva fatto prendere farmaci che potevano causare uno stato di coma permanente.

Shamnos continuò il suo racconto, determinato a svelarle tutta la verità. «Il guerriero torturato da tuo padre si chiamava Arros ed era un carissimo amico di Armand, in realtà era per lui più di un fratello. Ed era anche il figlio primogenito di Venom che, come forse saprai, è a capo dell'esercito di Alszaham».

Lei strinse le palpebre per cacciare indietro il dubbio che stava per divorarla. «Armand mi ha usata per vendicare il suo amico?».

«Non è così. Anche se non mi piace ammetterlo, i sentimenti che prova per te sono autentici».

La strada saliva e Katherine cominciava a non sentire più i piedi per il freddo, ma continuò a seguirlo senza curarsene. Anche il suo cuore stava gelando.

«Venom ha perfino cercato di accusare Armand di tradimento quando è venuto a sapere che non aveva intenzione di vendicare la morte di Arros. Si aspettava che Armand sterminasse l'intera famiglia Evans. Immagino tu sappia che tra le file dell'esercito di Alszaham sta maturando una rivolta che, in parte, è collegata proprio a questa vicenda».

«Quindi Armand che ruolo avrebbe in tutto questo?».

«Era il più indicato per compiere la missione, per questo è stato incaricato dal Consiglio dei Grandi Yterion di sottrarre a tuo padre i progetti del software-killer e poi di eliminarlo. Si trattava di una scelta obbligata per salvaguardare non solo l'Antica Stirpe, ma anche voi umani. Se al suo posto fosse stato incaricato un qualunque altro ufficiale della Guardia del *Regens*, puoi stare certa che non si sarebbe fatto alcuno scrupolo nei confronti tuoi e di tua madre».

La verità era tremenda, come una spada che trafiggeva il cuore passando da parte a parte. Non riusciva a credere che suo padre fosse coinvolto in un'atrocità del genere. *Suo padre era un assassino? Armand lo avrebbe ucciso?*

Arrivarono in cima a un'altura e Shamnos si fermò. Lei fece ancora qualche passo, assorta nei pensieri.

Il kurann la trattenne bloccandola per un braccio. «Fermati! Ancora un passo e rischierai di ammazzarti. C'è un precipizio, non vorrei vederti finire là in fondo».

«E a te cosa importerebbe? Finora non mi hai certo trattata con i guanti bianchi».

Decise di non risponderle, non l'aveva portata lì per farla stare peggio. «Quando ho bisogno di riflettere guardo il vuoto e cerco di crearlo anche dentro me. Questo mi aiuta a prendere ogni decisione senza farmi condizionare da mille pensieri che magari in quel momento mi stanno opprimendo».

«Pensi che funzionerebbe anche con me?» domandò con un filo di voce.

«Provare non costa nulla».

«Cosa devo fare?».

«Osserva il vuoto e cerca di liberare la mente. Concentrati sul buio che ti avvolge guardando lontano, davanti a te». Fece un passo verso di lei fino a sfiorarle la mano. «Non aver paura. Pensa a tutto ciò che ti ha ferito, dal di fuori, come se fossi la spettatrice di te stessa. Pian piano il dolore non sembrerà più tuo, diventerà un estraneo che potrai cacciare fuori dal tuo cuore e mandar via, lontano. Il vento lo porterà verso il mare, lo sprofonderà negli abissi». Shamnos fece due passi indietro, non voleva occupare lo spazio di cui lei aveva bisogno.

Katherine chiuse gli occhi per un momento, poi cercò di fare quello che le aveva suggerito.

Il kurann la guardava assorto, riuscendo a percepire la sua sofferenza. Se per caso l'avesse vista vacillare o perdere l'equilibrio, era lì, pronto ad afferrarla. Per un attimo desiderò quasi che lei stesse per cadere nel baratro e nella sua fantasia viveva il momento in cui l'avrebbe presa tra le braccia per salvarla. Avrebbe finalmente potuto gustare il suo profumo, anche se solo per pochi secondi. In quell'istante nella sua mente affiorò una nuova consapevolezza: *la voleva*.

Quell'inaspettato desiderio di farla sua aumentò d'intensità. Shamnos aveva avuto molte donne, ma la vicinanza di Katherine in quel momento era per lui il più potente afrodisiaco. Era tentato dal provare a insinuarsi nei suoi pensieri e instillarle lo stesso urgente bisogno.

Spostò lo sguardo su uno degli alberi che si ergevano fieri accanto a loro. L'avrebbe fatta sua proprio lì, e assecondando i suoi istinti primordiali avrebbe ceduto anche al desiderio di assaggiare il suo sangue. Con la fantasia stava già pregustando il sapore intenso del suo invitante liquido scarlatto. Le avrebbe procurato un taglio sottile e profondo da cui avrebbe potuto suggere lentamente. La brama di possederla e la sete del suo sangue caldo si sarebbero combinate in un cocktail esplosivo.

Katherine avanzò di qualche centimetro sul bordo del precipizio, rapita dal fascino irresistibile dell'oscurità. Quella sera di domenica la luna era piuttosto schiva. Le nuvole dense ottenebravano la grande sfera luminosa, permettendo il passaggio a pochi raggi velati. Le cime degli abeti si ergevano austere verso il cielo, fin quasi a congiungersi con nuvole nere che il vento portava da ovest. La neve sotto i suoi piedi scricchiolava pigra. Katherine era arrivata al limite, lo sentiva con chiarezza. Ancora un centimetro e il vuoto l'avrebbe inghiottita. Sarebbe bastato solo un altro passo e un po' di forza di volontà per raggiungere Thomas e fuggire da tutte le verità che le causavano un dolore lacerante.

Immagini definite scorrevano veloci sulla tela della sua vita per lunghi e interminabili frazioni di secondo. Poi, come il bagliore di un lampo, tutto le fu chiaro. Non poteva scappare dalla realtà. Se avesse fatto quel passo avrebbe gettato nel dolore tutti quelli che l'amavano. Il suo sarebbe stato un atto di totale egoismo. Doveva restare calma, cercare di capire bene com'erano andate le cose, ascoltare, e solo dopo arrivare alle conclusioni.

Chiuse gli occhi e inspirò a fondo. Il profumo pungente del freddo le riempì i polmoni, facendola vacillare. La sensazione di vuoto sotto i piedi la paralizzò. Il cuore saltò un battito.

Capitolo 39

Il fuoco

Steso su un letto del centro ricerche, stava uscendo dal torpore. Un silenzio pesante, opprimente, gli fece capire che in quella stanza era solo. Thomas aprì lentamente gli occhi e si rese conto che la morsa di dolore che gli aveva divorato il petto era finalmente sparita. Aveva la vista meno annebbiata e avvertiva un barlume di forza fisica, cosa che non gli capitava da tempo. Anche la sua mente era libera dalle costrizioni con cui aveva imparato a convivere. Appena richiuse gli occhi, la stanza prese a girargli intorno, quindi decise di riaprirli e concentrarsi su quello che riusciva a vedere. Aveva i polsi legati al letto con fasce di tessuto bianco. Provò a liberarsi, invano. Mentre guardava quel pezzo di stoffa come se volesse strapparlo con gli occhi, accadde una cosa del tutto inaspettata: la fascia cominciò a sfrigolare e subito dopo prese fuoco, lasciandogli la mano destra libera, senza ustionare la pelle del polso. Si toccò il viso imperlato di sudore. Era passato tanto tempo da quando aveva incendiato qualcosa e pensava di non essere più in grado di farlo.

In modo lento e faticoso riuscì ad alzarsi. Il petto ora gli bruciava e lo stomaco sembrava essere di cartapesta, tanto si sentiva raschiare dall'interno. Era come se gli avessero infilato una manciata di spilli giù per la gola. Si fermò al centro della stanza e sentì salire tutta la rabbia di cui era capace, libera di sfogarsi, correre lungo le pareti spoglie che caratterizzavano l'ambiente austero dell'edificio ed esplodere intorno a lui.

Indirizzò verso l'esterno tutta l'energia che sentiva sprigionare dentro di sé, trasformandola in fuoco. Sussulti taglienti si facevano spazio tra le sue viscere per attraversare la pelle e fuoriuscire. Uno spasmo muscolare lo paralizzò per un istante, trafiggendogli la colonna vertebrale come un giavellotto di acciaio rovente. Un calore fortissimo lo avvolse mentre stramazzava al suolo.

Uno... due... tre... quattro... i secondi scandivano un tempo che scorreva implacabile. Doveva fare in fretta. Thomas si fece forza sulle braccia indebolite da cinque anni di flebo che avevano violato ogni centimetro della sua pelle.

Aprì gli occhi e vide lembi di fuoco propagarsi per tutta la stanza. Uscì trascinandosi e incespicando sui suoi stessi passi. Iniziò a camminare goffamente nel lungo corridoio, appoggiandosi spesso al muro per cercare di restare in piedi. Tutto quello che toccava veniva avvolto dalle fiamme e fondeva all'istante. Molti dei tubi al neon che illuminavano i corridoi erano scoppiati, lasciando cadere l'edificio nella semioscurità. Un fumo sempre più denso avvolgeva ogni cosa, offuscando la vista. Si apprestò a scendere le scale in fondo al corridoio, in preda al panico.

Qualcuno in camice bianco correva effettuando il suo stesso percorso, ma stando ben alla larga da lui. Ne capì il motivo solo quando passò davanti a una porta a vetri in cui vide la sua immagine riflessa. Non sembrava un essere vivente, ma una fiamma viva, un corpo completamente avvolto dal fuoco. Thomas ebbe paura.

Appena comprese che quel calore per lui era più che sopportabile si tranquillizzò un poco. Il suo corpo emanava in realtà un calore superiore a milleduecento gradi, ma incredibilmente nessuna ustione gli stava aggredendo la pelle. Si appoggiò alla porta di vetro e anche questa, dopo pochi attimi, iniziò a liquefarsi come a contatto con la lava di un vulcano.

Intravide a fatica un'uscita segnalata da una luce di sicurezza e corse fuori, mantenendosi più vicino possibile all'edificio in fiamme, nel timore che allontanandosi avrebbero potuto accorgersi di lui e bloccarlo. Si accasciò dietro un cassonetto dei rifiuti in metallo.

I battiti del cuore accelerati e i respiri affannosi rimbombavano nelle sue tempie come martelli pneumatici. Cercò inutilmente un po' di sollievo nel terreno umido. Non toccava l'asfalto di una strada dall'ultima volta che era caduto in bicicletta, tanto tempo prima. Cercò di lenire il dolore e placare l'agitazione dirottando il pensiero sui ricordi dell'infanzia, funzionava sempre. Forse i suoi genitori lo stavano ancora cercando. Immaginò gli occhi verdi di sua madre che guardavano il buio chiedendosi quando sarebbe rientrato a casa. Poi gli tornò alla mente il bellissimo volto di Kate, la sua inseparabile sorellina. Quando era piccola si intrufolava nella sua stanza per chiedergli di leggerle qualcosa. Ogni volta voleva una storia diversa, con nuovi risvolti, e ogni volta gli diceva che lui sarebbe sempre stato il suo eroe.

Thomas si portò la mano al petto, stringendo la pelle fino a farsi male. La rabbia incontenibile era stata sostituita da un'infinita e dolce nostalgia. Il ragazzo aprì gli occhi e osservò i lembi di fuoco diminuire fino a cessare, lasciando il posto a un acre odore di fumo.

«Katherine, no!».

La voce di Armand squarciò il silenzio della notte. La vide in bilico, troppo vicina all'abisso che si apriva davanti ai suoi piedi esitanti. Il tempo perse ogni logica, spezzando la frazione di un secondo in millesimi. Si precipitò verso il baratro con una velocità di cui neppure lui si credeva capace. Shamnos si protese nel tentativo di afferrare Katherine per una mano ma, prima ancora che riuscisse a sfiorarla, Armand la stava già stringendo tra le braccia.

«Cosa ti è saltato in mente?» le chiese appena fu certo che stesse bene, con tono di rimprovero.

Non era andato a cercarla subito perché sapeva che voleva stare un po' da sola, glielo aveva chiesto espressamente. Ma si era rivelata una pessima idea. A Shamnos non era bastato ferirla rivelandole la verità in quel modo crudele. L'aveva portata fin lì per ucciderla? Quel maledetto assassino senza cuore sapeva bene che le emozioni degli umani venivano percepite in modo amplificato. Forse era arrivato appena in tempo.

Mentre la teneva stretta al petto ringhiò a Shamnos: «Noi due faremo i conti più tardi. Ti conviene trovarti un buco al centro della Terra e non uscire mai più».

Il kurann lo sfidò. «Stai pensando di usare il tuo trucchetto della *krotomateria* contro di me?».

«Te ne accorgerai». Armand lo fissava torvo. Se non avesse avuto Katherine tra le braccia lo avrebbe aggredito.

Lei sussurrò appena: «Shamnos voleva solo farmi ragionare».

«Spingendoti in un dirupo?». La collera scorreva nelle sue vene come una tossina letale.

La prese in braccio e iniziò a camminare verso la dimora reale. Avrebbe voluto dirle tante cose, ma non sapeva da dove iniziare. Le aveva mentito. O meglio, non le aveva detto la verità su suo padre, ma che differenza poteva fare? Probabilmente non lo avrebbe mai perdonato.

Le orme di Armand si imprimevano nella neve ghiacciata. Il vento soffiava leggero e sembrava raccontasse antiche storie ai pini assopiti, sotto la candida coperta tessuta dal freddo. Affondò il viso nei capelli della fragile creatura che teneva stretta.

Fu lei a spezzare il silenzio. «Mi spiace».

Strinse le braccia intorno al suo collo, come se volesse aggrapparsi a lui con tutte le forze.

Armand si fermò e la guardò perplesso. «Cosa intendi con *mi spiace*?».

«Shamnos mi ha detto tutto. Non doveva andare così». Katherine aveva il cuore in subbuglio, in preda alla confusione più totale. Da un lato sentiva di amarlo con tutta se stessa, dall'altro, per quanto fosse forte il sentimento che provava per lui, non poteva dimenticare che aveva accettato l'incarico di uccidere suo padre. Continuava a chiedersi chi fosse il vero Armand.

Senza dire nulla, lui riprese a camminare. Quello non era il momento né il luogo per chiarirsi. Si limitò a dire: «Ti porto al caldo e ne parliamo con calma».

Lei annuì e appoggiò la testa sulla spalla del giovane kurann.

Il contrasto con l'aria calda degli interni della dimora reale si rivelò fin troppo marcato. Ancora pochi minuti là fuori e forse sarebbe svenuta per il freddo.

Armand la lasciò andare solo quando furono in camera sua. La adagiò sul letto e tirò fuori alcune coperte da un baule di legno intarsiato.

Era serio. Nessuna espressione particolare sul volto, proprio come era accaduto nel loro primo incontro. «Preferisci un bagno caldo o restare sotto le coperte?».

L'idea di una vasca piena d'acqua bollente la invogliava, ma non avrebbe potuto godere di un simile piacere in un momento così complicato.

«Una coperta pesante andrà benissimo».

«Ok. Ti porto anche una tisana».

Mentre la copriva con un piumone, Katherine istintivamente fece per prendergli un braccio. «Armand, ti prego, resta qui». Lo guardò con gli occhi lucidi, provando quasi rimorso per non riuscire a vederlo come un mostro.

Lui si liberò con garbo dalla presa appena accennata. «Torno subito». E uscì dalla stanza.

Katherine non sapeva come interpretare il suo comportamento. Qual era il suo piano? Aveva solo recitato un ruolo per arrivare alla sua famiglia? Sentiva la confusione aumentare dentro di lei, una spirale che avrebbe potuto trasformarsi in un tornado. Quelli potevano essere gli ultimi minuti trascorsi insieme a lui. Erano le nove passate. Subito dopo un doveroso chiarimento si sarebbe fatta accompagnare a casa.

Armand rientrò pochi minuti dopo con una tazza fumante. Gliela porse con dolcezza. «Attenta che brucia». Si allontanò dal letto per sedersi su una poltrona e si portò le mani alle tempie.

«Armand io...». Lui la interruppe alzando leggermente il palmo della mano.

Il silenzio diventò pesante come un macigno. Quell'attesa la graffiava dall'interno. Prese un sorso di tisana, lasciando che il calore si diffondesse in tutto il corpo.

Ancora silenzio.

Quant'era passato dall'ultima volta che le aveva rivolto la parola? Secondi? Minuti? Ore? Magari il tempo si era semplicemente fermato. Il cuore di Katherine alternava battiti impazziti a momenti di stallo.

Poi lui, finalmente, mise fine a quel silenzio logorante.

«Non voglio giustificarmi. Forse avrei dovuto cercare una soluzione diversa, ma quando ho accettato l'incarico del Consiglio dei Grandi Yterion mi era sembrata la decisione più giusta».

Katherine si limitò a fissarlo e lui continuò: «Gli esperimenti di tuo padre sono pericolosi per l'intero pianeta. Un'arma di distruzione di massa come quella che sta realizzando potrebbe significare lo sterminio di ogni essere vivente. Dopo il crudele omicidio del figlio di Venom, i piani erano delineati: l'intera famiglia Evans doveva morire».

Katherine trasalì. La sua famiglia era stata condannata. Eppure era ancora tutti vivi. Per quanto tempo ancora?

Dettagli. Si convinse che erano solo dettagli.

«Perché allora non avete attuato il piano evitando contrasti con l'esercito di Alszaham?».

«Katherine, nella mia lunga esistenza ho fatto un sacco di cose di cui pentirmi, ma uccidere degli innocenti è un'ipotesi che non ho mai voluto prendere in considerazione. Il Consiglio sapeva come la pensavo ancora prima di affidarmi la missione. Avevano bisogno di me perché sono l'unico in parte ancora umano, ma erano consapevoli che se avessi dovuto uccidere persone non direttamente collegate al progetto *TRW-killer* non avrei accettato l'incarico».

Katherine appoggiò la tazza sul comodino e si spinse un po' più avanti nel letto, accorciando la distanza tra di loro.

«Robert ha usato anche te, per anni ti ha bombardata di farmaci pericolosissimi. Quando me l'hai detto, io...». Armand si riempì i polmoni d'aria. Stava per dirle che avrebbe voluto ucciderlo in quel momento.

«Non riesco comunque a odiarlo».

«Per amor del cielo Katherine, come potresti? È tuo padre! Quello che provi è normale». Armand prese il portatile dal tavolo e lo appoggiò sul letto, vicino a lei. «Qui dentro ci sono tutti i progetti di Robert. Guarda con i tuoi occhi».

«Perché lo stai facendo?».

«Ho appena accusato tuo padre di efferate atrocità, voglio fornirti le prove. Ho temporaneamente rimosso alcuni filmati perché li ritengo troppo crudi e preferirei che tu non li vedessi».

Katherine guardò il computer solo di sfuggita, poi abbassò gli occhi mentre stringeva con forza il piumone che le copriva le gambe. «Se quello che ho sentito stasera è vero, è giusto che mio padre paghi. Ma ti prego, non fargli del male. Non vi basterà consegnarlo alla giustizia?». La sua era una supplica.

Armand si sentì travolgere dal senso di colpa per il dolore che le stava causando. Si avvicinò a lei, piano. «Posso sedermi accanto a te?».

Le accarezzò il viso, asciugando una lacrima sfuggita al suo controllo. Si guardarono a lungo negli occhi, poi la tirò a sé. Lei lo strinse forte, come se non volesse più lasciarlo andare.

«Ti prometto che farò tutto quello che è in mio potere per trattare con il *Regens*. Comunque per consegnarlo alla giustizia occorrono prove che possano garantire una pena certa, da scontare fino alla fine dei suoi giorni. Se tuo zio riuscisse a farlo scagionare, sicuramente riprenderebbe da dov'era rimasto. È un rischio che nessun membro del Consiglio dei Grandi Yterion vorrà assumersi e purtroppo è una decisione che non mi compete. Possiamo solo sperare, Katherine. Quello che invece sono in grado di garantirti è che per ora non gli torcerò un capello».

«Mi angoscia pensare a tutto quello che sta per succedere, e ho il terrore di perdere anche te».

«Non devi avere il timore di perdermi, né ora né mai». Accarezzò le onde setose dei suoi lunghi capelli. La strinse tra le braccia e lei si accoccolò appoggiando la testa sulla sua spalla.

«La prima volta che sono entrato in casa tua l'ho fatto con l'intento di sottrarre documenti dallo studio di tuo padre».

Lei rabbrividì. «Ci sei riuscito?».

«Sì, è tutto lì». Armand indicò il computer appoggiato a pochi centimetri da lei.

Restarono abbracciati senza dire nulla per diversi minuti, prima che il cellulare di Katherine squillasse.

«È mia madre, ti dispiace se rispondo?».

La guardò negli occhi prima di dire: «Tranquilla, io intanto provo a parlare con il *Regens*».

«Grazie», mormorò lei prima di rispondere al telefonino. «Mamma, ho chiamato a casa prima di cena ma non mi ha risposto nessuno».

Armand chiuse piano la porta di camera sua prima di incamminarsi verso l'appartamento privato di Tamon. Non sarebbe stato facile convincerlo a cambiare la decisione del Consiglio dei Grandi Yterion. Solitamente era una cosa impossibile, ma ci voleva provare comunque. Per Katherine.

Capitolo 40

La fuga

Quando riemerse dai ricordi della sua infanzia, Thomas si sentì smarrito. Il passare del tempo per lui non esisteva da anni, aveva ormai perso anche la percezione dell'alternanza tra il giorno e la notte. Si guardò intorno. Alla sua destra vide che le fiamme avviluppavano ancora l'ala ovest della struttura. Dalla parte opposta una profonda oscurità gli prometteva protezione. Non aveva alcuna idea di dove si trovasse, probabilmente lo avevano portato lontano da New York. Provò a guardare oltre la recinzione ma non vide altro che una lunga e buia distesa.

Il suo corpo magro ed emaciato tremava in modo incontrollabile per il freddo. Fece per alzarsi ma perse l'equilibrio per la debolezza. In quelle condizioni sarebbe stato praticamente impossibile allontanarsi da lì.

Intravide alcune auto, due in prossimità dell'ingresso del centro ricerche e altre parcheggiate di fronte all'ala ovest. Mentre valutava l'eventualità di infilarsi nel bagagliaio di una di esse, ipotesi subito scartata immaginando che fossero tutte chiuse a chiave, la sua attenzione fu attirata da uno stridio di gomme. Capì che la sua breve libertà era già arrivata alla fine. Non riusciva nemmeno a stare in piedi, come avrebbe potuto scappare? E dove poi? Lo avrebbero ucciso, ne era certo. Aveva dato in pasto alle fiamme buona parte dell'edificio in cui era stato imprigionato. Gliel'avrebbero fatta pagare.

Una berlina blu si fermò a meno di due metri da lui. Thomas

sbarrò gli occhi terrorizzato. Stava per guardare in faccia il bastardo che lo avrebbe catturato. Ma era buio e non vedeva nulla. La portiera del conducente si aprì e scese una donna. Oh, Dio, sarebbe stata proprio lei a riportarlo all'inferno? Nonostante tutto, non riusciva a odiarla. Quella dottoressa era stata l'unica figura a cui aggrapparsi nei momenti peggiori, quando i ricordi di sua madre erano troppo sfocati per proteggerlo dall'agonia inflitta dai farmaci. Chiuse gli occhi, immobile, in attesa del colpo che lo avrebbe tramortito.

Armand tornò in camera sua venti minuti dopo. Katherine lo guardò con la paura nel cuore. C'erano poche speranze che il *Regens* cambiasse idea e lei lo sapeva.

«Ho una mezza buona notizia», disse lui senza farla penare inutilmente.

«Che significa?».

«Il *Regens* mi ha affidato l'incarico di sorvegliare tuo padre. Questo significa che sarò considerato responsabile di tutto quello che farà d'ora in avanti. Se la giustizia umana lo punirà adeguatamente, c'è la possibilità che Robert resti in vita. Se qualcosa però andasse storto... Mi dispiace, ma dovrà essere eliminato. Il *Regens* è irremovibile».

Lei gli andò incontro. Era visibilmente sollevata. «Grazie Armand, grazie!».

La tenne stretta a sé a lungo. «Vorrei che tutto fosse più semplice. Grace sta bene? Ti ha chiesto di tornare a casa?».

Katherine gli rispose abbassando gli occhi: «Mia madre è andata a dormire da Donata. Ha litigato con mio padre, ma non ha voluto dirmi il motivo. Mi ha assicurato che non è nulla di grave, ma credo stia mentendo, altrimenti non sarebbe andata via di casa. Sembra proprio che tutto stia andando a rotoli».

«Resta qui stanotte, ti prego». Non l'avrebbe lasciata da sola sotto lo stesso tetto con Robert Evans.

«Ok, le vacanze di Natale sono già iniziate, quindi non devo neppure tirarti giù dal letto per accompagnarmi in facoltà».

La prese per mano e la fece sedere sul bordo del letto. Le passò le dita tra i capelli, poi le sfiorò la guancia. «Non sarebbe comunque un problema».

«Armand, posso farti una domanda legata alla prima volta in cui sei entrato in casa mia?».

«Dimmi pure».

«Il nostro primo bacio era solo un modo per distrarmi?».

Armand scosse la testa, poi le alzò il mento con la punta delle dita. «No Katherine, quello è stato un bacio sentito».

«Ti sei comportato come un vero gentleman quella sera».

«Mi avresti permesso di andare oltre?».

«Chissà... Tu riesci sempre a scatenare emozioni a dir poco devastanti».

Armand la guardò un po' confuso. «È una cosa positiva?».

Gli sorrise, sbarazzina. «Decisamente sì».

«Parlando di emozioni forti, ti confesso che ho avuto difficoltà a non lasciarmi andare. Quella sera il tuo profumo mi aveva letteralmente stregato. Stavo per cedere a un desiderio di sangue che non avevo mai provato prima di allora. Fortunatamente sono riuscito a controllarmi».

«A volte è così bello perdere il controllo...». Katherine spostò alcune ciocche di capelli, lasciando scoperto l'incavo della spalla e lo avvicinò alle labbra di Armand. Il contatto con il suo corpo era elettrizzante.

Posò le labbra sulla sua pelle e la baciò con delicatezza. La sua sete in quel momento aveva ben altra natura, il suo era un desiderio che scaturiva dalla brama di averla. Incise la pelle quel poco che bastava per far uscire un piccolo rivolo scarlatto. Un profumo inebriante lo colpì come una scarica di adrenalina potentissima. Era irresistibile. Passò lentamente la lingua sul piccolo taglio, assaporando ogni goccia.

Katherine era di una sensualità sconvolgente. Il suo sapore era voluttuoso, dolce, intenso. Armand la strinse a sé e fece per abbandonarsi a un atavico e imperioso richiamo: suggere avidamente quanto più sangue possibile. Riuscì invece a dominarsi e si scostò da lei con delicatezza.

«Puoi farlo ancora, se vuoi».

Armand le posò un dito sulle labbra. «È perfetto così, davvero. Non avrei potuto chiedere di più. Ti sei affidata a me completamente, senza alcun timore. Sei la mia vita».

Lei si lasciò trasportare dai suoi baci intensi. Voleva dargli tutta se stessa.

Lisa Swanee vide il ragazzo accasciato sull'asfalto. Avrebbe dovuto immobilizzarlo e chiamare le guardie.

L'ala ovest era completamente avvolta dalle fiamme. Intravide alcune sagome intente a spegnere l'incendio con mezzi di fortuna e grossi estintori. Doveva dare una mano anche lei, era il suo posto di lavoro. E il ragazzo? Cosa ne sarebbe stato di quel giovane dagli occhi smeraldo, così spaventati? Salì in macchina, inserì la retromarcia e fece manovra in modo da avvicinarsi a lui il più possibile. Aprì la portiera dalla parte del passeggero.

«Riesci a salire?».

Lui scosse la testa, poi fece una smorfia di dolore. Lisa si allungò a fatica verso di lui. Nella sua voce c'era un'urgenza divorante. «Non c'è tempo. Sali, dannazione!».

Thomas allungò la mano verso il sedile, incredulo. Quella donna voleva salvarlo o segregarlo di nuovo in quella maledetta prigione? In entrambi i casi sarebbe stato comunque spacciato. Si aggrappò al sedile e salì a fatica. Lei tirò verso di sé la portiera, sbattendola forte.

«Cos'è successo là dentro? Sei stato tu?».

Lui annuì, impercettibilmente.

«Ora ascoltami bene». Gli prese il mento con una mano e lo costrinse a guardarla. «Come ti chiami?».

Lui rispose abbassando lo sguardo: «Thomas».

«Avevo immaginato che non usassero il tuo vero nome. Ascoltami Thomas, noi due dobbiamo fare un patto. Io ti porto via da qui, ma tu mi devi promettere che non mi farai bruciare viva dentro a questa macchina, d'accordo?».

Lui annuì con forza poi si prese la testa tra le mani e iniziò a gemere.

«Hai mal di testa?».

«Fallo smettere, ti prego». Il suo era quasi un rantolo.

«Devi sopportare ancora un po'. Guarda, ti lascio la mia giacca così ti puoi coprire». Fece un cenno ai sedili posteriori. «Resta lì e non muoverti. Io devo assolutamente entrare nell'edificio per cercare di recuperare alcune cose prima che l'incendio divori tutto e vedrò di trovare qualcosa per il tuo dolore alla testa».

Lui la fissò, terrorizzato.

«Ascoltami Thomas, non voglio incastrarti. Ti devi fidare di me, non hai alternative. Se scappi da solo, in queste condizioni, ti beccheranno nel giro di pochi minuti».

«Devi andare davvero?» le domandò implorante.

«A quest'ora avranno già notato la mia auto, se non entro si insospettiranno. Resta in macchina, nasconditi tra i sedili e non ti muovere, qualunque cosa accada».

Lisa diede al ragazzo il tempo di accovacciarsi dietro, poi mise in moto e parcheggiò l'auto a distanza di sicurezza. Si stava incasinando la vita. Cosa le era saltato in mente? Quella domenica lei non sarebbe neppure dovuta andare al centro ricerche. Prese il cellulare e chiamò i vigili del fuoco, dando loro l'indirizzo esatto. Erano già stati avvertiti, ma lei aveva bisogno di crearsi una scusa, in caso le avessero chiesto perché si fosse trattenuta in macchina a qualche centinaio di metri dall'edificio.

«Resta qui, Thomas. Intesi?».

Lui non rispose, ma Lisa riuscì a sentire un mugolio. Sperava che fosse un sì, non aveva il tempo di accertarsene. Scese dall'auto. Cosa diavolo stava per fare?

Mentre avanzava con passo sostenuto verso l'edificio mezzo bruciato, pregava che tutto andasse bene. Vide un suo collega che teneva in mano un estintore.

«Cos'è successo? Ho visto il fuoco e mi sono subito fermata a chiamare i soccorsi. Stanno arrivando».

«L'incendio è partito dall'interno. Evans non sarà affatto contento».

A chi poteva importare dello stato d'animo di quella bestia? Non certo a lei, ma aveva bisogno di lui perché le aveva promesso un cuore per sua sorella. Se il dottore avesse scoperto che ora stava nascondendo la sua preziosa cavia... Era una pazza, stava mettendo a rischio la vita per salvare un perfetto sconosciuto. Aveva ancora un po' di tempo per ripensarci.

«Vado a cercare di salvare il mio lavoro».

«Il reparto con le cartelle cliniche non dovrebbe essere stato ancora raggiunto dal fuoco».

«Voglio controllare di persona». Così dicendo si allontanò dal suo collega ed entrò nell'edificio. All'interno l'odore del fumo era così penetrante da arrivare fino allo stomaco. Iniziò a correre nel lungo corridoio illuminato dai neon solo parzialmente. Parte dell'impianto elettrico era andato distrutto.

Uno degli infermieri le sbarrò il passo. «Dottoressa Swanee, cosa fa qui? Deve uscire immediatamente».

Stava per rispondere, quando le imprecazioni di Vincent Duncan, un medico che lavorava nel suo stesso reparto, la gelarono. «Porca puttana! Il paziente è scappato. Non lo trovo da nessuna parte. Se lo becco lo spello con le mie mani».

L'uomo che le aveva bloccato la strada sgranò gli occhi. «Evans ci impiccherà».

Con me lo farebbe davvero se scoprisse che lo sto nascondendo, pensò Lisa. Doveva assolutamente prendere una decisione. Subito.

Con voce ferma, si rivolse a loro: «Stanno per arrivare i pompieri, quindi sbrighiamoci a trovarlo. Ho la macchina qui fuori, vado a cercarlo, non può essere andato lontano. Voi guardate intorno all'edificio».

«Ottima idea, Swanee», concordò l'infermiere che ancora le ostacolava il passaggio sullo stretto corridoio.

Bene, era fatta. La donna diede loro le spalle e prese a correre verso l'uscita per cercare di raggiungere l'auto prima che i suoi colleghi potessero dare l'allarme per la scomparsa del ragazzo.

«Lisa, aspetta. Vengo con te». Il suo collega si avvicinò a lei correndole incontro.

La donna sentì il corpo paralizzarsi progressivamente: prima le gambe, poi le braccia e infine il petto. Ma erano soprattutto i polmoni a rifiutarsi di liberare l'aria che avevano inspirato. Era nel pieno di una crisi di panico.

Vedendola immobile, Vincent la esortò a muoversi. «Andiamo, non abbiamo tempo».

Doveva inventarsi qualcosa. Qualunque cosa. Se l'avesse seguita, non solo avrebbe trovato il ragazzo, ma lo avrebbe anche riferito a Robert Evans e allora addio trapianto. E addio anche alla dottoressa Swanee.

Lisa decise di spiazzarlo con una frase totalmente inaspettata. «Ascolta bene Duncan, so che non vedi l'ora di scoparmi, ma approfittare di una circostanza del genere pur di rimanere solo con me mi sembra davvero troppo. Cerca il ragazzo e farai più bella figura».

Vincent Duncan le aveva chiesto più volte di uscire e lei aveva sempre rifiutato. Tutti nel reparto si erano accorti del suo interesse particolare per la dottoressa Swanee.

L'uomo restò di sasso, lo aveva dipinto come un pervertito di fronte all'infermiere che guardava la scena, basito quanto lui. Vincent fece per dire qualcosa, ma lei non gliene diede il tempo.

«Diamoci da fare e troviamo il ragazzo. È troppo importante», li esortò allontanandosi di corsa dai due uomini che la guardavano ancora increduli. Non aveva avuto la possibilità di prendere le medicine per Thomas. Avrebbe dovuto trovare qualcos'altro per alleviare il dolore a quel poveretto.

Uscita dalla clinica, vide una decina di vigili del fuoco intenti a domare le fiamme. Alcuni stavano entrando di corsa nell'edificio. La nube di fumo, i detriti e la fuliggine annebbiavano la vista. Si orientò a fatica nell'ampio piazzale. L'odore di bruciato irruppe violento nei polmoni provocandole una forte irritazione alle vie respiratorie. Si portò la manica del maglione alla bocca, tossendo per cercare di espellere le particelle di polvere carbonizzata. Poco dopo intravide la sua berlina. Era dove l'aveva lasciata. Sperava che anche il ragazzo fosse ancora al suo posto, all'interno dell'auto.

«Pronto? Dimmi, Vincent».

«Signore, c'è stato un incidente qui al centro, un incendio. L'ala ovest è andata quasi completamente distrutta. I vigili del fuoco stanno ancora lottando contro le fiamme».

«Com'è successo? Il paziente sta bene?».

«È stato lui, ed è riuscito a scappare. Non sappiamo ancora dove sia».

Robert si lasciò cadere sulla poltrona. «Trovate quel ragazzo e impedite all'incendio di propagarsi verso l'ala est».

Due problemi in uno. Peggio di così non poteva andare. O almeno credeva...

Capitolo 41

Voto di privazione

Katherine si girò di scatto nel grande letto. Le braccia di Armand erano ancora intorno al suo corpo. Si era addormentata mentre lui la stava accarezzando.

Le strinse leggermente una spalla. «Qualcosa non va?».

«Non saprei. Mi sento agitata e ho un brutto presentimento». Era irrequieta, come se stesse accadendo qualcosa di terribile.

«Forse hai fatto solo un brutto sogno. Sta' tranquilla, è tutto a posto». Da più di mezz'ora Armand percepiva in lei un'angoscia innaturale.

Prima di mezzanotte Katherine aveva chiamato anche Elena, la sua amica, per assicurarsi che stesse bene, poi era crollata sotto il peso della stanchezza, ma neppure quel breve riposo aveva fatto diminuire la sua tensione.

Si tirò su e si mise a sedere sul letto. «È una sensazione strana, faccio fatica a respirare».

Armand le passò una mano sulla fronte. Gocce di sudore imperlavano la sua pelle, ma non aveva la febbre. Poteva stimare con esattezza la temperatura corporea di Katherine in trentasette gradi e mezzo ed era una cosa normale da quando non assumeva più il farmaco prescritto da Robert. Il fuoco liquido che riusciva a generare manteneva un poco più alto il grado di calore del suo corpo.

«Posso fare qualcosa per te?». Le posò il palmo di una mano sul petto, anche se il suo udito finissimo gli aveva già rivelato che il battito del cuore di Katherine era accelerato. «È la prima volta che ti senti così?».

Lei rifletté per un attimo prima di rispondere. «Qualche sera fa ho avuto un malessere simile ma adesso è più accentuato. Così forte mi era capitato solo il giorno in cui è morto Sebastian».

La strinse a sé. «Vorrei fare due chiacchiere con Kylaah. Ti va di venire con me?».

Non conosceva le sue intenzioni ma si fidava di lui. Annuì e uscirono insieme dalla stanza per dirigersi verso l'appartamento di Kylaah.

Armand bussò per tre volte alla porta della kurann, ma lei non rispose.

«Magari non vuole essere disturbata a quest'ora», concluse Katherine.

«No, non è da lei. Dev'essere accaduto qualcosa. Sarà sicuramente al tempio, andiamo a vedere».

L'antico edificio in mattoni rossi era poco distante dalla dimora reale. Due fiaccole illuminavano l'ingresso proiettando lingue di luce, chiare e fuggitive, sulla neve candida. L'interno era in pietra viva, antichi massi consumati dal tempo, disposti secondo un disegno elegante e lineare. Lumi a olio in piccole ciotole di terracotta diffondevano una leggera fragranza di mirra e gelsomino.

Kylaah era al centro del tempio, in piedi, con la testa leggermente piegata in avanti. Di fronte a lei un leggio in bronzo su cui era aperto un libro rilegato in cuoio che sembrava vecchio di secoli, dello spessore di alcuni centimetri. Aveva una mano appoggiata su una pagina, mentre nel palmo dell'altra reggeva una piccola ciotola di terracotta in cui un foglio accartocciato stava bruciando lentamente. Kylaah era immobile, con gli occhi chiusi, e sussurrava parole in una lingua sconosciuta.

Armand strinse la mano di Katherine e la invitò a sedersi su una delle poltrone rivestite di velluto color porpora, qualche metro dietro Kylaah.

«Credo che abbia avuto una delle sue visioni. C'è qualcosa che non va». Le accarezzò la schiena, non riuscendo a nascondere la sua tensione.

«Cosa...». Katherine interruppe la frase rendendosi conto che non era il momento più adatto per le domande.

«Sta accadendo qualcosa di importante», bisbigliò lui. Dopo un breve silenzio continuò: «Kylaah ha la straordinaria facoltà di influenzare il corso degli eventi che appaiono nelle sue visioni, ma non è un intervento facile e le Antiche Leggi oltretutto lo vietano».

«E allora perché lo sta facendo?».

«Vorrei proprio saperlo anch'io», le rispose preoccupato.

Katherine distolse lo sguardo da Armand per osservare meglio i segni tracciati sulla parete di sasso di fronte a loro. Voleva chiedergli il significato di quelle incisioni, sebbene intuisse che quei simboli avevano una storia antica. Non erano in lingua greca anche se ne conservavano la complessità delle forme, non erano in arabo anche se ne ricordavano la morbidezza delle curve e non erano in antico egizio pur somigliando ai segni pittorici dei geroglifici. Spostò la sua attenzione al baluginio dei lumi a olio. Li fissò a lungo nella danza ipnotica delle loro fiammelle, poi iniziò a respirare lentamente, il cuore cominciò a battere in modo più regolare e il senso di oppressione andò via via sciogliendosi. Katherine strinse la mano di Armand prima di posare lo sguardo sulla kurann che dava loro le spalle.

In quel luogo senza tempo solo il dolce cantilenare di Kylaah infrangeva il silenzio.

Trascorsero più di venti minuti prima che la strega-kurann si girasse verso di loro. Ne aveva avvertito la presenza e non fu sorpresa di vederli, anche se era appena uscita da uno stato di trance. Spostò i capelli color miele dal viso rivelando che i suoi meravigliosi occhi di ghiaccio avevano pianto. Kylaah, la più imperturbabile degli esseri viventi, quella sera aveva il volto rigato di lacrime. Katherine non poté fare a meno di restarne turbata.

La kurann si avvicinò a lei e le sfiorò con delicatezza il mento prima di parlare. «Il tuo senso di oppressione si è placato perché finalmente ora lui è salvo».

La donna uscì dal tempio prima che Katherine potesse chiederle di chi stava parlando.

Armand si alzò e seguì la kurann, fuori nel giardino. «Kylaah, vuoi dirmi cosa succede?».

Lei fece per dire qualcosa, poi cambiò idea. Armand la incalzò: «Hai avuto una delle tue visioni, vero? Per l'amor del cielo Kylaah, vuoi parlare?».

La kurann alzò gli occhi su di lui, si portò la mano sinistra, aperta, alla base del collo, poi alzò la mano destra, con il palmo in avanti e le dita piegate secondo uno schema antico ben preciso.

Armand fu percorso da un fremito. Quel gesto era illustrato nei manoscritti ereditati dall'Antica Stirpe. Era il voto di privazione, una rinuncia a se stessi che contemplava un supplizio sacrificale offerto in cambio di una vita.

«Per chi lo hai fatto?». Ma lei si era già allontanata, lasciando orme delicate sulla neve fresca.

«Armand, cosa ha detto?» gli chiese Katherine, preoccupata dell'espressione che vide sul suo viso. Capì che stava davvero accadendo qualcosa di terribile.

«Ha fatto il voto di privazione», ripose Armand a mezza voce. «Isolamento totale. Da adesso in avanti non potrà avere contatti con nessuno, non potrà neppure parlare, nutrirsi di sangue o nutrire qualcun altro. Potrà assumere soltanto i liquidi necessari alla sopravvivenza ma nulla che contenga plasma, globuli bianchi, rossi e, ancor meno, *glyamatos*. Non è ammessa alcuna scorciatoia».

«E questo cosa comporta?».

«Dopo un mese senza assumere sangue, il corpo di un kurann subisce una brusca accelerazione del processo di invecchiamento. È una questione di tempi ed è imprevedibile perché l'entità delle conseguenze è del tutto individuale. Kylaah si è buttata coscientemente in una situazione rischiosissima, potrebbe invecchiare di decine di anni nel giro di poche ore in un'escalation spietata e irreversibile che si potrebbe concludere con la morte in pochi giorni».

«Cosa può averla spinta a una scelta che potrebbe rivelarsi addirittura fatale? Di chi parlava quando ha accennato a qualcuno che *è salvo*?».

«Amore, purtroppo non sono in grado di rispondere alle tue domande». Armand fece un lungo sospiro, nel quale era racchiusa tutta la sua preoccupazione per la strega-kurann dallo sguardo di ghiaccio.

Kylaah entrò nel suo appartamento, coprì il grande specchio con un lenzuolo e andò in bagno per togliersi l'abito di seta. Quella notte aveva fatto tutto quello che poteva per modificare l'ordine naturale delle cose. A un bivio determinante, aveva indirizzato il destino su una strada diversa da quella prestabilita.

Dopo la visione di quella sera, se lei non fosse intervenuta subito il fratello di Katherine sarebbe stato catturato e dopo due giorni sarebbe morto, non riuscendo più a sopportare gli effetti devastanti dei farmaci che i suoi aguzzini avrebbero ripreso a somministrargli.

Thomas era riuscito invece a scappare grazie al cuore grande di un'umana. L'intervento di Kylaah li aveva aiutati a non essere scoperti, dando alla donna la forza di portare avanti la sua decisione fino in fondo. Era come se fosse stata accanto a lei mentre affrontava i due uomini nel corridoio della clinica. Quello che Kylaah non poteva fare era decidere per gli altri. Lisa Swanee aveva scelto autonomamente, dimostrandosi veramente coraggiosa.

Kylaah si appoggiò al marmo freddo del bagno, spossata. Il suo potere si esauriva lì. Ora toccava al destino fare la sua parte, e lei sperava che da quel momento il destino fosse finalmente giusto.

Capitolo 42

Premure

Lisa Swanee teneva premuto il piede sull'acceleratore, spingendo la macchina al massimo della velocità. In quel momento avrebbe tanto voluto avere una di quelle auto costosissime che superano con facilità i centocinquanta chilometri orari. La sua berlina li raggiungeva a fatica.

La vita non le aveva regalato nulla. Era abituata a sudarsi tutto, fino all'ultimo centesimo. Il suo percorso era stato ben diverso da quello che aveva programmato. Fra qualche mese avrebbe compiuto ventisette anni e non era nemmeno vicina a diventare il medico di successo che sognava di essere. Da piccola voleva fare l'attrice o la cantante ma non aveva mai avuto la possibilità di realizzare i suoi desideri. Sua sorella si era ammalata quando lei era alle medie. Lisa aveva pensato che se fosse diventata medico avrebbe potuto salvarla e invece, al di là di ogni illusione, continuava a dipendere da gente meschina e senza scrupoli come Robert Evans.

I suoi pensieri furono bruscamente interrotti da un lamento del ragazzo che era accovacciato dietro di lei. Soffriva per i fortissimi dolori alla testa. Era rammaricata per non essere riuscita a recuperare dei farmaci per aiutarlo.

«Thomas, tieni duro. Ancora pochi minuti e saremo arrivati». Stava portando un fuggitivo a casa sua. Era una delle cose meno ragionevoli che avesse mai fatto, ma non aveva alternative. In qualunque albergo avrebbero fatto domande e richiesto dei documenti, quindi il suo appartamento era l'unico posto dove poterlo nascondere.

La berlina svoltò in un vicolo stretto dove Lisa parcheggiò. Sperava che Thomas fosse in grado di camminare perché altrimenti sarebbe stato un problema in più da affrontare. Dovevano rischiare e prendere l'ascensore, lui non ce l'avrebbe fatta a salire la scala di emergenza.

Sfiorò con una mano la fronte del ragazzo. Scottava. In casa aveva la Tachipirina, almeno quella.

«Thomas, sei sveglio? Dobbiamo scendere».

Lui iniziò ad agitarsi. Aveva paura di tutto, dopo ciò che era stato costretto a subire.

«Stai tranquillo, in casa mia sarai al sicuro».

«Fino a quando potrò restare?» chiese lui con un filo di voce.

Quelle parole la investirono come uno schiaffo in pieno volto. Nella confusione di quella sera non aveva pensato alla più scontata delle domande. Per quanto tempo avrebbe potuto tenere nascosto quel ragazzo in casa sua? Rispose nel modo più sensato. «Dobbiamo fare un passo alla volta. Adesso preoccupiamoci solo di arrivare in casa».

Lisa avrebbe voluto rassicurarlo dicendogli che poteva restare lì per tutto il tempo che desiderava, ma sarebbe stata una grossa bugia e lei odiava mentire.

«Riesci ad alzarti? Dobbiamo camminare per una ventina di metri, poi prenderemo un ascensore. Credi di farcela?».

Lui si limitò ad annuire. Lisa uscì dall'auto e si affrettò per aiutarlo a scendere, sistemandogli la sua giacca sulle spalle. Chiuse la portiera spingendola con il gomito mentre lo sosteneva per un braccio.

«Andiamo. Un passo alla volta, con calma», lo esortò con tono gentile.

Thomas la fissò negli occhi. «Perché stai facendo tutto questo per me?».

Stava chiedendoselo anche lei. Intanto perché era la cosa giusta, e poi perché come medico non poteva voltare le spalle a una persona che stava male. Ippocrate forse avrebbe avuto qualcosa da ridire sull'interpretazione del suo giuramento, ma in quel momento non era il caso di filosofeggiare sui princìpi della professione. Lisa preferì glissare, rispondendo laconicamente: «Ora pensiamo solo ad arrivare in casa, va bene?».

«Scusami». Thomas cominciò a camminare, con passi incerti e strascicati.

Scusami? Se c'era qualcuno che non doveva scusarsi, quello era proprio lui. Lisa aveva ubbidito al suo aguzzino. Se non fosse stata lei a svolgere quel compito ignobile lo avrebbe fatto qualcun altro, ma quella non era certo una giustificazione.

Per fortuna filò tutto liscio, nessun imprevisto con l'ascensore e nessun vicino curioso. Per una volta la buona sorte aveva deciso di stare al loro fianco.

La dimora reale era assopita nella semioscurità della notte. Eleganti candelabri adornavano alcune stanze e la luce delle candele fendeva il buio dolcemente. Nella spaziosa camera di Armand, i tremolanti riflessi si diffondevano tenui, in cerca degli angoli più nascosti.

«Non mi piace come abbiamo lasciato Kylaah». La voce di Katherine era sempre delicata, come una carezza.

In quel momento, voci sommesse, attutite dallo spessore delle pareti, arrivarono indistinte dal corridoio.

«È Cris, sta parlando con Elsa. Vado a chiedere se hanno un'idea di quello che sta accadendo». Armand le diede un bacio prima di uscire e chiudersi piano la porta alle spalle.

Katherine era tesa. Prese il cellulare e guardò l'ora nel display: le tre del mattino. Aveva fatto il possibile per mantenere la calma ma ora si sentiva pervadere dall'inquietudine. Cosa intendeva dire Kylaah con: *Il tuo senso di oppressione si è placato perché finalmente ora lui è salvo*? A chi si riferiva? Aveva parlato al maschile, quindi doveva trattarsi per forza di un uomo. Armand aveva detto che le visioni della strega-kurann erano infallibili. Pensò per qualche minuto e decise di provare a parlare con lei, era l'unica ad avere le risposte che cercava.

Katherine guardò nel corridoio e non vide nessuno, Armand e i due kurann si erano spostati in una delle stanze a pianterreno. La via era libera, si incamminò verso l'appartamento di Kylaah.

Arrivata di fronte alla porta di legno bianco, bussò piano. Nessuno rispose, proprio come immaginava. Provò a bussare un'altra volta e attese inutilmente. Toccò la maniglia, poi cambiò idea e fece per tornare nella stanza di Armand, ma la porta si aprì di qualche millimetro. Katherine colse quel segnale come un invito a entrare, quindi spinse piano la porta. La stanza era nella penombra, la statuaria figura di Kylaah in piedi vicino alla finestra. Indossava una leggera tunica di lino e teneva le braccia conserte, per proteggersi dal freddo pungente che entrava dalla finestra aperta. La kurann guardava fuori, con gli occhi fissi su un orizzonte immaginario.

Katherine si avvicinò cauta, consapevole di aver invaso uno spazio privato. Quella donna stava soffrendo, era evidente. Stringeva con forza le nocche contro la tunica. Katherine prese una coperta dal letto ancora intatto e la posò delicatamente sulle spalle di Kylaah che rimase immobile, come se non si fosse accorta di nulla. Chiuse poi la finestra per tentare di fermare l'avanzata del gelo notturno. Si diresse verso il letto, scostò la trapunta beige con inserti dorati, sistemò i cuscini e tornò vicino alla kurann invitandola a coricarsi. Kylaah non disse una parola, ma accettò il suggerimento della ragazza.

Appena fu sotto le coperte, Katherine si rivolse a lei con gentilezza: «So che ora non puoi parlarmi, ma credo di non infrangere alcuna regola. Torno subito con qualcosa di caldo».

Kylaah non rispose, anche se a Katherine parve di vedere sulle labbra l'accenno di un sorriso. Uscì dalla stanza in fretta e si precipitò per le scale. Non le aveva fatto la domanda per cui era entrata nel suo appartamento, ma vederla in quello stato l'aveva convinta che non fosse il momento migliore per importunarla.

Armand la fermò, tirandola a sé. «Dove stai andando così di corsa?».

«Mi hai spaventata», gli disse sussultando.

«Non dovresti girare per casa da sola quando c'è Shamnos nelle vicinanze». Armand continuava a pensare che quel kurann avrebbe potuto rappresentare una minaccia per lei.

Katherine era convinta del contrario ma non disse nulla in merito e cambiò argomento. «Cosa beve Kylaah di solito?». Armand la guardò con aria interrogativa e lei aggiunse subito: «Ehm... intendevo oltre al sangue».

«Perché vuoi sapere...».

Katherine gli posò le dita sulle labbra. «Shh. Niente domande. Sto solo cercando di rendermi utile».

«Stai pensando di andare da lei?».

Non aveva intenzione di discutere con Armand, ma non intendeva neppure cambiare i suoi piani. «Allora? Camomilla, tè, caffè, latte o cos'altro?».

«Non lo so. Ha importanza?».

«Se me lo dici, ti do un bacio». Gli fece l'occhiolino.

«Allora te lo dico due volte! Tisana al gelsomino. Amara».

«Come fa a berla? È peggio di un caffè senza zucchero».

Armand sorrise e la aiutò a trovare il necessario per preparare la tisana. Quando fu pronta, Katherine prese la tazza dalle sue mani, gli diede un bacio dolcissimo e uscì dalla cucina per dirigersi verso l'appartamento di Kylaah.

«Prima mi hai estorto l'informazione che ti serviva, poi mi hai usato come barman e adesso mi lasci qui, sedotto e abbandonato. Sei proprio un bel tipo! Dovrò stare molto attento con te».

Katherine si voltò per un attimo, giusto il tempo di un sorriso sbarazzino, salendo la grande scala in marmo bianco che portava ai piani superiori.

Il giovane kurann la guardò incantato. Aveva la sensazione che il suo cuore potesse spiccare il volo da un momento all'altro. Dio, quanto amava quella ragazza. Era lei il motivo per cui era venuto al mondo, il respiro della sua vita e lo scopo del suo futuro.

Capitolo 43

La proposta

Katherine aprì piano la porta, senza fare rumore. Kylaah aveva gli occhi chiusi, sembrava fosse scivolata in un sonno profondo. Posò la tazza sul comodino, poi le rimboccò le coperte e passò una mano sui lunghi capelli della kurann. C'era qualcosa di materno nella donna che aveva di fronte. Non sapeva spiegarsi il motivo ma poteva percepire con chiarezza il germogliare di un sentimento profondo nei suoi confronti. Nonostante le apparenze, Katherine era certa che la potente kurann, sempre fredda e autoritaria, fosse in realtà più umana di quanto lei stessa immaginasse. Si assicurò che la finestra fosse chiusa, poi uscì dall'appartamento accostando piano la porta.

Percorse i pochi metri che la separavano dalla stanza di Armand convinta di trovarlo lì, invece non c'era. Si tolse le scarpe e il maglione, chiedendosi se facesse davvero caldo in quella camera oppure se fosse la temperatura del suo corpo che ricominciava a salire. Due braccia forti la cinsero da dietro. Armand le baciò i capelli, poi scese con le labbra sul collo, procurandole un brivido leggero con il suo respiro fresco. «Ciao angelo, mi sei mancata».

Fece per voltarsi ma lui non lo permise. Katherine decise di stare al gioco. «Tu mi manchi sempre».

Iniziò a mordicchiarle dolcemente il lobo dell'orecchio e lei si lasciò sfuggire un gemito mentre la spingeva verso il letto. Si abbandonò completamente a lui. Nessuna ombra, nessun segreto per il maschio che amava e desiderava all'infinito.

La luce fioca faceva sembrare tutto surreale, magnifico. Armand esplorò con le labbra ogni singola parte di lei, portandola più volte al culmine del piacere, sottraendola all'orgasmo appena prima del suo trionfo. Katherine non si ribellò a quella dolcissima tortura.

La guardò negli occhi, a lungo. «Ti voglio», disse Armand con voce roca, come in un antico richiamo.

«Sono tua», gli rispose senza alcuna esitazione.

Pensando di aver capito quali fossero le sue intenzioni, piegò la testa di lato offrendo il candore della sua pelle al maschio kurann.

Lui la sorprese, limitandosi a baciarla. La stupì ancora di più graffiandosi il petto, poco sopra il cuore, per procurarsi una sottile incisione da cui uscirono due gocce scarlatte. Con quel gesto rituale e altamente simbolico offriva tutto se stesso alla donna che amava, donandosi a lei completamente.

Senza mai togliere gli occhi da quelli di Katherine, le rivolse la più sorprendente delle domande: «Vuoi sposarmi?».

Quelle due sole parole bastarono a sconvolgerla. Forse la cosa migliore da fare sarebbe stata quella di fuggire il più lontano possibile, per non cadere nella tentazione di accettare. Ma non lo fece. Katherine capì perfettamente il significato di quel gesto. Si protese verso di lui, le sue labbra si avvicinarono a quella piccola incisione per leccare voluttuosamente le due gocce di sangue. Il suo sapore era delizioso, un potente afrodisiaco che la lasciò senza fiato.

Riuscì solo a dire... «Sì». La sua risposta arrivò decisa, sicura.

Armand la baciò a lungo con passione, poi si alzò per andare verso l'armadio e prendere una scatola di velluto blu della grandezza di pochi centimetri. Si inginocchiò ai piedi del letto, la aprì e mostrò il suo contenuto.

Katherine sussultò vedendo due fedi in oro, lavorate a mano, che scintillavano su un cuscinetto di raso. Uniche nella loro squisita fattura artigianale, evocavano i diademi che nell'antichità venivano offerti a principi e sovrani quale riconoscimento del loro potere assoluto. Dalla parte superiore partivano tre riccioli d'oro, dando vita a un ricamo, semplice, raffinato e di rara bellezza.

«Katherine Evans, vuoi diventare la mia sposa?». Prima che lei potesse dire qualunque cosa, lui aggiunse guardandola fissa negli occhi: «Sarà per sempre».

Quella precisazione la lasciò senza parole, ancora una volta meravigliata dall'infinito amore che li legava. Commossa, riuscì a rispondere con un filo di voce: «Sì. Per sempre».

Tra loro si era appena stabilito un legame indissolubile, eterno come l'amore universale. Armand prese una delle due fedi gemelle, gliela mise al dito e lei fece altrettanto con lui. Il bacio che seguì fu dolcissimo, carico di tutto l'amore e la passione che li univa. Per suggellare la loro promessa si erano concessi una dolce anticipazione della cerimonia ufficiale che sarebbe stata presieduta dal *Regens*.

Era sua. La donna che amava era finalmente sua. Per averla accanto aveva sfidato il destino, era andato contro ogni logica e principio e avrebbe continuato a farlo.

Katherine guardò l'anello, ancora incredula. Era bellissimo. Lo tolse per un attimo, in modo da apprezzarne meglio le pregiate finiture, e all'interno vide inciso il nome Armand.

«Posso chiederti quando hai fatto scrivere i nostri nomi?».

«Il giorno stesso in cui ho capito che eri la donna della mia vita», rispose lui con voce ferma.

«E cioè...».

«Il giorno in cui sei venuta per la prima volta nel mio appartamento».

«E se le cose non fossero andate come ti aspettavi?».

Lui posò le labbra sulle sue, gustandone la morbidezza. «Tu o nessun'altra. Non è un gioco, Katherine. Avevo già affidato il mio cuore all'unica donna che abbia mai amato e che potrò mai amare».

Era stata una giornata lunghissima, una domenica di dicembre che aveva tracciato nuove strade per molti. Forse anche il destino aveva finalmente imboccato quella giusta. Ma era troppo presto per dirlo, la notte non era ancora finita...

Capitolo 44

Il nome

La dottoressa Swanee chiuse piano la porta di casa cercando di non fare rumore per evitare attenzioni indesiderate. Thomas stava in piedi a malapena, per troppo tempo aveva vissuto in uno spazio molto ristretto che non gli aveva consentito di muoversi. Il suo corpo era fortemente debilitato.

«Ora ti preparo qualcosa di leggero da mangiare e poi potrai riposarti».

Il ragazzo la guardò con aria imbarazzata. «Pensi che potrei farmi una doccia?».

«Certo Thomas. Se invece preferisci farti un bagno, ti riempio la vasca».

L'idea di immergersi nell'acqua calda era invitante ma in quel momento lo allettava il pensiero di un getto d'acqua in grado di lavare via dalla sua pelle e dalla sua anima almeno alcuni dei ricordi più dolorosi. Si limitò a dire: «Una doccia sarà un regalo bellissimo, grazie. Non riesco ancora a crederci».

Lisa gli fece una carezza e aprì la porta del bagno per fargli strada. Posò un paio di asciugamani sul bordo del lavabo, poi si ritirò per lasciargli un po' di privacy.

Thomas era sul punto di commuoversi. Non ricordava da quanto tempo non godeva di un briciolo di intimità. Forse mesi, o addirittura anni. Si guardò allo specchio e rimase scioccato da quello che vide. Una volta era un ragazzo normale, perfino carino. Ma ora, in quello specchio impietoso, vedeva un cadavere. Cercò di distogliere lo sguardo, aprì l'acqua e si accovacciò nel box doccia. Il getto caldo gli scivolava addosso purificatore. E cominciò a piangere.

Dopo circa mezz'ora uscì dal bagno, avvolto nei due asciugamani che la dottoressa gli aveva lasciato. Lei era in cucina e gli stava preparando del riso.

«Non conosco ancora il tuo nome. Gli altri ti chiamano dottoressa Swanee», disse timidamente.

«Per gli amici sono soltanto Lisa». Il sorriso di quella donna lo rasserenava.

Thomas si avvicinò a un calendario appeso al muro nell'unico spazio libero di quella minuscola cucina. «Oddio. Non posso crederci».

Sembrò avere un mancamento e Lisa lo sostenne con un braccio intorno ai fianchi. «Io lavoro al centro ricerche da circa quattro mesi, ma immagino che tu...». Lasciò cadere la frase. Non se la sentiva di continuare.

Thomas appoggiò il braccio destro al mobile di fronte a lui per non perdere l'equilibrio. Un tremore incontrollato s'impossessò del suo corpo. «Cinque anni! Cinque anni in quella maledetta prigione!».

Lisa si sentì mancare il fiato. «Mi spiace Thomas. Probabilmente mi odierai visto che anch'io faccio, o meglio, facevo parte dell'equipe».

«Perché?».

«So che non può giustificarmi, ma mia sorella ha bisogno urgente di un trapianto di cuore e il direttore mi aveva garantito che se avessi collaborato alla ricerca...».

«Ma perché mi avete ridotto così?».

«Mi era stato detto che avresti potuto rappresentare un grave pericolo. Il tuo strano potere di dare fuoco alle cose doveva essere studiato e tenuto sotto controllo. Ufficialmente dovevi essere curato grazie a un farmaco sperimentale».

Thomas scrutò la donna con occhi spaventati ma pieni di rabbia impotente. «Allora perché mi hai aiutato? Non hai più paura di me?».

«Thomas, guardati. Sei solo una vittima. Appena l'ho capito ho cercato di aiutarti, arrivando perfino a contestare apertamente quel bastardo del capo, il responsabile delle tue torture».

«Non sai quante volte mi sono chiesto che faccia avesse il mio aguzzino. Sognavo spesso di fargli del male, di bruciarlo vivo. Non riuscivo a capire perché mi venissero somministrati tutti quei sedativi. Fino a stasera».

«Quando hai dato fuoco alla clinica», disse lei.

«Sì».

«Sei riuscito a generare le fiamme solo perché, in seguito a una crisi che hai avuto qualche giorno fa, avevano deciso di sospendere il trattamento con quello schifo di farmaco e consentire al tuo organismo di riprendere le forze. Non ci saremmo mai aspettati una tua ripresa così veloce, un recupero che sembra umanamente impossibile».

«Dare fuoco alle cose solo guardandole è forse umanamente possibile?» le chiese.

Lisa abbassò lo sguardo, visibilmente imbarazzata. Thomas le prese la mano e gliela strinse forte. Lei lo lasciò fare, seppur un pochino intimorita.

«Lisa, mi aiuterai a rintracciare la mia famiglia? Forse mi stanno ancora cercando. Per favore». La sua era una supplica.

Lei acconsentì subito. «Facciamo un patto: tu mangi il riso che ti ho preparato mentre io do un'occhiata su internet. Se sei stato rapito e la tua famiglia ti sta cercando, è probabile che abbiano sparso la voce anche sui social network».

Thomas si sedette a fatica sulla sedia vicino al tavolo, prese la forchetta e iniziò a mangiare con mosse incerte. Per cinque lunghi anni lo avevano nutrito con pappe appositamente preparate. «È molto buono».

«E tu sei molto gentile. Sono una frana a cucinare, credo che il tuo sia il primo complimento che qualcuno mi abbia mai fatto».

«No no, è buono davvero», disse lui mentre infilava in bocca una quantità minima di riso.

«Qual è il tuo cognome, Thomas?».

«Coleman». Le diede spontaneamente anche altre informazioni su di sé, come data e luogo di nascita. Nelle prime pagine del motore di ricerca Lisa non trovò nulla, ma fu attenta a non farglielo capire per non dargli ulteriori delusioni. Qualche minuto dopo Lisa recuperò un vecchio articolo tratto da un quotidiano. Era un'intervista rilasciata cinque anni prima da una certa Grace, insegnante di una scuola superiore di New York. Aveva partecipato a un progetto sostenuto da un'associazione di genitori che avevano perso i propri figli in incidenti d'auto.

«Tua madre si chiama per caso Grace?».

Thomas si alzò dal tavolo per balzare verso il computer. «L'hai trovata? Cosa dice? C'è il suo numero?».

«Non ha molto senso quello che ho trovato», lo aggiornò sentendosi quasi in colpa.

Lui guardò l'articolo e sgranò gli occhi vedendo la miniatura di una fotografia in cui riconobbe il volto di sua madre. Cominciò a tremare e balbettando lesse e rilesse tutto quello che era scritto nell'articolo. Poi, sconcertato, si chiese ad alta voce: «Ma perché parlano di un incidente? Io non sono mai stato investito da nessuno!».

Prima di chiudere la pagina che aveva trovato, Lisa si annotò i riferimenti dell'associazione di cui Grace faceva parte. «Domani proverò a mettermi in contatto con i responsabili di quell'associazione. Avranno sicuramente la possibilità di rintracciare tua madre».

«Aspetta, ho un'idea. Mio padre adottivo è un famoso neurochirurgo che lavora al New York University Medical Center. Gli ospedali così grandi sono aperti ventiquattro ore su ventiquattro, giusto? Proviamo a telefonare, magari ci metteranno subito in contatto con lui». Thomas sembrava animato da un'eccitazione incontenibile.

«Bravo! Cerco il numero dell'ospedale su internet». Senza staccare gli occhi dalla tastiera aggiunse: «Nella Grande Mela, per il fuso orario, saranno ancora le ventidue di domenica». Lo guardò per un attimo con il sorriso sulle labbra. «Sono entrata nel sito dell'ospedale. Il tuo accento americano sarà sicuramente migliore del mio», gli disse mentre premeva i tasti, velocissima. «Vuoi provare tu a telefonare?».

Lui annuì, trepidante. «Sì, certo. Dammi il numero».

Lisa digitò il prefisso internazionale e il numero dell'ospedale, poi gli passò il cellulare. «Buona fortuna».

«Sta squillando», disse lui con il nodo alla gola.

Lei non aveva l'abitudine di rosicchiarsi le unghie, ma si accorse di avere le dita in bocca.

Da oltreoceano la voce di un'addetta al call center rispose senza troppa convinzione. Thomas era in fibrillazione. «Chiedo scusa, vorrei parlare con il reparto di neurochirurgia. È urgente».

«Attenda in linea, prego». L'operatrice aveva smistato la telefonata senza fare domande. Pochi secondi dopo rispose una seconda operatrice. «Pronto, in cosa posso esserle utile?».

Thomas si schiarì la voce. «Vorrei parlare urgentemente con il dottor Evans, per favore. Sì, Robert Evans, gli dica che...».

Lisa si alzò di scatto e gli strappò il telefono di mano. «No!»

gridò come se fosse impazzita di colpo, interrompendo la telefonata in modo violento.

La guardò sbalordito. «Lisa, ma cosa diavolo stai facendo? Stavano per passarmi il mio patrigno!».

Lei abbracciò il ragazzo con foga e lo tenne stretto a sé. Le occorse qualche secondo per trovare la forza di parlare. «È lui, Thomas. È lui».

«Cosa stai dicendo? Non capisco». Il ragazzo era sconcertato, smarrito.

«Robert Evans è il mio capo. Il tuo aguzzino», disse Lisa stringendolo forte.

Thomas si sentì mancare l'aria e piegare le ginocchia. Cadde a terra, schiacciato dal peso di quella mostruosa rivelazione.

Capitolo 45

La colazione

Il mattino seguente, Katherine scese insieme ad Armand per fare colazione. L'unica già sistemata al grande tavolo di sala era Elsa.

«Dove sono gli altri?» chiese Armand.

«Non hai saputo? Un nostro informatore ci ha appena avvisato che parte del laboratorio di Evans è andato distrutto per un incendio».

Per Katherine fu come aver preso uno schiaffo. «Mio padre?». Guardò il giovane kurann in cerca di conferma. «Mi avevi promesso che nessuno gli avrebbe fatto del male».

Lui le accarezzò la schiena, confortandola. «Ti ho dato la mia parola e così sarà. Comunque hai detto che è rientrato a casa ieri sera, per cui a lui non può essere accaduto nulla». Armand rivolse lo sguardo verso la kurann. «Dico bene, Elsa?».

«Non infrangeremmo mai un ordine del *Regens*, lo sai», confermò lei.

Per Katherine quella notizia fu un sollievo. «Posso sapere com'è successo?».

«Non conosciamo ancora i dettagli ma sembra che si tratti di un incendio doloso». Elsa alzò le spalle e mentre si allontanava dal tavolo schioccò un'occhiata ai due: «Immagino che dovrei farvi le mie congratulazioni».

Katherine pensò a voce alta sedendosi su una delle poltroncine intorno al tavolo. «Credo di non andarle a genio».

Armand alzò volutamente la voce per farsi sentire da Elsa.

«Non te ne preoccupare, a lei non va mai bene nessuno. E anche se può sembrare fredda come il marmo in realtà è una dal cuore tenero».

La kurann tornò indietro, si fermò sulla soglia e lo fulminò con lo sguardo. Armand aggiunse: «Vero, Elsa?». Lei se ne andò, impettita.

Il giovane kurann provò a rassicurare Katherine. «Davvero, tesoro, non ti preoccupare del comportamento di questa... famiglia. Siamo tutti un po' strani ma ci vogliamo bene, credimi».

Nella stanza entrò Tamon, insieme a Shamnos e Alison. Appena la kurann dai capelli color platino vide i due innamorati, si bloccò. I suoi occhi si posarono sull'anello che Katherine aveva al dito, poi fissò Armand negli occhi. «Scusate, ma credo che non farò colazione questa mattina». Si allontanò quasi di corsa.

Armand fece una carezza a Katherine e lei sospirò posando piano il bicchiere sul tavolo.

«Io e Kylaah vi porgiamo le nostre congratulazioni. Anche lei è davvero contenta di questa vostra unione, così speciale».

Katherine sorrise al *Regens* e lo ringraziò, poi si voltò verso Armand. Lui e Shamnos si stavano fissando minacciosi.

«Già finita la riunione?» chiese al grosso kurann con tono gentile.

«È stata rimandata», rispose Shamnos, palesemente affascinato da lei. Si rivolse ad Armand: «Prima o poi la nostra Kate capirà di meritare qualcosa di più di un mezzo umano».

«Ma certo, e scommetto che saresti tu il meglio per lei, non è vero?». Il suo tono era talmente aspro da far venire i brividi.

«Puoi scommetterci. Tu prega che non se ne renda mai conto». Shamnos spostò lo sguardo su Katherine, si alzò in piedi e andò verso di lei. «Mia cara, temo di non poterti fare le mie congratulazioni, ma sappi che potrai sempre contare su di me. Sarò onorato di soddisfare ogni tuo desiderio, in qualsiasi momento. Ogni tuo desiderio».

Nell'ascoltare quelle parole Armand si sentì ribollire il sangue. Poi vide il kurann che si prodigava in un inchino affettato e accennava un baciamano.

«Basta così, Shamnos». Tamon aveva messo fine autorevolmente all'ennesima disputa tra i due.

Armand era ancora molto teso, nonostante l'intervento del *Regens*. Shamnos invece guardò Katherine e con un sorriso si congedò, uscendo dal salone.

«Ho saputo dell'incendio avvenuto stanotte al centro ricerche di tuo padre», intervenne Tamon posando sul tavolo la sua tazza.

Lei si irrigidì. «So che forse non dovrei neppure pensarlo, ma non posso fare a meno di essere contenta che lui stia bene».

«Posso capire, ma questo non esclude che giustizia debba essere fatta».

«Mi rendo conto, spero solo che il prezzo che mio padre dovrà pagare possa essere fissato dalle leggi umane».

«Ho già dato disposizioni in merito. È giusto però che tu sappia su di lui tutta la verità, fino in fondo. Abbiamo scoperto che effettuava atroci esperimenti anche sugli esseri umani», disse il *Regens*, imperturbabile.

Katherine lo guardò sconcertata. Non era sicura di aver capito il senso di quelle parole. «È un'accusa terribile!».

«Ne abbiamo le prove. Uno dei nostri è riuscito a entrare in possesso di documenti molto importanti e su mio specifico incarico li ha già fatti arrivare sulla scrivania dell'ispettore Neri, un funzionario della Polizia di Firenze. La giustizia umana farà il suo corso, proprio come ci hai chiesto».

Katherine si sentì mancare l'aria. Si chiese se ci fossero altre cose che avrebbe dovuto scoprire sul conto di suo padre. Riuscì solo a dire: «Armand, ti dispiacerebbe accompagnarmi a casa? Vorrei stare accanto a mia madre».

«Certamente, quando vuoi».

Lisa Swanee guardava il ragazzo mentre riposava. C'erano volute ore per calmarlo. Gli accarezzò i capelli, sentendo crescere in lei il senso di colpa. Forse la decisione più giusta sarebbe stata quella di andare alla polizia, ma sicuramente non le avrebbero creduto. Robert Evans era una persona in vista, praticamente intoccabile, con conoscenze molto in alto. Una volta era entrata nel suo studio mentre parlava al telefono con un governatore americano. Del resto, solo una persona molto influente avrebbe potuto disporre dei fondi investiti in quel centro ricerche. Nel reparto in cui lavorava lei si spendevano milioni di dollari per portare avanti gli esperimenti.

Ma il grosso dell'affare doveva essere nell'ala est dell'edificio, quella che era rimasta intatta nonostante l'incendio. Aveva visto lì anche dei militari ed era molto probabile che quel medico avesse le mani in pasta anche nel campo della Difesa, visto l'altissimo livello di sicurezza a cui era sottoposta costantemente quella zona. Era stata una gran fortuna uscire dall'area senza essere fermati. A causa dell'incendio tutti si erano precipitati sul luogo del disastro e i rigidi controlli che caratterizzavano le entrate e le uscite dal centro ricerche erano venuti meno. Lisa era sicura che, se l'avessero scoperta mentre tentava di far scappare il ragazzo, non avrebbe avuto scampo.

Thomas aprì gli occhi. Nel suo sguardo si leggeva ancora il terrore. Per cinque lunghi anni ogni suo risveglio era stato dominato dalla paura. Appena capì di trovarsi a casa della dottoressa Swanee e ricordò quello che era accaduto la notte prima, i muscoli del suo corpo cominciarono a rilassarsi.

«Thomas, io ora devo uscire per comprare qualcosa da mangiare, degli antidolorifici e dei vestiti per te».

«Bisogna andare via da qui, vero?» domandò lui, preoccupato.

«Temo che non sia molto sicuro rimanere. Troveremo una soluzione».

«Lisa, ti andrebbe di provare a chiamare l'associazione di cui fa parte mia madre? Io non credo di avere la forza per parlare con i responsabili».

«Lo faccio subito, ma...». Lisa ebbe un ripensamento. «Thomas, sei sicuro che tua madre non c'entri nulla? Non fraintendermi, ma considerato che è la moglie di Robert....».

«Non devi dirlo neanche per scherzo. È mia madre».

«Ieri sera mi hai parlato di tua sorella. Vorrei provare a fare delle ricerche su internet anche su di lei, chissà che non salti fuori qualcosa».

«Katherine era poco più di una bambina quando l'ho vista l'ultima volta. Ci volevamo davvero bene. Sono certo che quel bastardo avrà tenuto anche lei all'oscuro di tutto».

Capitolo 46

La rottura

Armand parcheggiò nel vialetto di fronte a villa Evans. Fece scendere Katherine e la seguì mentre si affrettava verso l'ingresso.

«Tesoro, se vuoi posso restare qui fuori. Sarò pronto a intervenire in caso di necessità».

Lo osservò per un attimo. Le ricordava un felino pronto ad attaccare. «Non se ne parla, ti voglio accanto», disse lei.

La baciò con dolcezza sulla fronte e la abbracciò per qualche secondo.

Katherine ricordò il momento in cui le aveva detto che il sistema di allarme di casa sua poteva risultare altamente lesivo per lui. «Aspetta solo un momento prima di entrare, disattivo del tutto l'allarme».

Dopo averlo fatto tornò fuori, prese Armand per mano e lo invitò a entrare. «Tutto bene?» gli chiese con dolcezza.

«Sì, grazie amore mio». Armand era teso, memore delle prime due volte in cui aveva rischiato la vita entrando in quella casa.

Katherine lo guardò negli occhi. «Ti amo».

Dal primo piano arrivarono le grida di Grace e Robert che stavano litigando furiosamente.

Armand decise di restare al piano di sotto. Katherine corse su per le scale e piombò nella loro camera. Robert stava stringendo Grace per i polsi.

«Lei non rappresenta nulla! Io amo solo te, lo capisci?».

«Questa vigliaccata non me la dovevi fare. Proprio con Donata... la moglie di Sebastian. La mia amica, dannazione! Proprio lei dovevi portarti a letto, maledetto porco?».

Katherine rimase immobile, sulla soglia. Iniziò a respirare a fatica, cercando di mettere a fuoco quello che stava accadendo. Non riusciva a credere a quello che aveva appena sentito. Suo padre... e Donata! Insieme... a letto. Amanti. Suo padre tradiva sua madre. Per un attimo le si appannò la vista, poi collegò tutto e ricordò di averli visti entrambi, in due diverse occasioni, in quella stessa via fuori mano della periferia di Firenze. Appena l'idea prese corpo nella sua mente, si immaginò suo padre a letto abbracciato con la madre di Alessio e le venne la nausea. Era proprio un uomo senza scrupoli, come lo zio John. Non era un Blackwell di nascita ma da quella famiglia aveva decisamente preso il peggio.

Grace e Robert si accorsero di lei quando ormai era troppo tardi. Suo padre rimase pietrificato, sua madre la guardò con occhi imploranti.

«Kate, va' di sotto. Non voglio che tu ci veda così». Grace voleva proteggerla, non sapendo che per lei quello era l'ennesimo pugno allo stomaco assestato dalla crudeltà di suo padre.

«Lasciala andare immediatamente!». Katherine si rivolse a suo padre con una decisione mai mostrata prima di allora e lui, sorpreso, eseguì.

La donna corse ad abbracciare la figlia. «Mi spiace così tanto. Non avrei mai voluto che tu assistessi a una scena del genere».

«Non è colpa tua mamma. Qui semmai c'è qualcun altro che dovrebbe sentirsi in colpa, almeno fino alla fine dei suoi giorni. Andiamo di sotto».

Mentre Katherine usciva dalla stanza, abbracciata a Grace, sentì suo padre mormorare: «Kate, per favore, io vorrei poterti spiegare...».

Lei tornò indietro, gli si avvicinò torva e disse sottovoce, con tono tagliente: «Bene, allora spiegami perché in questo momento preferirei non avere un padre».

«Non puoi dirmi questo! Tutti i sacrifici, tutto quello che ho fatto nella mia vita, l'ho fatto per te», le disse facendo un passo verso di lei.

Katherine replicò indignata: «Solo bugie. Come quelle che hai raccontato alla mamma fino a oggi. Come fai a sperare che io ti creda? Non avresti mai giocato con la mia vita se tenessi così tanto a me». Socchiuse gli occhi, furente. «So tutto sulle pillole color lavanda e sulla patologia che ti sei inventato».

Robert sbarrò gli occhi. Katherine gli girò le spalle e uscì dalla stanza sbattendo la porta.

Grace la guardò con aria interrogativa, aveva sentito tutto: «Cos'è 'sta storia delle pillole?».

«Scendiamo e ti spiego tutto». E aggiunse, per prepararla: «Mamma, di sotto c'è Armand».

Grace si portò una mano alla fronte. «Dio mio, bella figura abbiamo fatto!».

«È intelligente, saprà capire», disse Katherine cercando di tranquillizzarla.

Armand era sul divano e si sentiva un po' a disagio. Appena le vide entrare si alzò in piedi e accennò un sorriso per nascondere il suo imbarazzo. «Buongiorno, Grace».

«Ciao Armand, sono mortificata per questa situazione. Non è certo il benvenuto che avrei voluto riservarti».

«Non lo pensi neppure, anzi sono io a scusarmi per...».

Fu sorpreso quando lei gli accarezzò il viso. Grace non riusciva a spiegarselo, ma sin dal loro primo incontro aveva provato un affetto istintivo per lui.

«Vi lascio sole, dovete parlare di molte cose». Si rivolse poi a Katherine: «Posso fare due chiacchiere con tuo padre?».

Lei trasalì per timore di quello che sarebbe potuto accadere, ma ricordò che Armand le aveva promesso che non avrebbe fatto del male a Robert. Si fidava ciecamente di lui. «Sì, va bene», gli rispose dopo un attimo di incertezza.

Robert si sentiva a pezzi. Sua figlia aveva scoperto la verità sul farmaco sperimentale che le faceva assumere da anni e si chiedeva com'era potuto accadere. Dopo lo shock iniziale aveva cercato di riprendere il controllo, pensando a come poter uscire da quella situazione. Era in piedi, vicino alla finestra della camera, con le mani nelle tasche dei pantaloni. Stava guardando fuori, senza vedere quello che aveva davanti.

Ripensò alle scelte fatte in passato e decise che dal suo punto di vista erano quasi tutte giuste. Aveva certamente commesso alcuni errori di valutazione, ma non sarebbe mai tornato sui suoi passi.

Allora spiegami perché in questo momento preferirei non avere un padre. Le parole di Katherine facevano ancora eco nella sua mente. Erano state come un pugno allo stomaco. Sua figlia non aveva alcun diritto di rivolgersi a lui in quel modo. Era per lei che aveva lavorato tanto, Katherine era la sua unica ragione di vita, il centro del suo universo.

Quando aveva visto per la prima volta gli occhi di quella piccola creatura tra le braccia di Grace, aveva capito di avere finalmente una cosa tutta sua. Aveva riposto in lei tutti i sogni e le aspettative. Voleva offrirle una vita perfetta, tutto quello che lui non aveva mai avuto. Pensandoci bene, per rincorrere questo sogno forse le aveva sottratto del tempo. In effetti erano mesi che non stavano un po' da soli e non parlavano da padre a figlia. Ma lui lavorava senza sosta per garantirle una vita normale, per salvarla da quel mostro che aveva dentro, un potere che l'avrebbe fatta sembrare un fenomeno da baraccone agli occhi del mondo. Questo lei non poteva capirlo, perché non lo sapeva. E se glielo avesse semplicemente detto?

No, era fuori discussione. Se si fosse confidato con lei avrebbe dovuto dirle anche di Thomas e Kate non avrebbe mai potuto accettarlo. La sua bambina non poteva certo ragionare con la testa di un genitore. Robert si sentiva un ottimo padre, uno dei migliori, il padre che lui non aveva mai avuto. Avrebbe dato qualunque cosa per avere un genitore che lo amasse come lui amava sua figlia.

Quella stabilità che lui da sempre aveva rincorso affannosamente si stava sgretolando sotto i suoi occhi, ma lui avrebbe trovato il modo per riportare l'equilibrio e la serenità nella sua casa. Katherine lo avrebbe perdonato e così anche sua moglie. Era vero che aveva tradito Grace con la moglie di Sebastian, ma era ancor più vero che era stata Donata a fare l'impossibile pur di sedurlo. Doveva elaborare un piano per non mandare tutto all'aria con i Della Rocca. Robert era ancora convinto che un giorno Katherine avrebbe sposato Alessio. Presto quel ragazzo sarebbe stato a capo di un impero finanziario tra i più grandi del mondo e fortuna voleva che fosse innamorato proprio di sua figlia. Alla fine tutto sarebbe andato secondo i suoi piani. Doveva solo trovare il modo di sistemare alcune situazioni che quella mattina si erano messe di traverso.

Appena sentì bussare alla porta, Robert si girò di scatto. Un sorriso fiero si posò sulle sue labbra. Era disposto a mettere da parte il suo orgoglio, per una volta, e accogliere a braccia aperte chiunque fosse, Katherine, Grace o magari entrambe.

«Avanti», disse lui in tono gentile.

Armand entrò con atteggiamento freddo e si chiuse la porta alle spalle. «Salve, dottor Evans. Finalmente ho il piacere di conoscerla. Fino a oggi avevo soltanto sentito parlare di lei. La sua fama la precede».

Accanto alla finestra, Robert rimase immobile incrociando lo sguardo intimidatorio di Armand.

Si rivolse a lui sfrontatamente. «E tu chi sei? E cosa vuoi?».

«Ci diamo del tu allora? Molto bene». Armand fece un passo verso di lui. «Sono Armand Castelli, Generale della Guardia del *Regens* e rappresentante dell'Antica Stirpe. Credo che potresti considerarmi come il tuo angelo custode. Oppure il tuo peggior nemico».

Robert rabbrividì. Conosceva quello sguardo. Era lo stesso sguardo letale dei due kurann che avevano ucciso Sebastian Della Rocca.

Capitolo 47

La scelta

A Robert si appannò la vista per qualche secondo. Il kurann che era di fronte a lui aveva un'espressione spietata, era pronto a uccidere. La patina color porpora che vedeva nelle sue pupille lo terrorizzava.

Aveva incontrato quattro kurann in vita sua. Il primo era stato mutilato e utilizzato per i suoi esperimenti. Con suo padre, un kurann terribile di nome Venom, aveva raggiunto un accordo: se gli avesse consegnato il software *TRW-killer*, gli avrebbe risparmiato la vita anziché vendicare la morte del figlio. Ogni tanto Venom mandava due kurann a minacciarlo per ricordargli quel patto scellerato. Proprio a questi ultimi due Robert aveva chiesto di uccidere Sebastian Della Rocca se l'era cercata, rifiutandogli il prestito di venti milioni di cui aveva un disperato bisogno.

Quello che aveva davanti era il quinto dannato kurann in cui si imbatteva nel giro di pochi mesi.

Ripensando a come si era presentato, Robert ebbe un flash. Armand Castelli era il nome dell'assistente di Storia dell'Arte di Katherine, quindi proprio quello con cui usciva sua figlia. *No! Un fottutissimo kurann aveva messo le sue mani luride sulla sua bambina.* Non lo sopportava. Lo avrebbe ucciso, a costo di rimanerci secco anche lui.

«Maledetto bastardo!». Robert corse verso il comodino in cerca della sua pistola. Gli avrebbe sparato e nessuno avrebbe potuto salvarlo.

Armand fu alle spalle dell'uomo prima che lui avesse il tempo di brandire l'arma.

«Dovrei strapparti il cuore solo per il male che hai fatto a Katherine. Vorrei toglierti quell'organo marcio con le mie mani e ficcartelo in bocca», disse Armand con un'acrimonia che faceva rabbrividire.

«Non ti azzardare ad avvicinarti ancora a mia figlia!» La voce di Robert era disperatamente minacciosa.

Armand gli andò così vicino da sentire l'odore dell'ira e della paura che gli scorreva sotto la pelle. Lo prese per il collo, immobilizzandolo contro la parete. «Ascolta bene quello che sto per dirti, perché non lo ripeterò una seconda volta. Sei fottuto! In questo momento la polizia sta esaminando dei dossier top secret che ti inchiodano. Non hai scampo».

L'uomo sbarrò gli occhi. Il suo cuore iniziò a fibrillare.

«Proprio così, dottor Evans. Sarai ricercato per crimini contro l'umanità. L'arma che stai progettando è una minaccia per l'intero mondo e il fatto che tu l'abbia tenuta nascosta al Governo degli Stati Uniti e a tutti gli altri Governi ti condanna a morte prima ancora del processo. Non ti resta che implorarmi di ucciderti». Il volto di Armand svelava una durezza impenetrabile.

Al giovane kurann sarebbe bastato un minimo sforzo per togliere la vita a Robert, lo sapevano entrambi. L'umano non pensò a se stesso in quel momento. Il suo unico obiettivo era quello di salvare sua figlia dalle grinfie di quel maledetto kurann. Appena Armand allentò la presa su di lui, Robert si accasciò e, barcollando, si avvicinò di nuovo al comodino, nuovamente deciso a prendere la pistola.

Questa volta Armand lo lasciò fare, guardando sadicamente le sue goffe mosse. Decise che era il momento di ricorrere alla *krotomateria*, l'incredibile potere di cui disponeva e grazie al quale riusciva a dissolvere qualunque cosa incanalando l'energia generata dalla forza del suo pensiero.

Robert prese in mano l'arma, ma dopo un istante vide che la sua Smith & Wesson 357 Magnum cominciava a svanire sotto i suoi occhi. Attonito e terrorizzato, guardò le minuscole scintille di energia librarsi nell'aria. La sua pistola era scomparsa nel nulla. Restò con la mano vuota, protesa in avanti, con le dita ancora piegate a stringere l'illusione di un'impugnatura. Quando si rese conto di quello che era accaduto, impallidì e iniziò a tremare in modo incontrollabile.

Il giovane kurann gli andò così vicino da sentire nitidamente l'odore della sua paura. «Apri bene le orecchie figlio di puttana, mi hai davvero stancato. Hai solo due possibilità: puoi prendere il passaporto e andare a nasconderti in qualche fogna per il resto della vita oppure, se hai ancora un briciolo di dignità, puoi restare qui e affrontare un processo pubblico. Se Katherine vorrà starti vicino io non glielo impedirò».

Robert fece un passo indietro, in preda alla confusione più totale. Si passò una mano tra i capelli, cercando di concentrarsi, ma fu inutile. Il suo cervello era andato in tilt. Restare o scappare? Aveva da perdere comunque, ma se fosse andato a chiedere aiuto a suo fratellastro forse avrebbe avuto una possibilità di uscita. John era uno dei politici più influenti degli Stati Uniti, non lo avrebbe lasciato marcire dentro una prigione a causa di quell'arma che lui stesso gli aveva commissionato. A suo fratellastro quell'arma serviva, quindi gli serviva lui, libero.

Il colpo di tosse ostentato da Armand lo fece trasalire. Non c'era più tempo, quel kurann voleva una risposta. Aveva deciso: scappare, doveva scappare. Si girò verso l'armadio come un automa, aprì una valigia, infilò dentro qualche vestito alla rinfusa, poi prese con mano tremante la sua ventiquattrore in pelle.

Armand gli intimò: «Hai un'ora per lasciare il Paese. Non azzardarti ad avvicinarti a Leuven, anche in Belgio pende un mandato di cattura sulla tua testa. Abbi la decenza di non farti vedere mai più in pubblico e non cercare Katherine o Grace, per nessun motivo. Tutto chiaro?».

L'uomo stava tremando. Quel dannatissimo kurann non scherzava.

Prima di precipitarsi verso l'uscita, Robert si voltò. «Perché dovrei crederti? Chi mi assicura che non mi ammazzerai appena metto piede fuori di qui?».

Armand attese un attimo, e all'umano parve un'eternità, poi disse con voce severa: «Tu credi di amare tua figlia. Io la amo davvero. Non farei mai nulla per ferirla, ci ha già pensato suo padre a spezzarle il cuore».

Robert aprì la bocca per dire qualcosa ma il giovane kurann lo anticipò: «Ti restano cinquantasette minuti, dottore».

L'uomo si voltò, uscì dalla stanza e corse giù per le scale.

Armand chiuse gli occhi per cercare di placare l'ira che sentiva dentro. Avrebbe dovuto ammazzare quel bastardo, sarebbe stato un guadagno per tutto il pianeta. Ma era il padre della donna che amava al di sopra di ogni cosa. Non poteva causare altro dolore a Katherine. Per averlo lasciato scappare era disposto a subire tutte le conseguenze. Permettendo a Robert Evans di fuggire, Armand rischiava perfino l'accusa di tradimento verso l'Antica Stirpe. Tamon aveva concesso in via del tutto eccezionale che il medico venisse giudicato e condannato da un tribunale umano. Lasciandolo scappare, Armand aveva infranto l'ordine del potente *Regens* e tradito la fiducia riposta in lui dalla sua famiglia. Ma se quel bastardo fosse rimasto lì, avrebbe continuato a rappresentare una minaccia per Katherine e per sua madre fino alla fine del processo, quindi per mesi se non addirittura anni. Troppo, troppo tempo.

Il giovane kurann si appoggiò alla parete e iniziò a contare lentamente. *1, 2, 3, 4*... Di solito era l'unico metodo in grado di calmarlo. Respirava a intervalli regolari, lunghi e lenti. ...*5, 6, 7, 8*... La sua mente si stava pian piano svuotando e i muscoli cominciavano a rilassarsi. ...*9, 10, 11*...

«Dalla finestra della cucina ho visto mio padre correre verso la sua macchina e partire sgommando. Cos'è successo?». La voce di Katherine era concitata e lui riusciva a percepire chiaramente ogni sfumatura del suo stato d'animo.

Armand aprì gli occhi, girò la testa verso di lei, la guardò, ma non disse nulla.

«Lo hai fatto scappare, vero? L'hai fatto per me. Oddio, Armand, adesso cosa succederà?».

Katherine gli andò vicino e lo abbracciò. Lui allora pronunciò parole che era sicuro lei non potesse capire, perché formulate nell'antica lingua della Stirpe. Parole che gli arrivavano dal profondo e rivolte a nessuno in particolare, forse soltanto a se stesso. *«Nella mia lunga vita ho capito due cose: uno, il destino ti presenta sempre il conto; due, l'amore travolge come una valanga, un fiume in piena, uno tsunami. E tu, desideroso di scoprirne la forza, non puoi fare altro che affidarti alla marea, senza opporre alcuna resistenza. Per ora mi lascio trasportare dall'onda, domani accetterò di buon grado che mi si presenti il conto».*

Capitolo 48

La partenza

Lisa posò il passaporto sul tavolo della cucina.

«Thomas, credi davvero che sia una buona idea?».

«È l'unica che mi viene in mente visto che non siamo riusciti a rintracciare mia madre», disse lui con voce ferma.

«Può essere pericoloso, lo sai, vero?».

«Non posso restare qui e di certo non posso andare in giro per l'Italia alla cieca, rischiando di farmi beccare da lui. Quello ha un mucchio di conoscenze altolocate. Devo tornare a New York, per forza. Mia madre ha dei parenti lì, vedrai che me la caverò».

«Vengo con te». Lisa era determinata.

«Cosa? Non puoi rischiare ancora per me».

«Come se non l'avessi fatto quando ti ho procurato un documento falso. Cavolo, negli ultimi tempi sembra che io faccia di tutto per farmi arrestare».

Thomas la guardò abbozzando un sorriso. «Grazie Lisa. Ti sarò debitore a vita, comunque vada».

Lei annuì mentre si mordicchiava la parte interna del labbro inferiore. Era preoccupata. «Però aspettiamo qualche giorno. Voglio che ti riprenda un pochino, sei ancora debilitato».

Il ragazzo era impaziente. «Domani mattina andrà bene. Credo di aver già perso troppo tempo».

«E se andassimo dalla polizia?» suggerì lei.

«Non mi fido. Il mio patrigno ha conoscenze ovunque, perfino nella CIA. Cosa vuoi che gli costi fare qualche telefonata?».

«Ok, allora non prenderemo l'aereo a Bruxelles. Parigi dista solo tre ore di strada. In un aeroporto affollato come quello attireremo meno l'attenzione. Se tuo padre ha conoscenze così importanti, immagino che l'aeroporto di Bruxelles sia sorvegliato».

«Non so proprio come ringraziarti per quello che stai facendo per aiutarmi».

Lisa lo abbracciò affettuosamente scompigliandogli i capelli. Quella donna per lui rappresentava la salvezza. Anzi, no. Rappresentava molto di più.

In quella fredda giornata di dicembre, il silenzio imperava dentro e fuori villa Evans. L'interno era illuminato da un timido sole pomeridiano. Poche ore prima Katherine aveva ricevuto il colpo di grazia. Suo padre era scappato senza neppure passare a salutarla. Aveva scelto di fuggire anziché affrontare le conseguenze dei suoi errori.

La ragazza dagli occhi blu notte chiuse piano la porta della camera di sua madre, tirò un respiro profondo, e si apprestò a scendere le scale. Era esausta. Lo stress a cui era stata sottoposta negli ultimi giorni l'aveva indebolita anche fisicamente. Sentiva forte il bisogno di rifugiarsi tra le braccia di Armand, che la stava aspettando al piano di sotto.

Il giovane kurann aveva ordinato a due soldati della Guardia del *Regens* di pedinare il dottore, come ombre. Aveva già infranto l'ordine di Tamon permettendo all'umano di scappare, non avrebbe commesso l'errore di perdere le sue tracce. Lo avrebbe fatto seguire fino al giorno in cui sarebbe andato a prenderlo per farlo sbattere in una prigione, a marcire per il resto della vita.

Katherine entrò nel salone, si sedette accanto ad Armand e si lasciò sfuggire un sospiro. «La mamma si è appena addormentata dopo aver preso due sonniferi».

Armand appoggiò il giornale che stava sfogliando distrattamente. «I prossimi giorni saranno molto difficili per lei, almeno fino a quando non avrà razionalizzato tutto quello che è accaduto oggi». Le accarezzò il viso. «E tu, come stai?».

Katherine scosse la testa. «Vorrei avere una bacchetta magica per tornare indietro nel tempo a quando eravamo una famiglia felice e Thomas era ancora vivo». C'era una nota straziante nella sua voce. La scomparsa di suo fratello sarebbe sempre rimasta una ferita aperta.

«Vorrei tanto poterti regalare questa gioia».

«Ci sono novità?» chiese lei, cercando di concentrarsi su qualcos'altro.

«A dire il vero sì. Tuo padre ha preso il primo volo per New York».

«Immagino che andrà a cercare aiuto dallo zio John. Anche se non sono mai stati in ottimi rapporti, sono certa che gli procurerà i migliori avvocati. Tutto pur di fargli pesare ancora una volta il suo delirio di onnipotenza».

Armand sorrise prima di darle un bacio. «Gli vorrai sempre bene».

Nonostante tutto, Robert era suo padre. «Avrei voluto che facesse scelte diverse».

«Ogni scelta comporta delle conseguenze. A proposito, si è reso necessario un intervento immediato al centro ricerche di Leuven. Partirò stasera insieme a Shamnos».

«Che tipo di intervento? Non sarà pericoloso, vero?» gli chiese preoccupata.

«Nessun pericolo, tranquilla. I dossier top secret sono già nelle mani delle forze dell'ordine, ma tuo padre ha molti amici importanti in quella zona. Anche se ora il laboratorio è sotto sequestro, qualcuno potrebbe ugualmente tentare di recuperare i progetti, il prototipo e altre informazioni importanti sull'arma che Robert stava realizzando. È un rischio che non possiamo correre. Dobbiamo fare in fretta e arrivare sul posto prima di chiunque altro».

«E cosa farete una volta lì?».

«È nostra intenzione radere al suolo l'intera struttura e tutto quello che contiene».

«Posso venire con te?».

«Katherine, potrebbero verificarsi degli imprevisti. Vorrei saperti al sicuro».

«Allora è pericoloso».

Armand abbozzò un sorriso. «Non è quello che intendevo. Preferirei però che restassi qui».

Lei distolse lo sguardo per un attimo. Avrebbe voluto rimanere accanto a sua madre, ma era troppo importante andare al centro ricerche. Quel luogo sarebbe stato distrutto e non avrebbe avuto altre occasioni per vedere ciò che suo padre le aveva tenuto nascosto per anni.

«Ti prego, Armand, portami con te. Devo sapere. Ho il diritto di vedere...».

La strinse forte prima che finisse la frase. «Non riesco mai a dirti di no».

«Quando partiamo?».

«L'aereo decollerà poco dopo le ventidue. L'area è appena stata messa sotto sequestro, domani sicuramente la polizia belga porterà via tutto quello che c'è là dentro. Dobbiamo agire stanotte».

«Chiedo a Elena se può venire qui, non vorrei lasciare da sola mia madre».

Armand era preoccupato all'idea di dover incontrare il *Regens*. «Io vado alla dimora reale, devo prendere il passaporto e cambiarmi. Passo a prenderti fra cinque ore esatte».

Katherine alzò un sopracciglio. «Sarei proprio curiosa di vedere se nel tuo passaporto c'è scritto nato nel millesettecento...».

«Dieci», la anticipò lui.

«Dio, sei così vecchio?». Gli occhi di Katherine sorridevano.

«Non li porto poi tanto male, che dici?». Le diede un piccolo morso nell'incavo del collo, poi si staccò da lei, malvolentieri.

«Ah no, per niente. Anzi. Posso chiederti un piccolo favore?».

«Sentiamo».

«Mi presteresti il cellulare per un minuto?».

«Devo preoccuparmi?» domandò lui con aria sospettosa.

«Tu dammelo e basta», gli rispose allungando una mano a palmo aperto.

«Ogni giorno diventi più prepotente». Nascondendo un sorriso, prese il cellulare dalla tasca dei jeans e glielo porse.

«Ok, ora posso guardare nella rubrica?».

«Vuoi capire che non devi chiedermi il permesso per ogni cosa che fai?».

«Perfettissimo! Da oggi in poi...». Premette alcuni tasti e sorrise compiaciuta appena trovò quello che cercava. «Pronto? Ciao Cris, sono Kate. Ti disturbo?».

Armand la guardò sorpreso ma lei continuò, determinata: «Che programmi hai per stasera?».

Due minuti dopo Katherine chiuse la comunicazione e restituì il telefono al giovane kurann che la guardava ancora con aria stupefatta. «Ma come devo fare con te?».

«Considerati i rapporti idilliaci fra te e Shamnos, non volevo rischiare di tornare a casa da sola, tutto qui». Gli diede un bacio profondo ma veloce. «A dopo, amore mio».

La adorava. Aveva chiesto a Cris di unirsi al gruppo. Sapeva che quella sera non ci sarebbe stato Tamon a tenere buoni Shamnos e Armand, due polveriere pronte a esplodere.

L'aereo era appena decollato. Il volo Pisa – Bruxelles sarebbe durato poco meno di due ore. Accomodati nelle spaziose poltrone della prima classe, avvertivano solo impercettibilmente il ronzio dei motori. Katherine faticava a tenere gli occhi aperti, appoggiò la testa sulla spalla di Armand e lui la abbracciò con dolcezza.

«Andrà tutto bene, vero?» chiese lei a bassa voce.

«Se il nostro amico Shamnos si limiterà a fare quello che gli compete, vedrai che si tratterà di un intervento semplice e veloce».

Shamnos preferì fare finta di non sentire, ma non poté fare a meno di emettere un suono basso e gutturale, quasi un ringhio.

«Cris, ora capisci perché la tua presenza è indispensabile?» disse lei, girando la testa per guardare in modo complice il kurann biondo.

Lui le sorrise. «Tranquilla Kate, ci penso io a tenere a bada il bestione che è qui vicino a me».

Shamnos lo guardò torvo. «Vuoi che ti spedisca fuori a fare due passi?».

Cris lo ignorò, volgendo lo sguardo al finestrino. La notte aveva conquistato l'orizzonte e piccole luci risplendevano lontane, nel buio.

Katherine si accoccolò tra le braccia di Armand. Ripensò alla loro età. Lei aveva da poco compiuto vent'anni. Lui aveva l'aspetto di un ventiquattrenne ma era nato nel 1710, quindi aveva già compiuto trecento anni. Quell'argomento, volutamente chiuso a doppia mandata nel cassetto delle cose da non affrontare, stava invece bussando forte per uscire. Decise così di condividere le sue perplessità con il suo neo-fidanzato-quasi-sposo. Mantenne la voce talmente bassa da risultare poco più di un bisbiglio. «Sai, stavo ripensando a quello che mi hai detto oggi pomeriggio sulla tua data di nascita. Forse ora non dovrei preoccuparmene, visto che oggi hai ufficialmente quattro anni più di me...».

«Dici bene dolcezza, solo ufficialmente...» le aveva sibilato Shamnos all'orecchio, sporgendosi in avanti.

Katherine si girò di scatto, infastidita. «Cris, se non tieni a bada la bestiola, giuro che lo faccio io».

Shamnos tornò ad appoggiarsi allo schienale della sua poltrona, con una risata beffarda sulle labbra. «Non vedo l'ora. Ehi, Armand, te l'avevo detto io che prima o poi Kate avrebbe scelto quello giusto».

Il giovane kurann lo guardò serio per fargli capire quanto poco apprezzasse le sue battute.

Katherine scosse la testa rassegnata. «Ecco, così imparo a mettermi in viaggio con tre... maschi».

Armand le prese la mano e le diede un bacio delicato. «Dimmi, tesoro».

«Non mi ricordo più quello che ti volevo dire».

«Stavi ripensando alla mia data di nascita. C'è qualcosa che ti preoccupa?».

«Ne parleremo in un'altra occasione».

Le strinse piano la mano. «Ora».

Lo fissò per un attimo, poi abbassò lo sguardo, imbarazzata. «Cosa accadrà quando io diventerò una vecchia senza denti e tu invece sarai ancora esattamente come adesso?».

Lo sguardo di Armand si fece serio. «Ti amerò con la stessa intensità, sempre».

Shamnos non si intromise, ma trattenne il fiato. Pensare che un giorno Katherine non ci sarebbe più stata gli causò una fitta al petto. Aveva spezzato decine di vite in battaglia senza il minimo rimorso, ma quella ragazza stava facendo venire fuori un lato di lui che detestava. Irritato con se stesso, cercò di distrarsi pensando ad altro.

«Non sarà la stessa cosa», disse lei, rispondendo ad Armand.

«Ti prometto che approfondiremo meglio l'argomento, ma voglio che tu sappia che nulla, neppure l'impietoso trascorrere del tempo, farà mai diminuire l'amore che oggi provo per te».

«A me il tempo che passa fa paura», affermò piano lei.

Le sfiorò il mento con la punta delle dita. «Non devi aver paura. Di nulla». La strinse forte a sé, cercando di rassicurarla.

Anche se avrebbe voluto fare tante domande, Katherine si morse il labbro per non dire altro. Sfortunatamente la tranquillità di Armand non l'aveva contagiata.

Quando scesero dall'aereo, Shamnos approfittò dell'unica occasione in cui Armand si era allontanato di qualche metro e la guardò negli occhi, serio. «Katherine, Armand non ti lascerà mai. Quando un kurann trova il suo completamento, è per sempre. Ti ama più della sua stessa vita». Poi si allontanò in fretta e tornò alla sua espressione indifferente.

Katherine aveva percepito un punta di tristezza nelle sue parole. Ma sicuramente era stata la sua immaginazione.

Capitolo 49

In azione

Solo trenta chilometri separavano Bruxelles da Leuven. Armand suggerì di noleggiare una macchina, optando per un'auto non troppo vistosa ma veloce. Cris, esperto in nuove tecnologie, si mise al volante e prima di mettere in moto azionò sul palmare l'opzione rileva-radar. Dopo soli venti minuti arrivarono davanti a una grande struttura, protetta da un muro di cinta alto più di tre metri. Shamnos rimosse senza alcun indugio i sigilli apposti dalla Federale Politie che aveva messo sotto sequestro l'intera zona. Cris impiegò meno di dieci minuti per disattivare i sistemi di sicurezza e oscurare le telecamere dislocate su tutto il perimetro. Riuscì anche ad azionare il comando per far scorrere il pesante cancello elettrico all'ingresso. Entrare con la macchina fu facilissimo.

L'ala ovest era semidistrutta dall'incendio, mentre la parte est dell'edificio era intatta. Katherine scese dall'auto piena di dubbi, non poteva ancora credere che suo padre fosse riuscito a tener nascosto tutto ciò che stava vedendo in quel momento.

Armand restò di fianco a lei mentre avanzavano verso quello che sembrava essere l'ingresso principale. Quando Katherine allungò la mano verso la porta, Cris la fermò, si fece avanti e avvicinò il suo palmare alla serratura. Premette alcuni tasti sul display e la sbloccò facendola scattare.

«Non credo sia una buona idea far entrare anche Kate», disse Cris, prudente.

Lei lo guardò risoluta. «Non sono certo venuta fin qui per stare a guardare l'esterno di questo edificio».

Si fece strada tra i due kurann e oltrepassò la soglia senza alcun tentennamento.

Armand si rivolse a Shamnos e Cris: «Noi diamo un'occhiata all'interno, copriteci le spalle. Se dovesse avvicinarsi qualcuno, fatemi uno squillo e usciremo di corsa». Si avventurò con Katherine per i lunghi corridoi illuminati debolmente dagli unici neon ancora funzionanti.

L'ambiente era freddo, asettico, davvero inquietante. Ispezionarono il pianterreno e il primo piano. Ogni singola stanza acuiva il desiderio di Katherine di vedere svelati i misteri della vita di suo padre. Più di ogni altra cosa fu colpita dai laboratori, con tutte le provette ancora disposte in modo ordinato sui banconi, a testimonianza del lavoro di chi era stato costretto a scappare a causa dell'incendio.

Una delle ultime stanze che vide la lasciò senza parole. Al centro era posizionato una sorta di tavolo operatorio, con spesse cinture di cuoio all'altezza delle mani e delle caviglie. Chiunque fosse stato disteso su quel tavolo di metallo era stato sicuramente costretto con la forza a subire chissà quali trattamenti. Rabbrividì guardando gli strumenti in acciaio accuratamente ordinati, dal più piccolo al più grande, sul tavolino lì accanto. Katherine ripensò all'amico di Armand, il kurann torturato e ucciso proprio da suo padre. Quel pensiero la fece rabbrividire.

Armand la strinse piano a sé. «Direi che può bastare».

Katherine, schiava di una forza a cui non poteva sottrarsi, si divincolò lentamente. «Devo vedere». Si diresse verso l'ultima stanza ancora da ispezionare al primo piano.

Armand sapeva quello che avrebbe trovato lì dentro ancor prima che lei potesse aprire la porta. L'odore del sangue secco era pungente, seppur mescolato a una sostanza velenosa percepita nitidamente dal suo olfatto.

Lei guardò inorridita le sbarre alle finestre, poi i suoi occhi passarono in rassegna le pareti spoglie fino a scendere sull'unico mobile presente, una branda in metallo relegata nell'angolo più buio della stanza. Il materasso era coperto da un lenzuolo macchiato di sangue. Un violento conato di vomito la fece arretrare di qualche passo.

Il giovane kurann si mise di fronte a lei per attirare la sua attenzione e impedirle così di guardarsi intorno. «Non servirà a nulla continuare a torturarti in questo modo».

Katherine chiuse gli occhi, avvilita. «Se solo avessi immaginato...».

«Vieni qui». La abbracciò forte. «Ora dobbiamo solo pensare a distruggere questo posto e andarcene il più in fretta possibile. Te la senti di venire con me a dare un'occhiata all'altra parte dell'edificio? Visto che questa sembra una sezione riservata unicamente al campo medico, di sicuro i progetti e il prototipo del *TRW-killer* saranno nell'altro blocco».

Lei annuì, non trovando la forza di dire neppure una parola. Arrivarono alla porta di acciaio che collegava le due diverse zone della struttura. Armand la forzò e riuscì ad aprirla. Appena entrarono nell'ala est lo scenario cambiò completamente. Non più lunghi corridoi come corsie di ospedali, ma un enorme padiglione simile a un hangar sul quale si affacciavano le porte di uffici e studi di progettazione. Un camera di riverberazione era protetta da una spessa porta blindata. Sembrava di essere all'interno della sala comandi di una gigantesca astronave, con generatori di frequenze e proiettori sonori posizionati in ogni angolo. I monitor ancora accesi di alcuni computer diffondevano deboli fasci di luce nella penombra.

Cris entrò inaspettatamente. «State bene? Da più di mezz'ora non avevamo vostre notizie e volevo assicurarmi che fosse tutto a posto».

«Abbiamo ispezionato ogni stanza senza trovare nulla, sicuramente quello che cerchiamo è qui dentro. Ci pensi tu ai computer? Da' un'occhiata anche a quelli dietro la porta blindata», gli disse Armand dirigendosi verso due vani attigui, adibiti a uffici.

Cris andò verso uno dei monitor e collegò il suo palmare con un cavetto. Cinque minuti dopo esclamò: «Certo che in materia di sicurezza avrebbero potuto fare di meglio. Sono bastati due tentativi per entrare nella memoria centrale».

Armand uscì dal secondo ufficio scuotendo la testa. «Io non sono stato altrettanto fortunato, speravo di trovare una sorta di prototipo ma qui non c'è proprio nulla».

Il kurann biondo inarcò un sopracciglio. «Invece c'è, eccome!». Premette alcuni tasti e subito al centro del padiglione una pedana si illuminò. Su di essa comparve la proiezione di una struttura in 3D che roteava lentamente.

Nello stesso momento, a pochi metri di distanza, un monitor da cinquanta pollici si accese e proiettò il volto serio e compiaciuto di Robert Evans. Katherine trattenne il fiato nell'ascoltare suo padre che cominciava a descrivere il progetto a cui stava lavorando. Gli effetti del software *TRW-killer* erano illustrati con dettagli raccapriccianti, in una presentazione curata in ogni dettaglio e destinata ai finanziatori del progetto e a possibili acquirenti.

Armand si avvicinò, gli occhi sgranati. «Cris, lasciamelo dire, sei un genio! Senza di te non saremmo mai riusciti a trovarlo. Se questo progetto cadesse nelle mani sbagliate sarebbe una vera tragedia. Ce l'hai?».

«Sì, ho già scaricato tutto», rispose fiero lui mostrandogli su un normalissimo palmare il risultato della sua abilità.

Katherine si avvicinò con passo esitante. Sentì crollare dentro di sé anche l'ultimo barlume di speranza che fosse tutto un equivoco. Una piccola parte di lei si era illusa che suo padre potesse non essere coinvolto davvero in quella brutta faccenda. Ma ora aveva di fronte la prova schiacciante della colpevolezza di Robert.

Cris guardò verso Armand. «Spero proprio che quel bastardo si becchi la pena di morte. Hai visto le stanze nell'altro padiglione? Io ci ho dato appena un'occhiata e mi è bastato. In una c'è sangue dappertutto». Il kurann si bloccò per dirigere la sua attenzione verso le immagini di Robert che continuavano a scorrere sul plasma di fronte a loro.

La voce del dottore arrivava fredda e stentorea. «Il progetto *TRW-killer* è unico al mondo per precisione e capacità di devastazione. Potrebbe uccidere milioni di persone in pochi secondi...».

Armand si avventò sulla tastiera per interrompere il filmato, ma era troppo tardi.

Le parole crude di Robert provocarono un effetto devastante nella mente di Katherine. La sua collera cominciò a fendere l'aria come una lama affilatissima. Chiuse gli occhi, stringendo le palpebre. Aveva la mascella talmente serrata da rischiare di frantumarsela. L'ira trattenuta fino a quel momento deflagrò come una bomba a orologeria. D'improvviso tutto cominciò a tremare intorno a loro e le vetrate andarono in frantumi, accartocciandosi su se stesse.

«Che diavolo sta succedendo?». Cris era sconvolto.

Armand non perse tempo a rispondergli. Si avventò sulla ragazza che sembrava in stato di trance e la strinse forte. «Katherine, amore, dobbiamo uscire di qui».

Lei non reagì, restando completamente immobile.

«Cris, dobbiamo correre fuori» tuonò Armand. «Scappa, qui sta per crollare tutto!» gridò cercando di sovrastare il rumore sordo che sembrava provenire dalle viscere della Terra.

Il kurann ubbidì, vedendo le crepe che salivano in modo impressionante dalle fondamenta verso il soffitto. Quello non era un terremoto, era qualcosa di ben diverso e sconvolgente.

Armand prese in braccio Katherine e iniziò a correre verso l'uscita. Schivò per un soffio un paio di massi caduti dall'alto. Frammenti di blocchi di cemento precipitavano al suolo. Volendo proteggersi, ma più di ogni altra cosa volendo proteggere Katherine, Armand si concentrò a fatica per canalizzare le sue energie e creare in fretta uno scudo di *krotomateria* intorno a loro. Riusciva a percepire chiaramente l'energia che il suo corpo sprigionava, ma in quelle condizioni sapeva che le sue difese non potevano reggere per più di qualche secondo. Si precipitò verso l'uscita, con Katherine semisvenuta tra le braccia.

All'esterno li accolse un vento gelido. Erano in salvo. Armand la baciò sulla fronte, accarezzandole i capelli, e lei iniziò finalmente a rilassarsi. «È tutto finito. Ora puoi calmarti, siamo fuori».

«Che cazzo è successo là dentro? Era una trappola per proteggere quel fottuto progetto?». Cris era molto agitato.

Shamnos aveva invece le idee chiare e si limitò a guardare l'umana. Aveva compreso che in lei era nascosto un potere sconosciuto. Ai suoi occhi quella ragazza era sempre stata dannatamente affascinante, adesso lo era ancora di più. Ma per lei esisteva solo Armand. Non era facile accettare questa realtà.

Come dopo una lunga apnea, Katherine riemerse dallo stato catatonico in cui era sprofondata ascoltando le parole di suo padre. Fece un respiro profondo e si guardò intorno. Fissò Armand. «Mi dispiace, ho perso il controllo. Dio mio, era come se fossi intrappolata nel mio incubo peggiore. Vedevo tutto e mi rendevo conto di quello che stavo causando, ma non riuscivo a fermarmi. Armand, potevo ucciderti là dentro».

Lui la baciò sull'attaccatura dei capelli. «Per fortuna il processo di implosione era solo all'inizio. Ora non preoccuparti più, con il tempo vedrai che ti sarà più facile gestire i poteri».

«Cosa?». Cris era fuori di sé. «Oh no, no, no! Non dirmi che è stata lei a far crollare quella montagna di cemento armato». I suoi occhi erano increduli.

Katherine scostò il viso dal petto di Armand per guardare il kurann. «Non avrei voluto, mi dispiace».

Armand fece segno a Cris di darci un taglio. Non era il caso di pressarla in quel momento.

Il kurann biondo deglutì e riprese. «Non è successo nulla, tranquilla». I suoi occhi però dicevano ben altro.

Appena lei si riprese, Armand si rivolse a Shamnos. «Prenditi cura di Katherine. Io devo finire il lavoro che lei ha iniziato. Quel progetto infernale deve essere annientato completamente e definitivamente».

«Va' tranquillo fratello, penso io a Kate».

Il giovane kurann si allontanò in direzione del grande edificio ormai semidistrutto.

Shamnos si avvicinò a Katherine mentre lei guardava Armand allontanarsi. Il grosso kurann le posò le mani sulle spalle. Avrebbe voluto abbracciarla forte e lasciarsi travolgere dal delizioso profumo dei suoi capelli, della sua pelle e del suo sangue. Si sarebbe perso volentieri nei suoi grandi occhi blu, arrendendosi ai sentimenti che stava cominciando a nutrire per lei. Scoprirla così potente amplificava le sue pulsioni. Era a pochi centimetri da lei, sarebbe bastato solo un passo per stringerla a sé e non lasciarla mai più. Invece Shamnos si limitò a sfiorarla, donandole tutto se stesso in quel gesto apparentemente distaccato.

Katherine intanto era affascinata dalla visione di Armand che, tenendo le braccia distese in avanti, generava flussi di *krotomateria* per dirigerli contro quel poco che rimaneva dell'ala est dell'edificio. Era davvero bello così assorto nel suo compito, così forte. Riusciva a comandare perfettamente quel suo incredibile potere facendo dissolvere con precisione chirurgica soltanto l'ala destinata agli esperimenti militari.

Quando l'opera di annientamento fu compiuta, Katherine ebbe un moto liberatorio che volle condividere con Shamnos, posando una mano sulla sua, stringendola forte. Lui non disse nulla. Gli bastò godere di quel contatto e delle emozioni che il gesto di Katherine suscitò in lui. Lei si girò per guardarlo negli occhi e si limitò a sussurrargli un tenero «grazie» prima di interrompere quel momento di intimità e correre tra le braccia del suo amato.

Armand la accolse con una gioia immensa, baciandola con trasporto mentre Shamnos guardava nella loro direzione. Voltarsi dall'altra parte avrebbe significato ammettere anche con se stesso una evidente debolezza nei confronti dell'umana. Decise di concentrarsi su un punto più lontano, e precisamente su quello che ormai era soltanto un cumulo di macerie lasciato intenzionalmente da Armand. Dovette ammettere che il giovane kurann aveva fatto un ottimo lavoro. Gli umani avrebbero preso in considerazione le ipotesi più disparate, ma non sarebbero mai riusciti a risalire alle vere cause di quella distruzione.

Cris fu il primo a complimentarsi con loro. «Ottimo lavoro! Voi due formate una coppia davvero unica».

Shamnos incontrò gli occhi di Katherine per un istante, poi distolse lo sguardo e iniziò a camminare a grandi falcate verso l'auto parcheggiata poco lontano. «Non vorrei fare il guastafeste, ma per rispettare il piano dobbiamo muoverci in fretta».

Sarebbero ripartiti in aereo dall'aeroporto di Parigi per evitare di passare di nuovo da quello di Bruxelles in un lasso di tempo così breve.

«Quanto dista Parigi da qui?» chiese Katherine.

«Trecentoquaranta chilometri. Potrai riposarti un po' lungo il tragitto», la rassicurò Armand aprendole la portiera.

«Dopo aver visto come guida Cris scommetto che arriveremo a Parigi in meno di due ore. Speriamo non ci fermino per eccesso di velocità perché non saprei proprio spiegare cosa ci faccio in un'auto con tre kurann. Be', potrei sempre dire che sono una povera umana ammaliata dal fascino indiscusso di tre creature leggendarie che mi hanno stregata con i loro sguardi profondi e...».

«Katherine!». I tre urlarono in coro, come se si fossero messi d'accordo.

Lei non poté fare a meno di sorridere. «Ok, ok, ora chiudo il becco e non mi sentirete più fino a quando non arriveremo in Italia, contenti?».

«Sì, come no. Una donna che sta zitta per più di cinque minuti...». Shamnos era tornato a essere quello di sempre, freddo e arrogante. Era bravo a vestire quei panni, in un ruolo che gli calzava a pennello.

Katherine si accoccolò tra le braccia di Armand. Si sentiva al sicuro.

«Ehi, sapete che tra quattro giorni è la vigilia di Natale?» domandò lei soffocando una risata.

«E ti pareva? Ora chi la ferma?» disse Shamnos in tono troppo scontroso per risultare credibile.

«Kate, non dovevi dormire fino all'arrivo in Italia?» gli fece eco Cris dal posto di guida.

«Ecco il secondo candidato al Nobel per la simpatia! Volevo solo ricordarvi una data carina. Peggio per voi, vi siete appena giocati i deliziosi dolcetti preparati da mia madre».

Cris le sorrise. «Questo è un colpo basso».

Shamnos invece si girò verso Armand. «Ci pensi tu a farla addormentare?».

«Ok, ho capito l'antifona. Buonanotte», sbuffò lei facendo finta di essersela presa. Chiuse gli occhi stringendosi tra le braccia di Armand. Non voleva pensare a nulla in quel momento, solo godere del contatto complice dei loro corpi.

Venom stava percorrendo le stradine buie e deserte della periferia di Leuven, diretto verso la zona in cui era ubicato il centro ricerche di Robert Evans. Il kurann era andato lì determinato a recuperare i progetti dell'arma letale e se gli fosse stato possibile avrebbe portato via anche il prototipo. Sperava di riuscire a impossessarsi di quel gioiello di ingegneria prima che qualcun altro potesse metterci le mani sopra. Subito dopo sarebbe andato a cercare Evans e lo avrebbe fatto fuori. Le potenzialità di quell'arma erano incredibili, con una simile meraviglia avrebbe potuto tenere in pugno kurann e umani, senza distinzione.

Venom era stanco di prendere ordini da Tamon, stanco di guidare un esercito che non portava neppure il suo nome. L'esercito di Venom suonava decisamente meglio dell'esercito di Alszaham. Un ghigno di soddisfazione gli stirò il labbro inferiore. Stava portando a termine il piano diabolico a cui aveva dato inizio appena un secolo prima, quando aveva ucciso suo fratello Alszaham, pianificandone l'omicidio nei minimi particolari e facendo credere che fosse morto sul campo, lottando contro i ribelli.

Da sempre Venom si sentiva ossessivamente attratto dal potere, forse perché non era mai riuscito a ricoprire il ruolo che secondo lui gli spettava di diritto. Quando quello sciocco di Alszaham aveva firmato il patto che riconosceva Tamon come unico e supremo *Regens* dell'Antica Stirpe, aveva mandato in frantumi il suo sogno di diventare un giorno il *Regens* di uno dei Due Imperi. Per colpa di suo fratello ora esisteva un solo Impero, ed era guidato da Tamon. Non poteva accettare quella situazione. Secondo i suoi calcoli sarebbe arrivato presto il giorno in cui Tamon sarebbe stato costretto a chinare il capo di fronte a lui. L'arma inventata dal dottore ne era la garanzia.

Venom si rilassò al volante della sua Jeep. Stava già pregustando il sapore della morte del potente *Regens*. Quello era solo un debole che teneva alla pace, lui invece era un vero guerriero. Avrebbe condotto un esercito potente verso la conquista del mondo, in barba alle Antiche Leggi. Avrebbe provato un piacere infinito nel togliere la vita a Tamon guardandolo negli occhi mentre esalava l'ultimo respiro, proprio com'era accaduto con suo fratello. Non si era mai sentito così potente come nell'attimo in cui gli aveva tolto la vita.

Ora toccava al *Regens* e alla sua famiglia. Non provava alcuna pietà per quel maledetto che non gli aveva mai riservato il rispetto che si meritava. Subito dopo la morte di suo fratello, il *Regens* aveva dichiarato Alszaham un eroe e per onorarlo aveva deciso che l'esercito avrebbe continuato a portare il suo nome. Era stata una delle più grandi umiliazioni subìte nella sua lunga vita, un affronto che ancora una volta lo aveva relegato al secondo posto. Venom si sarebbe vendicato per quell'ingiustizia e avrebbe utilizzato l'arma per compiere il suo perverso disegno di vendetta. Il kurann aveva intenzione di ribaltare il potere e far saltare parecchie teste: dal potente *Regens* alla sua compagna strega e veggente, e a quella specie di figlio adottivo che si erano presi in casa. Ma non sarebbero state soltanto le loro teste a saltare. Anche tra gli umani la lista era piuttosto lunga: da alcuni capi delle Nazioni Unite al Presidente degli Stati Uniti che aveva snobbato lui e il magnifico progetto di espansione che un autorevole membro del Congresso gli aveva presentato dietro suo preciso incarico.

Il kurann sbarrò gli occhi appena raggiunse la cancellata del centro ricerche. *Porca puttana, non è possibile!*

Un tremore crescente prese a scuoterlo in tutto il corpo. Qualcuno era arrivato prima di lui. E aveva distrutto tutto. Niente arma, nessun progetto. Armand. Poteva essere stato solo lui, era l'unico in grado di fare una cosa simile. Quel maledetto sarebbe stato il primo da spedire all'inferno.

Venom rifletté per qualche secondo, poi decise. Robert Evans era l'unico in grado di aiutarlo e lo avrebbe fatto. Prima di morire, ovviamente.

Capitolo 50

Terminal 2E

Katherine si svegliò nel tepore dell'auto. Il respiro di Armand le sfiorava il collo, la sua mano le accarezzava i capelli. «Mi manca stare nel nostro letto», le sussurrò con dolcezza.

Lei aprì gli occhi sorridendo. «Nostro?».

«Certo». La baciò con trasporto, assaporando la freschezza dolce delle sue labbra.

Katherine si guardò intorno. «Dove sono quei due?».

«Shh, abbiamo ancora qualche minuto prima che si rifacciano vivi».

Non volendo sprecare neppure un secondo di quell'imprevista intimità, rispose al suo bacio con desiderio crescente. Gli infilò la mano libera sotto la maglia, spinta dall'urgente bisogno di toccare la sua pelle. Il tempo volava sempre troppo in fretta quando erano insieme.

«La festa è finita, stanno tornando. Dobbiamo scendere, Charles de Gaulle ci aspetta».

Katherine ritrasse la mano da sotto la maglia di Armand. «Torneremo a Parigi, vero?».

«Quando vorrai. E non sarà per una notte soltanto».

Il decollo del loro aereo era previsto per le dieci, quasi due ore più tardi, e Cris aveva proposto di fermarsi a mangiare qualcosa. Una decina di minuti dopo erano seduti in un bar dell'aeroporto.

Katherine si sentiva particolarmente tesa. Armand se ne accorse e cercò di assicurarsi che tutto andasse bene. «C'è qualcosa che non va?».

«No, no, è tutto a posto», rispose lei con poca convinzione.

La guardò serio. «Katherine, dimmi la verità. Cos'hai?»

«E va bene, sento dentro una strana agitazione. Non so cosa sia, magari è solo stanchezza».

«È normale che tu sia provata, con tutto quello che è accaduto». La strinse a sé. «Appena saremo in aereo sarai più tranquilla».

Lei annuì, dubbiosa. Sentiva che stava per accadere qualcosa. Ma cosa?

La sera prima, dopo aver rispolverato i ricordi della loro infanzia, Lisa e Thomas si erano addormentati a fatica. Entrambi erano agitati pensando al viaggio che avrebbero dovuto affrontare per raggiungere la famiglia di Grace in America.

Thomas aveva continuato a girarsi sul divano letto e Lisa pazientemente si era alzata due volte per coprirlo col piumone finito per terra. Non lo percepiva più come un estraneo, si stava affezionando davvero a quel ragazzo dai lineamenti gentili e gli occhi verdi.

Per Thomas era stata una notte continuamente interrotta da bruschi risvegli. Stava di nuovo facendo un brutto sogno quando il suono della sveglia lo aveva fatto trasalire.

Lisa si era avvicinata a lui con il sorriso sulle labbra, cercando di infondergli un po' di ottimismo. Ne aveva bisogno anche lei, in realtà. Aveva fatto tutto quello che era stato in suo potere per organizzare la partenza per l'America. Procurargli un passaporto falso e prendere l'aereo a Parigi era stato il primo passo per evitare possibili rischi all'aeroporto di Bruxelles. Evans aveva perso la sua preziosa cavia, Lisa non poteva pensare che quella bestia non ricorresse alle sue conoscenze per far sorvegliare l'aeroporto più vicino al centro ricerche.

«Buongiorno, Thomas. Pronto per la nostra avventura?».

«Se vuoi sapere la verità, la risposta è no. Ma probabilmente un caffè bello forte mi farà cambiare idea».

Lei gli passò affettuosamente una mano tra i capelli. «Abbiamo mezz'ora per prepararci. Ti metto su il caffè, ma la colazione la facciamo in macchina. Ieri sera ho messo da parte brioches e panini per il nostro viaggio».

Erano usciti di casa chiudendo piano la porta e lasciando aperto il portone per non farlo sbattere. Avevano cercato di fare meno rumore possibile anche nel chiudere le portiere dell'auto.

Durante il tragitto per Parigi Thomas sentiva battere forte il cuore. Da cinque anni non usciva in mezzo alla gente ed era agitato, si chiedeva come sarebbe stato a New York. Sperava di riuscire a entrare subito in contatto con Grace e Katherine. E se loro non gli avessero creduto? Thomas rabbrividì, poi provò a tranquillizzarsi. Sua madre non gli avrebbe mai voltato le spalle lasciandolo nelle mani di Robert.

Tre ore dopo Lisa parcheggiò in un'area adiacente all'aeroporto. Cercava di apparire tranquilla ma in realtà era preoccupata all'idea che gli addetti ai controlli potessero scoprire che il documento di Thomas era falso. Sarebbe stata una tragedia. La notizia avrebbe raggiunto in un baleno le orecchie del dottor Evans e per loro sarebbe stata la fine.

«Sei pronto?».

Thomas annuì. Era terrorizzato.

«Copriti bene prima di scendere. Mi raccomando, qualunque cosa succeda resta accanto a me».

«Ok, promesso».

Scesero dall'auto dopo aver preso uno zaino e un borsone da viaggio, gli unici bagagli che si erano portati dietro, e si incamminarono verso l'entrata dell'aeroporto diretti al terminal 2E.

Appena entrati, Thomas sentì mancare l'aria. Si guardò intorno, smarrito. Il terrore di perdersi in quel posto affollatissimo lo spinse ad accostarsi a Lisa, nonostante la sensazione di soffocamento stesse aumentando. Dopo aver consultato il tabellone delle partenze, la dottoressa Swanee lo incoraggiò a seguirla verso il terminal del loro volo per New York.

Tutti quegli odori, quel rumore e le luci al neon lo disorientavano. Si sentiva sbandare, era provato e faticava a stare in piedi ma faceva forza su se stesso per resistere. Se avesse fatto capire a Lisa che stava male, lei forse gli avrebbe impedito di salire in aereo, ipotesi da non prendere neppure in considerazione.

Dovunque vedeva bambini che tenevano in mano dei pacchi regalo mentre vecchi uomini panciuti recitavano svogliatamente il ruolo di Santa Claus. Si ricordò di quando sua sorella lo trascinava per le vie di New York nei giorni che precedevano il Natale. Chissà com'era bella ora. La immaginava insieme a sua madre davanti a un bel caminetto acceso, magari grande come quello che troneggiava nel salone dei nonni materni.

Quel bastardo del suo patrigno lo aveva privato di ben cinque anni di vita, un quinto della sua intera esistenza. Doveva assolutamente avvertire Grace e Katherine del mostro che avevano in casa e occorreva riuscirci nel più breve tempo possibile.

Il senso di nausea aumentò all'improvviso. Thomas avanzò di qualche metro cercando di stare al passo con Lisa che lo precedeva, ma la sua vista cominciò a offuscarsi. Le persone erano ormai soltanto delle macchie sfocate, sagome indistinte dai colori violenti che compromettevano il suo equilibrio. A ogni passo la folla diventava più rumorosa, le tempie martellavano sempre più forte.

Quando uno dei viaggiatori lo colpì involontariamente con una spallata, tutto cominciò a girargli intorno. Vacillando, venne travolto da un tizio grande e grosso che veniva dalla direzione opposta.

«Ehi, attento a dove metti i piedi», lo rimproverò una donna che riuscì a schivarlo per un soffio.

Thomas cominciò a non sentire più le gambe, le ginocchia gli cedettero mentre l'eco di voci confuse si amplificava fino a diventare insopportabile.

Lisa si accorse troppo tardi del malessere del ragazzo, intenta com'era a raggiungere il punto informazioni. Pur trovandosi solo a un paio di metri da lui non fece in tempo a sostenerlo mentre Thomas precipitava violentemente a terra.

Uscendo dal bar Armand prese Katherine per mano.

Lei si girò di scatto appena sentì il mormorio concitato di alcune persone che si stavano accalcando una decina di metri più in là.

«Credo sia successo qualcosa, andiamo a vedere», disse indicando una piccola folla radunata in cerchio.

«Katherine, il nostro terminal non è vicinissimo e dobbiamo correre a prendere la navetta per raggiungere il 2G».

«Ma forse c'è qualcuno che si sente male. Giurerei di aver sentito pronunciare la parola dottore».

Dovevano salire sull'aereo per Pisa, non potevano permettersi imprevisti di nessun genere. «Non abbiamo tempo, rischiamo di perdere l'aereo».

«Solo un attimo per capire cos'è successo». Katherine si allontanò da lui e Armand fu costretto a seguirla.

Shamnos guardò Cris con aria rassegnata. «Quella ragazza lo farà impazzire».

«Secondo me ormai è troppo tardi per preoccuparsene», gli rispose il kurann sorridendo.

Katherine corse verso la piccola folla che si era radunata e cercò di passare oltre i semplici curiosi. Vide una persona stesa a terra, aveva vicino una donna dai capelli rossi che stava chiedendo ai presenti di farsi da parte.

«Lasciatelo respirare, sono un medico. È tutto a posto, sta già meglio», disse Lisa Swanee. Katherine le si avvicinò, mentre gli spettatori cominciavano a diradare.

«Salve, ha bisogno di aiuto? Posso fare qualcosa per...». Le parole di Katherine rimasero sospese in aria, mentre i suoi occhi si fermarono sul viso del ragazzo disteso a terra di fronte a lei. Trattenne il fiato per un tempo indefinito, oscillando tra realtà e sogno.

«Dio, come assomiglia a mio fratello», sussurrò appena Katherine. Sentì Armand dire qualcosa ma la sua voce le arrivò lontanissima. Incapace di distogliere lo sguardo dal viso di quel ragazzo, si inginocchiò vicino a lui, di fronte alla donna dai capelli rossi. Sentiva un irrefrenabile desiderio di toccarlo, le ricordava suo fratello in modo incredibile. Era sbalordita.

La donna che aveva detto di essere un medico contò i battiti, stringendogli un polso con due dita. «È tutto a posto. Sta' tranquillo, ora andiamo a casa».

Armand si rivolse a Katherine con dolcezza, ma in tono fermo. «Tesoro, scusami ma è tardissimo, dobbiamo andare». Non capiva il comportamento della giovane.

Il ragazzo a terra si mosse appena. Portò una mano sul fazzoletto bagnato che aveva sulla fronte e lentamente lo tolse.

Katherine ebbe un tuffo al cuore. Nonostante il viso smunto e il corpo scheletrico, quel ragazzo le ricordava suo fratello in modo impressionante.

«Stai bene, Thomas? Riesci ad alzarti?» chiese piano Lisa rivolgendosi a lui.

La salivazione di Katherine si azzerò di colpo. Anche il respiro e il cuore si bloccarono per un lunghissimo istante. Quella donna lo aveva chiamato Thomas, usando proprio il nome di suo fratello. I battiti del cuore di Katherine accelerarono all'improvviso rischiando di spaccarle le tempie. *Non poteva essere vero!* Allungò una mano verso di lui, istintivamente.

Lui si voltò e in quel preciso istante... l'impossibile si avverò! Quelli erano gli occhi di Thomas. Gli stessi occhi verdi che rivedeva ogni giorno nello sguardo di sua madre.

Katherine non riusciva a parlare. Mentre Armand e Lisa la fissavano confusi, posò con delicatezza una mano sul viso del fratello.

Lui sbatté le palpebre, nelle sue pupille si accese una scintilla. Mise lentamente la sua mano su quella di Katherine per stringerla con tutta la forza di cui era capace in quel momento e poi, tenendogliela stretta, la fece scivolare dolcemente e la portò sul cuore, proprio come facevano da bambini per dirsi ti voglio bene. Un gesto inequivocabile che spazzava via anche l'ultimo più ragionevole dubbio.

«Oh mio Dio, Thomas!» esultò Katherine con il cuore che le scoppiava di gioia. Quello era suo fratello. Era vivo! Era lì con lei.

Si strinsero in un abbraccio disperato.

«Kate, mia piccola Kate» sussurrò appena, con voce rotta dall'emozione, affondando il viso nei suoi capelli.

«Sì, Thomas, sono qui». Si strinse a lui ancora più forte. «Sono qui con te», ripeté aggrappandosi con tutte le sue forze a quella bellissima verità. *Suo fratello era vivo!*

Con gli occhi lucidi Armand si chinò su di lei e le toccò una spalla. «Tesoro, che dici, lo aiutiamo ad alzarsi?».

Lei si staccò appena da Thomas. «Sì, ma lui viene con noi. Mio fratello torna a casa con me!» disse con forza, facendo fatica a tenere a bada le lacrime.

Il giovane kurann annuì sorridendo, poi aiutò Thomas ad alzarsi e lo accompagnò verso una fila di poltroncine a pochi metri da loro. Il suo sguardo si posò involontariamente sulla vetrata di fronte a loro e per un attimo gli sembrò di vedere riflesso il viso di Kylaah. Sbatté le palpebre due volte, poi l'immagine svanì. Era stata solo un'impressione.

La dottoressa Swanee non riusciva a nascondere la commozione, stentava a credere che il destino fosse finalmente benevolo con quel ragazzo dagli occhi verdi. Si limitò a seguirli fino alle poltroncine e appena Katherine guardò verso di lei trovò il coraggio di parlare.

«Ciao Katherine, io sono Lisa».

Ancora sconvolta e allo stesso tempo felice, le chiese: «Dov'è stato Thomas per tutto questo tempo?».

La donna la guardò negli occhi. «Credo sia meglio cercare un posto meno affollato per parlare con calma».

«Volentieri, facciamo riprendere Thomas e poi cerchiamo un angolino tranquillo». Katherine spostò di nuovo la sua attenzione su di lui. La cosa che adesso le importava di più era essere lì con suo fratello. «Mi sei mancato così tanto!».

«Anche tu topolina, non sai quanto. La mamma sta bene?».

«La mamma è a casa, impazzirà di gioia! Ora abitiamo in Italia, sai? Fra un paio d'ore potrai riabbracciarla».

«Robert dov'è?».

«Be', lui... se n'è andato proprio ieri da casa».

«Per fortuna. Non dovrà più avvicinarsi a noi. Mai più!» affermò con inusitata determinazione.

Lei si scostò per guardarlo negli occhi. «Perché dici così?».

In piedi di fronte a loro, Armand fece un lungo respiro. Temeva che la risposta sarebbe stata un altro duro colpo per la ragazza.

Lei guardò Thomas senza capire, in attesa della risposta.

«È stato lui, Kate. È stato proprio lui a farvi credere che io fossi morto. Per cinque lunghi anni mi ha tenuto segregato, mi ha usato come cavia e torturato ogni giorno per chissà quali mostruosi progetti».

Le parole di suo fratello la lasciarono sgomenta, stravolta da tutto quello che aveva visto, sentito e provato nelle ultime ore. La più totale confusione si impadronì, impietosa, della sua mente. Ogni punto di riferimento della sua vita era crollato rovinosamente. Pezzi di ricordi, sguardi familiari, frasi rimaste a metà si staccavano da contesti ovvi per riposizionarsi in un ordine più logico che le permise di collegare fatti, volti e persone. Ora era lei a trovarsi all'interno di un'implosione. Le pareti fatte di finte verità e false sicurezze la stavano schiacciando, intrappolandola all'interno fino a impedirle di respirare. In quell'enorme tumulto emotivo, dentro di lei affiorò un'unica fredda consapevolezza: la certezza di non avere più un padre. Di non averlo mai avuto.

Chiuse gli occhi e permise a un'ultima lacrima di uscire furtiva. L'uomo che l'aveva messa al mondo, quello che le aveva dato la vita, era appena morto dentro di lei. In modo definitivo.

Capitolo 51

Sorpresa

Katherine si lasciò cadere sul letto della sua camera, avvolta in un grande asciugamano rosso di spugna. Si era appena concessa un buon bagno caldo e aveva ancora i capelli bagnati, raccolti in un morbido chignon.

Dal comodino prese l'anello d'oro che Armand le aveva regalato. Lo guardò a lungo, rigirandolo piano tra le dita prima di infilarlo all'anulare.

Erano trascorsi più di due mesi dal giorno in cui la sua vita aveva cominciato a cambiare in modo radicale. Ricordava perfettamente un freddo e umido martedì di ottobre quando, per la prima volta, aveva conosciuto l'intensità degli occhi color ebano di quel bellissimo assistente di Storia dell'Arte. Riviveva la strana sensazione che aveva provato quel mattino in cui aveva ricevuto la notizia della morte di Sebastian Della Rocca. Ricordava la gentilezza di Armand che si era offerto di accompagnarla a casa.

Da quel giorno gli eventi si erano succeduti in rapida escalation fino alla presa di coscienza dei suoi poteri, alla rivelazione che lei non aveva alcuna malattia e all'amara scoperta di chi fosse realmente suo padre, la persona più falsa che avesse mai conosciuto. Quell'uomo aveva tradito tutti: sua madre, lei e soprattutto suo fratello. Scoprire che Thomas era vivo aveva rappresentato lo sconvolgimento più grande e meraviglioso che la vita avrebbe mai potuto riservarle. Erano passati quattro giorni dal loro incontro a Parigi e per la prima volta, da quel momento, si era allontanata da lui per regalarsi il piacere di quel bagno caldo e rigenerante. Fece un lungo respiro, felice al pensiero che suo fratello ora fosse al piano di sotto, finalmente tranquillo, accanto a sua madre, seduti nella grande stanza degli ospiti che Grace aveva occupato sin dal momento in cui Robert era uscito di casa. La camera da letto dei suoi genitori da quel giorno non era più stata aperta. Dopo il divorzio probabilmente Grace avrebbe deciso di cambiare abitazione. Katherine era più che d'accordo. Avrebbero ricominciato da zero, insieme.

Si girò su un fianco e prese il cellulare per chiamare Armand. Sentiva la sua mancanza pur avendolo visto quella mattina, quando era passato da loro per chiedere se avessero bisogno di qualcosa. Negli ultimi quattro giorni la sua era stata una presenza discreta e delicata, sempre premurosa e gentile. Ora però aveva bisogno delle sue braccia forti che la facevano sentire protetta, al sicuro.

Il cellulare squillò a vuoto, Katherine lo posò sul comodino e andò in bagno per asciugarsi i capelli, poi indossò un grazioso pigiama di cotone e tornò in camera sua. Lui era lì, regale, vicino alla finestra.

«Buonasera, principessa». La sua voce sensuale suscitò in lei forti vibrazioni.

Gli andò incontro con il sorriso sulle labbra. «Stavo pensando proprio a te».

La abbracciò dolcemente. «Lo so. Hai appena provato a chiamarmi».

«È vero, ma come hai fatto ad arrivare così in fretta?».

Socchiuse gli occhi, inspirò il suo profumo, poi la baciò a lungo. «Ero qui fuori».

Lei rispose al suo bacio con trasporto. «E non hai risposto?».

«Ero impegnato».

«A fare che?».

«Quest'anno per voi volevo un albero di Natale molto speciale», disse lui, sottraendosi dolcemente al contatto con il corpo di Katherine. La fece ruotare verso la finestra.

«Armand, cosa...».

«Buon Natale, amore mio». Premette un pulsante su un piccolo telecomando e davanti ai loro occhi si illuminò un albero alto più di tre metri, animato da migliaia di lucine bianche intermittenti.

Katherine spalancò la finestra, incredula. «Ma cosa... quando? È stupendo! Mi ricorda tanto quello che il nonno ci faceva trovare ogni anno a Natale». Nei suoi occhi brillava la luce contagiosa di una gioia autentica.

Posò le sue labbra su quelle di Armand. «Grazie, amore mio».

«È stata tua madre a darmi la dritta, raccontandomi di tuo nonno». Le prese una ciocca di capelli tra le dita. «Ho motivo di pensare che i tuoi poteri e quelli di Thomas siano stati ereditati proprio da lui».

«Cosa te lo fa credere?».

«Ho fatto un po' di ricerche. Sembra che una quarantina di anni fa, nella zona dove abitava tuo nonno, fossero scoppiati alcuni incendi di cui non si è mai scoperta l'origine».

«Potrei chiedere a mia madre, forse si ricorda qualcosa. Chissà se anche lei...».

«So cosa stai pensando, ma se Grace avesse avuto dei poteri a quest'ora li avrebbe senz'altro manifestati, magari involontariamente. Credo piuttosto che lei sia solo una portatrice. Sai, ho avuto modo di fare due chiacchiere con Cris. È fermamente convinto che solo un kurann possa avere doni potenti come i vostri».

«Allora, secondo Cris, io non mi sarei mai accorta di essere una kurann. Ma dai!».

Armand sorrise. «Ovviamente non intendevo questo. Cris

però è convinto che nelle vene di qualche tuo antenato ci fosse il sangue dell'Antica Stirpe».

Lo guardò negli occhi, incredula. «Stai dicendo che un mio bis-bis-bisnonno potrebbe essere stato un kurann?».

«Rifletti un attimo, potrebbe avere senso: magari secoli fa un membro dell'Antica Stirpe si è unito a un'umana dando vita a una discendenza sempre meno pura a causa delle successive unioni con altri umani. Ma il potere era così forte da non subire gli effetti delle ricombinazioni genetiche e così si è tramandato fino a voi». Le passò una mano sulla schiena, una carezza che le procurò un brivido istantaneo. «Se Cris avesse ragione, dovresti esserne onorata. Solo pochi eletti della Stirpe possono vantare un potere forte come il tuo».

Katherine restò in silenzio per pochi secondi, poi abbozzò un sorriso. «Quindi dentro di me, ben nascosto da qualche parte, ci sarebbe un piccolissimo filamento di DNA perfetto?» lo canzonò lei.

«Chissà. Per darti una risposta sicura mi toccherà farti fare a pezzetti piccolissimi e mettermi a cercare il famoso filamento perfetto».

Lo guardò accigliata. «E secondo te io li lascerei fare?».

Armand la baciò sulla punta del naso. «Tranquilla, nessuno ti toccherà mai, te lo posso garantire».

Katherine si abbandonò alla stretta delle sue braccia. L'abete brillava maestoso, regalando magiche ombre alla neve. «Sei davvero incredibile».

«Ricordatelo quando litigheremo».

Gli puntò un dito contro il petto. «Perché, hai intenzione di litigare?».

«No, ma capiterà, è inevitabile».

«Faremo in modo che non accada. E se succederà, vorrà dire

ovviamente che avrò ragione io. Ma non preoccuparti, avrai mille occasioni per provare a farti perdonare».

Il suo sguardo magnetico la penetrò. «Sei da mangiare.».

Katherine gli diede un bacio profondo. «Resta qui stanotte».

«Temo che non sia una buona idea». Iniziò ad accarezzarle la clavicola e le sussurrò all'orecchio: «Ti desidero troppo per fare il bravo».

«Resta, e fai il cattivo». Quelle parole assomigliavano più a un ordine che a un invito.

«Oggi ti ho detto che ti amo?».

«Non mi pare».

La sollevò da terra e l'adagiò sul letto. «Mmm, vediamo. Forse più tardi te lo dirò».

«Ora invece...?».

La risposta di Armand fu eloquente: chiuse la finestra e fece scattare la serratura alla porta.

Tolsero piano i vestiti, con movimenti lenti. I loro corpi bruciavano di desiderio mentre si sfioravano. Iniziò a baciarle le mani, poi i polsi, e Katherine lo guardava mentre con le labbra morbide percorreva il suo corpo, sfiorando ogni punto. Fecero l'amore a lungo, con sfrenata voluttà. Ogni volta era più bello e travolgente. Mai sazio di lei, Armand ricominciò a percorrere il suo corpo con le labbra. Era un po' teso, il desiderio di assaggiare il sangue di Katherine tornava imperioso nei momenti di intimità. Mentre cercava di allontanare quel pensiero, lei allungò una mano per sollevargli il mento con delicatezza, costringendolo a guardarla negli occhi. «Nessuna riserva tra di noi, ricordi?».

La risposta arrivò puntuale anche se sofferta. «Amore mio, riesco a resistere, non preoccuparti».

«Lo voglio, almeno quanto lo vuoi tu», insistette lei.

«È impossibile».

«Vieni qui».

Armand ubbidì, staccò le labbra dal suo seno e le fece scivolare lentamente sul collo di Katherine, che appena sentì il suo respiro ebbe un caldo fremito di piacere. Con la mano premette piano la testa del giovane kurann sulla sua pelle.

Lui si ritrasse appena per guardarla. «Non voglio farti male».

«Questo è il mio regalo per te, non puoi rifiutarlo».

«Ti ho mai detto che sei una manipolatrice senza scrupoli?».

«Credo proprio di sì».

«Vorrei che lo facessi anche tu. Per prima». Armand era sicuro che in questo modo l'avrebbe dissuasa dal continuare.

«Non vale», si lamentò per gioco.

Lui la guardò, convinto di aver raggiunto il suo scopo, ma Katherine non esitò un attimo. «Ok». Era decisa, il suo sguardo non lasciava alcun dubbio.

Armand si procurò un piccolo graffio sul petto, all'altezza del cuore, un'incisione dalla quale uscirono alcune gocce di liquido scarlatto. Katherine si protese verso di lui, posò le labbra su quelle gocce calde e assaporò il gusto pieno e voluttuoso del sangue di Armand, un nettare dolce, proibito, afrodisiaco.

«Sai di buonissimo...».

Lui la baciò con trasporto. «Tu di più».

«Non aspettare ancora, vieni». Infilò una mano tra i suoi capelli e lo costrinse a portare la bocca sopra il seno e mentre sentiva la sua lingua percorrere delicatamente ogni centimetro di pelle, avvertì un bruciore leggero che finì per eccitarla ancora di più.

Armand suggeva delicatamente. Lo sentiva godere mentre il sangue gli riempiva la bocca. Un sapore intenso, caldo... irresistibile. Ne bevve soltanto una piccola quantità, centellinando il liquido più prezioso che avesse mai avuto l'onore di assaporare. «In te potrei perdermi».

Fecero di nuovo l'amore, in modo ancor più carnale, fino allo stremo delle forze, poi la cullò tra le sue braccia possenti mentre il cuore di entrambi pulsava ancora a un ritmo frenetico.

«Mi abituerò mai a te?» sussurrò lei, dolcemente.

«Spero proprio di no».

«Armand?».

«Dimmi, tesoro».

«Ti amo».

Il giovane kurann la strinse più forte. «Avrei aspettato un miliardo di anni pur di trovarti, ma siccome ho una fortuna sfacciata mi sono bastati tre secoli». Armand le diede un bacio sui capelli. «Ti amerò per sempre, vita mia».

L'amava davvero, avrebbe continuato ad amarla, al di sopra di tutto.

Era una promessa, la più solenne che avesse mai fatto. L'avrebbe protetta a qualunque prezzo, per tutta la vita, per sempre... e oltre.

Capitolo 52

Il segreto di Kylaah

Nella penombra del tempio, Kylaah recitava invocazioni nell'antica lingua della Stirpe, assorta nella cantilena di un mantra che sembrava levigare la pietra delle pareti.

Posò il grande libro sul leggio in bronzo e lo aprì con cura. Avvicinò le mani alle pagine, senza toccarle, e queste cominciarono a muoversi rapidamente, piegate alla sua volontà. Chiuse gli occhi e inspirò a lungo, più volte.

Ripensare al suo passato, alle verità mai rivelate, le dava un senso di vertigine. Riuscire a vedere i frammenti del futuro per lei era sempre stato un fardello molto pesante da portare. Ogni singola visione la obbligava a una scelta: intervenire per modificare il corso degli eventi – ma questo significava contravvenire alle Antiche Leggi – oppure restare a guardare mentre il destino procedeva indisturbato. Secondo la sua coscienza però, restare ferma di fronte all'imminenza di sciagure che poteva impedire avrebbe macchiato le sue stesse mani di quegli orrori.

Kylaah fece un altro lungo respiro. Il tempo della resa dei conti si stava avvicinando.

Sentiva sulle spalle tutto il peso del voto di privazione fatto la sera in cui era intervenuta con i suoi poteri per consentire a Thomas di fuggire dal centro ricerche. Oltre all'impossibilità di assumere sangue e di intrattenere contatti con l'esterno, quel voto prevedeva anche l'obbligo assoluto di non utilizzare i propri poteri. Aveva aiutato il fratello di Katherine sperando in un destino giusto, ma il giorno dopo aveva avuto una nuova visione: una volta arrivato in America Robert lo avrebbe trovato e ucciso senza pietà. Doveva quindi impedire che Thomas tornasse a New York. E così, pur avendo ben chiare le conseguenze di un'altra sua intromissione, Kylaah aveva scelto di far incontrare i due fratelli. Era stata una decisione alla quale non aveva potuto sottrarsi. Aveva usato i suoi poteri pur sapendo che in quel modo avrebbe infranto il voto di privazione. Per quel suo secondo intervento avrebbe quindi dovuto pagare un conto ancora più salato: il sommo sacrificio. Era per lei la punizione peggiore, perché comportava l'azzeramento di tutti i poteri per un periodo di tempo indefinito.

Il suo sguardo si soffermò su una fiammella che baluginava all'interno di una ciotola di terracotta. Si perse per un attimo in quella piccola luce, mentre tra le pieghe dei suoi ricordi emergeva aspra l'ultima visione che aveva avuto soltanto un'ora prima. Avrebbe fatto qualsiasi cosa per impedire che quell'orribile squarcio di futuro si avverasse. A breve sarebbe accaduto qualcosa di grave e lei sarebbe stata costretta ad assistere a un omicidio senza poter fare nulla per impedirlo, privata com'era dei suoi antichi poteri. Due occhi che lei conosceva bene si sarebbero chiusi per sempre.

Si guardò i palmi delle mani, a lungo. Anche se sapeva che erano bianchi e puliti, li vedeva sporchi di sangue. Sapere e non agire la rendeva uguale all'assassino senza scrupoli che presto avrebbe spezzato un'altra vita innocente a lei cara.

Kylaah si portò una mano alla base del collo e deglutì a fatica. Posò entrambe le mani sulle pagine del libro, inspirando lentamente. Il suo corpo fu scosso da un dolore straziante che sembrò lacerare ogni singolo muscolo. Costretta a espellere violentemente l'aria dai polmoni, vide materializzarsi l'energia dei suoi poteri antichi mentre questi venivano risucchiati all'interno del libro rilegato in pelle.

Dopo alcuni interminabili minuti, le pagine che fino a quel momento l'avevano tenuta bloccata come in una morsa non esercitarono più la loro forza. La kurann riuscì a staccare le mani e il libro si chiuse.

Kylaah si sentiva stremata, le gambe la sorreggevano a stento. Appoggiò la fronte al libro, consapevole che non si sarebbe più aperto fino a quando le leggi dell'Universo non le avessero concesso di riappropriarsi dei suoi poteri. Fino a quel giorno, senza visioni e senza magia, sarebbe stata inerme davanti a ogni crudeltà. Prese il libro, lo chiuse a chiave in uno scrigno d'argento e uscì dal tempio.

L'aria gelida di dicembre si insinuò prepotente nelle sue ossa. Si strinse nel pesante mantello incamminandosi, a testa alta, verso la dimora reale. A nessuno avrebbe rivelato quello che era accaduto. Era un altro segreto che sarebbe rimasto inconfessato, per il bene dei pochi che portava nel cuore.

Entrò nella dimora reale e si affrettò sulle scale per dirigersi verso il suo appartamento. Aprendo la porta, sentì un brivido leggero correrle gentilmente lungo la schiena. Il suo pensiero andò immediatamente ad Armand. Grazie al legame di sangue che li univa da sempre, riusciva a percepire le sue emozioni e la sensazione di appagamento che lo stava inebriando. Avvertiva le sue esaltanti vibrazioni.

Un sorriso affiorò sulle labbra della strega-kurann. Una gioia profonda le riscaldò il cuore al pensiero di suo figlio, quel bambino dagli occhi color ebano che amava al di sopra di tutto fin dal giorno in cui, trecento anni prima, lo aveva dato alla luce. Finalmente Armand, il centro del suo universo, aveva incontrato la felicità.

Glossario

Antica Stirpe. Nome attribuito alla stirpe dei kurann.

Athanymfe. Compagna per l'eternità nella lingua dell'Antica Stirpe.

Consiglio dei Grandi Yterion. Nome del Supremo Consiglio formato dai kurann più potenti dell'Antica Stirpe.

Glyamatos. Particolari globuli blu presenti nel sangue di tutti i kurann. Le *glyamatos* sono cellule che non possono sopravvivere fuori dal corpo di origine, neppure per una frazione di secondo. Solo nel sangue puro di pochissimi kurann appartenenti alla casta più nobile della Stirpe le *glyamatos* si conservano intatte, anche una volta fuori dal corpo che le ha generate.

Guardia del *Regens*. Gruppo di soldati selezionatissimi, totalmente fedeli al *Regens*.

Esercito di Alszaham. Truppe di kurann guerrieri agli ordini del *Regens*.

Kathaireox. L'Annientatore nella lingua dell'Antica Stirpe.

Krotomateria. Antimateria totalmente distruttiva, chiamata anche antimateria potenziata. Le particelle di *krotomateria* annientano le particelle di materia che incontrano sulla loro traiettoria. Del loro scontro rimane soltanto una minima quantità di energia che si libera sotto forma di minuscole scintille che fluttuano per qualche istante, prima di sparire. In pochi attimi, il bersaglio colpito si dematerializza, fino a dissolversi completamente.

Kurann. Membro dell'Antica Stirpe il cui DNA, diverso da quello umano, consente agli esemplari con il sangue più puro di vivere quasi duemila anni. Per mantenersi in vita e consentire il rinnovamento cellulare, oltre che nutrirsi di cibo tradizionale, il kurann deve assumere particolari sostanze presenti solo nel sangue di un altro kurann.

Poteri. Capacità soprannaturali dei membri di più alto lignaggio dell'Antica Stirpe.

Regens. Il kurann più potente. Governa l'Antica Stirpe.

Sommo sacrificio. Punizione che prevede l'azzeramento di tutti i poteri per un periodo di tempo indefinito.

Tikosaima. Brama di sangue, vera e propria dipendenza che spinge i kurann a cercare sensazioni euforizzanti molto forti, arrivando a uccidere gli umani per inebriarsi con il loro sangue.

TRW-killer (Television and Radio Killer Waves). Arma di distruzione di massa basata su un software in grado di generare un'alternanza di emissione di infrasuoni e ultrasuoni che porta a una reazione nucleare all'interno delle cellule cerebrali. Dopo pochi secondi di esposizione, qualunque essere vivente viene immobilizzato da un dolore lancinante alla testa, i vasi sanguigni iniziano a scoppiare, ed entro il minuto successivo sopravviene la morte clinica. Le onde killer possono essere diffuse attraverso la televisione, la radio, i computer e tutti gli strumenti che utilizzano onde sonore.

Voto di privazione. Rinuncia a se stessi che contempla un supplizio sacrificale offerto in cambio di una vita. Prevede l'isolamento totale e la mancata assunzione di sangue. Se il periodo in cui si è sottoposti al voto di privazione dura troppo a lungo, il kurann rischia di subire una brusca accelerazione del processo di invecchiamento, decine di anni nel giro di poche ore, in un'escalation spietata e irreversibile che si potrebbe concludere con la morte in pochi giorni.

Ringraziamenti

Questo libro non sarebbe esistito senza l'aiuto di due persone davvero straordinarie.

La parola "ringraziamenti" non sarà mai abbastanza forte per esprimere la mia immensa gratitudine nei confronti della mia mamma che mi ha aiutato passo dopo passo e mi ha consigliato in ogni decisione importante della mia vita. Grazie di cuore, mamma, per tutto l'amore, la pazienza, la dedizione e i sacrifici che hai fatto per me (se dovessi elencarli finirei per scrivere un altro romanzo, lo sai).

Un GRAZIE enorme va a Mariano, per aver creduto e per continuare a credere in me sempre e comunque, indipendentemente da *Implosion*. Sei stato il primo e più prezioso custode del mio mondo immaginario. Temevo il tuo giudizio più di ogni altro (come vedi le cose non sono cambiate, non ti ho ancora fatto leggere la bozza del secondo romanzo). Hai saputo cogliere quello che avevo dentro, aiutandomi a superare ogni ostacolo. Abbiamo condiviso un percorso lungo e faticoso, ma ricco di emozioni e conquiste. Verrà un giorno...!

Ringrazio con tanto affetto la mia amica Ely che mi ha sopportato lungo la strada che mi ha portato fin qui. Le tue parole spesso toccano il cuore. Sei stata una delle prime lettrici a innamorarti dei personaggi. Grazie per la fiducia e, come potrei dimenticarlo, per una tua bellissima frase che ho avuto la gioia di riportare nel libro.

Un grazie particolare a Massimo Tatarelli, che gestisce con passione la fornitissima Libreria Pianeta Fantasia, e alla sua simpaticissima moglie.

Ancora grazie di cuore a tutte le persone che hanno avuto il 'coraggio' di leggere *Implosion* prima ancora della pubblicazione. Non conosco molti di voi in prima persona, ma ho fatto tesoro di ogni vostro commento, il vostro entusiasmo mi ha dato la forza di continuare e i vostri suggerimenti sono stati preziosi. Come promesso, sarete i primi a leggere il secondo!

Un ringraziamento particolarmente sentito va a tutte le persone che hanno collaborato alla realizzazione del formato digitale e a quello cartaceo. Ho scoperto che dietro la pubblicazione di un libro ci sono decine di persone che lavorano con costanza, impegno e passione. Grazie di cuore a tutti voi, in particolare alla simpatica e paziente Cristina Camerini, al sempre preciso, efficiente e puntuale Giulio Galli, alla gentilissima e disponibile Maria Antonietta Benasciutti e all'operativo e professionale Marco Santini.

Alla Direzione De Agostini Libri per aver creduto in questo progetto un po' fuori dagli schemi, un mega-grazie!

M.J. Heron

Finito di stampare
nel mese di marzo 2013
presso Puntoweb S.r.l. - Ariccia (RM)